马鹞子全传

民国武侠小说典藏文库·赵焕亭卷

赵焕亭◎著

中国文史出版社

赵焕亭及其武侠小说（代序）

赵焕亭，民国时期著名武侠小说家，被评论界和学术界称为"北赵"。他本名赵黼章，但发表作品上均写作赵绂章，生于清光绪三年正月初六，卒于1951年农历四月，籍贯直隶省玉田（今河北省玉田县）。

据新的有关资料记载，赵焕亭祖上是旗人，隶汉军正白旗，始祖名赵良富，随清军入关，携家落户在距离丰润与玉田交界线不远的铁匠庄。第五代赵之成于乾隆三十六年考中辛卯科武举，于是赵家迁居至玉田县城内西街，由此在玉田生活了一百多年，至赵焕亭已是第十代。

赵家以行伍起家，入清后应有相当经济地位，但无籍籍名。自赵之成考中武举，赵家在地方上开始有了一定名声。之成子文明曾任候选布政司理问，孙长治更颇受地方好评。据光绪《玉田县志》载："赵长治，字德远，汉军旗籍，监生，重义气，乐施济，尤能亲睦九族，世居丰之铁匠庄。悯族中多贫，无室者让宅以居之，捐附村田为义田以赡族。卜居邑城西街，遂家焉。嘉庆癸酉、道光庚子，两值饥，豁全租以恤佃者，计金三千有奇，乡里称善人。"

赵长治的儿子赵大鹏克承家风，再中己酉科武举人，至其孙赵英祚（字荫轩），则一变家风，于清同治九年中举人，同治十年连捷中第二百七十二名进士，位列三甲，曾三任山东鱼台知县，一任泗水知县，还曾署理夏津、金乡等县，任内主修过鱼台和泗水县志。

赵英祚生四子,长子黼彤,附贡(即秀才)。次子黼清(字翊唐)光绪二十年中举,二人似未出仕。三子黼鸿,字青侣,号狷庵,光绪十九年举人,二十一年二甲第七十六名进士,入翰林院,三年后散馆以工部主事用,1903年复入翰林院,1907年选任为江苏奉贤知县,但被留省,直至次年年底方才正式到任。辛亥革命爆发,他弃官而走,民国时又担任过常熟县知事。据说他和著名藏书家铁琴铜剑楼主人有交往。赵黼鸿大约于1918年去世。四子黼章就是赵焕亭。

抗日沦陷期间,《新北京报》上曾刊登了一篇署名雨辰的《当代武侠小说家赵焕亭先生小传》(以下简称《小传》)。作者自承"与先生为莫逆,知之甚详,因略传梗概"。据该文介绍,因赵英祚长期在山东为官,赵焕亭的出生地实际是济南,玉田系籍贯所在。

赵焕亭在济南念私塾,还和其二哥、三哥一起,拜通家至好蒋庆第和赵菁衫二人为师,学诗和古文。

蒋庆第,字箸生,玉田人,咸丰壬子进士,文名响亮,著有《友竹堂集》。他历任山东武城、潍县、峄县、章丘等地知县,官声很好,甚得百姓拥戴。赵菁衫,名国华,丰润人,进士出身,曾为乐安知县,"以古文辞雄北方,长居济南",著有《青草堂集》。《清稗类钞》中说他"清才硕学,为道、咸间一代文宗"。赵自署的集句门联很有趣:"进士为官,折腰不媚;贵人有疾,在目无瞳。"(赵的左眼看不见。)

赵焕亭的开蒙师父叫赵麟洲,栖霞人,学问好,对教学有独到见解。

兄弟三人在名师的指导下,学业大进,在济南当地读书人中号称"玉田三珠树"。据《小传》所述,赵菁衫看了兄弟三人的习作,曾感叹道:"仲、叔皆贵征,纪河间皆谓兴象,且早达。季子虽清才绝人,然文气福泽薄,是当作山泽之癯,鸣其文于野耳。"

果然,黼清、黼鸿二人很快先后中举、中进士,黼章则"独值科举废，不得与焉"。根据赵焕亭在小说中留下的只言片语，他参加过乡试，而且应该不止一次。在短篇小说《浮生四幻》开头，他写道："光绪中，予应秋试于洛（时功令北闱暂移河南）……"

北闱秋试移到河南举行，在清代科举考试历史上是独一无二的，发生于光绪二十八年和二十九年，考试地点在今河南开封。原因是受到义和团运动和八国联军攻占北京等事件的影响，本该于光绪二十六年举行的乡试被迫停办。赵焕亭究竟参加了其中哪次乡试不详，但显然没有中举，之后科举就被清政府宣布废除。

在其武侠小说《大侠殷一官逸事》第十七回中，也有一小段作者的插入语："……原来那四十里的石头道，自国初以来，一总儿没翻修过。您想终年轮蹄踏轧，有个不凹凸的吗？人在车子里，那颠簸磕撞，别提多难受咧！少年时，入都应试，曾亲尝这种滋味……"

据最后的寥寥十几字推测，赵焕亭在河南参加乡试之前，还曾经参加过在北京的顺天府乡试，估计以光绪二十三年丁酉科可能性最大，他当时已经二十一岁，正当年。其兄赵黼鸿、赵黼清分别于光绪十九年、二十年中举，那时他不过十六七岁，一同参加的可能不是完全没有，但应该不大。

无论如何，赵黼章一袭青衿的秀才身份应该是有的，只是两次乡试都不成功，待科举废除，就再没机会了。传统上升之路中断之时，他还不到三十岁，但没有因此而茫然，继续认真读书。《小传》中说他"矻矻治诗文辞如故"，同时大约为践行"读万卷书，行万里路"的古训，"北之辽沈，南浮江汉，登泰山，谒孔林，登蓬莱、崂山，揽沧溟，观日出而归"。游历之余，他还注意记录、搜集山东、河北等地的风土人情、逸事趣闻，老家玉田本地的名人掌故逸事更是他一直关注和搜辑的对象。这一切都为他后来的小说写作积累了大量素材。这些素材和人生经历是上海十里洋场中的才子们所不具备的，也是赵焕亭终成为"北赵"，并与"南向"分庭抗礼，远胜同期南派武侠作者们的一个重要原因。

赵焕亭正式开始投稿卖文的写作生涯,据其在 1942 年《雨窗旅话》一文所述,始于民国初年。文中写道:"民国初,颇尚短篇之文言小说。一时海上各杂志之出版者风起云涌,而文字最佳者,首推《小说月报》并《小说丛报》,以作者诸公,如恽铁樵、王西神、钱基博、许指严等,皆宿学名流,于国学极有根底也。余见猎心喜,乃为《辽东戍》一篇,试投诸《小说月报》,此实为余作小说之动机,并发轫之始。"

《辽东戍》刊登于《小说月报》第五卷第二期,时间是 1914 年 4 月。但据目前发现,早在 1911 年 6 月的《小说月报》第二年第六期上就刊有署名玉田赵绂章的短篇小说《胭脂雪》。关于这篇小说,赵焕亭在《辽东戍》篇末自述中是承认的,他写道:

> ……有清同光间,吾邑以诗古文辞鸣者,为蒋太守箸生、赵观察菁衫,世所传《友竹堂集》《青草堂集》是也。予以通家子,数拜榻下,伟其人,尤好拟其文,随学薄不得工,顾知有文学矣。时则随宦济南,书贾某专赁说部,不下数百种,于旧说部搜罗殆尽。余则尽发其藏,觉有奇趣盎然在抱。后得畏庐林先生小说家言,尤所笃嗜,复触凤好,则试为两篇,各三万余字,旋即售稿去,复成短章《胭脂雪》一首,邮呈吾兄于京邸。兄颇激赏,以为殊近林氏。兄同年生某君,则驰书相勖,后时时为之……

赵黼鸿 1907 年离京赴江苏任职,辛亥革命爆发方逃回北方,是否在京无法确定,由此推测,赵焕亭的两篇试笔小说以及《胭脂雪》或许写于 1906 至 1907 年间。只是《胭脂雪》何以迟至 1911 年才发表,且赵焕亭似乎并不晓得此事,令人有些费解。倒是他自承笃嗜林氏小说,连所写短篇小说路数都被赞极有林氏风格,倒是研究赵焕亭包括晚清民国作家作品的一个新方向。

林译小说曾带动鲁迅、郭沫若、周作人等主动了解、学习西方文学，并促进了西方文学名著在中国的进一步译介，在文学史上已有定评。俞平伯先生晚年更认为"林译小说是个奇迹，而时人不知，即知之估计亦不高"。林译小说对于当时青年人的影响，用民国武侠、言情名家顾明道的话说："青年学子尤嗜读之，无异于后来之鲁迅氏为人所爱重也……以为读林译，不但可供消遣，于文学上亦不无裨益。"范烟桥在《林译小说论》中说，民初众人都在模仿林，赵焕亭之言正可为一有力旁证。

关于赵焕亭中青年时期的其他职业信息，目前仅知进入民国后，他曾经有若干机会可以入幕当道要人帐下，但他放弃了。雅号"民国老报人"的倪斯霆先生曾提及，据说赵焕亭民国后曾做过《汉口新报》的主笔，可惜未能找到这份报纸和相关资料，也尚未发现相关的新资料。

自1911到1919年之间，赵焕亭在《小说月报》和《小说丛报》上共发表小说十七篇，有十余万字。是否同期在其他报刊上有小说刊登，目前尚无线索，但凭这些精彩的"林味"文言短篇小说，"当时名士如武进恽铁樵、常熟徐枕亚、无锡王蕴章、桐城张伯未、费县王小隐、洹上袁寒云、粤东冯武越，皆与先生驰书订交或论文"。

赵焕亭后来稿约不断，小说连载与副刊专栏在京、津、沪等地报纸杂志全面开花，持续二十余年之久，应与结交了这么一大批南北方的著名报人、编辑和文化人有很大关系。

当1923年来临之际，赵焕亭进入了小说创作的"爆发期"。

1月，《明末痛史演义》六册出版。

2月上旬，武侠小说名作《奇侠精忠传》开笔，此时他已四十五岁。该书直接就以单行本面貌出现，初集十六回初版于1923年5月，此时"南向"的《江湖奇侠传》第十回刚刚连载完毕，结集的第一集似尚未出版。赵焕亭的写作速度相当惊人。

10 月，长篇武侠小说《英雄走国记》开笔，取材于明末清初的各家笔记，描写南明志士的抗清故事，全书正续编共八集。

自 1923 年到 1931 年这八年间，赵焕亭除了完成上述两部百万字的长篇武侠小说之外，还陆续写下了《大侠殷一官逸事》《马鹞子全传》《殷派三雄》（含《殷派三雄续编》未完）、《双剑奇侠传》《北方奇侠传》（未完）、《山东七怪》（未完）、《南阳山剑侠》《昆仑侠隐记》（未完）、《惊人奇侠传》《奇侠平妖录》（《惊人奇侠传》续集）、《情侠恩仇记》（连载未完）、《蓝田女侠》和《不堪回首》（历史小说）、《景山遗恨》《循环镜》《巾帼英雄秦良玉》等十六部各类体裁的小说，至少五百万字，创作力之旺盛十分惊人。

进入 20 世纪 30 年代后，赵焕亭的新作以报刊连载小说为主，多数是武侠小说，少数是警世小说，如《流亡图》。1937 年"七七事变"爆发，华北彻底沦陷，遍地战火，赵焕亭的连载就全部停了下来。截至 1937 年 7 月 15 日《酷吏别传》从报上消失，目前已知和新发现的京、津、沪三地报纸上的小说连载共十三部，分别是：

北京：《范太守》《十八村探险记》《金刚道》《剑胆琴心》《鸳鸯剑》；

天津：《流亡图》《姑妄言之》《龙虎斗》；

上海：《康八太爷》《剑底莺声》《侠骨丹心》《鸿雁恩仇录》《酷吏别传》。

以上这些小说多数都未写完即从报刊上消失，连载完毕的几种，如《流亡图》《剑胆琴心》等也没有结集出版单行本。需要单独提一下的是，《剑底莺声》就是《马鹞子全传》，只是在结尾部分做了一点儿删改。

此时的赵焕亭已经年近花甲，岁月不饶人，伴随而来的是精力和体力的持续下降，对于写作质量的影响不言而喻，这一点其实在 20 世纪 20 年代的写作大爆发后期就已经有所显现。当然，稿约缠身、疲于写作也同样影响到写作质量。而 20 世纪 30 年代全国时局的不停动荡——"九一八事变""淞沪抗战""华北事变"……对于社会的安定造成相当的影响，自然也波及报纸的生存乃至写稿人赵焕亭的生活和写作。

再有一个影响赵焕亭写作状态的重要原因，即赵妻张引凤于1932年夏天去世，对赵焕亭的打击异常大。他曾写了一副悼联，刊登在《北洋画报》上，文曰：

夫妇偕老愿终违何期卿竟先去；
儿女未了事正重此后我将如何？

张赣生先生评此联语"痛极反似平淡，一如夫妇日常对语"，可谓一语中的。赵焕亭本来于1933年开始在上海《社会日报》上一直连载武侠小说新作《康八太爷》，到3月份突然暂停，刊登了一批于1932年10月间写下的文言掌故小品，在开篇序言中更道出了对亡妻的深切怀念之情："则以忆凤庐主人抱奉倩神伤之痛，以说梦抵不眠，复冀所思入梦耳……以忆凤为庐"，专栏名"忆凤庐说梦"。原来，妻子周年忌辰临近，勾动了他的伤痛，于是停下武侠小说连载，转发"忆凤庐说梦"，足见伉俪情深。但从另一方面看，丧妻之痛对武侠小说创作有着直接的影响，也毋庸讳言。

当北方京、津及至上海一带战事暂告一段落，沦陷区的生活和社会局面也相对稳定下来，赵焕亭与报纸的合作又有所恢复。自1938年至1943年的六年间，他陆续写下《侠隐纪闻》《黑蛮客传》《白莲剑影记》《天门遁》《侠义英雄谱》《风尘侠隐记》《双鞭将》《红粉金戈》《荒山侠女》等九部小说，不过遗憾仍然继续，这些小说中只有《双鞭将》的故事勉强告一段落，聊算是不完之完。其他的均是半途而废，有的甚至只连载数月就消失不见，最长的《白莲剑影记》连载三年多，但从情节看，似还远未结束。

从有关信息推测，"七七事变"前后，赵焕亭已在玉田老家居住，抗战期间似也未曾离开。作为当时知名的小说家，自然经常有人向他约稿。从作品遍地开花的情况看，赵焕亭对于约稿有求必应，或许因此备多力分，造成不少作品烂尾，当然不排除有报方的原因。另外一直流传一个说法，谓那时不少作品实为其子代笔，或许这是造成作品连载未完就遭下架的另一个原因，不过目前没有发现确凿证据，仅聊备一说而已。

1943 年以后，报刊上就看不到赵焕亭的作品了。目前仅发现一篇《忆凤庐谈荟·名士丑态》于 1946 年发表在上海的一家杂志上。同年 12 月，北京《一四七画报》记者曾发文，征询老牌作家赵焕亭近况。两周后，《一四七画报》报道："本报顷接赵焕亭先生堂孙赵心民来函，谓赵焕亭先生及其哲嗣彦寿君，刻均在玉田，此老仍康健如昔，知友闻知，均不胜欣慰。"

之后的报刊和市场上，再也没有出现赵焕亭的作品，但他在武侠小说史上，已经占据了应有的位置——"北赵"。

1938 年金受申《谈话〈红莲寺〉》一文中即出现"南有不肖生，北有赵焕亭"一语，估计这一评语的真正出现时间应当更早，因为针对二人的武侠小说成就，在 1928 年 5 月的《益世报》上，就刊有署名木斋的读者发表了《评〈北方奇侠传〉》一文，该作者指出："近时为武侠小说者极多，而以（赵焕亭）氏与向恺然氏为甲。"并认为："（赵焕亭）氏之长处为能以北方方言、风俗、人情、景物，一一掇取，以为背景。盖氏本北人，于此如数家珍，而向来技勇之士，亦以北人为多，故能融合于背景之中，使卖浆屠狗之徒跃然纸上，读者亦恍若真有其人，为其他小说所不易见。其描写略似《七侠五义》及《儿女英雄传》，而卓然自成一家，盖颇具创造之才，非寄人篱下者也。"

对于与赵焕亭齐名的、同为武侠小说"甲级高手"的"向恺然氏"及其小说，木斋却并没有做进一步评价和比较，反而以当时著名的南派通俗小说家李涵秋与赵焕亭做比较，认为"苟取二氏全部著作之质量较之，则赵之凌越李氏，可无疑也"。

从这个角度看，木斋虽然把赵焕亭与向恺然相提并论，但他对赵氏武侠小说特色的评论，可以用之于任何小说。或许木斋心中对于小说类别并无定见，一定要遵循小说上的标签，但从另一方面来说，赵焕亭小说的"武侠特征"与向恺然相比，颇不相同。

简而言之，"南向"偏"虚"，而"北赵"重"实"。"南向"《江湖奇侠传》等小说是玄奇怪诞的江湖草莽传奇故事；"北赵"《奇侠精忠传》等小说则是在一幅幅市井、乡村生活画中，讲述的历史人物传奇故事。

虽然是传奇故事，总的来说，赵焕亭小说中的大部分故事都有所依据而非向壁虚构。《奇侠精忠传》据一部《杨侯事略》敷衍而成，《英雄走国记》则采明末笔记中人物和故事而成书，《大侠殷一官逸事》来自河北蓟县大侠殷一官生平逸事，《山东七怪》《双剑奇侠传》则依据山东济南、肥城一带真实人物的乡野传闻等。对于情节中涉及的历史事件，他的基本态度也是尊重历史记载，如《双剑奇侠传》中，浙江诸暨包村人包立身率众抗拒太平军，最后兵败身死。赵焕亭基本是完全采用相关笔记记载，连所谓的法术传说也照搬。为了故事情节的充实与好看，他当然会做一些发挥和演绎，比如把包立身这个普通农人改为武艺高强、韬略精通的英雄，同时还有好色的毛病，但这类演绎都不会改动历史事件本身的结果。

而对于不涉及历史事件本身的内容，赵焕亭就表现出化用材料的本领。在《续编英雄走国记》中，有一段谈到广西的"过癞"（俗称大麻疯，一种皮肤病）之俗，当地女子若不"过癞"给男子，自己就会发病，容毁肤烂，于是，很多过路人因此中招，而一个广东公子因女方多情善良，得以免祸。该故事原型出自清代著名笔记《客窗闲话》，发生地本在广东潮州府，"发癞"人也是男方，不惧牡丹花下死而中招。幸得女方情深义重，主动上门照顾，后来无意中让男的喝了半缸泡了乌梢蛇的存酒，癞病豁然痊愈。赵焕亭改变了故事发生地，发病人则改为女方，于是，一方面表现了女子的多情重义，另一方面又展现了男子一家的明理与知恩图报。治癞之方则仍然是那半缸乌梢蛇酒。

"北赵"的重"实"，还体现在小说内容的细节上。举凡山东、河北等地的风景名胜、美食佳肴，或出自前人笔记如《都门纪略》之类书籍，或出自作者往来京、津、冀、鲁各地的亲身经历。就连书中不经意间写到的地方风物，也同样是实景实事。《北方奇侠传》中有一段情节写向坚等几兄弟于苏州城外要离墓前给黄骊饯行。此地风景如画，"左揖支硎山，右临枫泾"，不远处是"隐迹吴门，为人赁春"的梁鸿墓。笔者曾根据上面这段描述向苏州一位熟悉地方文史的朋友询问，他证实苏州阊门外确有支硎山这个古地名，今天见不到小山了，清代曾在那里挖出过古要离墓的石碑。

赵焕亭的长篇武侠处女作《奇侠精忠传》，洋洋洒洒上百万字，以清朝乾嘉年间杨遇春兄弟平苗、平白莲教事为主干，杂以江湖朝野间奇侠剑客故事以及白莲教的种种异术奇闻，历史味道看似浓厚，然而里面有关奇侠剑客的内容所占比例并不算大，平苗和平白莲教的战争与武打场面也有限，倒是杨遇春师兄弟及各色人等的日常生活与交际、各类生活琐事的碰撞与解决则占了相当大的篇幅，农村空气中漂浮的乡土气味仿佛都能闻得到。其他长篇小说如《英雄走国记》《北方奇侠传》《惊人奇侠传》等也莫不如此。

一触及生活内容，赵焕亭手中的笔就显得格外活泼，村夫野叟村秀才，恶棍强盗恶婆娘，还有诸如闲唠家常和赶庙会的农村妇女、混事的镖师之类过场人物，其言语举止、行为谈吐，或粗鄙，或斯文，或虚伪，或实在，展示着世间的人情百态、冷暖人生。比如《大侠殷一官逸事》中，名镖师李红旗的镖车被劫，变卖家产后尚缺几百两银子赔款，以为和北京镖局同行交往多年，这最后一点儿银两多少能得到点儿帮助，结果各位大小镖头该吃吃，该喝喝，拍胸脯的、讲义气话的、仗义执言的……表演了一个够，最后镲子儿不

10

掏，躲的躲，藏的藏，还有捎回点儿风凉话的，把李红旗气得半死。已故著名民国通俗小说研究学者张赣生先生称赞这段文字不让吴敬梓《儒林外史》专美于前，而类似的文字在赵氏小说中也不止一处。

虽名"武侠小说"，而满纸人世间的生活百态与人情勾当，使得赵焕亭小说表现出与大部分武侠小说颇为不同的特色。书中的侠客奇人们更多地表现出"世俗气息"或曰"世情味"，而缺乏"江湖气"。他们活动的地方多在乡村、市镇乃至庙会中、集市上，除了头上被作者贴上个"大侠""武功家"之类的武侠标签外，其日常言语、行为与普通市民、村民并无二致。若说"南向"小说中人物是"江湖奇侠"，那么"北赵"书中人物最多称得上是"乡村之侠"。即使是已成剑仙的玉林和尚、大侠诸一峰、南宫生等，也没有在名山大川中修炼，反而在红尘中如普通人般生活，有当塾师的，有干算命的。《奇侠精忠传》和《英雄走国记》属于赵焕亭小说中历史类武侠，书中正反面人物各个盛名远播，也仍然近似普通人，而无我们常见的武林人面目。

应该说，这样的侠客源自他心中对"侠"的认识。在《大侠殷一官逸事》（1925 年）序言所述："予独慕其生平隐晦，为善于乡，被服儒素，毕世农业。侠其名，儒其实，以是为侠，乌有画鹄类鹜之虑乎？……俾知真大英雄，必当道德，岂仅侠之一途为然哉。"

再如次年所写的《双剑奇侠传》，男主角山东大侠梁森武功大成之后，"恂恂粥粥，竟似一无所能，武功家的矜张浮躁之习，一些也没得咧。……绝口不谈剑术。春秋佳日，他和范阿立有时巡行阡陌之间，俨然是一个朴质村农"。活脱脱是大侠殷一官的又一翻版。

可见，"儒其实"才是赵焕亭认可的"侠"之本质，侠行、侠举只是外在表现。真正的英雄豪杰，必是重操守、讲道德的人物，苟能如此，又不一定只有行侠一途了。他有这样的认识，无疑与前文述及的自幼年即长期接受儒家思想的教育密不可分。其实，在更早的《奇侠精忠传》中，他就是完全按照儒家的做人标准来写主人公杨遇春，一个类似《野叟曝言》主人公文素臣般的完人。其人武功高强，处处以儒家的忠孝礼义廉耻观念要求自己，也教导、劝诫贪淫好色的师弟冷田禄，更像个老夫子，不像个名侠，刻画得不算成功，但"侠其名，儒其实"的观念已经形成，并一直贯彻到后面的作品中。如1928年写的《北方奇侠传》，主人公黄向坚事亲至孝，终于学成绝艺，最后万里寻父，同样也是"儒其实"的表现。

就这一点而言，"北赵"之侠或又可称为"儒侠"。"南向""北赵"之别不仅在于两人的地理位置之不同，也在其侠客属性有所不同。

作为"儒侠"的对立面，自然是"恶徒"，武侠小说中不能没有这样的反面角色。赵焕亭自然不能例外。值得一提的是，赵焕亭小说中的不少主要的反面人物并不是一出场就开始作恶，甚至很难说是一个恶人，如《奇侠精忠传》中的冷田禄，虽是名师之徒，但屡犯淫行，品行不佳，但在杨遇春的不断劝诫与行为感召下，心中的善念在与恶念的斗争中，曾一度占了上风，于是冷田禄力求上进，千里赴京，追随杨遇春投军，在平苗战役中立了不少功劳，但最后还是恶念占了上风，彻底滑入邪魔外道中。又如《大侠殷一官逸事》和《殷派三雄》中的赵柱儿，本是聪明孩子，性格上有缺点，虽有师父、师兄的提点、劝告，但终不自省，终于蜕变为真正的淫贼。《马鹞子全传》中的主人公马鹞子，由乞丐小童成长为武林高手，然而不注重品德修养，逐渐热衷功名富贵，不论大节与是非，反复无常，最后羞愧自尽而亡。马鹞子王辅臣是真实的历史人物，最后结局确实如此，小说中发迹前的故事多是赵焕亭的自行创作，讲述了一个武林好汉如何变为热衷功名、三二其德的朝廷走狗的历程。

上述这类角色身上都或多或少反映了人物性格的复杂和多变，赵焕亭或许并非有意塑造这样另类的武林人物，但与同期包括之前的武侠小说相比，大约是最早的，有些角色也是比较成功的。

对于这些角色包括书中的真恶人，其为恶的途径与发端，赵焕亭却处理得很简单，基本归于一个字——淫。恶人无不是好色之徒，也往往由各类淫行，终于走上为恶不归之路。更有甚者，普通人物也往往陷入其中，招致祸端。如此处理人物未免过于简单，只是赵焕亭在这类事情上的笔墨也花得有点儿过多。

顺带一提的是，时下论者都认为"武功"一词用于形容功夫系赵焕亭所创。其实他用的也是成品。清朝著名笔记《客窗闲话》续集里有《文孝廉》一文，其中就有"我虽文士，而习武功"一语。准确地说，赵焕亭的贡献是在民国武侠小说中率先使用而非创造该词的新用法。赵焕亭自己肯定没有想到，这个词竟然成为日后百年间武侠小说作者的必用词语，也成为日常生活中的常用语。

赵焕亭的武侠小说具有其他名家所没有的"世俗风情"，以此似完全可以单独撑起一个"世情武侠"的门户，与奇幻仙侠、社会反讽和帮会技击诸派别并立于武侠小说之林。

作为掀起民国以来武侠小说第一波高潮的领军人物"北赵"，作品无疑极具研究价值，可惜一直未能得到应有的重视。1949年新中国成立后，直到20世纪90年代才有零星的赵焕亭武侠作品出版，至今二十多年间，仅出版过四种。

此次中国文史出版社全面整理出版的赵焕亭武侠作品，大部分是新中国成立后从未出版过的，所用底本也尽量选择初版或早期版本，即使如出版过的《双剑奇侠传》《奇侠精忠传》《英雄走国记》和《惊人奇侠传》，也都用民国版本进行校勘，由此发现了不少严重问题。《奇侠精忠传》漏字、漏句和脱漏段落十余处，近2000字；《惊人奇侠传》漏掉了大约15万字；《英雄走国记》20世纪90年代的再版只是正编。这些意外发现的问题已经在此次整理中全部加以解决，缺漏全部补上，《续编英雄走国记》也将与正编一起出版。

此次出版的作品集中，还有几部作品需要在这里略做说明：

《南阳山剑侠》是赵焕亭写于20世纪20年代的文言武侠小说；

《江湖侠义英雄传》，又名《江湖剑侠英雄传》，系春明书局

1936 年出版的长篇武侠小说，封面、扉页均未署有作者名字。从赵焕亭所撰序言看，也许另有作者，他则如版权页部分所示，为"编辑者"；

《康八太爷》和《风尘侠隐记》都是未曾结集的报纸连载，也没有写完。为了让广大读者和研究者全面了解赵焕亭 20 世纪 30 年代和 40 年代不同时期的小说特点，特地予以抄录，整理出版；

《殷派三雄》在天津《益世报》上一共连载四十回，未完。天津益世印字馆出版单行本三册，仅三十回。此次出版据报纸补充了未曾出版的最后十回，以示全貌予读者。

笔者多年来一直留意赵焕亭的有关资料，幸略有所得，今效野人献芹，拉杂成文，期副出版方之雅爱，并就教于识者。

是为序。

顾 臻
2018 年 8 月 20 日于琴雨箫风斋

目　录

3

第一回

嵩山寺僧侠识英雄
睢州城宦裔取泼贼

剑术之起，其源实出于道家。虽以刚为体，却是以柔为用。全在静以制动，功不成不居，如神龙一般隐于无形，然后方能神变自由，不随尘障。却不可驰骋于功名之会，如一落世网，再加以声色货利扰其心智，断断没有好收束的。修道之士须断恋爱，剑术亦何莫不然？所以唐人聂隐娘传中老尼语云："此后行事，当先断其所爱。"可见这剑术一事，纯以阴柔为用，如置身功名之间，自然是处处滞碍了。所以古来侠客无不足迹难测，岂真性与人殊？术使之然耳。今且将作者胸中一篇绝妙文字写将来，请教诸公。语非无稽，事可徵信，自谓奇情壮彩，颇复可观哩。闲话少叙，书入正传。

且说明末年间流寇之乱，海宇鼎沸，朝廷全力剿抚大股匪众尚且不暇，哪有余力肃清地面？所以一处处揭竿而起的草头王不一而足。其时河南地面越发闹得一塌糊涂。如刘洪起、袁时中等人，都聚集着数万人，打家劫舍，所以当地各村堡都结寨自保。便是山谷间也不得安生。其时嵩山少林寺内有个法晖长老，知识非常，少林技击本是天下闻名，这法晖武功剑术自不消说。这当儿便有当道重聘到山，请他去教练军伍。法晖婉言谢绝。不想当地官绅又放他不过，一起起书币敦请，要他教办团练，捍卫地面。法晖付之一笑，依然谢绝。寺众觉得他架子端得太足，便从容叩其所以。法晖道：

"老僧非恝然于物，不思济众。特吾术所托，在势不行。剑术之授，须视其人德质，非尽人可为。且剑术之用，又在阴以济物，不得显张其功名。当今官绅又未见有忠尽之诚，不过慕名豪举，思增己誉，以邀功名。吾奈何与之流转？稍一因循，世法可慕者甚众，不但艺术，且恐牵缠己身哩。"

寺众听了，尽皆悦服。从此法晖只在寺内与寺众潜修功行。恰是声闻所被，无端贼寇哪里敢向寺左近踏一脚。因此那一带颇为安静，这也不在话下。

一日，法晖晨起信步趐出山门，只见旭日曈昽，群峰青翠，正在策杖欣赏，只见从远远山径中笠影一闪，转出两骑，一面指点景物，一面徐驱趐近。法晖仔细望去，前面马上那人年可五十余，缓带轻装，气度安雅，神态之间是个官长模样。后面恰是个少年仆人，青衣大帽，手握丝鞭，生得猿臂蜂腰，丰颐广颊，两目灼灼，有如点漆，一张俏脸便似羊脂玉一般。更奇的是双眉蚕卧，浓翠异常。乍望去便如世俗画的吕温侯图像。

法晖一见，不由暗诧道："怎的这等骨相，却辱在厮养？"连忙和南迎上。那仆人已翩然跳下，将前面那人扶下马来，大家厮见过，相逊而入，到禅房落座献茶。

那人道："下官张名德，今赴任祥符知县。路过宝山，特一瞻仰尊宿。"

法晖逊道："老衲伏处待尽，曷当盛奖？"

名德笑道："大师成名遍于中州，前些时下官贱名，辱在敦请笺启之末，难道大师便忘记了吗？"

法晖一想，果然有这官儿，便道："尊官棠荫不是曾在彰德吗？"

原来这张名德精干廉明，甚有官声。更能折狱锄强，所以到处知名。当时名德笑道："正是哩，便是上宪垂爱，调任祥符。"

法晖惊道："那么此去须经过袁家寨地面，尊官轻骑简从至于此，只怕不甚妥当吧。"

说到这里，那少年仆人恰好递上茶来，垂手一旁，不由微微一笑。法晖眼光甚锐，不由点头。恰见名德笑道："实不相瞒，下官辎重也有十余车辆，便连敝眷都赴任所。今现驻在山下村店。"说罢，一望仆人，笑道："皆因此人还有粗气力，途路之间稍可放心。他名张安，便是河南人氏。"说罢，即命张安拜过。

　　法晖扶起道："好好。"趁扶起之势捏了他一把，张安屹然不动。法晖大笑道："端的好资质哩。"于是命他别室歇息。

　　这里知客僧人也自趋来，行童摆上素点，大家一面吃一面谈，甚是投机。法晖待了一霎儿，潜自趋出，要寻张安谈谈。刚趋过前殿，只听后院中一阵喧哗，寺众黑压压转在那里。走去一望，只见张安正拽起衣襟，骑马式站稳，一手叉腰，单手把住石鼎之足，喝声"起"，登时鼎起过顶，刚要挺身拽步，忽见法晖到来，连忙放在那里，面不改色。寺众都诧道："真好臂力。"

　　法晖也是喜悦，方要与他讲话，恰好后殿檐上一个鸽雏争食跌落，法晖心中一动，忙走去手起一杖，登时击毙。张安忽地失声道："这却可惜！"

　　法晖一见，不由投杖长叹，便挥退寺众，与他谈了一会儿，方知他虽勇力绝人，但是世俗武功还不曾晓得剑术。便笑道："足下天资委实可爱，可能随老衲山居吗？"

　　张安听了，略一沉吟。法晖大笑道："且去去去。"

　　正这当儿，知客僧寻来，说张官儿就要下岗，于是法晖同张安匆匆趋去，张官儿已步出禅房，与法晖握手道："大师有暇何妨辱临敝衙，早晚得聆高论，一洗俗吏风尘如何？"

　　张安偷眼望去，法晖眼光一闪，灿如岩电，笑道："这个哪里定得？"逡巡之间，一行人步出山门。张安忙带过马来，扶张官儿乘好，自己牵骑在后。法晖道声珍重，张安趁势跳上面，鞭丝一漾，拥张官儿便下山来。这里法晖眺望良久方回。

　　你道这张安究竟是何等人？说起他的来历，十分奇特。原来睢

3

州地面有一个破落户人家，主人李茂田，生得混混沌沌，却就是视酒来命。他祖上曾做过一任学官，因此人都称他作李官孙。这李官孙落落拓拓，百事不理，专好交结些不三不四的人，在街坊上闲撞。久而久之，便有一干青皮少年，捉他的瘟生，无非是赵大钱二孙甲李乙之类，终日价吃喝玩耍，往往半夜价聚在官孙家内，穿房入户，通没避忌。偏逢官孙娘子生得花枝似的，长长身段，明眉大眼，一双脚儿蜻蜓也立不牢。有时节送茶送酒，作张作致，早被这干人看得心头热辣辣的。原来这妇人小名琐奴，本是牙侩家女儿，初嫁在西乡尤大户家，不消一年，便弄得尤大户瘵疾死掉。于是乡中传出一种浑语，便看子弟们轻薄无状，便笑道："你快叫你娘子捡金钱去吧。"原来尤大户病亟当儿，越发虚阳鼓动，狂淫无度。一日晨起，琐奴赤了下身，偶一弯腰去取地下溺器，大户见了登时大悦，从此令她簪花敷粉，脱得赤条条，只着双水红鞋儿，就病榻前撒下铜钱，令琐奴一一拾起。这段风光自然是十分旖旎。琐奴滥贱性儿也就到十二分了。不想这种歪货却被李官孙收来。亏得他于女色不甚留意，过得年把，也还相安。这时见了这干少年，未免丢眉扯眼。其中李乙最为狡狯，背地里和琐奴言三语四，两人都有些意思了。

　　一日李乙独自踅来，见院中静悄悄的，刚唤得一声"李兄在吗"，欲知后事如何，且听下回分解。

第二回

为幽欢琐奴除眼障
闻奸计拾子动心机

　　且说李乙叫得一声，只见琐奴笑吟吟趑出，只是摇手，一面凑向前道："悄没声的，他方才醉卧了。"说着星眸一瞟道，"这里没人，我不留你了。"李乙情不自禁，刚要去握她手儿，只听门外喊道："你这厮便拉我些柴草去也不算什么。"说着跑进个十三四的蓬头孩子，乳虎一般，掮着山也似一堆柴草。

　　琐奴喝道："你这种冒失鬼似的，惊人打怪，多咱我揭掉你的皮。"

　　那孩子睁起眼道："娘，不见毛家孩儿拉我柴草吗?"说着向李乙道，"哟，李大叔，怎不外厢坐，我给你泡茶去。"

　　李乙满肚不自在，只得强笑趑出。这里琐奴哪里有好气，一顿吆喝，将李官孙也惊醒了。揉着眼口内咕噜道："你又和拾子置气做甚?"

　　琐奴硬性不去理他，到得晚间，向官孙道："我看拾子不是什么好性气，终日惹得野孩子门前喧嚷。他手脚又没轻重，前些时将后街占儿打得头破血流，问起他，他还和你胡吵。左右是收来的野花子，依我看赶掉他吧。一年大一年，咱养他到几时?"

　　官孙道："我收他时他还小哩，只知道是姓王。他妈叫廖妈妈，有个姐姐也不知哪里去了，他事全不晓得。一时赶掉他，哪里去呢?

便是这些年也亏他斫柴汲水，替手换脚。等他大两年，再遣掉他吧。"

琐奴听了，便不再说。却是从此见了拾子脸便绷得紧紧的。哪知拾子偏觉得李乙尴尬，出入之间暗暗留神。过了几日，忽见李乙和官孙越发亲近，不断的美酒佳肴流水送来。那赵大等人倒有些脚步稀了。不知，琐奴也便高兴异常，涂脂抹粉，一张脸只带着笑，趄进趄出，总带着俏步儿。

一日，拾子黄昏趄转，忽见李乙喜洋洋从门内趄出，一见拾子却笑道："我刚才到门唤你，不想你没出来，倒出来一只狗汪的一声，险些咬了我的脚，亏得你娘急忙赶开。原来你主人不曾在家，我脚也没驻，便出来了。"

拾子骂道："常来不认的王八蛋。"

李乙听了，只好白瞪两眼，扬长而去。这拾子跑入，只见琐奴正红郁郁的脸儿，云鬟微松，靠着房门嗑指甲。拾子没好气，自入厨下，吃些冷饭，刚要困觉，只听琐奴在窗外吩咐道："拾子，你明日到丁字沟斫些山柴来，还禁烧些。我给你多带些胡饼，便当中饭。"

拾子一面答应，一面暗想，这当儿到处柴草，为何巴巴地远去？这丁字沟距家二十余里，便须一日。怙恍之间，忽若有所悟，当时沉沉睡去。

次日果依言带了绳担胡饼匆匆趄去，却将出自己积钱数百文，就市上买了一担山柴，寄放在相识人家。他只在家门左近潜身伺察，果然已分时候，李乙趄来，须臾与官孙把臂而出，一面笑道："今日咱在南洼孙桂喜那里吃个体己酒。吃醉了便连夜下来，赵老大等惯胡搅毛，快别招他们。"说着，匆匆去了。

拾子刚要探头，只见琐奴嘻嘻跑出，尽力砰的一声，将门关好。李乙听得，不由回头一笑。拾子这当儿更瞧科几分，便一声不响，静观其变。不多时，琐奴开门探头望望，唾了一口，重复关好。直

6

等日斜时分，忽见李乙忙忙走来，两只眼睛东张西望，觑得无人，忙去叩门。便听吱扭门一启，李乙仓皇闪入。拾子见了拔腿便跑，悄一推门，关得牢牢的，还隐隐听得琐奴微笑，一路趑进去。

这里拾子方要转向后墙，只听背后轰一声，一人直扑上来，连忙转望，却是他同伴夏憨子，不容分说拖住拾子道："难得你闲在这里，咱们快跌博耍子去。"

拾子道："没得工夫。"

憨子做鬼脸道："好人，你只帮个场儿，等我摆布了毛小厮，咱们吃他娘的油炸脍，哪些不好？"

拾子急道："越说没空哩！"憨子无奈，只得噘了嘴趑去。

这一耽延不打紧，却有人大得其所。当时拾子耐着气等他走远，方三脚两步走向后墙，天生轻捷如燕，只略一耸身，已落墙内。便由夹道内角门掩身而入，鹤行到正房窗外一听，反静悄悄的，一无声息。正在沉吟，忽听琐奴似叹似笑地由喉咙内娇嫩嫩吁了一声，赶忙伏窗隙一张，只见罗帏深掩，却瑟瑟地乱抖。忽地细钩一晃，却由帏缝高耸耸伸了半段雪也似小腿儿，只那藕覆红菱，异常秀丽，不是琐奴是谁呢？

拾子这一气，呆了半响。恍惚中一片声息越发闻不得，连忙悄然退出，仍由后墙跳到外面，一路思忖，十分闷闷。究竟气他不过，便飞也似取了所寄山柴，一口气跑到门首，叩得门一片山响。待了一会儿，方听琐奴娇喝道："是哪个这等慌张？"启门一看，却是拾子，登时两颊飞红，怒喝道："我料得便是你哩。"拾子只做没事，一面就后院安置山柴，一面留神，却不见李乙影儿，料得是从后墙走掉。

从此琐奴越发看拾子如眼钉肉刺，吵了几顿，李官孙当不得，便悄悄给拾子几个钱，又给他一身衣履，命他自去生活。拾子拜别当儿，十分恋恋，只抹泪道："主人以后酒要少用，便是门户也须谨慎一二。"李官孙哪知就里，只含糊唯唯罢了。不消说琐奴李乙打得一团火热，俗语说得好，纸裹不得火。久而久之，街坊上都有些风言风语，却是事不干己，那琐奴又泼辣非常，谁耐烦戳这蜂窝？

转眼间过了数月，这时拾子并未远去，只就左近卖柴自给。一日斫柴疲倦，这时十月天气，野风凛冽，拾子只着身单衣，不由肩儿一抱，暗想道：好没来由，往时在主人家虽说辛苦，究竟还能饱食暖衣，不想又落在这般光景。不知主人此时被他们撮弄得什么样儿？想到这里，意气勃勃，即便拽开拳脚，跳荡一回。原来这拾子膂力跳耸，天然来得。睢州大郡，多有花拳绣腿的少年并江湖卖艺之流，每逢人家开场较艺，他便如蝇子见血一般。天下无难事，只怕有心人。不知不觉他已会得好些拳棒，只不过没人理会罢了。不但如此，倒气得李官孙痛责了他两场。

当时拾子舞毕，提拳四顾，微叹道："如今再找主人斥骂两句都不能了。"心中一慨，越发疲倦。恰好身旁有株合抱的老树，霜皮溜雨，树腹中空。拾子顽皮性起，嗖的声跳入，石佛般坐在里面，将脖儿一缩，十分避风。但听得寥寥萧萧，头顶上狂吹不断。正欲合眼困去，忽听树后脚步响动，接着草声窸窣，一人道："老三，这里避风，咱们歇歇脚吧。"

一人答道："很好，总比乱坟里自在得多哩。"

拾子听得语音，暗道："这不是癞毛狗花子贺八吗？一定是和伙伴下乡赶门去了。"正要仍然困去，只听两人已扑通声坐下，先语的那个便问道："老三，你有李大爷那宗俏皮事找到你，你怎么不携带携带我？怪道前些天总见不着你，原来是干夜活儿去了。你到底得他多少钱呀？"

贺八笑道："我可是憨子哩。实不相瞒，整白花花四十两。"

那人惊道："真的吗？怎蚕似的肉虫儿，便这般贵重？"

贺八道："你可说吗？人家总是有大用项。据李大爷说要配什么春药。咱可也不晓得，但是那虫儿捏到手里，麻辣辣的直透手背，似乎有些毒性。咱又不是郎中，给他寻了来就是了。"

那人笑道："你说他要配春药，也许有之。你不见他和李官孙娘子热得不可开交吗？"

拾子一听，登时睡魔都退，方恍然这李大爷便是李乙，急忙倾耳。便听那人恨道："总是我没财运。若早知得同你去，便是给你巡个风儿，也落个三头五两。"

贺八道："你不去倒好。我虽得他一注钱，却险些吓煞哩。"

那人道："怎么……"

正说到这里，只听扑哧一声，贺八惊喝道："哪个……"

欲知后事如何，且待下回便见。

第三回

述尸变险语惊人
哭主灵伤心逐仆

且说贺八吃惊喝问，仔细一望，却是树头老鸦踹落巢泥，便唾了一口，接说道："我寻这虫儿，整费了半月之功。左近大墓坟少说也挖了十来处。你想干这活儿何等费手？必须阴云月黑的天儿，半夜间吃得醉醺醺，提起气来，斧凿刀锯、闷灯绳索一弄儿齐备，然后踅向日间踏准的墓域。这当儿风吹草动，也是惊心。启土开墓，全仗手法灵便自不必说，独有尸棺前和一露这当儿，必须壮起气，自命凶神一般。另外还有一套作用。说起来甚是怕人。便是先用刀斧猛扣前和，喝问道：'朋友，你休推睡梦，怎该俺酒钱总不见还？快开门是正经。'于是将前和剔落，这当儿又喝道：'你避人不见，我便拉你出来。'于是将尸身平拽出。这当儿又说道：'原来你又吃醉了，待我扶起你。'啊呀呀，这时光稍一畏缩便不成功。是用一根长带结作长圈，一头套在自己脖上，那一头便圈尸项，两手扶抱尸腰，对厮面平站起来，便又喝道：'你这厮好没道理，酒气熏人，老子须耐不得。'说罢，啪的一掌，尸颊便歪身一旁。然后又道：'任你东躲西逃，我只剥你衣裳偿酒钱。'以上作用都毕，再放手寻捡，方不至于有变哩。"

那人惊道："哟，我的佛爷桌子，亏你竟有这泼胆。"

贺八道："别提了，方才我没说险些吓坏吗？便是有一日我看准许朝奉的坟墓，又搭着他儿媳前月死掉，入葬不久。我想趁手捞点儿金银饰物，岂不是好？这时虫儿还没寻着，李大爷一屁股颠来，催促还不算，还说一个尸虫儿都寻不着，如办不到我要另托他人了。我听了一肚皮没好气，行事之前，未免将酒排闷，喝多了些。偏逢这夜阴雨路滑，我一气儿跑到那里，三不知栽了一跤，头面抢破。刚爬起来，微掀闷灯，细一端详，却不是许家坟域。忙了良久，方才辨出方向，却是西关王回族人的茔地。他们回教下葬除两匹白布缠身外，一无零碎。我见了越发有气，好容易颠倒趱出，要向许墓，不想恍惚间又趱入一家破园，距身数步还有间看园人草屋儿。纸窗上灯光隐隐，依稀有揉洗衣物之声。我方一发怔，忽听屋内有人低低笑语，我若趱去也便罢了，不想气闷当儿，偏要张一张，这一张不打紧，我就知今夜一个百不利市。原来是看园的两口儿白羊似的正颠耸得起劲。我连忙跑出，陡觉眼前一暗，忽地黑魆魆一堵墙似的，只管随我乱转。忽然一阵风过，沙石交飞，树叶团团旋舞。尽力子上头扑脸。我惊道：悖晦极了，这一定是鬼打墙。今日快转去是正经。刚一拔脚，扑哧一声又跌入浅坑，里面蒺藜荆棘，锋利无比，顷刻间手面上全都殷血。我极力撑起，真个气冲两胁。忽想起厌解之法，便不管好歹，解裤便溺。

"说也奇怪，登时眼前一亮，抬头一看，明星灼灼，不知怎的糊里糊涂就到了许家坟后了。我仔细一想，整转了个大弯子。这时我酒气越壮，便忘掉一切作用，登时跑去，就墓前一阵乱掘。前和露出，随手打开，拖出尸体，不管好歹便如法套好，扶起来刚要动手，忽觉那尸身冷森森地嘘了一口气，这种臭味就别提了。我惊惶中就星光一看，只见那张灰色干瘪脸，两片腮皮只管掣动，忽地烂唇一翻，透出白渗渗七零八落的一口臭牙。我暗道不好，刚要放手，便听那尸桀桀大笑……"

那人道："啊哟我的妈！"

贺八道："你是没听得哩，那声音一百个夜猫子也敌不住。我猛惊之下，便想跑掉。忽想起人家说过凡尸变之怪，都随人阳气奔走，你越奔避他越追赶。又有一种邪物附托，如灵狐臊鼠之类，都能乘人心虚播弄人。凡遇这事，只给他个盛作其气，倒能镇住。如此一想，我胆子立壮，掣出一手啪啪便是几记耳光，再看那尸也便如寻常一般了。这次虽吃吓，还得些彩头。不过是尸脑检遍，也没尸虫儿。当时酒气交盛，踅转来还不怎样，后来细一寻思，又怙惙起来。原来干这营生，最忌的是尸变，十有八九就要犯事，丧气得紧哩。因此我一纳头，三天不出。当不得李大爷催促得凶，没奈何又寻挖一处老墓。这次天可怜见，居然将尸虫寻到了。李大爷喜得什么似的，货到钱交自不必说，却是我还想找他点儿小意思。不想一边去了三次，也没找着他。原来李官孙死掉了，他在那里尽朋情，给人家办丧事哩。听说今天方过头七。"

说到这里，忽笑道："别扯淡了，咱们向东门里金乡绅宅上念喜去吧。"于是一路踢踏，两人踅去。

拾子这里愣怔怔探头悄望，后面那人可不正是癞皮狗贺八？当时悲酸之中，满腹疑团。暗想李乙破了大钱寻这奇怪尸虫做甚？怎又刚得手李官孙好端端便会死掉？想到这里，冷也忘了，登时跳出树腹，担起柴进城。就柴行胡乱卖了一气儿，跑到李官孙家，抬头一望，不由泪下如雨。果然大门上贴了白纸，门洞内尘土狼藉，一群家雀儿正在后檐下跳咯噔儿，见拾子闯来，扑哧声飞了。正这当儿，家狗汪汪地跑出，一见拾子，登时前蹿后跳，竟人立起来，将两爪搭向拾子肩头。拾子一见，越发悲戚，刚要就门后拎帚去扫尘土，不想琐奴听得狗叫，一路笑吟吟低头踅出，猛见拾子猥琐琐抹泪样儿，登时绷起面孔道："你又来胡撞怎的？"

拾子哭道："我听说主人去世，特来磕个头儿。娘莫气恼吧。"

琐奴眼儿一丢道："你耳朵倒长哩？灵在中堂，你自去号丧吧。"

拾子听了，哽咽难语，便飞奔灵前，叩头大哭。这时琐奴没事人一般，自入房中。拾子哭罢，一面就灵前扫去灰尘，一面留神，倒不见李乙的影儿。便踅向琐奴窗前，略问主人病情。琐奴没好气道："这些没要紧，我不爱听。我逢人便叙说他病源，还须长百十张快嘴哩。你又不是在千里百里，难道没耳朵，不知他病倒？活着时你望他也还罢了，这会子只管扯淡怎的？"

一顿抢白，拾子好不难受。望望院墙角自己所用的那把斫柴斧头，业已脱了柄，横在那里。恰好那只狗又摇尾跑来，只管绕嗅拾子衣襟，依依不舍。拾子点头太息，回身便走。琐奴急唤道："塞塞——"哪知那狗偏与拾子挤向门首。琐奴方要赶唤，只听门首一阵劈扑乱跳，接着人嚷狗叫，锅滚豆烂。便听得李乙大喊道："你这厮好没道理，怎不给我看着狗？"又听拾子怒道："各走各路，我这当儿须管不着这鸟事。"

琐奴碎步跑出，正见拾子瞪起眼，注定李乙。李乙后衣襟却被狗撕掉一块。琐奴大怒，登时拎起门栓向狗胯尽力一下，那狗汪的声蹿出多远，还痛得打旋乱叫。这里拾子也便冷笑走去。

琐奴和李乙归到房中，琐奴道："好没来由，那会子我听得门首狗叫，只当是你来了。不想却是拾子挨刀的。"

李乙随口道："他怎么忽地撞来？"

琐奴道："不须理他。倒是咱那桩正经事何时办呀？"

李乙道："这须忙不得，只好一年半载后再说。这会子须防人起疑哩。左右我陪你玩便了，何争娶你早晚？"

琐奴眼皮一抬，笑唾道："哪个稀罕你哩？"

正在情话款款，只听门首又敲得山响。欲知来者为谁，且听下回分晓。

第四回

侦阴谋掀翻戕夫案
验颅骨昭雪覆盆冤

  且说琐奴听得叩门，忙叫李乙藏在僻室，出去一望，恰是族中两个长辈。原来李官孙生时待族十分落寞，整年价不通往来。这时面孔所关，人家不能不来瞧瞧。当时琐奴苦着脸让进，淡淡地谈了一回丧葬之事。族人道："便是三七后下葬，也还使得，届时再来帮忙吧。"说罢趱去。这里琐奴李乙自有一番风光，不必细表。

  且说拾子一肚皮悲痛疑虑，闷闷趱回，哪里肯罢？当时夜间便由琐奴后院跳入，仍到窗下伏觇一回。可巧李乙先自趱去，没甚动静。次夜又去，李乙虽在那里，却只和琐奴调笑打趣，两人入帏之后，拾子恰听了半夜好相声。

  话休烦絮，拾子一连价听四五日，没作理会处。只夜微雨之后，又来伏觇。只见李乙脱得赤条条，只用被盖了下身，仰面高卧。那琐奴恰衣襟半掩，将一腿横在膝盖上，束裹金莲。须臾下榻，就灯下重匀脂粉，乱绾乌云。取起杯子漱漱樱口，刚回眸一笑，要背过灯去，只听李乙笑道："好人儿，劳乏你一趟。你到厨下给我取些酒来。"

  琐奴凝眸唾道："不害羞，你又吃那劳什子药做甚？"

  拾子暗诧道："莫非他真个寻尸虫配春药吗？"

  沉思之间，便见琐奴掌个火亮，婷婷趱出。这里李乙支起只赤脚，口内哼唧起来，十分得意。待了一霎儿，忽听琐奴猛然啊呀一声，接着连步细碎，惊蝴蝶似的跑入，一言不发，软笃笃地扑到李乙怀里，只是娇颤。李乙忙爬起抱定道："这是怎样？"

琐奴定神良久，方嗔道："都是你要吃酒，我方才从正室死鬼灵旁趄过，只听那牢棺咔嚓一声，吓得我火亮都丢掉，酒便搁在这屋外间呢？你道吓不煞人吗？"

李乙道："快不要妈妈子气，一定是棺木偶涨，裂榫有声。还是吃酒是正经。"

说罢，赤身趄去拿入酒来，便与琐奴对面坐在榻上，一面引壶而汲，一面笑道："你吓得色都变了。你那夜晚的胆子哪里去了？"

拾子听至此，不由悄吁一口气，便见琐奴打愣道："依我主意，一七后便埋掉他，没事一大堆，岂不是好？偏你要三七后，给他风光发葬，掩他娘的什么耳目？如今摆在眼皮子底下，哪一时不叫人提心吊胆？难道你忘了那话儿了？"

李乙道："一百个没事。不是我自夸的话，李大爷神机妙算，便是有包龙图再世，我也怕不着他。你想那尸虫焙干入肚，毒气所聚，只有尸身发顶现黄豆大一颗血瘤，再就是骨黑如墨，其余通体休想看出破绽。便抖出尸身都不打紧，何况好端端装在棺内呢？"

琐奴听了，果然意解心宽，笑逐颜开，忽一眼瞟到李乙腰下，掩口道："哟，你看可有些人样儿？"

李乙低头望望，情不自禁便登时掩门熄灯，秽事休提。这其间拾子早听得毛发怒飞，一口气溜出后墙，踩踩脚自做准备不提。

且说这时睢州官儿因差公出，正是鹿邑令张名德兼代县事。一日放告之期，接到一起呈辞，仔细一看情节，事关奸杀谋命，不由大惊。再一看原告年纪出身，越发骇异，便沉吟一会儿，先就内衙静室将原告提进，先一审他面貌，只见这人果是个贫苦孩子，恰生得精神虎虎，声若洪钟。便喝道："拾子，你且将状词述来。"

拾子这时泪流满面，滔滔叙罢，侍役人等都听得相顾色骇。拾子叩头哭道："但求老爷开棺检验，如与呈辞不符，小人甘当诬告之罪。"说罢昂起头来，十分慷慨。

名德虽见他诚恳，哪里便信？便喝道："你可知诬人反坐，罪一等吗？你这点儿年纪懂得什么？一定是受人唆使，或李乙瑣奴平日待你不好，究竟是怎样情节，从实说来。本县念你年幼，与你脱罪就是。"

拾子听了，越发词气泉涌，坚执不移。张官儿诱字诀既不成功，自然须用吓字诀了，忽地面色一沉，将惊木拍得山响，大喝道："快看大刑伺候。"

左右人暴雷似一声喏，接着一声传呼，顷刻间稀里哗啦一阵响，什么夹棍了藤杖了，夹七杂八，堆到阶下，值刑人役都雄赳赳望着本官。哪知拾子全不理会，张官儿暗看他神色，倒有几分相信，只是这开棺一节，自己还担着偌大干系，哪里便敢冒昧？当时便命将拾子暂押，吩咐左右不许走漏风声，自己当晚事罢，却与刑名幕友谈起这案，十分踌躇。这刑友是位老先生，颇有阅历，当时搔首道："这尸虫一物本载在古书的，据云是尸气所化，其毒无比。据这层看来，断非小孩子能知得并伪造说出来的。只是受人唆诱，却不可不虑。如再使人从容诱之吐实，他如再坚执不移，这案情便十有八九不虚了。这其间就在东翁神明照烛吧。"

名德听了，连连称善。便登时唤了两名机警家丁，教了他一套引诱言语，遣赴拾子押所。不多时转来回话道："那原告只不怕反坐，定求检验。"名德听了，倒十分惊叹。于是主见既定，单候次日传人开堂公审，这且慢表。

且说瑣奴这时因官孙不久落葬，正邀请族人并李乙等经营丧事，一切冥礼祭仪并开筵待吊等繁文，应有尽有，唯有李乙高兴之至，真个腿子都跑细。这日早祭之后，大家聚在灵前，李乙正点头慨叹，装他的假慈悲。瑣奴在帏后方数数落落假泣的当儿，只听院内奔马似一阵响，吆吆喝喝抢进几名公人，不容分说，提索一抖，套了李乙琐奴便走。众人这一惊，都呆在那里。少时聚拢来胡噪良久，只得由族人暂为停丧，急去探听不表。

且说琐奴李乙被众公人拖捉出来，登时轰动街坊，一路上潮水似跟了许多。李乙还没人理会，唯有琐奴这种妖娆样儿，顾不得鞋弓袜小，跌跌撞撞，没口子吱喳嚷道："太太犯了什么事？也犯不着这等装腔，难道我发丧犯禁吗？"

公人道："俺这是奉令拿人，你见官办理去吧。"

一路喧喧，不多时已到县衙。报将进去，张官儿登时升堂，先将琐奴叫将上去，一望她面貌，早已心下明白。只见她眉峰微逗，颧骨略耸，妖媚之中一团悍气。因略问数语，带过一旁，然后提笔一落，值刑吏喊道："带李乙！"左右接声一呼，振起堂威，早将个神机妙算的李大爷慌作一团，当时战抖抖跪于案下。

张官儿笑问过年岁职业，猛喝道："有人告你托寻尸虫，赖酬不给，有这事吗？"

李乙方一愣，那琐奴急说道："没有没有，这会子又不喂鱼，谁寻湿湿虫做甚？你老爷连捉虫打鸟的小事都管起来，不怕累坏了吗？"

左右喝道："噤声！"

张官儿一见哈哈大笑，袍袖一摆，急得从屏后带过两人，一个是癞毛狗贺八，一个便是拾子。原来昨夜晚上已将贺八拉到了。

李乙一见，便觉顶门上嗖的一声，恰还当是贺八放诈，刚要开口。哪知琐奴忽见拾子，料得事儿尴尬，又惊又气，登时眼珠一转，哭喊道："老爷给小妇做主哪。这奴才人小鬼大，他因调戏我被李乙撞见，方才赶掉的。有一日清晨他还偷藏在茅厕边觑我屁股哩。"

张官儿怒喝道："掌嘴！"

正这当儿，只见贺八哭道："我的李大爷，坑煞俺了。你那白花花四十两，还剩三十九两哩，只好哪辈子再花去了。"

这阵胡噪，各有状态。张官儿一一喝住，然后命拾子侃侃陈词，从头至尾将李乙琐奴一段奸情并同谋害死李官孙之事，说了一遍，将看听大众都惊得吐舌不已。贺八将挖墓寻虫供了一遍，叩头道："寻虫是实，但交给李乙后俺便通不晓得了。"李乙料难抵赖，只是叩头。

张官儿登时命人抬得棺来，当堂检验。果然一如拾子所告，毒证凿凿。于是李乙伏首画供，琐奴怒骂道："太太不晓得这干鸟事，给卖你们这块肉吧。"说罢，双眉一皱，索性一声不哼。

正这当儿，只听堂下有人声冤，众人不由一怔。欲知来人是谁，且待下文分解。

第五回

走铁鳌淫妇忍奇刑
探玉觚健仆逢异叟

且说张官儿命带上声冤人，细一研问，却是李官孙一个族长。原来琐奴淫乱行为，族众怀愤已久，今遇拾子仗义鸣冤，所以急赶来质明其事。张官儿见案情都实，只差着琐奴招供，便拍案喝道："琐奴贱妇，你还赖到哪里？快些招来。"

连问几句，琐奴只是不响。张官儿不由大怒，喝令杖脊。早有狼虎似的公人应声跑上，哪管琐奴花妍玉润，一把拖翻，剥去上衣，早露出雪也似一身细肉，衬着酥胸玉乳，真个是撾发号呼，玉容无主。却紧蹙眉头，咬得牙吱吱怪响。忽地涌身一挣，便奔拾子，早被公人手快，登时拖转。七手八脚服侍到杖床上去，双悬玉臂，蜷跪两脚，早现出玉版似一段脊梁。李乙一见，只痛得两手爬地大哭道："谋杀之事，是我一人所为，这妇人并不知情。"

琐奴听了，忽地嫣然一笑道："得了，李哥你有这句话，我总算没白结识你。由他们摆布吧。"

说罢，纤腰一挺，只听唰唰唰藤条早落。真是一鞭一条痕，登时红雨四飞，桃花乱落，不多时已血殷腰臀。直杖到数百，琐奴始终无语，却是面色大变，抖喘欲绝。张官儿只得将一干人各付所管，暂且退堂。

从此一连三五日，拷问琐奴，各种酷刑历试皆遍，她只是熬刑不招。水葱似的人儿已折磨得鬼怪一般。这日却有人教与张官儿一种奇刑，便如法备好，将琐奴提上堂来。这时琐奴已蓬头垢面，转动须人。往日风姿一些也没得，独有两只眼还似水池一般。当时一步一拐，扶吏役上得堂，偷眼一望堂下，便大笑道："你太太正想煎饼吃哩，还是我儿子孝顺我。"

原来堂下一字儿排起了数盘铁鏊，都烧得碧荧荧的，相去数步，炙人毛发。另有四名隶役守在那里，便是那所备的奇刑。当时张官儿提问琐奴，依然没供。于是张官儿举目屡望铁鏊，慨然道："这案定如山，已不可移，你何须皮肉受苦？"

琐奴唾道："太太准备和你玩玩哩。"

张官儿大怒，便喝拉下去。早有人架起琐奴，飞奔鏊前，一把揪倒，先给她脱光两脚，瘦伶伶角黍一般，不容分说扶站鏊上，只听吱啦一声，青烟冒起，那一股焦而臭的气味就不用提了。于是左右人架定，走了一趟。张官儿喝道："转来！"如此走法，五个来回，琐奴面孔哪里还有人形？两目如灯，牙都咬碎，一阵额汗淋雨一般，不由摇摇欲倒。张官儿见不是事，且命扶下，只听琐奴惨笑道："太太脚气刚有些熨自在了，孩儿们快来，你看太太饶搭上一趟。"说罢，真个又走回去，恰是下鏊时烂泥般跌在地下。张官儿没法，且令收禁。

不多几日，琐奴在狱如有所见，情知王法难逃，方才直供无讳。张官儿将李乙琐奴贺八一干人如例定罪，不必细表。只有拾子仗义报主，张官儿甚为喜悦。又知他流落无归，便收入衙中，当了一名小仆，起名张安。执役以来，十分循谨。这当儿地面不靖，各官衙都有拳师家将等人，张安当差之暇，但以拳棒为事，马上步下，件件皆通。至于超越耸跳，更不消说。有时节合队较武，张安跨上劣马，使一杆方天画戟，真有辟易万夫之概。又因他捷疾如风，人都唤他作马鹞子。随张官儿擒捕诸盗，甚是得力。却是他不敢自足，遇会得武功的，必要殷殷叩请，这也不在话下。

一日，张官儿任登封县时，忽地县中大户累累失窃，都是极贵重的金珠宝物，深扃秘闭，不翼而飞。报案呈辞正雪片似飞来。忽地张官儿一件传世玉瓺三不知也便失掉，合衙大索，人仰马翻。却在失瓺之所，见了两根白发，亮而且长，十分莹泽。众人仓皇，都没留意。唯有张安暗暗纳罕。过了几天，各捕役被枷责得走投无路，还是一无头绪。

张安见主人闷闷，便从容回道："此贼来头定非寻常，小人愿易装出衙，跟求一回，或能有些踪迹，也未可定。"

张官儿喜道："如此甚好，倘须多人捕拿，急来报告。"

于是张安草草改装，只扮作个卖花粉的货郎儿，穿一身毛蓝短裤子，腰藏匕首，头戴穿檐毡笠，还贴了张太阳膏，就镜一照，活脱一个俏皮小贩。于是背起小藤箱，手持摇鼓，趄出衙来。众人都笑道："好个货郎儿，不用拿惊闺叶吗?"一路调笑，张安就徜徉而去。

趄过几条街坊，逐处留神，通没道理。只有茶馆酒肆间，大家咭咭而谈，拿近来被窃等事，说得离奇万状。张安一连两日，踏遍城关，还是杳无闻见。不由暗忖道："或乡间僻静，倒有些方向吗?"于是赴城庄村又踏了两日，随处投店，更不回衙。

这日夕阳欲落，走到一个小小村落，数十家柴门相望，十分幽静。小儿女成群作队地呼鸡叫豕，一抹残阳淡微微挂在树梢，甚是有趣。张安有事在怀，也不理会，一手扶头坐在一家门首石辘轳上，正在沉思。忽听背后所置摇鼓哗啷一响，回头一看，恰是个八九岁的胖女孩正靠定门，一指吞在嘴内，一手拨弄摇鼓，笑吟吟注定张安，摇头晃脑。

张安随手拿过摇鼓，道："莫要淘气。"

女孩道："咦，你坐扁俺的辘轳，值得多哩。"

张安一听，不由笑将起来。正这当儿，只听门内道："这死丫头，越等她抱柴，越寻不着她。"说着又一女孩跳出，比胖女孩稍大，一见张安，笑道："俺恰待要换针线哩，你别走哇。"说着话如飞跑进，须臾出来，那胖女孩已有些不自在，只眙着眼睛呆望。便见大女从怀中掏出一物，张安一见，不由吃惊，原来是支九子金凤衔珠钗，制作得十分精巧。连忙接过细看，断非平常庄户家之物。便一面胡乱捡给她针线等物，一面想用话引问她此物来历。正这当儿，只听胖女孩急嚷道："大姐姐，你须分与我一半针线。这铜叉子甄大姐说是给咱俩的。"

那大女一听，笑着跑入，这里胖女孩哇一声撇了酥了。张安趁势劝好她，把与她一包针线，笑问道："你甄大姐是哪个呀？她有这铜叉子吗？"

胖女孩道："她那里好玩得紧哩，许多亮晶晶黄澄澄弹儿圈儿的，诸般耍物，只有她爹那个偌老头儿，我见了他便害怕。"说着忽脖儿一缩，用手急指道："兀的那偌老头子不是来了？"说罢，如飞跑入。

这里张安忙随指望去，只见树木影里转出一人，年有六十余岁，头戴逍遥巾，穿一件大布直裰，生得身似寒松，面如满月，顾盼之间，神采照人。一部银条似长髯，直垂过腹。笑容蔼然，徐徐走来。张安猛见他长白髯，不由心上一跳，原来正与那两根白须一样莹泽。

方在惊诧，那老翁已趑到面前，微笑道："便是小女正要买些花粉，足下可跟我来。"

张安一听，正中下怀，便提起箱，跟在后面。却见他迂缓样儿，又不像什么歹人。迟疑之间，已到门首，小小院落倒也幽静。张安到此方要止步，老翁道："里面来捡货吧。"于是趑进，恰是三间宽敞草堂，望到二门里，一片房舍，甚是深远。

当时老翁让张安进得草堂，里面空空洞洞，只临窗白木几上两卷素书，靠壁一榻，趺印隐然。还有一把长剑悬地壁上，鞘尘都满，像久不动的光景。于是两人就榻落座，张安逡巡间正要开箱，老翁道："这不必忙，足下奔驰口燥，且用杯茶吧。"

说罢唤道："云姑泡茶。"便听二门内娇应一声，须臾香风飘处，一个女郎端茶趑进。年可十六七，生得端丽异常，从容容置茶退去。

　　老翁一面让茶，一面道："这便是贱息。"

　　张安这时越发怀疑，因寻常买货哪有这般光景，正想话头要探人家根底，只听老翁哈哈大笑道："管家不必瞒我，可是我那两根白须牵得你来吗？"

　　张安大惊，不由一回手要掏匕首。欲知老翁怎样光景，且待下文便见。

第六回

空堂谈剑事事骇闻
深夜贻书种种不测

　　且说张安猛被人识破行藏，恐有不测，要掏匕首。老翁越发大笑道："何必如此？快请安静些。我正有起道哩。"

　　张安一听，倒觉羞愧无地，手又缩不转，只得掏出道："我孤身流转，不过借以防身，老丈莫怪。"

　　老翁随手接过匕首，铮的声用指一弹，点头道："倒也是纯钢精铸。我与你淬磨一番如何？"说罢，口儿一张，便如灵蛇吐芯，冷森森一股白气直注匕首。余势一矫，嗖的声由张安面前射过，然后一翻转，如矢之投壶，复被老翁吸收入口。张安一个寒噤，气逼良久。再看那匕首时，业已斜断为两，锵啷声丢在地下。

　　这时张安情知不妙，不由再拜于地，索性一字不瞒，将跟缉之故说出。老翁扶起道："这本是我有意致你，哪里怪你访我？我正想到官，了我大事哩。明日咱们赴官就是。我踏遍各处，要访个好官儿，完我事体。因听得这张官儿甚有贤声，我所以来此哩。"于是将张官儿治行细细一问，大悦道："好好，便是贱息也托身有所，省得无端魔障，只管歪缠。"

　　张安听了不解所谓，恰料定是非常大侠，便殷殷叩请姓氏，老翁只笑道："我姓甄，余事不久便晓。等我死后与你长谈一回如何？"

　　张安听罢，哪里还敢深问，迟疑之间，方要辞去。老翁道："日光已落，不须去得，明晨我随你投案，岂不爽快?"说罢站起，邀张安直入二门。

厢室中明灯辉煌，酒馔已备。却是整个价豚肩猪首，各一大肋，上面明晃晃插定尖刀。于是老翁逊客就座。张安这当儿满腹怔忡，略用便罢。老翁却痛饮大嚼，顷刻间酒肉都尽。然后扪腹笑道："怎的足下终有些儿女气? 可惜可惜。"

张安趁势赞道："看老丈这番饮啖豪气，也就不同寻常。"

老翁道："说来好笑，这个须看我兴之所至。有时厌食起来，便经旬不用，也是常事。"

张安骇道："那么老丈真个神仙中人了。"

老翁大笑道："明日我便为阶下之囚，且莫闲谈。足下且看我的赃物。"

说罢，携了张安直入正室。只见华灯光闪，那端荼女郎却早翩然迎出。此时换了一身劲装短服，明珰灼灼，锐履翘翘，越显得丰姿如画。张安一见，恍若有失。

老翁却笑道："云姑夜课，要着手了吗?"

那女郎微微一笑，侧身自去。这里老翁方让客趱进，张安眼光陡地一耀，只见满室中橱几罗列，一层层堆满金珠瑰宝，璀璨光芒直射多远。一橱橱一处处都有签标字注，截然不紊。仔细一看，却是写得此物的来历并估价若干、物主姓氏，大概各省都有物主。以显宦豪权为多，总约其价不可胜计。张安直惊得目瞪口呆，惝恍趱至东壁角下，却有一张矮几，乱糟糟排列之物，只有一总标签上写登封县三字。望到中央，张安不由失声，原来张官儿那玉觚业已好端端供在那里。

老翁拊掌道："你看世上可有盗犯领捕人遍看赃物的吗?"

张安哪里敢多语，只低头趱去。须臾又见一橱门半掩，张安信手一推，里面却有抽屉。抽来一看，却有个大瓦缸在内，缸内灰铺，不知何用。张安略一沉吟，老翁道："这便是恶人寄宿之所。"

25

张安听了，越发纳闷。便见老翁就上层抽屉取出一缶，揭盖一看，张安大惊，却是须发模糊一颗人头。不由急问道："这是怎的？"

老翁一面置头于地，一面道："不须吃惊，天下不义丈夫，便应这般处置。老夫频年游行，哪里记得许多？只是这头昨日方才取到，我还忆得是县绅戚廷诗的哩。"

张发一想，果有这戚乡绅，素行豪横不过，单是上年登封岁饥，他借名募积数万银两，差不多都入私囊，以致县民饿死流离不计其数。张安出衙的当儿，他还因说讼进衙，舆马扬扬，十分气概哩。张安听罢，越发莫测。老翁从容收头贮在一布囊中，搁在一旁，又徘徊一会儿，方与张安踅出。恰曲曲弯弯，非复来径。

须臾至一敞院，黑魆魆的，百步之外，恰有亮莹莹数支香火错落斜布，如星斗一般。便听身后弓弦一响，连珠弹出，登时火亮都熄。老翁大笑道："这妮子又来憨跳了。"

便听暗中哧哧地笑，老翁道："深宵无以误客，你且来追逐我，试试手法如何？"说罢，烂银似尺许白气从口飞出，夭矫扶摇，直上天半。倏然注落，平凝下来，四面游射疾如掷梭，便如银晕万道，腾辉耀彩，就听得弹声打将去，赛如疾雨撒荷，一颗颗都落在地，连一丝白光都沾不着。张安看得入神，只是喝彩。

老翁一笑，收进白光。黑暗中却娇嗔道："谁又能及得父亲哩？"一路莲步细碎，竟跑去了。这里老翁拊掌大笑，依然与张安踅回草堂。张安见这等绝伦武功，好不心痒难挠，便不由殷殷叩问。

老翁道："且莫理会，等我事后与你一谈。时光不早，就安歇了吧。"说罢，让张安登榻而卧，自己趺坐榻头，垂眉定息，登时如老僧入定一般。张安满腔奇骇，一时翻来覆去，哪里睡得着？直待一个更次，正要蒙眬，忽听老翁骨节时时作响，睁眼一看，依然趺坐如故。更奇的是顶上非烟非雾，隐隐起一团华彩。闭气良久，方才一呼。

张安大疑，便悄悄探身，伸手去候他鼻息，只觉沉重如杵，热如火炙，赶忙缩转来，重复卧倒。瞑目推测，倒弄得躁闷异常。心思一倦，也便沉沉睡去。及至醒来，业已天光大亮，急瞧那老翁时，早已结束停当，笑吟吟地站在面前，旁倚木杖，上面便系了那个布囊。张安连忙跃起，老翁道："事不宜迟，咱们赴官去吧。"于是命张安仍携了货箱，斯趁出来。走了数步，张安偶一回头，还见那女郎微笑遥望。

不多时将近城门，只见十余骑壮健家丁风也似跑来，一见张安两人，都各诧异，大叫道："怪道主人忽命来接候于你，不想真个来了。"

张安听了，愈加摸头不着。老翁却哈哈大笑。众人道："这位老翁是哪个呀？"

张安只模糊道："少时便知。"

于是一行人直奔县衙，将老翁安置在旁室中，张安匆匆易装，即便入见。早望见张官儿负手沉吟，正在房廊下踅来踅去。一见张安，连忙摇手示意。转身进室，登时屏退他仆，低问道："甄侠士带到了吗？"

张安这一惊，只张大了口。张官儿道："你所遇异事我已都知。"说罢，从砚下拎出一张素柬来，上面字迹淋漓，十分豪气。写的是：

令君阁下：

　　仆游行海内，垂四十年。一剑纵横，与权豪相因依，殊大快意。然不过学道之余，游戏事耳。往者大陵河之役，仆尝统偏师，却满人十四万众。会遭谗忌，几丧其元。乃知功名之会，几败吾道。嗣是冥鸿物外，潜踪济众。大河南北诸渠魁，所以稍戢凶锋者，仆实阴左右之。盖暗迹之余，并姓字而屡易矣。今道行垂成，法当尸解。然昂藏躯壳，愿托贤侯，是用施术，弋君物色，今尊仆张安来，果罪人斯得矣。国有常典，便请授首。戚廷诗之诛，仆实藉

27

以自为地也。外金资环宝若干，取诸不义，以赈穷黎，于法甚当。唯贤侯善图之。贱息云姑，伶仃靡托，得为丈人屋上乌，不胜幸甚。

死囚甄济望上状

张安看罢，连连称奇，便将遇甄老情形细细一说。张官儿叹道："世界上真有异人。这字儿是我今早桌上所得，一定是他夜间所置。我见见他再讲。"

正说之间，忽听二堂上一阵喧哗。欲知后事如何，下回便见。

第七回

尸解证功风尘留迹
剑术剖秘仙侠同途

　　且说张官儿正要问为何喧哗，只见仆人飞步入报道："戚廷诗公子催捕凶手，又闹到堂上来了。"

　　张官儿皱眉道："且请他客室少待，就说是凶手已得，少刻我便提问。"

　　仆人应命跑去，张安趁势回道："这戚廷诗的首级甄济望也带来了。"

　　张官儿听了，越发惊叹，沉吟良久。先命张安请进甄老，相见之下，果见他神宇不凡。甄老叩谒过，趺坐于地。张官儿道："足下柬中之意，吾已备悉，但迹奇如此，实可骇人。便盗资坐罪，还可出入，唯有这杀人……"

　　甄老不等说完，笑道："令君慈祥厚意，感且不朽，所以犯要托弱息哩。便请正法，不必迟疑。"

　　张官儿再三踌躇，方略一点首，又微问他剑术道理，甄老不答。正是当儿，仆人又飞报道："戚公子捧定个血疤疤的人头哭得丈把高哩。"

　　甄老便道："令君看这光景，还能法外施仁吗？"

　　原来先那仆人匆匆去安置戚公子，仓促之间误引入甄老旁室。戚公子见一矍铄老翁，默坐在内，身旁倚着木杖，上系布囊。当时两下里白瞪一眼，也没搭腔。少时一仆趔来将老翁带走，戚公子闲得没事干，便在室内慢慢踱，恰好趔至杖旁，一阵风过，杖囊便倒，戚公子无意中扶将起来，忽闻那囊内一股异常臭气，觉得诧异。偷解来一看，不由惊倒于地，便登时捧头哭跳起来。

张官儿听罢甄老之话，只得由他。便命张安将甄老带过一旁，自己整理衣冠，忙忙升堂。方才坐稳，那戚公子已莽熊似大步抢来，人役们都拦他不住。不容分说，将那头置在公案上，大哭大叫。

张官儿道："贤契不要慌，便与你凶手就是。"说罢，一回头，不多时甄老带到。戚公子一见，势如疯虎，便要前扑。

甄老大喝道："汝父当诛，虽假手于我，却是众心皆然。如再无状，便当连汝兽行之辈一概诛却。你还记得西楼半夜的当儿吗？"

原来戚廷诗失首那夜，戚公子正和廷诗爱姬在西楼上香梦融融哩。甄老说罢，目光炯炯，人役等都为骇然。再看戚公子时，已木鸡似呆在那里，众皆暗笑。便听甄老不待研问，早滔滔将登封窃案一桩桩述出，末后方说到杀掉戚廷诗一案。堂下观者哪个不晓得廷诗居乡德政？不由心下痛快。便一个个挤眉弄眼，望到戚公子。戚公子觉得没趣，便叩首请为定案。张官儿便当堂将伊父之首交他领去。这里监押人犯，申备详文，一切照例公事，不必细表。

且说张安自遇此异，方知武艺无尽，自己所能，真正有限，转觉心下惝恍，如有所失。刚要趁空入狱叩甄老武功之秘，无奈公务甚忙，接着便主人之命，带了人役车骑，将甄老赃物并云姑一总收来，房舍入官，又将登封失窃事主逐一招来，具呈领赃。其余金宝等物，张官儿便贮库存案，以备赈荒。后来县中大饥，甚赖其用。此是后话慢表。那云姑当时入衙，张官儿夫妇一见，甚为喜欢，便命她伺应夫人，这也不在话下。

且说张安公务静下来，正要入探甄老，恰好上宪公文已到，立命就地正法。这风火事照例文到奉行，偏巧公文到时，将近三鼓，只好明日执行。这夜张安十分怀疑，暗想他什么尸解的话，究竟元虚，难道好端端头颅斫掉，这个人还会不交待了吗？正在沉思，忽听杖声画地哧哧的响，急忙一望，正是那甄老含笑踅入道："你还不寂寞吗？这些日我又取到藏书一卷，你且留看习吧。明日再作长谈如何？"说罢，掷书于几。张安还没开口，他已影儿不见。惊悚中取书一看，却是本《易筋经》，只是上面花花绿绿，连涂带抹，所余清爽之字又画着各样隐号，颠倒看了半晌，也凑不上一句。书却是文字极简，不过十余页，与寻常刻本迥不相同。当时怔了一回，姑且收起。

次日特地绝早起来，思量入狱。不想才踅出署门，又见甄老徐徐拽杖就狱门而没。张安见他这等离奇，便索性不去看他。不多时衙中人役陆续到来，提牢行人也便早来伺候。这风声一播，便轰动满城人潮水似直趋刑场，都睁大眼睛，要看这绝世奇盗。正当这儿，戚公子早麻衣傈然踅来，也做出哭丧脸儿，特地就刑场旁设下香案，供了乃父木主，正在那里作张作致。便见值役人等高叫肃静，众人望去，远远排枪对对，却是当地泛兵，那把总高坐马上，左右顾盼。随后便是壮役刑人，簇拥定一个老翁，徐徐走来。众人都悄语道："这便是那甄济望哩，好古怪。在狱这些日，怎倒将养得精神勃勃？"

闲话之间，一行人滔滔汩汩，已到刑场。随后锣声响亮，红盖飞扬。一乘大轿端坐着纱帽蓝袍的张官儿，距场数步，却停轿不前。早有左右人手挟红毡，鹄立轿旁。这当儿红衣刑人威风抖擞，刚一边一个架起甄老，左臂背刀，明亮亮锋芒一闪，恰好张安急匆匆从人丛挤入，甄老目光一闪，大笑道："少时再见吧。"就这声里，昂然挺坐于地，刑人会意，高唱道："太爷验刀！"一声未尽，咔嚓声手起刀落，甄老头颅登时飞去。那挟毡之人赶忙抖毡，高遮轿前。原来官中旧例要避凶气。张安看得明明白白，甄老横尸在场，哪里信什么尸解的话？不由十分叹息。只有戚公子正忙忙哭拜木主，却觉后脑上扎扎实实挨了一掌。当时官回场净，当值人掩盖尸身，正乱成一团，也没有理论他。不消说悄悄溜去。

31

只有张安随众趑趄，心内总是怊惆。忽想起觇觇云姑到底是怎生光景，便借事溜到内院，恰好云姑笑吟吟从上房走出，一些悲戚之状也没得。转问道："我父大事完毕了吗？"

张安暗道："这父女俩倒是一对儿古怪，难道我今日做梦不成？"于是依然趑出。

直等到了夜晚，越发不得主意，因想起日间惨状，并他昨夜所语，倘真个钻将出来，这才吓煞人哩。正在独坐栗栗，偏觉冷风一吹，窗纸乱掣，一阵尘沙卷舞，那灯火焰头竟要矬将下去。张安这当儿究竟胆气未坚，刚暗道不好，便听窗外笑道："快活快活，今当长别，可要与君做竟夕谈了。"

帘影一晃，一人闯然而入，直将张安吓呆在座，原来正是那掉却头颅的甄济望，依然长须飘动，神态如故，笑微微拉住张安道："莫怕莫怕。我说过借此尸解，了我大事。难道足下不省得吗？"

张安惊定，便揖坐详叩所以。甄老道："凡修道之士，有尸解之说。古籍所载不一，然因缘生法，又有诸般解脱，以证清虚。如老夫生平与铁血为缘，所以法当兵解。在道家本不足奇，不过世眼看来可怪罢了。"

张安喜道："那么勤习武功，都可入道吗？"

甄老道："这却不然。世俗武功不过气充体劲，筋骨强健，无与于入道之事。唯深造术剑之人，方可于此。因内功罡气，实资于导引，然后体轻气清，腾跃绝迹，变化万方，千里瞬息，意之所及，剑气随之便骎骎有入道之基了。因仙侠两途，事本相因，却是功行之间，先须消除世虑，斩断爱根，知白守黑，济群生于无形，然后剑术之用始尊。若一涉世途，其用便不能尽，更不必论入道之事了。"

张安听罢，越发欢喜，并不思忖，冒言道："老丈看我可还能勉习此事吗？"

甄老笑道："足下资禀极佳，然当于功名中着脚，性不可强，何须多问?"

张安又道："那么我就一切抛却,随老丈去如何?"

正说之间,忽见隔院马厩中火光一闪,人语嘈嘈,张安啊呀一声,拔脚便跑。欲知后来如何,且听下回分晓。

第八回

甄女解示易筋经
张安邂逅贩布客

且说张安猛见火光，正要跑去，只听隔院人喊道："不打紧的，火没着起来。"

原来张安有匹爱马在厩中，所以便要跑去。甄老微笑道："足下一马之微，还不能割舍，似不能抛掉一切吧？"

张安听了，甚是惭愧。甄老道："虽是如此，天下异人正多，嗣后如有所遇，当先求剑术植基，等世味扯淡，或能易其天性，亦未可知。"说罢，灯影微摇，瞥然不见。张安痴坐半晌，恍惚如梦，颇恨没暇叩他剑术。

过了几天，将甄老这番事从容告知张官儿，张官儿便命将甄老葬处开来一看，里面却是那根木杖斩为两段，不由问起云姑，云姑只是憨笑，通莫名其妙。原来云姑只会些世俗武功，甄老因剑术事大，不欲她学。却天生的聪捷非常，习得一手连珠弹，可称绝技。使一口倭铁叶刀，家数非常，更且端庄稳静，没一毫武态。当时大家惊叹一番，从此张官儿更善待云姑并张安。

一日，张安偶至内院，恰逢夫人要移那花阴石砧。那石砧恰是一青石碑琢来改用，足有七八百斤。夫人便命张安去唤夫役，并带绳索嵌杠听用，张安走近细一端详，微笑道："这个小人还能来得。"说罢，撩衣叉步，足下裆去，两手端定，微微一摇，那石砧已竖起

34

少许。夫人忙道："不可儿戏。"一言未尽，只听张安喝声起，就稍竖之势，两臂一奋，那石砧已平起尺余。却是张安已累得气息喘促，逡巡之间，砰的声砧落于地，倒惊得夫人只管乱吵。正这当儿，云姑踅来，见张安红着脸儿没做理会处，便笑道："你且唤夫役去吧。"

张安正没收煞，登时跑去，不多时，领了夫役跑来，只见夫人微笑道："不用了，那石砧已被云姑移停当了。"

张安惊望去，果然那石砧平贴贴移在晒台前，云姑正低弹云鬓，弯了腰持帚扫拭。张安这一惊异非同小可，当了夫人不便多话，闷闷踅转。只仿佛掉下件什么事似的，不由驰念无端。忽地将云姑一段娇模样揣想一遍，眼前便如有一个婷婷女郎，轻舒玉臂，款折纤腰，就地下端移石砧一般，不觉自己倒好笑起来。便懒懒地踱了一会儿，忽一眼望见案上那本《易筋经》，猛地有触，顿足道："我真个呆了，此书既是其父所赠，她一定知道些道理，怪道她有此异力。怎一向不能句读，白抛在这里，竟没去请教她呢？"

想到这里，喜不自胜，便登时揣起书，去寻云姑。哪知云姑偏没空隙，不是给夫人针黹，便是在后房制衣，又不便声唤，只好蝎蝎螫螫去觑空儿，一连两日，只急得张安热锅上的蚂蚁一般。

这日夫人却命他晒晾衣服，大小箱篚，乱糟糟堆了一地。夫人检看一回，有些疲倦，又因还须折叠积放，便笑道："这些事儿还是她们女孩子来得灵便熨帖，张安你守在这里，我去唤云姑来帮你收拾吧。"说罢去了。

这里张安暗暗心喜，果然不多时云姑进来。张安道："不须你劳碌这粗笨事，都交给我。却有一件事我要求求你，你须不得推托。"说罢，无意一笑。

云姑登时娇嗔面，正色道："张兄，你我一向厮抬厮敬，有话便说，何得如此尴尬？"说罢，蛾眉一皱，凛若冰雪。

张安猛地悟会到这室中只有彼此两人，倒羞得自己满面通红，赶忙于怀中掏出书来，恭恭敬敬递与云姑道："这便是甄老丈大事毕后赐与我的。"因索性撒谎说道，"他还说与书非云姑莫解，命我尚诚求教的。"

云姑接书当儿，那面色诧异中已透着凄然，这时便道："原来如此，即重以父命，我便指示于你。"

张安暗幸道："妙妙，亏得我这谎撒着了。"

于是云姑捧书置几，自己落座，那张安便如小学生就师习书一般，哈着腰恭立几旁，只见云姑纤指掀书，从头至尾一条条一句句剖析得明明白白。原来那书中隐号，各有联络字句之用，却是参伍综错，故为离合。若非个中人，但逐篇挨行读去，真个如天书一般了。

当时张安听罢，真赛如洪炉点雪，心内一畅，通体泰然，不由手舞足蹈，就要拜伏于地。云姑笑道："且莫没要紧，快些收拾衣物吧。"

于是两人理好箱箧，当即各散。从此张安按书勤习，神力日增。偶有滞解之处，便询云姑。一两年间，早已甚是了得。这时节萑苻遍地，张安吟辙所经，恃以无恐。那日张官儿去谒法晖，却正是调任祥符之时呢。

且说张安当时从张官儿趱下山来，主仆两人缓辔徐行，纵看山色。及到村店，只见云姑正在店门首张望。当时张官儿下骑先自入去。张安跳下马，方要牵两骑去就槽头，云姑趋势悄语道："方才忽来两个人，就店首探头探脑，甚是尴尬。咱们途中须要仔细哩。"

张安不由捏起拳头，哈哈笑道："此去袁家寨还有二百余里，料没有大股贼众。便是有咱两人尽能了得。管保你那弹子利市三倍哩。"

云姑笑道："还是小心为是。"

正言之间，只见两个人趱过，一色的布衣行帽，都有四十余岁，先将张安打量两眼，然后忽相顾色喜。云姑悄语道："方才探望的便是这两人。"

正说时，恰好张夫人有唤，云姑慌忙跑去。这里张安哪里有好气，刚恶狠狠瞪了那两人一眼，要转入己室，只听两人相语道："既逢着这主儿，咱们好歹别放过。"说罢，竟蝎蝎螫螫蹭将前来。张安只作不听得，单看他两人怎生。只见前面那人忽地整整衣衫，拱手道："俺们要向集贤镇去。"

张安眼儿一瞟，随口道："哪个问你来?"

那人赔笑道："不是这般讲，俺听店家说足下这主人家便是新任祥符县张老爷，可知好哩。"

张安听了，越发不耐，昂然道："好便怎样?"

那人又笑道："便是足下这番气概，一定武艺高强，越发妙不过。"

说罢，只管哈腰嘻嘴，通没个所以然。后面那人却急得什么似的，方要自己抢上，只见张安大喝道："你这厮吞吞吐吐，定非好人。"说罢劈脸揪住，抡拳要打。

只见店主人一面跑一面笑喊道："住手! 住手! 这是俺老主顾杨、吴两老板。"说着跑近拉开，笑向被揪的那道："我说吴老板，莫怪人叫你作大麻木，真的也麻木个出品。有话只管说，却尽管属癫龙的，都脱了节了。"

张安听说是店里的客商，倒很觉自己鲁莽，于是一笑让入室。大家见礼，谈问起方知这吴、杨两人都是祥符布商，方从他邑讲生意趱回，顺便要到集贤镇去。因正是一路，要厮趁同行，借点儿官威，觉着路上稳当些。张安听了，慨然应允，又述说自己误会之意。杨客人道："本来这当儿盗贼横行，难怪足下小心。"说着一望吴客人道，"不是前些时郝大爷向郑州接家眷去，至今还没回头呢。"

吴客人咕哝了一声道："你放一百个心，人家也是武将加锋，怕什么的。你忘了去年科里，刘洪起那里三番五次约他入伙，他正眼儿也不瞅，倒相中了买卖行了。"

张安沉吟道："这刘洪起不是大贼魁，与袁时中是一流人物吗?"

杨客人道："谁说不是呢？"

正要说下去，只听云姑喊唤伺候起行。于是杨、吴趂去整治行骑，这里张安与云姑也便收束行装，服侍张官儿夫妇上得舆马，大家纷纷出店。云姑这当儿绾麻姑髻，上罩青细帕，双绞燕尾，垂于髻后，一身短服劲装，背了弹弓，斜俩柳叶刀，翩然上马。只听哗啦一声，有人翻身栽倒。欲知后事如何，且等下回便见。

第九回

谈盗迹骡踏袁时中
走危途店落妲己庙

　　且说云姑等方要出店，大家正簇拥在店门首，不想店小二端了一碗热腾腾的清卤大面，由厨房匆匆趄出，一见云姑，两只眼睛哪里还肯照顾地下，登时脚下一蹶，人倒器碎，被店主人骂了一顿，大家一笑，匆匆起程。杨、吴两人便跟在张安屁股后头，且行且语，无非是讲些生意勾当。这时吴客人却不麻木，反好说好笑，和气得紧。

　　刚走了十余里，只见官道木标上高挂着两颗众盗头，被风一吹，森笼儿晃摇不定。中有一头，业已须发皓然。吴客人赶忙唾道："这个老贼名叫孙大旗，生平作恶多端，便是袁时中手下头目。上年内曾夜劫魏家屯方给事家，他这把子年纪还放不过人家妇女哩。"

　　杨客人道："真个的哩，我听说袁时中便为这厮将方家都杀掉，连方公子那样了得，也没逃出。"

　　吴客人道："正是哩。说起这事儿来，真也异样。"

　　张安不由问道："这袁时中究竟是何等样人？为何如此猖獗？"

　　吴客人吐舌道："说起这人来，更其貌不扬，身不满五尺，尖头阔嘴，走起路来文绉绉秀才一般，却就是凶胆过人，满腹机诈。你便看各路上这里也说袁时中，那里也说袁时中，其实他还不定藏在哪里。凡明明聚众扎寨所在，都是他的党羽，他有本领指挥罢了。

便如前途张耳崖那贼寨，也是他手下大头目，叫什么过天风霍峻据守的哩。张兄此去过那里，须要仔细哩。"

张安听了，只微微一笑道："不须虑得，却是方才你向杨兄说什么事异样啊？"

吴客人道："哦哦，便是说的那袁时中险些被方公子索了命去。本来方公子英气勃勃，文武皆通，上年被这孙大旗劫夺之后，岂肯甘休？便破了半年工夫，毁家募众，将孙大旗捉缚到官，定了死罪。哪知袁时中且是狠毒，便不动声色，分派手下人将方公子劫置在寨。说起可怜，竟生生地肢解而死，一家大小更不用提了。谁知方公子英灵不泯，过得几月，恰好袁时中掠来一头骡儿，浑身赤炭般十分神骏。试起脚力，便如腾云驾雾，将个袁时中爱得没入脚处，差不多喂养刷洗都是躬亲。那骡儿见了时中也越发有昂昂不群之势。从此时中出入，离它不得。一日时中易服出游，便骑这骡，行经魏家屯前，方望着荒墟烬屋，顾盼得意，只见那骡儿忽地双耳直耸，昂起头唉唉乱叫。一打转向，向一带柳林没命撞去。时中方要紧辔，早一头跌下，正撞在一眼土井旁枯柳根上，腰胯生痛，好不有气。便跳起来骂道：'瞎畜生，这是怎样？'一言未尽，只见那骡儿目光如炬，咆哮道：'袁时中，你还认得俺方某吗？俺便饮尽你一腔血，还抵不得俺全家哩。'说罢，奋蹄一扑，登时将时中撞翻，连啃带咬，腾踏起来。时中大惊，滚避中早已浑身都伤，鲜血满地。这时时中从人早吓倒在一旁，但见时中大叫如鬼，瞅空儿滚落土井，那骡儿没奈何，只将铁蹄去蹾井口，昂头怪叫，将地下鲜血舔个干净。这当儿从人硬着头皮，直声大喊，便有过客走拢来，问知情由，都各大惊。一望那骡儿却浑身汗下，好端端路旁吃草，如常畜一般。于是大家七手八脚将时中由井内撮弄出来，业已血人儿似的，仅存气息了。张兄你想，此事不透着异样吗？准是方公子横死，英灵附到骡儿身上了。"

张安道："既有这事，时中凶焰应该稍敛了。"

杨客人叹道："那种人知什么敬畏？现在道路好不难走哩。"

三个这阵闲谈，已走了数十里。不多时，行到岔路。杨、吴拱手道："俺们从此赴集贤镇去，早晚祥符城内见吧。"说罢，催骑趱去。

这里张安一望日影业已西斜，距前面姐已庙宿站之处还有三十来里，便知会云姑催众趱行。自己却泼啦啦放开辔头，前去看店。不多时到得站内，只见这所在十分荒凉，只疏落落百十家居人，日还未落，便已紧闭圩门。张安费话许多，方才叫得入去，就街上趱过一周，通没旅店。末后趱至街尾，方见一家茅檐上挑出个破笤篱，一个老妈妈坐在门首矮凳上，按着个十四五岁的孩子，给他除头上虱垢。那边破土墙上还有七零八落的"仕宦行囊"字样。张安一笑，便下马趱近，那老妈妈一见，早慌得两手乱摇，一面爆豆似的说道："俺这里不是店。"一面凿那孩子道："你这行行子，真不着调。那会子叫你摘店幌儿，你偏打你娘的瓦去。"

张安一见，知她见了刀马害怕，便笑述来历，将个老妈妈喜得嘻天哈地，没口子说道："不是的呀？俺这里距张耳崖不过数十里，真被这群天杀的搅得苦了。你这爷大马金刀地闯来，俺怎的不害怕？阿弥陀佛，今天官府到来，俺这里可要睡一宿自在觉了。"

说着，引张安趱进，一面大嚷道："苗儿嫂呀，来了天大的贵客了！你快些将住房收拾好，帮我忙碌一切。"

一面又喊道："苗子哩，你快向街心黄家肉铺打肉去，慢一点子就怕没得了。"

一路胡噪，已到住房前。张安抬头一望，那门首还贴着红火火的大喜字儿，便见草帘起处，趱出个小媳妇，只有十八九岁，甚是伶俐。穿一身蓝布衣裤，居然整洁。漆黑的云鬟还插朵通草花儿。跷着两只刺天脚，嘻嘻笑道："娘，忙什么?"说着一望张安，忽又飞红了脸。

老妈妈只乐得眼睛没缝，向张安道："这是俺新娶的儿媳妇，刚过得个把月。她这住房内还齐整些，且请夫人将就住吧。真是俺媳妇有神气，恐怕他人一万年也遇不着贵人在房落脚哩。"

说罢，引张安直入进去，自己跑向前面，一揭东间帘儿，忽地啊哟道："可吓煞我了，原来章大娘在这里哩。俺那媳妇就像没嘴葫芦，一声儿也不响。"

小媳妇笑道："哟，那会子俺没说给娘吗？章大娘来描个鞋花儿。"

老妈妈猛省道："是呀，我真也悖晦了。"

正说之间，一个少妇，年可二十五六，生得轻盈袅娜，淡白面皮，眉目间却隐含幽意。穿一身缟素，从内趸出。手内却拿个花袱，笑道："我带得家去描吧。"

老妈妈道："对不住，我送送你呀。"说话间，少妇已去。

张安也没理会，便匆匆进落，先一股新油气味钻入鼻孔。仔细一看，可不正是个新房？只见红油柜上还摆着些锡灯铜镜之类，那边柜头上还有半段胳膊粗的大蜡，上缠红绳，连缀着喜花儿。四壁雪白，倒也十分干净。于是张安连连道好，赶忙趸出，飞身上马，去迎张官儿。

那老妈妈一面忙碌，一面还叹道："章大娘怪好的个人儿，就是命孤寡哩。"一望张安，早已影儿不见。原来这章大娘是一守志寡妇，便住在这后街上，只以针黹度日。

当时老妈妈婆媳两个扫榻拭儿，百忙中那十五六岁的孩子也持肉跑来，他便叫苗儿，是老妈妈的小儿子。正这当儿，只听店外大喊道："喂，有活人没有？给我拿出个把来！"

婆媳一望，不由大惊。欲知来者为谁，且听下回分晓。

第十回

来贵客转惊店媪
杀盗探巧救章娘

且说婆媳俩正在忙碌，忽闻店外喊动，急忙一望，恰是两个稍长大汉，都生得凶眉暴眼，敞披长衫，里面一身密扣短衣，刀靶隐隐，横露腰际。前面一个左颊上一记青疤，吊起两只三角眼，好不凶狠。后面那个竟一屁股坐在门首矮凳上，跷起只踢死牛的拗嘴鞋，挤眉弄眼，很透着暇逸。老妈妈一见这两个四不像样儿，没奈何趱上道："客官莫怪，俺这时方才有人定了店了。"

那青疤的将眼一瞪道："怎么？俺幸亏不来住店，若要住店凭他长两个脑袋也得让给俺。这种鸟官府，俺还没瞅到眼里哩。"

老妈妈暗诧道："怎的他便知得哩？"刚要问其所以，偏巧那块鲜肉三不知被狗衔来，小媳妇持杖追出，那狗业已跑到坐矮凳的那人面前。那人哈哈大笑，站起一脚，将狗踢翻，拎起肉，两眼直勾勾便奔小媳妇。老妈妈连忙接过肉，小媳妇早如飞跑进。那人却笑道："好身段儿，怎这里还有一个？"

老妈妈满肚是气，不敢发作，只得强笑道："客官究竟来此为何？"

那人喝道："俺方才见从你店中趱出一针线娘儿，她住在哪里？俺要做件衣服哩。"

老妈妈慌忙中不及忖度，失口道："她便住在后街。"

那两人一听，掉头便走。正这当儿，只听马蹄乱响，张官儿一干人众业已到来，登时舆马纷纷，集满店院。云姑早如一朵彩云，翻身下马，就舆中扶出夫人。老妈妈婆媳赶忙接进，张官儿自有张安引入厢室，安置一切。大家忙得一团糟，也没人去睬那两人。少时张安系喂马毕，众人随意出进，他也便踅至门首，望望市面。只见那两人正背着脸子交头接耳，一人笑道："反正误不了事，咱们前半夜且乐得玩一下子，我看方才这雌儿越发……"忽一回头，只见张安雄赳赳立在背后，两下里向众客翻白眼。恰好老妈妈忙忙踅过，张安便发话道："俺主人既已落店，这闲杂人店主人须要去掉。"

那两人冷笑道："都是寻店客人，什么叫闲杂人？你这种虎威势给哪个看？"

张安大怒，方要捏拳，那两人也横眼跳起，亏得老妈妈作好作歹，那两人方愤愤而去。这里老妈妈悄悄说道："张爷莫生气，俺这里因距张耳崖近，凡遇这等四不像的人，谁敢得罪他？就怕的或是寨中耳目哩。"

张安一笑，哪里在意。须臾晚膳罢，业已将二更。小市面安息都早，已经静悄悄的。张安提刀就院内外周巡一趟，听听主人都已安歇，顺步儿行到后院，只听老妈妈婆媳尚自闲话。老妈妈道："今天可忙煞了。你看这位云姑娘人家真赛如绢制的人儿，我看比章大娘子还好哩。"

小媳妇道："真个的哩。那会子娘不该将章大娘住处说给那两人。他们四只贼眼好不可恶。"

老妈妈笑道："那当儿乱成一片，谁可想得到哇？"一面说，一面熄灯安歇。

张安踅了一回，也便自去就枕。行路劳顿，倒头便着。一觉醒来，听听街析方交三鼓。忙跳起去喂坐骑。刚到马棚旁，忽听妇人哭声隐隐，仔细一听，还间得有兵杖拍敲之声，不由心下大疑。恰好这马棚便靠后墙，便一跃上去，再一倾耳，那哭声却由后巷里一家发出。凝眸望去，还见灯光影约。当时张安更不怠慢，便一连几跃，由人家屋上跳过后巷，寻声奔去。却是一小户人家，那哭声入耳越发娇滴滴，十分真切。猛闻啪的一刀斫在案上，哭声顿止，接着有男子声音只管喊喳。张安忙从旁垣飞身跃入，便见正房窗上男子影儿一闪，忽就窗隙一张，不由气涌如山。原来正是日间店首那两人。

那长青疤的方叉腿坐定，怀中抱紧个少女，业已吓得痴迷不醒，中衣已褪，露着白馥馥下身。那一人邪眉邪眼，慌张张就要掀少妇两腿。长青疤的道："老大快些了事，今天让你个头筹如何？"桌案上却插定一把泼风刀，余势犹晃。

当时张安眼中发火，方要抢入，只见那一人业已揪落己裤。匆忙之中，恰好窗阶下有一根通炉铁条，张安忙拎在手，一声大叱，踹开窗子抢入，恰好那人正掀起张大屁股，张安趁势一挺铁条，哧的一声，正中肾囊。那人头不及回，大叫一声死掉。长青疤的惊急之中，先将所抱妇人向张安一掷，张安闪过当儿，他早已拔起插刀，大呼斫来。室中窄小，放不开手脚。张安只一矬身，早风也似抢到他胁下，索性抛掉铁条，来了个单拳直冲，长青疤的被打得身形一晃，刀势方举，却又被张安飞起一脚，正中手腕。那把刀直飞屋梁，碰落下来。那长青疤的情知不敌，便猛喝道："老二，你快来取他背后。"哄得张安果一回头，只听咔嚓一声，窗儿踹落。张安急回望，他已从窗口跑掉。连忙赶出，登屋四望，早已影儿不见。便不暇再赶，忙入室唤醒那妇人，仔细一看，恰是那章大娘。于是章大娘一面羞惭惭整理衣裳，一面哭述所以。

原来章大娘将近在鼓时分，正要收拾针黹去安息。忽地大门外喊送针黹，细一声恰是童子声音。原来这都是那长青疤的一段诡计，好使章大娘深夜不疑。果然章大娘以为是街坊上生意到了，及开得门，却闯进两个彪形大汉，明晃晃刀光一闪，喝住嗓声，便拖抱进屋。章大娘哭求良久，末后见那长青疤的大喝道："俺实对你说，俺们张耳崖的寨众怕不着哪个来，你若拗我性起，便给你个痛快。"说罢，插刀在案。章大娘登时吓昏，以后便通不晓得。方才被人一掷，这才醒转哩。

当时张安也自述情形，章大娘连忙拜谢。张安猛省道："可惜那贼走掉，既是张耳崖的人，倒好捉问他些贼寨情形。如今搜搜死贼身畔，可有些物件吗?"

可笑人当惊急当儿，都忘其所以。此时章大娘竟忙忙举灯高照，只见那贼还掀着屁股趴在地下。张安拎起腿子只一拧，便翻转来，章大娘也没理会，只望着张安手势就那贼浑身一摸，果从贴身衣袋中摸出张字纸来，上面字迹清楚，还标着红点儿。张安忙展开细看，这时章大娘却无意中一低头，不觉脸儿一红，悄悄将灯置案。只见张安点头道："怪不得哩。原来这死贼正是霍峻寨中探目，名叫乔芳。这便是寨中标牌，但不知跑掉那人为谁。想一定都是贼中探目，为害商旅的。"

说罢沉吟一会儿，忽地惊道："不好!"不暇言语，拔脚便走。再一看章大娘时，早泣跪于地。欲知后事如何，且待下回便见。

第十一回

过天风乔装酸枣岭
马鹞子战贼张耳崖

且说张安猛地想起店中，唯恐有失，刚要跑去，只见章大娘跪泣道："恩公若去，这死贼怎生处置？"

张安一听，倒好笑起来，便道："此事若经官动府，何等费手？好在狗一般的强盗，便想法掩埋了，倒觉痛快。"

章大娘道："那么这后墙外便有眼废井，将这厮丢进去，倒也罢了。"

张安大喜，便去如法处置。拖死牛一般，由后门拖出乔芳，到井边一脚踹落。这小子风风火火却被井眼儿吸了去了。这里章大娘正战抖抖立向后门，便听张安道："大娘子掩门去吧。俺便回店去了。"说罢嗖的声飞上屋，但见一溜烟似的扑向前街去了。这里章大娘呆了半晌，自去打理血迹不提。

且说张安悄悄跃进店，喜得一无动静，便和衣安卧睡去。直待至五更将尽，那云姑已秉烛出入，整理行李，那小媳妇业已揉着头儿，就灶下温烧汤水，两人一面整理，一面闲话。张安听得也趖出，不由随口道："今天午尖后要路经张耳崖，咱们须要仔细哩。"便将杀掉乔芳之事向云姑一说，云姑还没答语，只见小媳妇猛地一颤，失声道："啊哟我的妈。"手内正拎起把铜壶，手一哆嗦，登时倾入灶眼，轰一声冒起白烟。张安赶忙扶好壶，那小媳妇还面无人色。

云姑笑拍她道："你这不是替古人担忧？事儿都了了，还怕他怎的？"

小媳妇道："俺就惦着章大娘哩。"

正说着，老妈妈也踅来，问知所以，只有念佛。这一阵喊喳，早将厢房中张官儿惊醒，已隐隐听得些话尾，便喊进张安问罢，又将乔芳标牌纸要过一看，沉吟道："现在道路中难免此等事体，我们只好加倍小心罢了。"又嘱咐不必告之夫人，恐她惊怕。

于是忙忙起身结束，不多时，夫人梳洗亦毕，天光业已大亮，张安给过店资，大家便忙忙登程。老妈妈婆媳直送到街上，云姑扬鞭笑道："姆姆，咱们再见吧。"说罢一抖丝缰，赶上张安，簇拥舆马而去。

老妈妈笑道："你看这两个俊人儿，不像一对儿吗？难为她就会这等武艺。"

小媳妇道："娘还没理会她那张弹弓哩，我两脚踏住弓背，双手拉弦，莫想动得分毫。到她手里就如棉条一般哩。"

且不言婆媳踅回，赶忙去望章大娘，自有一番情况。且说张安一行人众滔滔行去，二十里内还都是宽平官道，少时却路径丛杂，一处处坡垞上下，四外林木也觉渐稠。原来这路已近张耳崖，是龙门山披下来的山麓。相传当年汉朝时张耳陈余曾在此处屯兵聚众，因此前面山崖取名张耳。这崖内地势甚好，久为盗贼巢穴。被袁时中火并过来，便结起一座山寨，聚积着数百人，打家劫舍，并专侦劫祥符府一带的往来行旅。寨中头领便是霍峻。此人生得身长八尺，武艺精通，善用一条蜕龙鞭。蹿高耸下，件件来得。他本是延安大盗，少年时曾在陕甘一带横行无忌，是时中手下第一了得的。那乔芳和那个长青疤的，便是他所派侦目。

长青疤的名叫纪刚，当时被张安杀跑，连夜飞奔山寨。到得那里，天光方亮，便忙忙禀知霍峻一切情形。那霍峻杀人半生，哪里将张安等放在心上？却问起张官儿，不由大喜。原来袁时中酒后多

48

语，曾与他谈起有意就抚官中，但是没有机会。在时中本是信口乱道，霍峻却信以为实。暗想张官儿既名重一时，正好借他做个锁线，通闻官中。便是他不肯为力，我且劫质他一家，使他有不得不从之势，袁时中定然喜悦的。

当时算计已定，便忙忙布置一切。又闻得张安了得，欲先觇情况，便选了四个勇健喽啰，与自己通扮作客商模样，各藏兵器，即刻下山。先在距张耳崖二十余里之酸枣行等候。原来这所在正是张安等午尖之处，是一片荒村，仅有一座客店。

按下这里，且说张安见路径荒僻，便嘱咐云姑小心护行。自己却策马先进，只见远近村落，近年来屡遭兵燹，一处处焦垣颓壁，十分荒凉，连鸡犬之声都稀闻。不由揽辔四顾，浩然长叹。暗想，时无英雄，遂令群盗横恣，哪得俺张安一建旗鼓，也不使白日笑人。

正在奇气愤涌，只见迎头一群客商结队而来，张安也停骑道："尊客从前面来，路径还安稳吗？此去酸枣行还有多少里？"

众客道："路径还不怎的，此去酸枣行只有二十来里了。"说罢交臂而过。

张安心下稍安，回望云姑等也从后面长林中转出，淡淡晴旭，烘到云姑脸上，十分鲜艳。于是迤逦行去，不多时，将近酸枣行。只见两面土崖高可数丈，上面密树阴森，中陷一道，便如深沟一般。一行人骑穿将进去，鞭声响动，将崖树群鸟惊得乱飞。张安正在观望，猛听得弦声一响，急忙回望，却是云姑将一只山雀弹落，正驰马要去捡取。张安忙叫道："快赶路吧，弄这些没要紧的怎的？"

一言未尽，只见从崖树影里转出个樵夫模样的人，匆匆而去。这里张安依旧开路趱行，出得深道，便已望见酸枣行的土圩。只见道旁一座破更铺，破墙上还有什么保卫字样，里面两个更夫，穿着破烂袄，正在向阳闲话。听得舆马喧动，探头一看，知是过往的官府，登时笑吟吟跑出，向铺旁一站，向张安道："爷台赴站去，可要俺引路伺候吗？"

张安笑着将头一摇，人马已腾踏而过。便一紧辔头，先奔圩门里。只见一条长街，仅有数十家住户，街尽处却有一座旅店。恰好市肆下有个小贩，张安心一仔细，便问道："此处有几家客店？"

小贩笑道："俺这里从古以来，便是这座客店。"说着用手一指道，"这才是数百年的老古董哩。俺这里有句口号，是'行尽江湖路，还是吴家宿'，这吴家老店再好没有的。"

张安一笑，拍马跑去，离店数步，店伙已飞也似迎上，满嘴辛苦寒温，将马带住。张安一面下骑，一面道："俺后面人骑众多，你那里可容得下吗？"

店伙笑道："俺那里跨院、子院、田场、草场、驴棚、马棚，宽得紧哩。你便有一哨人马也着得下。您老尽管赕好儿吧。"一路胡噪，引张安直进店门。那里还有三五店伙，早接过马，忙碌一切。

张安一望店院，果然宽敞。正室中空着没人，那西厢中却有三四客商，踅进踅出，衣履都十分朴素。少时从室中扶出个长大汉子，厚布包额，呻吟有声，似乎染病怕风一般，就厢前设座坐定。忽地眼光一瞟，却十分锐利。张安匆匆中也没在意，就室中看罢，即便出迎主人。不多时舆马到来，纷纷入店。那大汉一面安坐，一面留神，直至大家都入室去，云姑随手将弹弓倚在正室廊前，那大汉方微微一笑，便向一客商一抬手，两人相扶进屋，不一时，那客商却匆匆出去了。

张安这当儿正在院棚下饮茶歇息，便随口问店伙道："那一客人想是患病吗？"

店伙道："他们到这里也不多时，说是偶患头风，便打发个伙伴向什么相好的家里取药。想是等取来方走哩。"

正说之间，只见一人匆匆跑来，店伙指着道："这便是那取药的人踅转哩。"

张安望去，那人已入厢室，却是一瞥后影，颇像那土崖上所见樵夫。正这当儿，只见一群儿童风也似撞到店门，喊得震天，互相

50

嬉戏，中有一个恼将起来，便赶着一双角小儿揪打，那小儿鬼头鬼脑，十分灵便，登时一缩身，闪入店门，钻在个店伙屁股后做鬼脸，门外群儿一拥而去。这里店人正忙碌饮膳，以为不过是街坊顽童，谁也没有理会。不想那小儿竟趱到正室廊下，就弹弓左右跳跃好久，方才趱去。云姑虽出入望见，通没理会。

不多时，厢室众客各命鞍马，大家扶那大汉纷纷而去，登时院中静下来。张安踱了一回，恰值云姑出来，张安便笑道："少时起行便要过张耳崖了，我看咱们分作两队，我带几人在先试路，你便专护主人舆马，随后进发。倘有动静，前后都可照应，你道好吗？"

云姑点头，张安便忙忙拣了两名健仆跟随自己。分拨已定，上下午饭都毕，望望天光，业已过午，便不敢耽延，匆匆起行。这时张安全身劲装，挎刀上马，出得店门，便与健仆两人鞭马先去。随后云姑一骑当先，护大家跟来。只见这路径越发崎岖，一处处怪柳掩映，高下相连，野风猎猎，吹得云姑衣带飞扬，一望张安帽影，只隐隐在远树间出没。一气儿行了十余里，甚是安稳。云姑暗想道：凡事传闻来大半有一尺说一丈，这平平道径，贼在哪里？便就夫人舆前安慰数语，依然趱行慢表。

且说张安这当儿一路留神，刚跃马当先，转过一座山坡，只听树木内哧的声飞起一支响箭，喊声起处，嗖嗖嗖早从林中闯到四五骑，上面都是精壮莽汉，明晃晃刀枪乱举，一字排开，居中一人手执蜕龙鞭，威风抖擞，勒马大喝道："俺霍峻恭候多时，特请你家主人到俺敝寨。"

张安大怒，急望去却是店中那个病汉，料得尴尬，便拔刀大叱道："你们张耳崖这伙贼徒，遇着俺张安应当命尽了。"说罢，飞马奔去，倏然左手一扬，只听贼中一人大叫道："不好！"回马便跑。欲知后事如何，且听下回分晓。

第十二回

张安马陷落贼巢
云姑穷途逢壮士

　　且说霍峻正要飞马迎敌，只见张安忽地先手起一镖，正打在一个头目肩上，身形一晃，回马便走。霍峻大怒，顺手一鞭，先将那头目打得脑浆进裂，然后一声狂吼，直取张安。两马相交，各奋威武。但见刀光鞭影搅作一片，刀飞鞭逐锦千团，鞭去刀来花一簇。酣斗数十回合，不分胜败。两骑马荡起尘头，早将两名健仆吓呆，插不下手去。这当儿霍峻手下却一拥齐上，喊叫如雷，将张安困在垓心。两健仆大惊，忙商议道："这光景不对，快着一人转去飞报。"于是一人鞭马跑去，这里一人也便挺刀斫入。

　　只见张安一柄刀神出鬼没，越杀越勇，顷刻间将群贼逼得走马灯似的纷纷倒转。少时刀光一按，咔嚓声正斫在霍峻马镫上，霍峻趁势举鞭一招，拨马便跑，群贼哄一声，争先逃命。张安大喝道："哪里走！"一磕马腹，便如流星赶月般直追上去。这健仆壮起气来，也便大呼驰来。眼看着将到一带树林旁，只见霍峻忽地一拨面，闪入林中。张安马势如飞，急切间收勒不住，说时迟那时快，只听扑通一声，张安人马跌入陷坑。喊声起处，两旁丛莽中钩索齐出，登时将张安猱头狮子般捉缚出来。霍峻却大叫道："且押这厮到寨中，急忙转来，还不误事。"于是一拥而去。这里健仆离得半里路，看得分明，于是兜转马头，没命地跑回。

且说先转去的那健仆跑得喘吁吁，迎着云姑，正在那里忙忙报告张安力战群贼，云姑大怒，方要飞马去助战，不想张官儿文人勾当，这时节还不改常度，只管细问情形，一面又踟蹰道："嗯呀，云姑你若去了，倘贼分人抢到这里，这便怎处？"

　　正沉吟间，只见留的那健仆飞马闯到，瞪起两只眼，喘息半晌，方将张安被捉夹七杂八地说出。云姑一听，更不再问，登时眉黛间簇起杀气，扬眉娇叱道："不打紧的，主人既怕这里有失，便都随我来。婢子一张弹弓足了此辈，定须夺张安转来哩。"说着拍马跑去。张官儿没奈何，只得文绉绉押定舆马，在后紧跟。

　　且说云姑芳心焦躁，一面鞭马，一面整好弹囊，刚走得三四里，只见对面尘头大起，数十骑顺风呼哨而来。中有一人扬鞭大叫道："俺霍峻来请长官到寨叙话。尊纪张安现已屈在那里。"说罢，用鞭一挥，群贼蜂拥而至。

　　云姑大怒，一挥手约住舆马，摘下背上弓，拈弹在手，斜弹香躯，两膀用力一开，只听啪的声，弹子通没发出，倒震得自己身形一晃。原来那弓弦三不知便绷断了。云姑情知被算，只叫得一声不发了，一磕马斜岔出半里余，刚拔出柳叶刀要重复卷上，只见群贼业已拥了张官儿等飞也似去了。霍峻却领十余悍贼，横鞭断后。

　　云姑自知势孤，不敢造次。芳心一转，反索性就岔道跑去。去贼稍远，就马上略一思忖，不由恍然，便将断弦处仔细一看，果有些黄焦烧痕。再搭着霍峻假装病夫，来觇情形，这弦一定是他暗遣小儿弄的手脚。只是这会子孤掌难鸣，怎的区处呢？

　　心下一烦闷，倒无意中合转大路，也顺着霍峻等蹑来。走了十余里，方才觉得，不由长叹一声，随手将弓梢拨向草际。只听草内惊叫道："大王饶命！"一语未尽，突地跳出一个人，战抖抖只管叩头，倒将云姑吓了一跳。仔细一看，却是个五十余岁的老儿，青衣毡帽，似乎是仆人模样。惊惶中深锁愁眉，一脸泪痕。

　　云姑道："俺非歹人，却是遭事的行客。你这人为何伏藏草间，落得这般光景？"

那老儿神定，一望云姑英俊气概，暗暗纳罕。便叉手不离方寸，说出一席话来。听得云姑忽怒忽喜，秋波只管乱转，便点头道："原来如此，此贼万恶已极，只我也便是为贼所算，方思忖破贼之法。"因将自己来历并被劫之事说了一遍。

老儿惊道："原来姑娘也是落难的，小人那会子趁霍峻率众下山，看守疏懈，幸脱性命，所以藏在此间，要连夜报官请兵。今姑娘思量救主，咱们便同去赴官吧。"说罢，一整衣履，倒很有些精神。

云姑笑道："官中如能了事，群贼还不至这等猖獗哩。我倒有个计较，咱们且觅一僻静处，细细商来。"

正说之间，只听丛树后有人大叫道："你两个做的好事，快些随我见霍首领去！"声尽处，转出一人，年可三十余，身形壮健，一身土色大布短衣，肩荷猎叉，上悬两只兔儿，昂然立定，双眸灼灼。

云姑大怒，方要策马冲去，只见那人微笑道："不须如此，你两人一番话俺俱听得。俺也是有心人，何妨同议破贼呢？敝庐不远，便请辱临。"说罢向歧径一指，果见二里外有一片碎石短墙。

那老儿尚在踌躇，云姑自恃艺高，又见那人颇朴实，便道："如此甚好。"

那人喜道："还是这姑娘爽快得紧。可惜俺妹子也好武功，便这等了结了。"说罢泫然泪下。于是转身前导，一霎时已到。

云姑下马，细望短垣内，一片院落，只有数间草房，清冷冷确是少有。便宾主本让而入。云姑就系马入室坐定，那一痕残阳已远挂屋角。

那人忙置下叉兔，和那老儿见礼落座道："在下姓樊名建业，本非此间土著。原籍徐州，却因投亲来此，谁想命途乖厄，无端忽遭霍峻荼毒。便是俺有一妹子，颇好拳棒，自幼许给同里人曾治望为妻。未及结缡，治望家贫远游，一去八年余，杳无音闻。后忽接其来书，却在霍峻手下当了一名头目。俺那时一气之下，便要和他绝婚，当不得俺妹子守定从一之义。又因他书中辞意，说霍峻时有就抚之意，将来定可从盗中拔身。终是俺粗鲁无见识，因他意在完婚，俺便将妹子亲身送到此间，与他择日成婚。治望意思倒是确信霍峻一席话，指望他就抚后，自己或能跟讨个出身。俺那时谆嘱一番，便要回乡。治望道：'左右令妹骨肉既在这里，舅兄本是家无长物，孤零零一身，何妨到处为家？大家厮靠着，岂不甚好？'俺仔细一想，倒也有理，便在此间筑起几间草室，寓居下来，以打猎度日。过得年把，倒也安然。俺妹子随治望住在寨内，俺时时走去望她，因此寨中形势甚是熟悉。"

云姑听到这里，一望那老儿，不由面有喜色。

建业接说道："不想上月初旬，俺忽闻治望被霍峻寻事杀掉。俺惊痛之下，忙跑去要探看妹子，刚匆匆趱至寨前，忽地背后有人一把将俺揪牢，悄喝道：'你好大胆，快跟我来。'我回头惊望，却是寨卒王大。此人好酒，俺凡寻来野味，他便沽酒趱来，痛饮方去，因此甚是相得。当时俺情知有异，忙跟他到僻静之处，王大顿足道：'通说不得了。你这当儿还不快避风头，怎还向寨前晃来晃去？你可知曾治望为甚死掉？便是霍峻看中你妹子姿色，借事杀掉他。刻下你妹子已被霍峻软拘起来，正着人劝说从他哩。'俺当时恨极，便要舍去命闯去。王大摇手道：'卵不和石头碰，你这样济得甚事？好在看拘的一班人都不值霍峻所为，等事体稍沉沉，还是设法将你妹子放脱了的好。'正说之间，恰好有两卒远远地趱过，一面笑道：'今天寨主得了心上人的笑脸了，不消说，一高兴定有赏赐的。咱们且准备肚皮装酒肉吧。'王大听得，诧异道：'怪呀，樊老哥你伏在这里，等我探探去再讲。'说罢追上那两卒，喊喳一回，快快转来，沉吟良久，方向我说道：'樊兄不必着恼了，令妹已经应允好事，这当儿寨中正杀牛宰马，预备霍峻喜筵并大犒寨众哩。'"

云姑听到这里，不由蛾眉倒竖，站起来便走。建业和那老儿都各大惊。欲知后事如何，且看下回分晓。

第十三回

奋智勇云姑救主
脱陷阱张仆诛凶

且说建业一见云姑着恼，忙说道："姑娘且坐，待在下细述原委。便是俺樊某那当儿也深恨小妹无志哩。"

因挥泪道："当时俺一言不发，一气儿趑回，气愤中过得一宵，拼掉不问这事，正忙忙结束行装，要作归程。只见王大急匆匆趑来，突地一伸大拇指道：'咳，令妹真是这一个儿。可恨霍峻却脱却钢锋。'俺急忙一问，说也可怜，原来俺妹子假意从他，却暗藏利刃，趁酒罢安歇当儿，竟刺霍峻。不想气力终薄，登时被霍峻杀死。俺惊痛之下，昏绝于地，王大唤醒俺，安慰数语，也便趑去。从此后俺便索性不去，想伺隙刺杀霍峻。每日环山游猎，伏觇他出入之道，以冀那厮万一独身游行，不想总未如愿。今日俺伏在草内，却听得姑娘等一席话，如有用俺之处，万死不辞。"说罢，翻身扑倒便拜。

云姑连忙拉起，慨然道："咱三人既抱同愤，理宜相助。你二人既明寨中形势，再好没有。可俱述来，大家计议。"

于是两人娓娓说罢，云姑喜道："如此却有计较了。我看这事先须除掉霍峻，余贼自散，然后救人不迟。"

因向建业道如此如此，又向老儿道如此如此。便听更柝三敲，即便行事，我自有道理杀贼。两人大喜牢记下。建业便忙忙掌上灯火，与那老儿七手八脚去烧夜饭。猎人家有的是兽筋之类，云姑趁

56

空将弓弦修理好，不多时饭熟，大家饱食罢，各带应用之物，结束起行。老儿居然精神踊跃，寻了把朴刀，拎在手里，于是跟云姑趱出。建业这里熄火闭门，与云姑的马衔了口枚，然后从垣上一跃而出，当先引路。

三个人屏息疾趋，不多二鼓，已到崖前。这崖势本不甚高，不过路径曲折。好在建业等深知奥秘，便盘旋委折，引云姑直到寨后。只听远近更锣传呼相应，建业向寨后高耸耸一片房舍悄指道："姑娘看那里，便是他积粮草之所了。从此去有一捷径，不须入寨，便可到粮院后房。"

云姑道："如此事不宜迟，快些混入，静听更柝吧。"

建业应声而去，云姑又命老儿依所定计划奔赴去了。这里云姑思忖一回，也便从寨后坚栅一跃而入，这且慢表。

且说霍峻兴冲冲劫得张官儿，耀武扬威，回到山寨。先命他掠收的妇女将夫人搀入静室，一切同应饮食，不敢怠慢。然后知会群贼，顷刻间摆起臭排场，就寨厅中威列兵仗，明晃晃刀剑耀目，各头目雁翼排开，一个个横眉怒目，然后他猴在座上，请张官儿来。张官儿虽是文弱，毕竟多年老吏，有个主心骨儿。当时并不惊惶，徐步而入。霍峻这贼骨头终是撑不住劲，不知不觉屁股尖将起来，便命左右看座，请张官儿坐了，然后喝道："俺霍峻是粗莽汉子，有惊长官。长官生平官声便是与我辈作对。既被捉，还有何说？"说罢，凶睛一闪，一望左右，只见群贼登时昂首按刀，十分凶势。

哪知张官儿全不理会，只微笑道："俺职任所在，哪得不然。便如你在什么袁时中手下，今日举动，想也是不得不然哩。生死唯命，何须多话？"说罢，神态洒然。

只见霍峻哈哈大笑，一挥手退去群贼，左右只有两名头目，然后拱手道："俺特请长官，并无歹意。"因将袁时中有意就抚一节说了一遍。

张官儿笑道："此等大事，也非下官所能主持。便如袁首领之意，下官越发不当留此。便是这劫质官长一层，恐朝廷立时来剿，还有什么就抚可讲?"

一席话不卑不亢，倒将霍峻问得张口结舌。没奈何只得放出强盗面孔，冷笑道:"长官既如此说，只好屈尊两日，等俺报给袁时中，候他定夺吧。"说罢，喝左右将张官儿与张安拘在一处，自己只管沉吟此事。

不多时，头目来报所某老儿忽地逃脱，霍峻正没好气，便喝道:"这等没要紧也来呼叫? 只仔细看守他主人便了。"

不多时，二鼓以后，那霍峻正在寨厅问左右张安情形。左右道:"那厮好不气概，只管骂不绝口。方才见得他主人，倒稍为安静些了。"

正说之间，忽闻前寨远远的人语嘈杂，少时反静。不多时又喧闹起来，便听院中群贼互相诧异，接着一个头目飞步入报道:"寨前那片岗林中，忽地星火闪烁，高下错布，恐有奸细在内，请命定夺。"

霍峻道:"什么人便敢到此? 想是狐魔之类，且令寨前头目留神观望，不许妄动。"

一言未尽，又有两寨卒飞报道:"那星火越发繁密，并明明有呼哨之声。刻下众头目恐不有测，已大半领众抢去了。"

正说之间，只见寨外火燎高举，群贼也潮水似呐喊奔去。霍峻大怒，突地跳起来，提鞭便走。正这当儿，只听寨后粮房前忽地一声喊，霍峻一跃出厅，早望见那所在一片红光腾起丈余。此时北风烈烈，只卷得火焰头云催雾趱，顷刻间一片粮房火杂烧将起来。霍峻叫声不好，顾不得奔望前寨，一翻身便扑后面。方转过厅后，只见后寨护粮众头目有七八人从各屋纷纷抢出，一个个猱头敞衣，看光景是从睡中惊起，望了一片火热，只管乱喊。便有四五人喊率寨卒，一面鸣锣，一面乱糟糟寻救火器具。方奔到寨后粮房前，便听得啪啪啪一阵连珠弹，势如急雨。前一排群贼便如麻林般顷刻扑地，后面的急切间收不住脚，此时连绊带撞，正如厕蛆似的乱滚。弓弦响处，那儿又撒豆似打将来。这时霍峻业经赶到，方叫得一声"拿奸细"。只听嗖一声，一颗弹由耳穿过，霍峻赶一伏身，但见粮房后脊飞也似蹿下一人，就火光烘映中，便如一朵彩云，倏地飘落。轻躯一耸，用一个紫燕穿帘式，一摆刀直取霍峻。霍峻一望是云姑，反心下安帖，便大喝道："你这丫头，俺本已放掉你，却自来寻死。"说罢举鞭相迎，登时杀在一起。

以为云姑强煞了是个女子，不消几合，便可捉来。哪知云姑一柄刀翻飞上下，嗖嗖地旋风飐雪，将一个俏影儿浑裹在刀光下，任你使尽本领，休想寻她破绽。更步步紧逼，捷疾非常。霍峻勇力虽有，只是驰逐之间脚步间有些迟笨下来，正在着忙，忽见云姑虚晃一刀，跳出圈外，回身便走，展眼间跃出寨栅，倏然不见。这时火势越发凶猛，哗哗剥剥，映得半天通红。霍峻正在提鞭张皇，只见一个寨卒服色的人蒙面跑来，大叫道："寨主仔细，张安那厮跑掉了。"

霍峻急望那寨卒，只见他蓦地一露面，竟是个陌生男子。说时迟那时快，只听背后大喝道："霍峻，你这厮认得俺吗？"

语音未尽，唰一刀夹脑后便刹。霍峻不及回身，一拧腰，反手一鞭，当啷声火星乱爆。急忙旋身惊望，正是张安。霍峻这一惊非同小可，情知被算，便大喝道："不是你便是我！"说罢鞭影一抬，使出平生本领，和张安杀在一处。却是久战之后，气力不加。怎当张安这只出柙之虎？一柄刀左旋右掠，锋芒霍霍，只取他要害之处。

正这当儿，突听得前寨惊喊连天，霍峻方才一乱，恰好一鞭斫空，步下一滑，身子一扑，张安趁势一旋身，飞起右脚，噗的声正中霍峻左胁。身形一晃，扑地便倒。张安赶上，重复一脚，直将脖项踩歪，然后一刀杀掉。那寨卒服色的人已横刀大叫道："贼首已死，余众无罪。俺大股官军随后便到。"

这当儿众头目大半中弹死掉，其余寨卒谁敢出头？登时都服服帖帖，弃械跪倒。张安命他们起去灭火，便同那寨卒服色的忙奔前寨。原来这寨卒服色的人便是樊建业。从粮房放起火后，云姑便单候霍峻，命他混入，先救张安。建业素闻曾治望说过那寻常拘人之所，便一直奔去。众寨卒忙乱当儿，都当他是自家人，所以竟容易被他救出。又将张官儿安置在僻静之处，才一同杀向后寨。云姑眼快，早已望见，所以抛掉霍峻，去赶杀前寨众头目。至于建业这身服色哪里来的呢？便是治望在寨时，因他出入不便，特给他一身服色，免得盘诘费口。不想这当儿竟大得其用。

却说张安正赶到前寨，只听群贼齐齐一声喊，势如天崩地塌。欲知后事如何，且听下回分晓。

第十四回

搜山寨主仆喜无恙
认黑痣姐弟巧相逢

却说张安惊望去，只见云姑横刀卓立，四面寨卒跪了一地，齐呼饶命。原来云姑赶赴前寨，正值众头目探得岗林中没甚动静，风也似卷回。被云姑放手一阵弹，顷刻尸横满地。中有悍目，恃强奔上的，又都膏了刀头，所以众寨卒奔窜无路，大叫祈命。

当时张安见事已成功，便不肯枉杀无辜，即当众宣谕一回，众皆大悦，便不待张安吩咐，早将云姑等先导入寨厅，然后将夫人从静室中请出。云姑拜见过，夫人恍惚如梦，不由挽定云姑，掉下泪来。正这当儿，只听厅外一阵吱吱喳喳，不多时，粉白黛绿，撞进十余人。其中一妇人年岁稍长，有三十余岁，愁眉泪眼地跟在后面。原来这群妇女都是霍峻掠来。这时恐夫人丢掉她们，进得厅来，黑压压跪了一地，求救之下，各自述家乡，你说我吵，好不热闹，只有那年长妇人含泪无语。

夫人忙道："你们且站过一旁，少时俺家老爷自有发落。"

正说之间，张安已将张官儿请得来，见了夫人云姑，各自欣喜，不由叹道："今日若非云姑，就险得很了。"一面落座，一面问了回破贼情形，十分赞叹。

这当儿群寨卒都鹄立待命，张官儿沉吟半晌，便就厅正中昂然高坐，张安按刀侍立于后，先叫过两名头目，问过寨中情形，然后吩咐道："据你说来，寨中余卒还只有百十余人，便要酌给资斧，遣散归乡。且将霍峻积蓄都与我搬将来。"

两头目应命，率众入后室，不多时，箱笼等物陆续都至，堆满厅院。一件件打开来，金资衣物，无所不有。张官儿命取出数百金，依旧将箱笼封闭，点明件数，命头目誊了一纸，张官儿阅过收起，然后取金之半，俵散给众寨卒。众皆大悦，登时叩谢四散，自不消说。随手掳点子寨中余物并头口之类，谁来管这闲账？顷刻一座大寨前后静荡荡的。

这里张官儿方要发遣妇女，只见两头目连忙跪倒，只管磕头。张官儿笑道："不必恐怕，我留你两人，不过明日到官中做个证口，保你无罪便了。事毕后依然资目谢过遣你的。"

两头目侍立一旁，这时众妇女一壁交头接耳，一壁望着夫人云姑，形态百出。唯有那年长妇人，越发珠泪溶溶，且前且却，望了张官儿，只管欲言不敢，恰好张官儿偶一回头，以为她年长，必系在寨日久，要问她数语，就叫她散给众妇女金资，便叫她进前，一问姓氏。那妇人叩头泣道："小妇人母家王氏，嫁与郝姓为妻。丈夫便在祥符新开了一处店面，因先是寓居郑州，便接眷来店。不想走到此间，无端地去见霍峻，说是霍峻当年曾欠他纹银两千余，小妇人也不知底细。不想霍峻登时翻了面孔，便将我丈夫拘禁起来，连小妇人一同落难。"

云姑听说，心下了然，忽地想起那老儿，刚要说明缘故，前去寻他。只见张官儿微笑道："你丈夫也大胆得紧，这不是从虎口夺食吗？"

正这当儿，张安也想起杨、吴两客人说什么郝大爷，暗想或者就是这姓郝的哩。无意中趱近案前，一勒袖去镊烛花。只见那妇人神气一耸，怔怔地向张安端详半晌，忽地急问道："你这位爷台敢是姓王吗？"

张安出其不意，竟有人问他这丢冷了的老姓，不由应道："你怎的便知?"

那妇人突地站起,急又问道:"你母亲可是廖妈妈?"

张安一听,愣怔怔只管点头。只见那妇人不暇言语,忽地拉住张安大哭道:"啊哟,我的兄弟!可苦煞你姐姐了!"

这一声不打紧,满室人都是一怔。张安恍惚如坠云雾,更不消说。那妇人恰悲悲切切说出一番话来。

原来这妇人正是张安那失散的姐姐,当饥荒年间,和她母廖氏并张安游荡河南一带,那时张安方五六岁。一日天晚行乞,刚赶到一片村落,偎在一家大户门檐下安歇,不想土寇肆劫大户,半夜间喊杀起来,将廖氏等吓呆在那里。只见刀杖抢攘中,火把一举,雄赳赳走来个大汉。一见张安姐姐,登时大悦。不容分说,连廖氏拥了便走,只将张安孤零零丢在那里。廖氏等哭喊之下,早被人掇得去了。不多时拥入贼巢。强盗行为,何须细表,一言以蔽之,那张安姐姐顷刻做了压寨夫人。就官中一面看,自然说是贼妻,恰是就强盗一面看,合巢中也都敬她如掌印夫人一般。廖妈妈不消说倒得了个大王快婿,便跟着论秤分金银,碗酒块肉,受用起来。方知这盗首姓郝名世隆,就是那杨、吴两客说的那郝大爷了。

过了几年,廖氏死掉,郝世隆趁了十年强运,纵横于流寇土贼之间,东也搭帮,西也入伙,江湖中颇颇有名,绿林之豪结识得很为不少。那当儿霍峻还是个无名小卒,世隆见他很有点儿贼出息,左右有的是不费力的钱,便常常借贷与他,陆续着足有两千余金。后来霍峻威名日起,便夤缘到袁时中手下,与世隆久不相闻。

世隆做贼也有些烦了,便洗手不干,流转到郑州地面寓居下来。日子一久,谁还知他贼底细?俗语说得好,光棍当老了,还有些醇酒滋味,颇颇可交。何况世隆是那见过大世面的,略出交结手段,更加手头阔绰,世上人眼孔大的有几个?便是略知他来历,谁肯掉讨厌舌头去伤他面孔?于是将郝大爷三字喊得震天价响。世隆在郑州竟是个富绅角色,张安姐姐自然主持内政,是个安人身份了。却是思念起兄弟失落，时时流涕。幸得她牢记下兄弟一点特征，便暗嘱世隆留意特色。哪知张安自失母姐后，却踽踽行乞，落在睢州地面，被李官孙所收养哩。

当时世隆在郑州两年正想做些商业，消磨岁月。一日在酒筵间，遇着杨、吴两客人，谈起祥符地面商务好做。世隆大悦，便先同杨、吴到祥符去了一趟。经营个把月，竟有头绪，便兴冲冲接得妻子并一应辎重，都赴祥符。不想路经张耳崖，恰自寻一场苦恼。

当时王氏含泪述罢，张安虽听得动情含凄，却是不敢便认。只见王氏恳切切拉住张安一臂道："你这点黑痣，且为姐牢记心头的。"说罢忙给他勒起袖，真有一点黑痣，如棋子大小。众人一见，不由同声嗟叹。张安急一望王氏眉目，不由骨肉之感，性从天中发作出来，那两点英雄泪不由簌簌而落。

正在姐弟悲悯，只见两个人奔马似闯进，中有一人向王氏纳头便拜。欲知后事如何，且听下回分晓。

第十五回

真切切下探地囚牢
错惺惺误收沙氏女

　　且说众人急一望闯来两人，却是樊建业和那老儿。原来那老儿自受了云姑秘计，暗奔岗林张布绳火之后，便赶忙躲向一旁。只闻得寨前后喊杀良久，静了好久，他还不敢便出，直待建业就寨中寻他不见，又赶赴岗林，他方从草丛钻出，恰遇建业呼寻，便同奔将来。一眼望见王氏和张安相携而泣，他摸头不着，便慌向王氏拜将下去。王氏道："原来何富你也出来了，且先见过你家舅爷。"

　　于是向张安一指，何富只得愣怔怔地叩头，起来方要夹七杂八地说救主之事，只见云姑笑吟吟踅过道："这都留着消停了闲磕牙，却是你家主人端的在哪里呢？"

　　一句话提醒王氏，张安便不暇语，早带了两名头目并何富跑去，就寨中各处大索，只是不见。没奈何要寻云姑计较，踅转厅上，王氏听寻不见她丈夫，早吓得泪如雨下。云姑也没作理会处。张安焦躁起来，气势汹汹只管摩拳擦掌，将两个头目吓得逼定鬼似的，忽地啊呀一声，张安喝道："怎么？"一个头目战抖抖道："只是方才俺们吓昏了，如今想起来，霍峻还有一处拘人地牢哩。因郝爷十分动气，所以拘在那里。"

　　张安不等说完，率何富催了他们便走，由厅左曲曲弯弯来至一处小院，内有三个敞厅，却供着个青脸红发的神道，全身甲胄，一手仗剑，一手却拎着副人肝，据说是强盗老祖，战国时什么柳盗跖。这神座之后，恰有块机关地板，当时两个头目慌忙一按启机，唰的地板一旋，下露深窟。两头目高举火把，张安仔细下望，里面虽黑洞洞的，却有阶级可循。何富大喜，便要撩衣当先。张安忙拉住他，却命两头目举火先导，大家鱼贯而下。直弯环百十级，方到地牢。其中阴霉潮湿，不可言状。有两间屋大小，列着四个木枷，锁声响处，早见一木枷上虎也似蹲坐一人，便是郝世隆。生得眉深目淡，淡黄面皮，正掂弄手锁，咬牙切齿。一见两卒大喝道："你这鸟人，有朝都死在我手内！"

何富一见，不由奔上前，便命两头目先开锁枷，一面草草将破贼这事一说，世隆听了，并没悲喜之色，只淡淡一笑。见张安站在那里，只微瞟一眼，然后道："我们至戚，相遇在这等所在，倒也可喜。"

张安见了暗暗纳罕，正要来将扶他，只见他突地站起，不想脚力软困了许多时，乍一着地，不觉摇摇欲倒。张安忙趋近扶定，随口道："姐丈仔细。任你金刚般汉子，谁也当不得折磨哩。"

这句话本是寻常慰藉语，不想世隆登时面色一沉，哈哈冷笑道："好了好了，俺有这英雄舅兄，再不怕遇见什么鸟人了。"

张安听了，也没在意，便忙将世隆搀扶出牢，直奔寨厅。王氏一见，自有一番悲况，便同世隆重新与张官儿叩首，并谢过云姑建业。张官儿慨然道："今日破贼之功，云姑樊壮士自不消说，便是老仆何富也真正可嘉。此后郝君倒要重看他一二。"

世隆忙唯唯，倒弄得何富局促不安起来。正这当儿，只听众妇女肚儿内东一声咕噜，西一声唰啦，云姑心眼快，不由咬了唇暗笑，便附着夫人耳朵一说，夫人笑道："亏得你来提醒，便是我也觉得饿了。"

张官儿恍然道："正是，正是。"这一声不打紧，招得满室中人全都笑了。

于是两头目领了建业何富自去整备酒饭，并寻齐张官儿众仆从舆夫等。这里云姑便领众妇女请张官儿夫人到厅后静室歇坐闲谈。张安这当儿方趁空将自己失落后一往情形向世隆夫妇草草一说，王氏听了又复挥泪便道："天可怜儿，咱们难中相逢，且喜都赴祥符，此后相亲相叙，日子正长哩。"

说罢姐弟都喜，只有世隆却默然而坐。正这当儿，只见张官儿趄将来，王氏趁势站起去寻夫人。这里张官儿向世隆闲谈一回，又问知张耳崖距所属县治还有四五十里，便自语道："如此还须耽搁一日。"说罢沉吟不表。

且说王氏趄到后院静室前，已听得室内妇女连说带笑，有的道："今日天可开眼了，我就恨霍峻那副贼眼，怎的剜掉他才好。"

便有的打趣道："这会子你才这般说，只怕那会子霍峻活跳跳的，巴不得他多瞟你两眼哩。"

那个骂道："等我撕你的嘴。"接着一阵大笑。

王氏刚要走进，忽一沉吟，暗想道:且听听这群蹄子怎的编小把戏我？

便一倾耳，果听得一人笑道："说了半天，还是人家王大嫂有气度。就是霍峻那种软中硬的死缠腿、猴儿相，她竟能不村不俏，拿出老嫂身份，只掇了他的屁股论面孔，果然将霍峻给软禁住，不然好些日，哪里洗清白去？"

王氏听了，心头一块石头方才落地，于是搴帘趄进。只见夫人与云姑对坐于榻，众人如肉屏风般都挤坐两旁，正眉欢眼笑地望了云姑，一见王氏，不由齐笑道："背地莫谈人，谈人没好事。今日我们背地里偏谈起你的好事来了。"于是王氏倒觉赧然。

夫人见了，果然欢喜，便拉她坐了，问了回姐弟相逢之事，然后向众人笑道："人都有个不得已，且喜大家脱难，往事休提，且论现在吧。"

云姑听了，不由哧一笑。夫人道："端的你等都是何处人氏，可一一述来。说不定须当官报明，招家属来领哩。"

众妇女着述毕，却大半是左近州县人氏，只有一个二十三四岁的妇人，生得妖妖娆娆，皮肤分外白净，趔趄着尖尖脚尖儿，流泪无语。问起她来，却是湖南人氏，姓沙，已经无家可归。夫人听了，正在沉吟，不想王氏因自己夫妻脱难，又遇兄弟，一喜之下，慈悲心动，不觉失口道："那么沙大嫂如不嫌弃，何妨跟了我去？便替我些手脚腿，岂不甚好。"这句话不打紧，不想后来竟弄得夫妻反目，出了许多缘故。可见人遽喜遽怒之下，万不可处置事，因没有前思后忖，往往败事哩。

沙氏听了，登时欢然拜谢，便依依靠近王氏，瞧她后衣襟皱了一块，便探手给她舒展开。正这当儿，只见张安领众仆热腾腾端到酒饭肉蔬之类，且是齐整。于是众妇女七手八脚接进来，安置停当，便请夫人上座，大家围拢来，一面吃一面笑道："霍峻那厮也受用尽了，这都是百姓膏血哩。"

须臾饭罢捡出，夫人起身闲踱，无意中推开复室门儿，云姑用烛一照，只见里面桌几之类十分净洁，四壁雪洞一般，却有一具大雕花榻，上面衾褥灿烂，一条长枕，足可睡四五人。云姑莫名其妙，刚道得一声"这枕头却长得诧异"，夫人赶忙瞅她一眼，那沙氏不由附了夫人耳朵悄悄一说，众妇女不禁红了脸儿，低下头去。云姑也似恍然，不由眉棱间霜气森森，啪的声将门掩上，置烛于案。

夫人唾道："那厮作孽如此，安得不死？"

正说之间，忽听晨鸡喔喔，接着一阵马蹄响动，云姑大惊，提刀便走。欲知后事如何，且听下回分晓。

68

第十六回

赴祥符命妇登程
拟详稿干员取巧

且说云姑赶向寨厅前急望去，原来不相干，却是张安指挥众从人端整舆马，便向前一问，张安道："主人吩咐的，你便同樊建业保护夫人，同郝世隆等先行，我随主人在这里还须有些耽搁。便是报官事体，咱们已差人赍了主人手函飞马去了。好在此去祥符都是平坦路了，所以请夫人先行一步。"

云姑点头道："如此说来，那樊建业莫非主人收留下了吗？"

张安道："正是，便是那会子大家用饭当儿，主人说起留用他，他喜得饭也没吃饱，赶向他草室内收拾去了。"

正说之间，恰好建业背了个大包裹，还拎着那把猎叉，大踏步转来。一见云姑，喜得倒唱了个无礼喏。云姑也笑道："咱们萍水相逢，倒撞到一家来了。"

建业笑道："还是人家张爷兴会，倒撞到嫡亲姐姐。"

大家一笑，云姑忙转去禀明夫人。众妇女听得夫人要去，都怔忡不安。夫人道："俺家老爷自有处置，绝不为难你们。"只有沙氏得意得只管要笑，正站在王氏背后。

夫人向王氏道："你便同你丈夫起程去吧，左右都是一道。"

于是王氏领了沙氏，和世隆唤齐从人车马，即便起行，只留了老仆何富准备质官。不多时，张安整好舆马，云姑也便拥夫人登程。

这时天光也便大亮，张官儿和张安何富在寨前后踏看一回，只见焦土颓垣，尸横遍地。各屋宇大半空空，想是散掉寨卒随手捞去。看过一周，十分太息。便大家随意歇困，直到巳分时，那差去的人却匆匆跑来，回张官儿道："本县老爷即刻就到。"

张安听了，便就寨外高处一望，果见崖下一簇人马于于而来，树影里转出一柄红伞盖，锣声隐隐中杂喝道之声，随风飘落。不多时一骑马先行驰到，上面一个青衣大帽的仆人。张安迎上，仆人忙跳下马来，问知张安角色，忙拱拱手，掏出主人名帖，递给张安道："敝上就到，敢烦传禀。"说罢，牵马转迎去。

这里张安飞步入报，偷眼瞧那名帖，却写着"寅弟汤慕劬顿首"一行字样。张官儿见了，不由眉头一皱，自语道："原来他又到这里了，此人却是著名干员哩。"

张安不敢答语，便跟张官儿匆匆迎出。方到寨门，只见人骑吏役纷纷都到，那汤官儿已经下马，生得细高条身量，弯虾一般，白皙面孔，两撇短须，一副死羊眼呆而且白，遍体行装，脚着官靴。望见张官儿登时一抖激灵，趋跄而进，这几步真闹了个干板垛子，等闲人哪里学得来？此人是江西人氏，乙榜出身，来登仕版之先，只在乡里间调词架讼，练得一手好刀笔。他常说道："公牍上笔墨，便如秀才家作文一般，作文贵在审题，那字句间倒好通融。若讲到公牍，不但审题，更须审字，一字未安，必有绝大关系。这一字用去，须要落纸有声，下语如铸，不然会扣得住案情没躲闪吗？"人家听了，倒很服他。后来为一桩讼事，被县官捉去，大受敲楚。他一气便破掉家私，夤缘入仕。真个是驾轻车就熟路，公事漂亮就不用提了，因此甚著能声。当时他见了张官儿手函，老大不自在，因本地面这般大盗，自己素日只以敷衍了事，忽地被过路官员不费公家一粮一矢，剿得肃清，居了这等功去，未免与自己面孔落不下台。继而沉吟良久，忽又喜溢眉宇，便重赏差人，匆匆趱来，却是肚儿内早摆下鬼八卦了。

当时汤官儿春风满面，抢到跟前，一把拉住张官儿，大笑道："啊哟哟，我的寅兄，你特也客气了。既到敝境，怎的不先赏封信，小弟遣人接候接候，也稳便许多。便是小弟这当儿也正招聚民壮，要入寨剿贼哩。"

张官儿不由一笑，让他先走，他哪里肯，一面嘴内吸溜，一面道："岂有反主为客的道理？"

张安听他下字儿颇有斤两，不由暗暗纳罕。这时他已将张官儿推在前面，直入寨厅，不暇叙礼，翻身便拜。张官儿忙同叩而起，他重新又复下拜，张官儿扶起道："寅兄这是为何？"

只见他一整面孔，肃然道："吾兄菩萨心肠，霹雳手段，除此盘踞大盗，小弟忝辖一邑，自当为本境百姓叩谢，此一当拜。便是吾兄多吃惊恐，小弟不能先事预防，理宜负荆，难道不当又一拜吗？"说罢哈哈大笑。

于是宾主相逊入座，张官儿又将大家破贼情形说了一遍，听得他点头播脑，只是赞叹。忽地站起，向张安便是一揖，张安连忙笑躲。他落座拍膝大赞道："古人诗云，得剑乍如添健仆。像吾兄这等健仆，更不用仗剑行千里了。"

说罢又一迭声要见老寅嫂道惊，后知夫人已去，方才罢了。张官儿等他乱罢，便先叫何富叩见，述过主人被陷出难一段事，汤官儿越发称叹。张官儿便道："今大概如此，现在霍峻赃私都封闭在此，便请吾兄照单点看过，贮库申详。其余寨舍等事，尽在吾兄处置。小弟程期在即，不得久留。"说罢，从怀中掏出一纸箱篋单，递将过去。

汤官儿登时一怔，忽又笑赞道："原来吾兄早已料理清楚了，真敏捷得很。"忙接过收起，目示众从人道："少时听呼唤再来。"

张官儿会意，也便屏退张安。这里汤官儿将座儿移近，然后悄语道："兄弟踌躇的就是这事儿。详文一节，若抛掉兄弟，未免本地本管，委实不好看相。不知吾兄可肯容兄弟列个名吗？"说罢嘻了嘴，连连打躬道："我们同寅协恭，将来多少事体都要互相扶助哩。"

张官儿本是大量人，便忙道："这算什么？寅兄便不提，小弟一定要借重芳衔的。"

汤官儿大悦，登时从靴筒内鬼鬼祟祟掏出个详稿儿来，原来他来时抽空儿便拟就了。张官儿接来细看，未免心下老大不自在。原来那稿中大意是说汤官儿正来夜剿贼寨，恰遇张安来报官请救主，于是率领张安登时破贼。将这段大功都轻轻搁他身上。

张官儿一面看，一面沉吟，汤官儿觉得有些不仿佛，忙笑道："这不过兄弟草草所拟，正要吾兄指教斟酌。"

张官儿笑道："话不是这等讲。虽说公文没有十分实在，却也须不离格儿，恐上宪倘或有访察看，大家不便，兄弟却不为居功起见。即如这件事，寅兄要面上好看，但说自己本已准备剿贼，恰值小弟过境，偶为贼困，幸有仆人张安率受贼害之义民樊建业何富等，同力破贼，立诛此渠霍峻。寅兄闻知，当即驰诣该寨，协助一切，并办善后事宜。如此不即不离，倒是公私两尽。便如事首功却是小婢云姑。兄弟不愿述入她，多生枝节，骇人耳目。我辈做事岂可为小婢暗笑吗？寅兄你还请三思。"

一席话直将汤官儿羞得什么似的，忽地干笑道："对对，还是吾兄瞭亮得很。咱们就如此详去。"

于是脸儿一绷，登时喊进仆人传吏役，登将赃私箱件，逐一点过，然后一件件打开，令吏人逐一登记。乱糟糟堆了一地，好不麻烦。

张官儿觉得没什么事了，便要告辞登程。他哪里肯放，便道："这些贮库之物，都是吾兄经过手的，且陪兄弟验明再去不迟。"

正说之间，只听厅外脚步纷纷，突地抢来一干人。欲知后事如何，且听下回分晓。

第十七回

闻俚语张安起情思
盗马匹陶六丧残生

且说张官儿正要兴辞，只见那两头目和众妇女跪倒厅外，哀求发遣。汤官儿研问过便道："你等且站向一旁，等随我到县，再行招亲属领取。"又向张官儿道，"这两个头目既是寅兄许他无罪，咱们便就此遣掉如何？"说罢，酌给资斧，两头目叩谢而去。

这一番耽延，日已平西。张官儿委实候不得，汤官儿又说了许多东道客气话，方才放行。他这里自办理公事，不必细表。

且说张官儿等急忙赶路，不过十余里，日色已暮，便宿歇下，次早再行。小村店中屋宇无多，只见一带草房，可六七间，当中一间，却供着山神土地的纸马，一方皱皮脱骨肉，上面涂得红红紫紫，一只连毛带稦的鸡，嘴内还衔着条红豆粉。居中却是一尾鱼，看那黝黑颜色，少说着也搁过年把。这三献福物，配了个菜疙瘩蜡台，上面有小指粗细一支蜡，恐风吹费油，蜡口却用桑皮纸糊了一周，细望那纸上还隐隐有赵钱孙李字样，想是从村馆先生处找来的。

这当儿店家翁媪都穿了新衣，正在院内扫除。百忙中还喝一个小女孩道："今天是敬神日，你怎么还散头撒脚？"

小女孩一扭头道："哟，你不见俺花儿都戴上了？"

张安望去，果见小髻上插着杂绒福字儿，当时忙碌中不暇细看，便同店翁将张官儿请到东间内去，匆匆卸装安置毕，自己和何富想

73

住西间。刚提了衣装等趋向西间，只听屋内渐渐有声，似乎有人用溺钵一般。略一驻足，只听背后小女孩唤道："那里去不得，俺娘在那里哩。"

一言未尽，果然从西间趱出个妇人来，张安一见，只得趱向供神的东间，还听背后妇人笑向小女孩道："亏得你喊得紧，饶这是等，我还忍了半截儿。"说着，一路嬉笑，直奔灶下而去。

张安料是店翁眷属，便同何富安置毕，掌上灯烛，却到灶下，催促饮膳。只见那女子揎起两臂，正在擀饼。店媪和小女孩都在那里添薪汲水，正忙得一团糟。便悄然趱回去，泡张官儿的茶。刚走到落单，只听得张官儿有说有笑，还有一人咭咭而谈。张安暗想，这是谁呢？趱进一看却是那店翁，直撅撅地和张官儿对面坐定，正张家长李家短地谈得起劲。原来张官儿性极通脱，所到之处，必要问些地面上风俗情形，张安是见惯的，并不为异。当时店翁却搭趁趱出，主仆说了一回话。不多时饮膳停当，张官儿用罢，一路辛劳，要早歇息，吩咐张安不必伺候，即便和衣将息。

这里张安和何富草草吃过饭，也便歪倒。何富上年岁的人，加以连夜辛苦，头到枕便着。只有张安辗转不寝，只听得店翁店媪趱进趱出，少时静了一回，又听得那妇人喳喳吱吱，不移时，店门前又哗哗剥剥放了挂小爆竹，便听得小女孩拍掌道："利市利市，从此可要过安生日月了。"接着一群人笑哈哈提灯闪处，直奔神堂。

恰好与张安卧处只隔一层板壁，便起身就壁缝一张，只见神烛点得亮堂堂的，店翁一家儿正在那里七上八下地就神前乱拜，唯有那店媪一面颤巍巍叩头道："但愿神仙姑姑多福多寿，要不是神勇广大，怎能指挥山神爷土地爷一齐效力，将个偌大张耳崖顷刻扫平？俺这里从此过太平年，都是神仙姑姑所赐哩。但愿你寻个英雄夫婿，做到一品夫人，无灾无难，百岁齐眉。"

一席话夹七杂八，张安听了不由恍然，正在暗想，好笑这消息传到村落中，又是一样说法。只见那妇人一面搀扶店媪，一面笑道：

"娘没的胡念祷，依我看，还是山神土地显圣杀贼。若像大家传说得一朵鲜花似的，这个姑姑不成那三下南唐的刘金定了吗？可是这世界上哪里去找杨宗保哇。"

一阵胡噪，几乎将张安招得笑起来，连忙忍住。等他们踅去，依然歪倒。不知怎的，神驰意乱，一阵阵面红口燥，心头乱跳，只管思念起云姑身世，比自己也差不许多，但觉一腔情思，说不出是惜是爱，急切间竟没处安顿，无法摆脱。久而久之，竟觉耳根喤喤，如拷钟鼓，一颗心直要跃出喉咙。直待好久，方才长吁一声，蹶然坐起，倾耳一听，村柝三报，静沉沉一无声息。望望何富，正睡得死狗一般，便悄然踅出，到后院去添马草。

仔细一望，不由吃惊。只见那三匹马已离马槽，恰连缀着系在后门边一个大石碌碡上，推推门儿，业已掩在那里。张安暗道：这光景是有鼠窃，方要大呼店翁，只见西间后窗上灯光未熄，隐隐听得那妇人咳了一声，又似乎刀声一触案。张安大诧，忙踅近一倾耳，只听里面窸窣有声，妇人咕哝道："俺们贫家有什么钱物？你耽延这些时，还待怎的？"

张安忙俯窗一望，只见一个獐头鼠目的汉子，腰横短攮，将那妇人赤条条按在榻上，正在那里颠上耸下。张安大怒，便要发作，忽一心细，暗想村落中无赖青皮也尽有的，既来钻摸，必带防身利器，或是那妇人的外交儿也未可知。这等腌臜事，管他怎的？想到这里，且给他个打草惊蛇，便踅回数十步，忽地大喝道："哪个大胆，将俺马匹牵到这里？"

一言未尽，只听妇人啊哟一声，接着便闻噔噔一阵跑，神堂穿门启处，突地跑出那汉子，手挺利攮，两眼直勾勾地便奔马匹。张安这时知一定是鼠窃了，不由无名火起，闯到背后便是一脚，那汉扑地便倒，不知怎的，手中利攮触地，一反锋可巧正刺在颈项之间，登时手脚一扎煞，就势交待了。张安一见，倒觉后悔。

这阵乱何富也惊醒起来，忙喊起店翁，掌灯细看。店翁惊道：

75

"啊哟，这不是小偷陶六吗？这种人死掉倒好，只是人命关天的，还须连累见官府，倒晦气得紧。"

张安道："不打紧的，实对你说，俺家主人便是大破张耳崖的那位张官府。方从中别过你们本县官儿，来到这里。只消俺主人去一封信，你同地保到县里报报案情，便一天大事完结了。"

店翁听了，不由喜出望外，一面谢一面道："左右陶六这厮是多年积窃，当地人都认得他。再加上张老爷书信，想没什么连累了。"

正说之间，张安忽闻西间内齁喘有声，猛想起，便推店翁道："你快向西间望望再讲。"

店翁慌张张从神堂穿跑去，不多时，便听店翁大跳大叫，张安大惊。欲知后事如何，且听下回分晓。

第十八回

祥符县刑政清明
瞀先生风尘游戏

且说张安听得店翁跳叫，情知有异，忙赶去一看，只见店翁喘吁吁尽力将妇人连揪带抱，从梁上弄下来，丢在榻上。原来那妇人被辱当儿，忽听张安大喝，陶六结裤便跑，羞愤之下，登时整整衣裤，情急自缢。幸亏喉闭有声，惊动张安。当时店翁竭力喊唤，将店媪也闹出来，问知陶六死掉，只管乱抖。幸得那妇人悠悠醒转，店媪不管三七二十一，抱住哭道："哎呀，我的媳妇，你这不坑煞人吗？你有什么不舒齐，怎的便生这拙志呀？"

究竟店翁机警些，忽一回头，见那榻脚头有一顶眼生旧帽儿，不由长叹一声，力掷于地，便止住店媪哭叫，嘱她好生看守。同张安忙趱出，匆匆地掌上提灯去寻地保。

这时张官儿早听得动静，便叫过张安细问一遍。不多时，地保趱来，张安便同他一面叙说，一面看过陶六尸身。他听了前后情形，自然也须到西间望望，问知那妇人几乎缢死，十分叹息，无意中恰见了地下那帽儿，便笑向张安道："果然这贼曾暗入室来。"

张安不欲道破，只有唯唯。于是地保去叩见了张官儿。张官儿即写了书函交与他，他自准备明晨同店翁报案，这且慢表。

且说张官儿次晨起程，当时傍晚便抵祥符任，先在行馆与夫人见了，各自欣喜。又说了回小店中事，张安瞅空见着云姑，不由将店媪祝神一席话笑述一遍。云姑道："没的嚼舌根，我看是你编派我。"说罢，竟低头一笑，碎步跑去。这一笑不打紧，真个是张安从来所未见，不由喜出望外，觉着浑身上下都合了辙儿，便笑眯眯独自踅去。何富也便自赴主人家。

张官儿一气儿忙碌数日，接印交代，诸事都毕，然后接眷入衙。世隆来叩谒过，便厚致馈礼，张官儿一概璧回。这等官府久有名望，又搭着张耳崖除盗一事，传遍远近，过了数月，真个是政简刑轻，庭无留牍，颂声洋溢，自不消说。

张安伺候之暇，便常到世隆处，亲戚情话，甚是自在。只见世隆却是做的西藏地面的商业，无非是贩去丝茶等物，将藏中之土产药材并皮革毡绒等特贩将来，虽每一次获利甚厚，却是那地面危险非常，每一次行贩，必须多人，还须壮健晓事之辈，各携糗粮器械，便如行军部勒一般，听世隆谈起来，颇颇有趣。

一日，张安从世隆家踅转，刚走到县衙后一条僻巷，只见一家门儿忽地一启，从里面踅出个瞎先生，明杖三弦，一弄儿俱全。文绉绉一手长指甲，长可数寸，莹洁非常。后面却送出个妇人，笑道："先生卦礼俺给你装到背袋里了。俺这条巷紧靠县衙，都是吃官饭的住户，出手儿都来得阔绰，先生常到这里踅踅，生意且是好做哩。"

瞎先生听了，将明杖一击地，不由昂头道："哦哦，我是新到此地，街道不晓得。原来这里近县衙呀？"说罢，拽了明杖，大步小步地便走。偶然身儿一晃，背袋中掉出数文钱，他通不理会，顷刻间已出巷口，脚步儿踏去，并且很有根柱。张安望得分明，不由心下怙惶，便随后趁来。又踅过一条短坊，恰见那瞎先生入一客店而去。这时店门前人众杂乱，张安不便窥探，便认清店号，闷闷踅转，一路上只管寻思。

及至到衙，业已上灯时分，只见张官儿晚饭后正在忙碌公务，就花厅中排了长案，上面文件琐委，看光景便须半夜了毕。张安侍立一霎儿，心头有事，便悄悄去寻云姑。恰好云姑正在自己房内，

78

正支颐沉吟，蹙起眉有些不乐。

张安便道："云妹怎的？敢是有些不自在吗？"

云姑笑道："我们都是孤零零雁儿似的，又没亲人知痛觉热，还敢不自己疼自己吗？好端端的为甚不舒齐？"说罢，又嫣然笑道，"失言失言，你还有个亲姐姐哩。"

张安听了，一时抓不着话头，不知怎样安慰她才好。正在相对忘言，云姑忽叹道："我看这仕路上真个险巇，乏味得很。那会子我听夫人说起，那汤官儿接到咱主人叙说杀掉陶六的书函，老大的不是意思。当时他详报上宪，竟不说陶六是本地积窃，竟说是张耳崖的寨卒，被咱主人擅自遣掉，以致又在良家小店行淫肆窃。轻轻地将咱主人砭了一下，这还不算，便是详报张耳崖那段事，他字里行间竟隐约说咱主人昧起了许多贼赃。这都是咱主人好友从上宪衙门得来的消息，主人气得就再谒上宪，和汤官儿揭质。夫人劝说良久方罢。据我看上宪官儿也未必便浑蛋，听姓汤的一面之辞，只是这口气令人咽不下。所以我也愤愤的。当日我父亲常叹仕路逼窄，今日看来，真真不错。"

张安听了，十分恺恺，因他提起甄济望，登时想起一肚疑团，便笑道："他老人家经多见广，甚事儿不了然？便如方才这事儿，他老人家若见了，一定明白。"

因将瞎先生一番状态说了一遍，云姑惊道："真的吗？既如此，委实可疑。便就掉钱不顾看来，可见他意不在此，怎又偏听得靠衙署近，忽然昂首？果是瞎目，他张望的是什么？虽说是眇者不忘视，不忘尚可，若真视起来，也就可怪得紧了。"

张安道："对对，却有一件，就他那长指甲看来，又文绉绉不像歹人。"

云姑沉吟道："这越发难说。当日我父亲也曾说过，江湖中能人改装易貌的种种都有，况且主人到任以来，屡折豪强，难保不结恨小人。今日之事，便须小心准备。"

张安忙道："既如此，我去暗探那厮，却是这当儿衙中暗备却须云妹哩。"

云姑笑道："你倒像碎嘴婆子，这何须说得。"

张安一笑趱出，便匆匆结束，暗佩短刀，直赴那客店而来。这里云姑也不怠慢，便就署院前后暗暗逡巡，直至三鼓将尽，没甚动静，也不见张安转来，正在心下怙惙，趱至花厅背后，只听嗖一声，后垣上跃登一人，足还未稳，便听张安在垣外喝道："哪里走！"

语音未绝，云姑连弹打去，只听扑扑扑如打在破皮布上一般，那人却笑道："小人儿们倒也有些把戏。"

云姑方要续弹，只见张安一道烟似的跃上垣，不及拔刀，斜刺里拦腰便抱。那人一个鲤鱼打挺，早牵缀，翻落垣外。云姑忙抛弓，一挺柳叶刀，飞身跃出，便见两个扭作一团，风车似旋转，展眼间如两点黑子，追将下去。云姑随后赶来，直至一荒园边，星月之下，只见那人离张安还有数十步，忽地哈哈一笑，翻身一伸拳，张安便倒。云姑大骇，方要收步，那人一拳又向自己伸来，说也奇怪，云姑只觉胸前如一个硬木桩砰地一撞，登时栽倒，连柳叶刀都扔去。那人赶回来，恶狠狠抢刀在手，不容分说先向张安劈头便刹。张安大叫一声，云姑大惊。欲知后事如何，且听下回分晓。

第十九回

访官声刺客留鸿爪
慨仕途归思动莼鲈

上回书交代到张安大叫一声，果然是个险门子。不但云姑大惊，便连看官都要大惊，慈悲些的太太姑娘就要哭天抹泪，以为张安如此英雄，这般结果，凿四方眼的老先生又要啾啾唧唧，便如担忧杨文广被围一般。不知通没要紧，作者正如猴人一般，正在开锣作场，岂肯将猢狲耍掉，没得弄呢？闲言少叙，再说打嘴。

却说云姑惊望去，便见张安大叫道："俺张安自愧艺低，便请你斫得头去。"

只见那人扑哧一笑，将张安扶起。云姑这时不敢造次，忙站起趋近，只见那人清癯白皙，着一件长袍，累累赘赘，只略将前襟扎拽起，两目炯炯，好不有神。随手将柳叶刀递给云姑道："此间非说话之所，且都随我来。"

于是三人趑至僻静处，那人笑向张安道："你可认识俺？俺便是袁时中聘来的刺客，想报那霍峻之仇。也是俺只听了时中一面话，说张官府怎的贪酷，便是破却张耳崖时，不但私掠赃物，便连寨中妇女他都任意收留。俺大怒之下，便寻将来。亏得不曾便造次动手，先就城中借卖卦影身，徐察张官儿贤否，不想竟与时中所说大不相同。所以俺今夜入衙，要给张官儿留个字简，嘱他小心在意，恐俺不转去，那时中差人再来，也未可知。"

81

说罢掏出字简，交与张安，又道："你两个想便是大破张耳崖的人物了。"说罢一笑。

张安忙拱手道："壮士公正如此，使人钦佩，愿赐大名，以志盛德。"

那人笑道："鸿爪留痕，何须姓名？他日倘逢，但呼我作瞀先生罢了。"

张安料是异人，不敢多问，便和云姑拜请道："壮士武功绝异，不敢多渎，只是方才为何壮士略一伸拳，我们便倒呢？"

瞀先生笑道："两敌相逢，若假刀剑为用，只便落第二乘了。"说罢一抖长袍道，"你看我身上可带寸铁？"

于是口一张，冷森森一股白气匹练似飞出，那光色白中隐青，寒风四射。倏地夭矫一周，从两人脖儿边飞过，隐入口中。张安等伏地大惊，正思起问，只见影儿一晃，瞀先生登时不见。两个站起来，相顾发怔，恍若有失。

张安不由叹道："看起此客来，我们真如儿戏了。"

云姑道："此客剑术非常，那一伸拳，准是罡气作用。当年我父亲曾说过百步拳法，不须接触敌人，便能制胜。可惜那时我不能领略哩。"

于是一路逶转，张安一面走，一面将窥探情形说了一遍。原来张安奔到客店，业已二鼓以后。店门早闭，就临街屋窗下先一伏听，里面客人们正高谈阔论，说笑得起劲。仔细一听，大半是说的张官儿德政，并除霍峻一段事，未免添枝加叶，说得张安云姑如黄天霸张桂兰一般。

张安方在好笑，便听一人道："喂，你这先生听听，比你说的《施公案》如何？"

众人听了，拊掌大笑。即有一人呵欠道："今天串街坊委实困倦了，伙计，想着给俺来盆开水，洗洗脚。"

店伙应道："好好。"说着明杖响动，似那人出屋而去。

张安暗喜，等店人各归己室困下来，他便趱至店后墙，一跃而入。伏觇了两处房间，便见暓先生正就灯下在热汤中洗手，目光闪处，直与灯光争辉。张安暗道惭愧，忙定神细望，却见他洗濯良久，只将长袍卷来卷去，少时竟折叠起来，十分便利。整整衣履，略一沉吟，扑一口将灯熄灭。张安识窍，赶忙一伏身，便见他扣门趱出，一路徜徉，直奔后墙。及至张安跃出墙，他已在数十步外了。张安惊忙中看那道路，正奔衙门后身，于是踉跄赶到，那暓先生方跃上后垣哩。

当时云姑听罢，唯有稀奇。少时到衙后，因不欲惊动众人，仍由垣上悄悄跳入。

张安道："你便入内院去，我还须禀知主人哩。"

于是匆匆趱进花厅，只见主人还在批阅案件，便徐徐回明，呈上字束。张官儿吃了一惊，便接来一看，简中大意便是刺客不取裴晋公。张官儿沉吟一番，甚赞张安精细。须臾入内安歇，夫人正在对烛沉吟，面孔上惊惶惶的。张官儿知云姑必已禀明原委，便先唤过她夸奖一番，然后向夫人叹道："古人说宦海宦海，真个是风波无定。我因张耳崖一事，惹出同官谗言，将来这位子稳不稳，尚未可定。今复大盗寻仇，幸遇这正气剑客。却是俗语说得好，猛虎也有盹睡时，这夜夜防贼，真个可虑得紧。"

说到这里，不由一望云姑。夫人心中一动，便支开云姑，接说道："我倒有个计较，我看云姑这孩子咱们竟离她不得，便是张耳崖救主一事，咱们也该想些安置。难道这样人儿放她嫁到山南海北去吗？老爷若中意时……"

张官儿不等说完，忽地站起。欲知后事如何，且听下回分解。

第二十回

结红丝双侠良缘
署下考一官敫屃

且说张官儿连连摇首道:"喂喂,岂有此理?难道我这般年纪还有意藏娇吗?夫人真失言得很。"

哪知夫人本来是虚晃一招,特绕了个螺丝转儿,还没折到本题,当时趁势一落千丈,便笑道:"那么将她配给张安是再好没有。一来也不负甄济望一番付托,二来他夫妇在咱跟前,还怕甚人暗算吗?要不是方才这险事,我虽有此意,还想停停给他们办。今既如此,不如便择日办起来,好歹要羁住他两人心儿。"

一席话有棱有面,非常透彻,听得张官儿拈须微笑,只管点头。正这当儿,却听得榻屏外衣襟窸窣一响,作者不曾身临其境,不敢妄造黑白,请看官玲珑七窍心自家想这点小节目吧。还有一节,你道夫人这番建议纯乎是内无怨女,外无旷夫,要使天下有情人都成眷属,行个太王之岐吗?就表面看来,是为保护自己不消说,却是细按起来,还有一层隐衷,便是趁势使物各有主,免得张官儿倘或居心不净。所谓妇人无妒心,天下称奇绝。这本在情理中。

当时张官儿夫妇计议已定,也便安歇。不知怎的,云姑这一夜翻来覆去再也睡不着。只觉一颗心起落不定,却是无论看见什么物件,都觉有些簇新的气概。即如一盏孤灯,平日对惯了,只觉冷气飕飕,今日却觉穗焰摇红,温煦非常。那灯花儿向人都盈盈欲笑。

转弄得自己八下里不合辙，直待鸡声唱动，方才略一蒙眬。不多时起身，方蓬松睡鬓开得门，却好张安踅过，便笑道："云妹辛苦一夜，倒起得这般早。"这一句平常话不打紧，将个落落大方的竟问得无言可答。脸儿一红，翩然踅进。张安哪知就里。

过得几天，衙中没有动静，张官儿便将许配云姑之事向张安一说，张安大喜自不消说，夫人便尺码置备奁具，十分风光，择吉与两人完婚，便就衙中跨院做了青庐。一切繁文热闹并署中众仆大吹大擂价欢贺痛饮不必细表。

三朝以后，除早拜过主人外，一对新夫妇自然须到郝世隆那里走走。世隆夫妇特设盛筵款待。大家谈叙饮酒，十分欢洽。只是张安暗瞧姐姐眉头儿时时一皱，总有些不舒齐。正这当儿，只见那沙氏扭头折项，擦抹得嫩脸儿红红白白，花鸧鸽似的走来，笑吟吟站在世隆椅后，王氏见了，便推筋站起。正这当儿，恰好世隆飞过一觥，张安酒力已多，便谢道："我委实吃不得了，且用饭吧。"

那沙氏却眼儿一瞟，笑道："舅爷今天大喜日子，多吃几杯何妨？"

说罢，不管世隆，竟婷婷踅近，来了个翠袖殷勤捧玉钟，袖儿一扬之间，已有一股肌香甜甘甘钻入张安鼻孔。张安忙道："不须不须，且置在案，我慢慢吃吧。"云姑不由嫣然一笑，便一迭声唤得王氏来，大家又说笑一回，才终席各散。

夫妇踅转，谈起席间情形，云姑便笑道："我看沙氏作张作致的，总不脱滥污调儿。姐姐收她来，却大欠斟酌。"

张安疏阔性儿，只笑道："左不过是针绱娘儿罢了，理会她怎的？"

不表新婚燕婉风光，且说张官儿自抵祥符以来，虽是颂声载道，却只是百姓一方，与上宪全没相干。大凡廉明风骨的官员，对了上宪未免倔头倔脑，至于人事周旋礼馈点缀，又在若有若无之间，久而久之，上宪本已不自在，偏搭着又听了汤官儿一番捏详。于是年终大计，便将张官儿署考下下。考语是"浮躁任性，操守不谨"八个字。糊里糊涂便将张官儿轻撒掉。公事到来，百姓大哄，便登时奔走号召，聚集数万人，一定要联名保留。自然是推出头儿脑儿，无非是当地绅富生监之类，还有些吃混饭的秀才朋友，这当儿各显其能，传单公启，到处里雪片似乱飞。

这日大会于学宫，议起这段事大家意气慷慨，总到痛切处颇有流涕纵横的借寇之举，堪堪就要闹上宪跟前。张官儿哪知心灰气短，宦性早阑，便和夫人商议道："我本楚狂人，幸叨官禄二十余年，风波历尽，今日借此收帆，倒也不错。便当归去植桑种秫，以乐余年。春秋佳日，登临之暇，再补读数卷未见之书，吾愿已足。这鸥鼠功名，还恋它怎的？"

夫人道："正是呢，无官一身轻，老爷所见不错。"

于是张官儿大集绅民，坚谢借寇之举，倒兴冲冲整备交代，专候起程。

这日云姑正同夫人料理归装，只见张安匆匆趑来寻主人，见张官儿不在内室，回身便走。云姑诧异，忙跟将出来，只见一仆慌张张迎头跑来，向张安说道："你还不快去？那和尚打将起来了。"

张安大怒，如飞奔去。欲知后事如何，且听下回分晓。

第二十一回

祥符衙法晖露机锋
怀沙驲张安逢将弁

且说云姑见张安大怒奔去，还未出院门，恰好张官儿一脚跨入，便问怎的。张安道："便是方才署门外有一游方僧人，欲见主人。张安以为是干乞之流，欲禀明主人以取进止。不料方才人报说，那僧人竟在门外撒起野来。"

张官儿沉吟道："如此便去看来，却不可鲁莽动手。"说罢，也和张安趑出，自在客室等候。

且说张安跑至署外，只见许多人役气急败坏地围定一个僧人，乱喊道："你这秃厮，倒好硬胳膊，真是看定了卸任的官府了，便敢这等放肆。"

正在乱吵，忽见张安跑到，登时一个个揎拳勒袖，又要动手。张安百忙中却瞟见那壮班上李头儿正龇着牙，哈着腰，脚下是丁字步，一手高举马棒，那一手却似指非指，有似剑诀，呆了个纹丝不动。张安大骇，便不顾众人，急忙一望那僧人，不由满面堆笑道："原来是法晖长者到此，俺家主人想望得紧哩。"说罢喝退众人。

人人都惊惊耸耸，唯有李头儿还是那副相儿，并且额汗淫淫，气喘如牛。法晖走去，就他背上只一拍，顷刻便活跳起来。

法晖笑道："这人儿便如冻蝇一般，只管向贫僧上头扑脸，所以暂时将他安置在那里。"说罢，望望张安，甚是欣然，自语道："端的精神有异了。"于是飘然跟张安直奔客室。

张官儿早从窗中望见，不由大喜，趋出一拍拖定，哈哈大笑，便相让而入，宾主落座茶罢。法晖道："便是贫僧疏野得很，有惊台从。"

张官儿笑道："为何吾师也会这等世法？今百样不说，但恨吾师太也高致，便是下官未罢官时，难道便有辱惠临吗？"

法晖道："贫僧念不及此，万事偶然耳。昔日长官偶然到山，今日贫僧偶然过访，法非前定，随缘而生哩。"

张官儿听了，甚为赞叹，便将抵任后许多事故慢慢谈起。法晖听了，只付之一笑，忽地正色道："今日贫僧来意，却要从长官募化些儿。今长官归隐山林，想也用不着了，不知肯割爱吗？"

张官儿听了，倒有些摸头不着。暗想法晖高僧断不同寻常阇黎，来打官长秋风，却是他明说募化，又是怎样桩事呢？正在沉吟，恰好张安端茶趸来，法晖用手一指，大笑道："贫僧募化，便是此人。"

张安听了，不由一怔，张官儿听了，一时不得主意，只笑道："长者慈悲，怕不是一片婆心？却恐张安世慕方多，不能领略此意哩，且消停商酌不迟。"

说罢，即命庖下整治伊蒲，就高斋中与法晖小酌起来。法晖更无蔬笋气味，一般地高谈大唾，酒到半酣，张官儿将张安唤来，便提起法晖来意，命他自己斟酌。你想张安这当儿单据如云，一腔世味，自负材武，看得功名富贵直如拾芥，锦片似前程不肯舍掉自不必说，便是娇滴滴一个云姑也便拴得他牢牢的。当时听了，只有笑而摇首。法晖大笑道："且去且去，嗣后如忆起贫僧时，且莫以此介意。"说罢站起兴辞，张官儿苦留不住，只得相送出衙，眼看他飘然而去。这里张安便与云姑说知，不想云姑倒听得怔怔的，很有一点儿爽然若失的光景，却被张安笑了一场。

过了几天，张官儿行程在即，张安不免到姐姐处辞行。只见世隆夫妇一对儿沉脸噘嘴，王氏一见张安，不觉洒泪道："你这一去，

88

不知多会子再来了。天可怜见，咱姐弟遇在一处，如今又要分手。"

张安一面安慰数语，一面望世隆却如不听得一般，只管攒起眉，满屋乱蹀。王氏道："你姐夫便为贩货发愁。如今西藏里越发道路难走，听得同行中往往失事，那所在盗贼不但迎来，还会邪术。今不久又当得贩，急切间没有相宜人护行，所以愁得紧。"

世隆便道："也是我时气不顺，上月曾遣人赍了重礼，赴山东巨野请著名镖师狄子羽，偏他头两日被人家约了去了。又有人荐直北卢龙袁廷相，此人当年曾在喜峰口一个人劫过满洲贡马百十匹，数十名健卒都被他砍翻。那本领真个绝顶。我忙专人去聘，不想他又死掉了。"

张安听了，猛然心有所触，便笑道："姐丈不须烦闷，若委实没人去，俺便试行一次如何？"

王氏道："哟，可了不得，那所在连你姐丈都有些畏首畏尾哩。"

只听世隆冷然道："我这样脓包不值得你提。若不是老弟夫妇，在张耳崖就交待了。"

张安忙道："咱且说正经。如姐丈看我不堪此任，也就罢了。"

世隆这当儿本是满心愿意，却故意沉吟道："那么老弟去是很好，却是尊主人行程在即，便怎处呢？"

张安屈指一算，便道："如姐丈行贩起程在个把月后，我便可赶得回来哩。"

王氏喜道："既如此，有商量了。"

世隆眉儿一扬道："你乱的是什么？老弟到来还不去准备酒饭？"

王氏听得张安还来，心头一喜，便不理会世隆嘴脸，真个兴冲冲去吩咐酒饭。不一时大家吃罢，张安起辞，王氏未免眼角酸酸的，那世隆却切嘱早回。张安慨诺而去。

不几日，张官儿起程，邑中绅民祖饯之盛，十分热闹。攀辕卧辙，许多风光不必细表。他家本楚南岳州，一路上水陆行程，无非晓行夜住、饥餐渴饮八个大字。这日行到怀沙驿地面，只见市坊荒凉，大半是小贩客店。张安连看数处，只有一家还堪住息，正房五间，颇颇宽敞，还有三间厢房，紧靠马棚。便请张官儿等就这里歇将下来，方安置都毕，自己退回厢房，打拂行尘，只听门外一阵喧哗，便有人大喊道："这是官面差事，你敢推三阻四吗？"

就听店主赔笑道："你将爷们有什么不明白？俺们既开店，还怕主顾上门吗？凡事都有个先来后到，没别的，众位担待吧。"

张安出去一望，却是十几名兵丁，一个个衣着鲜明，手拉高头大马，很有些阔绰气概。正围了店主人发威。正这当儿，只见一个精壮马夫牵了匹龙驹似的骏马，雕鞍丝辔，风也似走来，随后踱进一个武官，身材凛凛，面目和煦，眉宇间一团苍老之气，望而便知是位久历世故的老行伍。一见众兵纷扰，便喝道："不须如此，既是这里住不下，我们便分居小店，总比野幕露宿强得多哩。"

张安听了，觉这人蔼然可亲，便趄上拱手道："尊客如不嫌逼窄，何妨就厢室共住呢？尊队们就门房屈居，也可将就了。"

那武官忙笑道："若如此实承爱了。"说罢抱拳致谢，便命各兵丁各卸鞍马，自与张安相让入室。自有马夫整理行装卧榻，两人落座，各通姓名，便叙谈起来。欲知后事如何，且听下回分解。

第二十二回

楚材口述藩王宫
张安志作风云气

且说当时两人谈起，方知这武官姓料名楚材，现居守备之陪，便在陕西总镇姜瓖麾下。此番为本官所遣，到云南吴藩王三桂处通些馈问，方才由那里回头。言辞之间，十分洒落慷慨。见张安一表堂堂，谈到武功，不由甚是赞羡。两人竟越说越投机起来，少时掌上灯烛，张安伺候主人已毕，大家饭罢，便与那料楚材联床夜话。

张安素闻吴藩大名，不由问起云南情形，料楚材笑道："近来吴藩雄盛繁华，便是一部书也说不尽。单是那座藩王府，真个雕梁画栋，万户千门，到里面真如天宫一般。吴藩王从容偃仰，穷人世声色游赏之娱，真个快活得很。"

张安道："人都说吴王宠姬有个什么陈圆圆，说起来便如西施一般，这个人还在吗？"

楚材道："焉得不在？此人是吴藩功名成就的紧要人物，当年一片石之战，你道是为着哪个来？只是圆圆为人很有意识，如今见吴藩骄盈志满，她竟退居别馆，长斋绣佛，做起冷淡生涯来了。这种胸襟，若是男儿家怕不是急流勇退的人物吗？"

张安正听得眉飞色舞，心头火热，不由大笑道："依我看这圆圆却憨到绝顶。人生贵适意耳，还是吴藩纵横豪宕，是丈夫本色哩。"

楚材只笑着哼了一声，随口道："吴藩这时却另有所宠，虽是上了几岁年纪，每当操练兵将，依然能上马握槊，往来如飞。幕下奇才异能之士甚是不少。"

张安听了，正搔着痒处，便道："尊官新从他那里来，可闻得有甚奇士吗？"

楚材道："新近有一段惊人之事，便是吴藩所养剑客里面有一人，名叫保住。此人矫捷绝伦，往来如风，数十丈崇楼杰阁，不消他腿儿一迈。一日吴藩大排筵席，会饮宾客。帐下军弁也都赐筵列坐。大家酒到半酣，恰好某将军送到一个善弹琵琶的名伶，吴藩大悦，登时命名伶奏技。那名伶叩谒毕，退至殿隅，众人都停杯倾耳。只见她凝神定气，和准弦索，登时嘈嘈切切，手法如雨，密如急雨撒荷，逸如奔流下滩。初手弹了一阕《浔阳月》，直将白太傅一腔谪怨尽情写出。众人正微笑默叹，忽地四弦一迸，声如裂帛，但听得琮琤激楚，一片金戈铁马之音。其中风声、树声、旌旗猎猎声、秋笳幽咽声，混作一处，俨从天外飘来。眼前便如临绝塞一般，一似有百万铁骑，随风杀来。众人听得心惊胆战，竟要争先拔脚。只听得砉然一声，万籁俱静，众人这才悄然是在吴王筵上好端端地吃酒哩。便是一问曲名，是叫《塞风高》。

"于是吴藩大悦，赐了名伶卮酒，不由抚膺道：'可惜这当儿反忽雷不曾将来，若得那琵琶一奏妙曲，当必更有可听哩。'原来吴藩有一最精良的琵琶，七宝镶嵌，价值千金，取名反忽雷，以见可与古忽雷名琴争胜，便命宠姬惜奴专掌此器。这当儿吴藩夜筵，是在别馆，离王府还有十几里远近哩。

"当时吴藩说罢，众客虽拍手称妙，不由道：'可惜夜深路远，去取不及了。'一言未尽，见保住叉手禀道：'王爷若要此器，小人不消顷刻便可将来。'吴藩大悦，忽地略一沉吟，命保住暂退，即唤过两名心腹将校，附耳数语。两将匆匆而去，这里吴藩依然与众客欢饮。待了良久，方命保住去取琵琶。这当儿两名将校早已飞马到王府嘱咐停当。原来王府下内外护卫十分严密，漫说深夜人闯来，便是白日也飞鸟难入。一夜人出入，都有符契的。吴藩欲试探保住之能，不给符契。保住正欲显其能，早默会其意。于是翻身出殿，略一耸身，早已影儿不见。不多时来至府前，只见众卫士正弓上弦、刀出鞘地准备拿人，还有外巡之队不断地鸣锣唱号，往来逡巡，真个把守得铁桶一般。保住见了暗暗好笑，他知那王府后苑一带的参天大树，正好隐身驻脚，便直奔那里，方要腾身而上，只见提灯一闪，趸过一群人张弓挟矢，却是吴藩的射声勇队。保住赶忙伏身，那一班人已踢踏而过，中有一人却笑道：'你看这株树老鸦巢黑魆魆的，长大可疑，还许是保哥儿哩。'说着嗖一箭，却将巢儿射落。扑忒忒栖鸦乱噪，众人大笑而去。

"这里保住趁势跃过府墙，飞登树梢。只见鸳瓦参差，廊馆连延，都隐现在星光耿动之中，却静悄悄没些声息，便略一定神，向惜奴院中望去。只见灯光隐约，上浮井院，知还未安歇，便忙忙下树，一矬身飞奔院外，一跃而入。就廊柱后隐身少刻，伏窗一看，只见那惜妈正悄生生地一手支腮，凭几而坐。面前有个小鬟，给她拂拭床榻。那面反忽雷恰好套了锦囊，置在榻头。保住大喜，便要搴帘入去，又一沉思，还是用轻巧手法为妙。恰好画栏上有一架鹦鹉，保住便伸指一掇，惜奴惊道：'这鸟儿只管扑动，一定是猫儿来了。'向小鬟道：'咱们快些扑猫儿去。'保住便乘势学声猫叫。就绣帘一启，两人衣裙飘动的当儿，早隐身而入，挟起琵琶，方掀帘趋出。那惜奴已身转来，不由失声大呼。这一声不打紧，惊起卫兵，顷刻间跃到后院树梢。墙内外箭如飞蝗，只拣树枝摇晃处尽力射去。哪知保住这时已飞也似飘落吴藩筵前，半跪声喏，将反忽雷高献上来。计他去时，只好两巡酒的工夫。于是吴藩掀髯大笑，众客都恍惚如梦。便命名伶重奏新声，尽欢而散。你道吴藩豪气，也就压倒当世了吧。"

张安跃然道："大丈夫处世，正当如此。俺闻吴藩甚能用人下士，真个的吗？"

楚材道："正是哩，他那一团意气，足以笼罩群英。却是骄矜之处，也在所难免。他用人性质不拘亲疏，新近他有个微时女婿找到跟前。此人是江南人，猥猥琐琐，一无所能。但知吃饭穿衣，要老婆困觉。吴藩一般地盛具妆资，将女儿嫁给他。却是新夫妇结婚一月后吴藩便生生将女婿两口儿遣掉，偏又一物不给，只遣个老仆护行，数千里程途，好不艰窘。夫妇一路怨怅，自不必说，不想到得家，几乎不敢踏入。只见自己那片茅檐影儿也无，但见巍峨华焕，好大一所甲第，便如沉沉侯门。不多时美婢干仆纷纷叩谒，到得里面铺设得锦天绣地，那一番气象就不用提了。吴藩女婿只惊得目瞪口呆，掐腕觉痛，方知非梦。原来吴藩早暗地差人停当了。当时便有人从容叩吴藩道：'娇客来投王爷，何不留用呢？莫非倒以亲见斥吗？'吴藩笑道：'不然，我用人初无成见，唯其才能罢了。即如我侄儿吴应期，何尝不用在军中呢？'因此吴藩帐下不乏枭杰之辈，却就服他这点子。"

两人越谈越投机，不由亲近起来。料楚材便道："足下有这等材武，何不乘时立业，到军中混混？王侯将相，岂有种子？"

张安赧然道："非不念此，怎奈一时间没有机会。"

因将姜瓖军中询些情形，楚材道："此人志大才疏，不及吴藩万一。"

正说之间，只听一阵人喧马嘶。欲知后事如何，且听下回分晓。

第二十三回

卜年命闲谒吕仙祠
赴期约重游河洛地

且说楚材正说得热闹，只听马棚中踢嘶起来，却是店伙去上夜料。当时两人谈倦，各自歇息。鸡声一动，楚材率众起程，殷订后会而去。这里张安也便服侍主人登程，路间没得事，张安与云姑两骑马前后厮趁，便将昨夜楚材一席话一说，云姑却笑道："凭吴藩怎的豪雄，我看他只是卖国奴哩。"张安听了，也便付之一笑。

不几日张官儿抵家，久官归田，见了那故园三径，甚是欢喜，便忙忙扫除安置，接着亲朋候望，一连忙了十余日方安静下来。张安闲得没干，倒将岳州名胜游玩殆遍。

这日揽衣纵步，径上岳阳楼。只见云物空明，苍波泊天，真是东南形胜，吴楚锁钥。低回良久，不由自慨身世，便信步趑登吕仙阁，那座阁十分宽敞，中间仙像塑得飘洒如生，龛额大书"鹤影凌虚"四个大字。相传当时洞宾仙翁曾三醉岳阳，又有什么飞剑斩黄龙，许多仙迹。所以这阁上签卜最灵，从朝至暮，签筒休想置案，专有两三道童就仙案前伺候此事。原来道童们都你争我夺地从师父跟前讨此美差。一来稳稳坐地，饱看花鹁鸽似的女娘儿，二来捞摸下几文香资，背地里钻钻狗洞，好不快活。这当儿正游人杂沓，也有咬文嚼字，就四壁上看打油诗的，也有摇身晃膊，就仙案前拥挤求签的。张安正在浏览，只听东壁下一群人哈哈大笑，忙趑近一看，只见壁上浓墨淋漓，写着一首诗句道：

> 小风儿吹着，
>
> 月亮儿照着，
>
> 还像当年情绪。
>
> 为什么先生去也，
>
> 总没还期？
>
> 可知你鹤儿相伴，
>
> 端在哪里？
>
> 抛得奴冷冷凄凄。
>
> 甚衾儿枕儿，
>
> 懒去寻厮睡。
>
> 说什么抗志云霞，
>
> 怎及得月圆风软，
>
> 好良宵且做鸳鸯侣。
>
> 恨将来推出月儿，
>
> 掩孤帏莫放风儿入，
>
> 因为你当年曾见，
>
> 奴两人情绪。

张安念了一遍，绝好一段小曲儿，又一看诗题，不由也笑将起来，只见上写"闺怨"两字，下书"辱妾白牡丹"，也不知是哪个酸先生闲得没事干，来了段游戏笔墨，将洞宾戏牡丹一段俚书想起，拟起白牡丹口吻来了。张安正在好笑，却听有人赞道："好好，这方是古人说的白香山诗，要令老妪都解哩。"

张安懒去再听，便顺步趋向仙案前，只见个汉子急匆匆掉臂挤入，大嚷道："咱老子要出门做生意，帮人家做注买卖，不知有他娘的财运没有？"

说罢叩过头，便抢签筒。张安一听，猛想起和世隆定约来，便等那汉子求罢签，自己也恭恭敬敬求了一签，只见签语道：

多财善贾，长袖善舞。
匪寇婚媾，祸福倚伏。
抢地须史，终奋毛羽。
天衢宕宕，愤哉汝止。

上面注着"第三十二签，中平大吉"字样，张安深思一会儿，不解其意，便藏起签纸，慢慢踅回。

当夜夫妇谈起，云姑便道："你与姐丈既有约会，便须赶回去，也省得姐姐盼望。主人既到家，便没多事体。我在这里，你尽可放心。只是姐丈那人，我看非坦易一流人，你那直爽之性，须要处处当心，莫在亲戚家落出褒贬来。"

张安笑道："俺尽理会得。"于是一宿无话。

次日张安回明主人，叩辞而行。张官儿夫妇甚是不舍，却因自己业已是冷灶门儿，便不肯耽搁他，只嘱咐许多言语，令他早回。张安这时兴冲冲早打就衣锦还乡的念头，便别过主人和云姑，慨然起程。这里云姑且侍主人，过安闲岁月慢表。

且说张安一路上放开马，兼程而进，不多日早到了祥符。此时孤零零匹马进城，抬头一望，倒觉有些凄惶。到世隆门前，牵马踅入，只见静悄悄的，喊了半响，方将老仆何富喊出。一见张安，甚是欢喜，便一面接马安置，一面说道："亏舅爷来了，俺主人等得不耐烦，只是没好气，寻人岔儿，一定要不候舅爷。饶是俺主母再三相劝，前日里他还风火般出去找朋友去了。便是俺主母也着了点儿气，方在闹病哩。"

张安不暇细问，便忙忙掸净行尘，先进去一望姐姐，果然那王氏黄瘦瘦面孔，正在屋内和一个小鬟低吵道："那浪蹄子终是个强盗老婆性儿，张致得连我都踹下来，你少去踏她门槛儿吧。"忽见张安进来，连忙把话掩住。

姐弟相见，自然十分欢喜。那小鬟叩见过张安，却歪着个小髻笑道："阿弥陀佛，俺娘娘亲人来了，可怕不着他们了。"

王氏连忙瞪她一眼，喝道："死妮子，还不快给舅爷泡茶去！"小鬟一笑跑去。

这里姐弟谈叙一番，方知世隆果然去寻伙友，商量行贩起程。正谈得热闹，只听得窗外娇声娇气地道："越是人心忙脚忙，偏这死狗儿横不楞子卧在当道，绊了一跤，趋得脚尖儿生疼。这小鬟臭东西也是猴儿拉稀，坏了肠子了。怎舅爷回来，天大的喜事，就不来给我个信儿呢？亏得舅爷是宽宏大量，若是那鸡肠鼠肚的，不说我眼睛里没人吗？"

一阵胡噪，接着门帘一启，香风飘处，进来个俏生生妇人，正是沙氏。穿一身浅色衣服，云鬟乱绾，梳作个抛家髻子，脚儿上却着双红鞋子，尖翘翘越显得水葱似的人儿。进得门先将俊眼一瞟，然后掩口问遍，方才头儿一扭，笑道："俺也喜糊涂了。快让厨下给舅爷备酒饭去。"说罢，扭将出去。

这里王氏嘴儿一撇，一个指头恨不得穿入她脊背，低唾道："还是人家想得周到，说了半天话，我竟没问问弟媳。"

张安不便问沙氏情形，只将云姑近况说了一遍。少时饭罢，姐弟又夜话一会儿，当晚张安安歇下，甚为踌躇。思量沙氏总有些不仿佛，难道姐姐和她怄气吗？果然如此，这世隆为人也就有限了。不由深悔此行冒昧。

次日晨起，恰好何富进来，一面服侍，一面闲话，张安拿话儿引问他沙氏近况，何富只是笑，又道："左右俺主人没主张罢了，即如约下舅爷来，偏又等不得。凡事何曾有定规呢？"张安得了这闷葫芦，越发不懂。

闷了两日，世隆还未趱回。这日张安正在客室前负手闲踱，只

98

见飞也似从内院中跑出个狸猫，接着一个彩线球随后掷出，那猫和球登时滚作一团。张安一望，猛地心中一动。欲知后事如何，且听下回分解。

第二十四回

觅花狸小婢窥春
聘飞熊伦夫入座

且说张安见球儿后面，却是那小鬟笑憨憨追来，一手还提着根彩绳儿，见了张安，只是傻笑。

张安笑道："偌大丫头，还玩弄球儿？"

小鬟道："哟，俺那天晚上为寻这球儿，吃那沙淫妇编派俺，说是听了她的浪笑声了。主人两口儿只管置气，俺腿上挨的棒，这当儿还痛哩。"说罢，将猫球一齐掳起，就要跑入。

张安连忙唤住，到室内给她些果饼吃。小人儿哪知轻重，张安趁势一问置气之由，那小鬟不由随吃随说，将世隆和沙氏一段秽事和盘托出。

原来那沙氏自到郝家之后，起初也循循规矩，也像个人儿。当不得世隆没正经，瞧她有几分姿色，不时和她嬉皮笑脸，专候没人当儿，寻她瞎三话四。一日，世隆急匆匆跑来，沙氏正在榻上低头针黹，只见世隆乜着眼，不容分说趸近榻便撩衣襟，沙氏心头一跳，方一红脸儿，世隆却笑道："不打紧的，便是这中衣上破绽了一处，请你缝上就是。"说罢，挺身微笑。

沙氏道："这却不得手脚，此间恰好有一中衣，你快到娘娘屋里换下来，俺好给你缝。"说罢，秋波一闪，用牙儿咬着樱唇。不想手儿一歪，哧的一声，一针正扎在小指儿上，便笑道："你看，都是你来搅，便这样撩袍端带、挺身耸肚的，就请娘娘给你弄上不结了吗？还巴巴地寻俺来？"说着抛过件新中衣。

世隆且不去取，只笑道："这真是急惊风撞着慢郎中了。我急于出门，谁耐烦再去换？不过一针两攥的事，便停当了，所以特寻你来。如一定要换下缝也容易。"说罢，一解中衣，就要当面脱下。

沙氏又惊又笑，那眼角中已觑着世隆一段小肚皮，赶忙一整面孔，软洋洋地低唾一口，只得低垂素项，一颗头几乎扎在世隆胸上。轻舒纤指，拈起中衣上缘，去给他缝。偏又是件夹衣，沙氏这当儿芳心跃跃，哪里敢用手重触？不想这时世隆垂下头，见她雪也似蝤蛴，衬着漆光似一头香云，本已有些模模糊糊。偏搭着沙氏忽地一仰脖，登时有一股肌香和着细细发气，热辣辣甜甘甘直钻入鼻孔。世隆心中一荡，妙不可言，这种作用自然发动了一处所在。沙氏偷眼张去，但见世隆中衣时时鼓动凹凸，少时竟不复凹下。这当儿两人都有些耐不得，只见沙氏忽地哟了声，仰起嫩脸儿，业已烘如晚霞。方伸指抹腮，要羞世隆，世隆早趁势一扑身，将沙氏抱定，于是两人转默无一言，直待好久，世隆却笑眯眯低头趄去，想一定中衣缝停当了。

不知怎的，从此沙氏便有穿有戴，手头儿非常阔绰。针黹呢不消说高兴才做，见了王氏，竟有些上头扑脸。俗语说得好，纸包不住火。这等事体哪里瞒得过众人？却没人多嘴向王氏跟前起风波。王氏虽性子懦厚，久而久之也觑着沙氏张致得不像模样，未免指桑骂槐地啾啾唧唧。便是张安夫妇来辞行的当儿，世隆夫妇正在反目。王氏一时间捉不住沙氏实据，也便稍安下来。

不想张安未回前几日，又闹了场风波，却是因那小鬟寻球儿发作起来。原是小鬟因球儿不见，便以为是沙氏屋内的狸奴衔去，二鼓后，她服侍过王氏，便悄悄趄到沙氏窗前，方就微月下低头寻觅，只听得屋内隐隐似猫儿舐水。小鬟暗恨道："死猫儿，倘衔得球儿去，落在水盆中，岂不湿掉彩色？"想罢忙先向窗隙一张，回头便跑。

恰好王氏寻她不见，正遇在穿堂中，小鬟只得十一二岁，知道什么？不由劈头便笑道："娘快去拉拉沙大娘去吧。她那里正不依俺主人，脱得光溜溜的，骑在主人身上，尽力子颠扭还不算，还一面撕着主人腮颊，一定要主人央及她哩。"

王氏听了，登时如高楼失脚，只觉天旋地转，便喝退小鬟，一气儿悄去一望，只见两人正在不可开交，当时气涌上来，眼前一黑，砰的一声头触窗棂。这一声不打紧，沙氏先翻身跳下榻，结束衣裤，随后世隆也便抢出一看，是王氏跌倒窗下，不由羞恼成怒，冷笑道："既是个主妇角色，可也有些体统，半夜间猴在这里，什么意思？"说罢，竟重重唾一口，掉头便走。王氏气极，不由大哭大叫，还是众仆妇搀扶回房，气苦当儿，没加思忖，便将小鬟揭扬出来。世隆听得大怒，所以小鬟挨了一顿捶，今日因球儿想起，所以愤愤。

小鬟一面说，一面吃完果饼，便笑道："舅爷千万别问俺娘娘，她听得一个沙字，便浑身整颤哩。"说罢，抱了猫球儿，嬉笑而去。

这里张安沉思一会儿，好生气闷。次日见了姐姐，只拿话儿隐隐劝导，王氏料张安闻知就里，不由流泪道："这节事错在当初我不应收这祸水，若是在张耳崖遣掉她，哪里有许多缘故？"正说到这里，只听院中砰的一声，张安一望，正是沙氏拎着个土箕，尽力子一掷，挺着脖子，口内咕哝而去。连忙摇手，止住姐姐的话，劝慰数语，也便踅出。

刚到客室，还未落座，只听内院中喳喳吱吱，夹着连哭带嚷，闹将起来。方在倾耳，只见那小鬟飞也似跑来，喊道："舅爷快去，俺娘娘又生气哩。"

张安忙三脚两步跨入内院，只见王氏喘吁吁青了面孔，倚了廊柱，只是发抖。那沙氏却剔眉竖眼，摇起头儿冷笑道："人就有臭屎缸，也不犯着常常搅它。你开口张耳崖，闭口张耳崖，难道那所在就是俺困过觉吗？哪个蹄子没让霍峻捞着过？清醒白醒的，谁是傻子？如今却染坊里拉出白布来了？俺不知看哪个的面孔，不说这些罢了。俺也不是瘸腿瞎眼，在你这里赖衣求食。老娘耳朵里着不下许多当声气，咱们等郝世隆回来，便散他娘的。可有一件，姓郝的须给我个四脚落地。若不然，俺姓沙的家也有男人家哩。你们郝家娘儿们也着个把陪人困觉去。"说罢，指手画脚，直逼到王氏面子上。

张安方知刚才王氏一番话被她听得去了。当时忙喝退沙氏，命小鬟扶姐姐入室，方想解劝，只见何富飞报道："俺主人回来了。"便听前院人语喧喧，张安才要迎出，已见世隆兴冲冲趱进，一见张安，却笑道："如今更好了，我尽在等你不来，却给你寻了个伙伴儿。"

于是两人厮见过，进得室来。王氏走向相迎，未免泪痕犹在。世隆只笑道："你姐弟相叙，只该欢喜。一定是想起老弟妇来了。"

张安笑道："正是哩。"一语遮过，便略述别后情况。

世隆点首道："好好，既张官府家没多事体，咱们亲戚厮靠着，岂不好吗？"说罢，忽地拍手道："我且给你引见个朋友，此人是光州拳棒师，惯走江湖，极有阅历，姓韩名依仁，人称赛飞熊，是我好友引荐，我特特请来的。既有盛名，想必不错。"

说罢与张安直赴外厅，走到阶下，便听厅内托地唾了一口，即有一仆人大赞道："端的镖师好本领哩。"欲知后事如何，且听下回分晓。

第二十五回

炫武功器量矜夸
述活佛神通广大

　　且说世隆等听得仆人夸赞，进厅一望，却是壁角边跑出个耗子，被韩依仁一唾，唾个正着，咻的声跑掉了。依仁得意地哈哈大笑，张安方要回头匿笑，世隆已给他两人引见起来，于是各道渴慕久仰，什么大名如春雷灌耳了，闹了一阵，依次落座。那依仁仍然高踞首座，通没些谦逊，只向张安略瞟一眼，即问世隆道："你东翁倒不力巴，俺们内功派中，便是行动坐卧，一霎儿都不敢稍弛罡气的，便如这鼠儿，不消半刻，定然死掉。因这一唾，直伤入肺腑，所以小弟平时一举手，一动脚，都要加十二分仔细，唯恐伤及人物，转将俺拘束得什么似的。"说罢，腰儿一挺，两手按膝，坐了个四平八稳，真赛如狗熊一般。

　　张安见了，暗笑得肚疼。略谈数语，便赞道："韩兄方才说罡气功夫，真正精妙入微。这起居饮食还可以勉强不弛罡气，却有一样事儿，不知韩兄此时此际，还可不弛罡气吗？"

　　依仁只道是佩服他，忙问道："什么事呀？"世隆也怔着听去。

　　张安却大笑道："便是韩兄要和老嫂敦起伦来，这当儿这股罡气请问运在哪里？若运在不相干所在，那相干所在定失其用，若运在相干所在，恐老嫂就要苦极了。"

　　一言未尽，世隆大笑，依仁却正色道："俺们熬炼筋骨的人，是断绝那回事的。"

张安方要开口，只见依次踅进四人，一个个商人衣帽，朴朴实实，年纪都在四十左右，便是世隆店号中商伙。随后一个老翁踅进，短白胡子，甚有精神，向世隆道："今行贩装骑货物，一概齐备，便选了这四个伙友，辛苦一趟，东翁看还去得吗？"

世隆道："很好，这用人都在丁大哥支配，就请众位预备从行吧。"于是四人厮见过张韩二人，从容退出。

这里世隆却将老翁拉坐，张安原认得他，是世隆店号中总掌柜，名叫丁从厚，甚是老练。依仁却问过姓名，彼此客气一番。不多时天色已晚，便就厅中张灯夜筵。那丁从厚去过西藏多次，当时酒至半酣，谈起西藏许多人情风俗，真是诡幻百出。今作者且将那山川风俗，略为述来。

原来西藏地面极为寥廓，蒙古人族杂处，部落甚多，各部酋长都有登级，如台吉名号之类。蒙人最崇敬的是喇嘛佛教，教中僧侣几占全地之半。凡部落所在，必有极壮大的喇嘛庙，俗叫作库伦。其中有一地，名土谢图，为蒙汗所居。汗便是蒙王的名称，这所在居全藏之中，甚为繁盛热闹。其地北境有一大喇嘛庙，为活佛所居，俗呼为大库伦。这两处最盛所在，就是行贩云集之所，丁从厚是到过两次的。什么叫活佛呢？说起根由来十分奇特。原来这喇嘛教虽十分为蒙人尊信，却还不能干预蒙汗的政权，自第一代活佛出现，竟将个狞龙般的蒙王降伏下去，全境政权竟都归活佛执掌。

原来大库伦南境有座高山，名叫汗山，峰峦深郁，形势甚佳。真个藏风聚气，气候温和，四时花木便如内地一般。当年有一喇嘛，颇有神通知识，便在汗山之巅创立庙宇，潜修净业。等闲不肯下山。凡居民被野兽所扰，或有疾病，但叩祷这喇嘛，无所苦立除。于是全境震动，远近奔赴。每日从山脚到山头，焚香礼拜的人一行行蚂蚁似的。一片佛号，声闻数里。到得夜间，只见山巅神灯万盏，照彻上下，一片光明灿烂，将岩谷草木，都能笼在毫光中。

这种灵迹早闹到蒙汗耳朵内，蒙汗本恶喇嘛，哪里容得？正思量钳制他，不想本境东边有个部落豪首，方因事要暗杀蒙汗，喇嘛教中本有邪术一派，当时豪首便寻了几名极厉害的妖僧，暗遣将来，不但想杀蒙汗，便连蒙汗血族都要除绝。蒙汗方瞒在鼓里，那喇嘛心血来潮，掐指一算，早已知道。便登时鸣钟伐鼓，大集蒙人，说道："某日某时，必有妖僧两名，并跟着白衣妖妇数人，从容入境。其人各挟极恶蛊毒，以妖法遍散将来，专害蒙汗并其族属以及贵族等人。凡中毒的登时软若无骨，不久皆死绝。唯我深通佛法，能以神通力制服他。却是蒙汗素轻吾教，今若不稽首悔诚，步行登山，亲叩到我座下，纳下印勅，举国听从，我岂能轻救其大祸？但当任其灭绝，我再施展吾法，除却妖僧等，重新立汗罢了。"

一席话报知蒙汗，真似晴天霹雳，登时惊得汗流浃背，便顾不得尊严体统，当即换了一身囚服，以示悔罪之诚。命宫眷们捧了名香异果，心腹大臣分赍勅印，徒步辞宫下殿，一行人恭恭敬敬趱至汗山之麓。蒙汗抬头一望，只叫不迭连珠箭的苦。只见山路盘纡，好不高峻。蒙汗有生以来出入舆辇，何时爬过山路？当时怕死心切，也说不得，只得贾勇先登，并且一步一拜。及至庙前，业已气息仅属。从容一望，不觉十分震慑。那庙貌壮丽，虽不及蒙汗宫室十分之一，却只觉有一番肃穆神邃的气象。

于是蒙汗率众人凛然走进，那喇嘛早知消息，就佛殿中已庄严具足，高行弟子列侍两旁，自己高居正座，正在垂眉入定，方一开眸，那蒙汗已率众匍匐座下，具陈悔罪，言辞切痛。于是喇嘛合掌，存想片时，然后将蒙汗唤至跟前，一面给他摩顶，一面口内祝颂良久，挥手道："速去速去！便准备捉人便了。"

蒙汗不敢深语，只得跟跄回宫，心头还怙悷不已。不想佛法无边，过了两天，真个被守宫卫士捉住了一干僧徒男女，都一个个异貌异音，十分可骇。于是蒙汗亲自鞠问起来，一干妖僧不待受刑，便撑眉瞪眼地述道："俺们便是某豪酋遣得来的，本想入宫施放蛊毒，昨夜用隐身法术潜入宫苑，不想忽然间光明大放，半空中顿现一尊大佛，金身宝相，庄严不可逼视。风雷隐隐中，便掷下风火宝轮，将俺们一干人震坏于地，遂被擒获哩。"

蒙汗听了不由与心腹大臣相顾失色，一来喇嘛佛法可畏，二来自己这无上政权，恐不久定要被夺。当时不由勃然大怒，先遣大臣代自己去谢喇嘛，然后严整法驾，盛陈仪卫，带了臣僚刑人，将一干妖僧亲押至汗山之下，捆缚停当，一字儿面山跪倒。众妖妇都生得十分妖艳，加以衣饰瑰丽，都是绣丝珠玑，璀璨满身。这当儿褪衣露体，一个个细皮白肉，披散了一头漆光似的长发，娇啼婉转，将行刑屠伯看得都心软起来。正这当儿，蒙汗传命行刑，没奈何钢刀一举，咔嚓嚓排头杀去，碧血四溅，便如落了半天红雨。众尸身参差跌倒，还都血流不止。便有一股血溅到个刑人身上，那刑人抛刀大叫，登时死掉，当时匆忙中还没人理会。

不想蒙汗回宫后，只过得几天，这日方在便殿闲坐，只见个大臣匆匆入报道："不好了。"欲知后事如何，且听下回分晓。

第二十六回

闹库伦蒙王失地
游藏地险遭烹煮

且说蒙汗正在闲坐，只见一大臣惊告道："好叫吾王得知，又是一祸事来了！那汗山下妖僧溅血之处，忽地遍生长大赤蝎，其毒无比。凡蜇咬着人，其人立死。若不速除，势将蔓延遍地，吾民恐无噍类了。"

蒙汗惊道："这便如何是好？"

大臣奏道："依小臣之见，还须去求那喇嘛。"

蒙汗依奏，立遣大臣去了。于是喇嘛承命，巡行山谷，诵经一昼夜。说也奇怪，赤蝎登时不见。将全境蒙人倾信得没入脚处，只有蒙汗却越发不乐。日复一日，哪里肯将政权便交出来？

一日，喇嘛又复召集民众道："今蒙汗食言悛恶，天罚将至，今全城人民受盲风洪雪之害，冻馁而死，祸发便在眼前了。"

民众大惊，便飞报蒙汗。哪知蒙汗这遭儿横了心，竟不理会。又见连日来天气晴和起来，越发心下坦然，这日过午后，一轮旭日照得满宫中花树灼灼，十分精神。蒙汗连日郁闷，不由高起兴来，便召到得意妃嫔，开樽小酌，令供奉乐工就花阑外设茵布席，合奏新声。一时间逸响遏云，风微日丽。蒙汗在高阁上左拥右抱，浅斟细酌。对着如花美眷，抚有雄威山河，吃到半酣光景，不由掀髯大笑。正在快活，忽见西北上起一块乌云，奔马似垂垂四布。蒙汗正

108

停杯高望，但听呼啦啦一声响亮，空际长风飘飘飕飕，登时扶摇直上，吹得门扉户牖，乒乓乱撞。一时间停杯罢乐，众宫人都热羊似挤在阁隅。这时一片晶辉早被乌云遮布下来，顷刻天色灰白，四垂如幕。那风也撼山拔树价狂吹起来，一阵紧一阵，手掌大雪片早已飞舞起来。蒙汗大骇，赶忙携宫眷躲向密室，但听风声怒鼓，恍如千军万马。宫苑中树木楼榭，倾圮无数。

那雪直落了两昼夜，深可数尺，奇冷非常。全城人畜覆压冻馁，死掉的不可胜数。这时蒙汗方撑不住劲儿了，只得仍如前法，登山去拜求喇嘛。大雪后山行，一步一滑，其苦万状。到得庙前，将个尊严蒙汗业已弄得泥母猪一般，没奈何进见喇嘛，泣言知悔。

喇嘛道："我本当拒绝于你，但民人可念。你今速回，就城中筑下高坛，全副仪仗安舆，亲率百官接吾入城，登坛行法。苟有不诚，祸谴必至。"

蒙汗泣道："今雪虽已止，怎奈阴晦奇寒，无法兴工。"

喇嘛道："这不打紧，汝但转去，立时便晴。"

蒙汗应诺出庙，果然阴云解散，及至到宫，早已青天湛湛，那连日藏形的一轮瑞日，依旧扬华吐彩。当时众大臣便不容蒙汗不筑，登时高筑起辉煌法坛，一时来观听佛法的何止数万人？直将个赫赫名城挤满。到蒙汗亲迎喇嘛之日，一时法驾之盛，官属之亚，由城阇直到山脚，真个铙鼓佛天，香花遍地。那一番风光气概就不用提了，还说什么唐家天子迎佛骨哇？

不多时，坛下万众仰望的当儿，喇嘛已到。大众一见，登时跪伏满地。喇嘛现出一团悲悯之色，便摄衣升坛，畅宣佛法。说到精切处，大众都涕泣皈依。只苦了蒙汗，竟没人瞅睬。自知势已至此，便索性精除剔馆，将喇嘛留居城中，又为建筑寺宇，极一时土木之盛，请喇嘛并其徒众迁居于内。从此藏地政权便归喇嘛，那蒙汗只好事事受成。一时喇嘛灵迹不可尽述。这便是第一代的活佛那大库伦地名之所由来。

丁从厚说到这里，大家听得十分入港。张安便道："我闻这第五代活佛，就是现在的活佛了。我听说当今皇帝颇好内典，要在五台山大会中外名僧，演讲佛法。业已遣使召活佛去了。"

从厚道："正是呢。我料活佛必不肯来。因现在藏地不靖得很，常有一种异族人，悍猛非常。专在蒙地成群剽窃，凶得很哩。这种人生得虬髯伟干，面目狰狞。不但勇悍，还会些邪术。又因沙漠中粮食艰难，他们有时绝粮，便掠人生煮活剥，大块价把来当饭。有时节剥煮来不及，便血淋淋斫杀生吃。提起这话，有好几年了，我失了一回险，真是拾来的性命。便是有一年，我搭了一小股，和人赴藏。那沙漠中常有飓风，刮起来便拄天拄地，人翻驮滚，只如扬花一般。我们正行之间，飓风大至，我当时任他簸荡，全无知觉。及至醒来，不见同伴，亏得我还识路径，便向官道上寻喊将来。堪堪日落，通没踪影。那时呼音都有些不像人声。正在张皇，只见数里外坡垞林木中，闪出星星灯火，忙跑去一看，且喜是一处木栅皮帐，便叩栅求宿。不多时栅门一启，踅出个雄伟男子，只一答话之间，我便心下怙惙起来，原来那男子形容凶猛到绝顶，随后却跟一执火小童，只有十几岁。当时我进退无路，只得进到栅内。大皮帐里面还有个母讼夜叉似的妇人，正拎着明晃晃的短刀，斫什么骨头，一股腥气就提不得了。我方暗忖，这定是斫取牛髓，因这物儿是蒙人家喜吃的。不想那妇人剔起怪眉，忽向男子一笑，我登时一身栗疙瘩。那男子却笑道：'你尽管收拾你手里的吧，若盐料不足用，便搿下些来。'说罢一望帐内大木桶，凶睛蓝烺烺一瞟，好不可怕。我略陈失道之故，男子笑道：'你且吃饱再讲，不然饿瘦了也不中用。'说罢命童子引我到帐左积草旁，那里有一小帐，狗窝一般，便杂在草中，几寻不着帐门。于是我躬身踅进，小童跑去拎了几块干肉与我。我吃得一丝，便要呕吐，忙放下与小童讲说。那小童见我是稀罕，倒恋着不去，忽地低问我道：'你这客人想不是俺本地人，难道你们那里也是凡是个人就须把来杀吃吗？'"

从厚正说到这里，大家都举杯忘饮，只见韩依仁却哈哈大笑。欲知后事如何，且听下回分晓。

第二十七回

觇凶惨从井救人
捉盗窃小题大作

且说张安等正听从厚谈得起劲，依仁却大笑道："说了半天，这种路子正须请教俺们镖师哩。不然寸步行得吗？"

从厚老于世故，忙答道："正是正是，便是我那次合伙，也有镖师在场，只不过没同我失险罢了。"

张安听了，却望着依仁，微微含笑。从厚接说道："我一听小童话儿来得蹊跷，惊惶之下，正想探他底细，只见小童耸耳道：'奇怪，哪里的马蹄响？'说时迟那时快，便见栅外火燎高举，一群人骑泼风似跑来，一声喊蹦栅闯进。登时白刃如林，直奔大帐。这时帐中男妇早已觉得，便一声怪吼，两把长刀火杂杂着地卷来。两下里各不答话，登时没头没脑乱杀乱斫。但见一缕缕刀光电片似的，少时一个胳膊飞将起来，那妇人先大叫而倒，随后男子一失神，被人连脖带脑剁了一刀，将头颅偏削去半个，剩了个斜茬儿，还一跃丈余才死掉。我那时魄落魂飞，幸得小童业已吓昏，方不致有声息。百忙中一看那干人结束，便知是藏中恶盗，就是那常常吃人的了。果然他们七手八脚将男妇衣服剥光，一阵乱刀，先将男子血淋淋肢解开，最苦的是妇人，还没绝气，方在地上哑羊似的乱叫，就见一人过去，夹顶一刀，血溅多远，然后也肢解停当，便就栅中点起驼粪碎木，大家一块块烧来，夹生便吃。我看得委实当不得，也便昏沉沉去了。及至醒来，天光已亮，那群人不知多早晚去了。于是我定定神，唤醒小童，只见残骸鲜血，一塌糊涂。先到大帐一望，却见那大木桶居然没动，随手掀盖一看，不由惊极。里面却是大块的盐渍人肉。我至今想起桶内那半段脚来，还要恶心哩。"

于是世隆搔搔首，肃然站起，满斟一杯敬在依仁面前，从厚接说道："我当时忙问小童，小童哭道：'俺也被掠来的，还有个哥哥，早被他们吃掉。俺见他们摆布人，便和昨夜被那干强盗摆布他们似的。你老客是福大，不然便到桶内了。'我方恍然，所遇都是恶盗。只是小童十分可怜，左右我单单一身，且乐得他做伴儿，于是携了他，寻喊一日，幸遇伙伴，便将小童带回内地，如今在我伙伴处学生意，倒朴实得很。你道这藏地恶盗何等歹毒？若遇见会邪术的更不得了。我听近来同行人谈起，说刻下藏地有一种圣巫，世传祛神符，将来到那里再探探底细吧。"

这一席话已至夜深时分，还须齐备行贩人货，便忙忙终席各散。那依仁便住在厅内间，他本来眼底没人，又疑惑从厚一番话是震吓他，睡到五更头，忽然想露一手儿，于是爬起来，搬了两张茶几，一头枕头，一头枕脚，空悬着高卧起来。果然不多时曙色已分，张安推门进来，他明瞭见，却只作鼻息如雷。张安却会凑趣，明知他清醒白醒，却做出不敢惊动他的样子，悄悄地周回审视，吐舌赞道："啊哟，这等功夫真个古今罕有。莫怪人称赛飞熊，真名不虚传。我张安便学到老，能赶上人家一丝儿也就谢天谢地了。遇见这种高手还不当拜老师吗？"说罢，只管啧啧。

依仁听得满心窝是舒齐，以为我一醒来他定然翻身拜倒，我只给他个高靦脸，那才写意哩。想罢只作猛醒，跃然而起。一看张安没事人一般，只瞧着壁画随口道："韩兄起身这般早哇。"依仁弄得很没意思，只得自己巴巴地搬开茶几，还指望张安或来请教，哪知张安浑如未见，要是机灵些的，便应知业已贻笑大方，不想依仁自满之见又深一层落想，以为张安全不懂武功。

正这当儿，世隆也便进来，大家谈笑几句，催用早膳，便同到店号里，简料行装。从厚接入，都一一指说分明，只见人马车驮，密杂杂填满后院，行帐衣装、刀枪鼓角锣棒之类都有，另外还有火枪小炮弓箭之类，专防有警对敌。此行共二百余人，便由四商伙分领，看那番部勒，便如军旅一般，所贩去货物都已捆载停当，以外还有庖夫执役杂务等人，依仁见如此大阵仗，都仰托在自己身上，不由骄气满面，跳钻钻东指西画，信口指挥，通没些道理。

从厚便笑道："咱们人货虽多，在内地走只如寻常行商。到得藏地，才须分布哩。况韩兄护行，益发妥当不过了。"说罢哈哈大笑。依仁听了，越发得意。

世隆看罢，便定准明早起程，谈了几句，便领依仁等趄出。从厚送到店外，却暗将张安捏了一把，张安会意，便道："左右俺没事，且和丁兄谈谈。"

于是世隆等自去，这里从厚复让进张安，屏入密语道："我看此行舅爷须多多分神。我虽不懂武功，看韩镖师那人是靠不住的。因他没有沉着气概，倘或遇事，一定要手忙脚乱。不但藏地盗多，便是毗连内地之处，好多崇山峻岭，时有能人出没。韩镖师如此轻骄，怕不济事。这桩事本是俺主人没主见，既有舅爷去，还巴巴慕名请他做甚？千万望舅爷莫和他一般见识。"说罢便是一揖。

张安还礼笑道："不劳嘱咐，俺此行本是游戏乘兴，谁耐烦与他较量？却是俺姐丈正在钦佩他，咱们诸事也未执拗得，只好暗暗调护罢了。"从厚大悦，叮咛良久方散。

次日晓色甫分，世隆等一齐到店，大家饱食罢，各命鞍马，拥了车驮人众，喜鞭放过，浩浩登程。张安垂鞭缓辔，出得祥符城，望望街坊平野，不由增今昔之感。一路无话，无非饥餐渴饮，便取路直北，更出张家口，接程前进。一处处山川气候，不必尽述。那依仁闲得没事干，或射只雀儿，或打个兔儿，必要狗颠似的献给世隆。每逢歇宿，他却要摆起臭架子，将一班人众呼来喝去，大家厌恶得狗屎一般。

一日宿在店内，店后面是一带破篱笆，三不知钻进个小偷儿，正在车缝间探头探脑，想捞摸点儿东西，恰好依仁晚饭多吃了几口烧羊肉，睡到半夜只觉肚内翻筋斗，赶忙跑向后院，撞个正着。便大喝一声，一把揪牢，然后大喊道："了不得了，有警动了。"

众人大惊，一时间各抄兵器，跌跌撞撞赶将来，世隆张安也忙提刀赶来，举火一照，却是个秋鸭子似的小偷儿，趴在地上只管乱抖。众人都唾道："这猥琐物儿便放掉他吧。"

依仁大怒，便重重向众人唾一口道："你们说的比吃灯草灰还轻巧，俺姓韩的吃东家稀的，拿东家干的，做什么来了？难道竟摆样儿拿薪金吗？你说他猥琐，焉知不是大股强盗遣来探路的？若不被俺捉住，还了得吗？"说罢，拎过偷儿，先是一顿拳脚，然后大喝道："端的你从实说来，你们大头子现在哪里？同党多少人？是专心要劫物不是？今日遇见我赛飞熊，算你们倒运。"说罢，搭起油钵子似拳头在偷儿面前一晃。

偷儿哭告道："俺的爷爷，俺就是街上穷小子，小名牛儿，因饥寒耐不过，想偷摸点儿，可知什么大头子小头子哇？俺还有个八十二岁的老娘哩。望爷爷恩典吧。"

依仁大怒，手起一拳，那偷儿半边脸已青青紫紫，越发杀猪似哭叫。便是世隆也觉依仁这等的小题大做很可不必，正要向前解劝，只见人丛一分，店主人揉着睡眼挤进来，不容分说，照偷儿屁股便是两脚，一回手抢过众人一把刀，向偷儿便剁，众人大骇。欲知后事如何，且听下回分解。

第二十八回

西藏路商客戒程
乌梁墩英雄聚首

且说众人急忙抢过刀，那老翁还喘吁吁跌脚道："牛儿你这小子倒不错，真给我贴金。竟摸到你伯伯店中来了。昨天我给你的柴粮呢？"

那偷儿却是店翁族侄儿，听说店中住了阔客，想来抄个彩头。众人正见依仁做作得讨厌，不由齐笑道："这一来许没什么大头子了。"便大家劝依仁放掉偷儿，扯个精淡各散。次日在途中，依仁越发顾盼自得，大家也没有理他。

行了数日，业已渐近藏界，从厚便打叠精神，每夕住歇都是他指挥安置。原来此处没多村镇，赶至日落，随处扎帐。他布置之法，是列帐居中，各有门户途径，帐之外便是车驮环围，以外便是巡逻之队。一般的口号铃柝，分班调换，直至天明。依仁这时抖起精神，单在世隆跟前卖弄。唯有张安只有憨吃憨睡，一概不去理会。

这日正行到乌梁墩地面，此处便是入藏大道，途中行人颇颇不少。极目一望，荒沙断岸，连株树木都不多见。但觉悲风肃肃，旷野传音。世隆等正策马趱行，忽地后面泼啦啦放过两匹马，马上两人一色的硬装毡笠，腰佩长刀，背弓挟箭。前面那人生得紫微微面皮，虬髯环眼，后面那人却生得瘦小，只是顾盼之间精神流露。扬鞭之间，两人相顾一笑，一抖辔头，风也似直趋前路。世隆也是老手儿，如何不瞧科三分？便催马向依仁道："须仔细呀，莫不是风儿吗？"

依仁大笑道："妙极妙极，俺正手儿发痒哩。"说罢便要当先跑去。

世隆回望道："张老弟还在后面，且等他。"

依仁鼻孔里一笑道："那样娇哥儿，别吓着他吧。"

说话间，张安已到，方说得一句"有风"，依仁业已跑去。于是世隆紧跟车驮，张安鞭马跑去，只走了四五里远，差不多追及依仁，便见前面尘头垒起，一声呼哨，从岔道高崖边转出十余人骑，明晃晃各执器械。为首两个正是方才所见的人。

依仁大叫道："你这干鼠辈，认得俺赛飞熊吗？"

刚放马停刀，但听弦声一响，一箭早到，正射在依仁大腿上，一骨碌翻身落马，只管伸腿儿。张安大怒，先手起一镖，将骑中一人打落，这时那紫脸大汉一阵贯索箭，唰唰地飞出十二支。好张安，真是惯家，舞起长刀便从箭林中飞马过来，紫脸汉略一带马，那瘦小汉子用两柄雌雄剑，早飞电似接住张安，于是紫脸汉挂弓挺刀，也来夹攻。三骑马搅作一团，杀了个难解难分。后面余骑喊声大起，张安一面格斗，一面留神，见他两人虽是英勇，却只是马上武功。这当儿若稍用剑术家数，立能杀掉。他略一沉吟，忽起了些不忍之心，于是卖个破绽，回马便走。恰好世隆引众赶到，两人不及答话，那瘦小汉子业已赶到张安马后，张安忽地一回马，从马上用个健翻冲霄式，竟跃起丈余，瘦小汉一剑斫空，身子一探，张安趁落下之势，噔的一脚，正踹在敌人腰背，登时跌下马，被张安缚起。

这时世隆方力战紫脸汉子，张安将瘦小汉交给众人，方要来助世隆，只见紫脸汉大叫道："不必动手了，俺有话讲。"

世隆略一信手，那紫脸汉先抛却刀，滚鞍下马，纳头便拜。慨然道："俺良友被擒，义不独生，便请壮士将俺两人杀在一处。"说罢，词气慷慨，面无惧色。这一来倒将世隆怔住，其余贼骑也便一齐拜倒。

张安略一思忖，大喝道："你这奸计来嫌哪个？"说罢扬刀便剁。不提防紫脸汉却将脖儿一迎，亏得张安手快，急忙掣回刀，扶起他道："足下何人？我看你如此气概，尽是条汉子。为何做此剪径行为？"

紫脸汉道："俺也是走藏商人，却因亏折血本，流落难归。权在这乌梁墩地面苟图生活。先是有一伙草贼专以杀劫行旅，被俺除掉，因并其众。引去数里，便是俺屯幕之处。壮士不弃，可能辱临，容俺仔细奉白，还有心事相告。"说罢，虎目之中凄然泪下。

张安一见，越发动了惺惺惜惺惺之意，尚未开言，只见世隆道："俺们趱路正忙，足下既不要买路钱，已见盛情。咱们改日再见吧。"几句话，将紫脸汉羞得无地可容。

从厚赶忙向世隆一合眼色，道："此人既在藏中生意，我们便请教些近来藏中情形，未尝不好。"

正说之间，那瘦小汉已大叫道："白兄，你看怎样？我说这营生不是人干的，果然人家看着不够朋友了。要依我话，我早讨饭回归了。"

张安大笑，便过去与他解缚，不待世隆吩咐，便命他两人率众前导。大家刚要上马，只听草地中呻吟有声，方才想起韩依仁来，忙扶起一看，业已尘头土脸，不成模样。眙起双白蛤眼，只管龇牙咧嘴。一面乱骂道："暗箭伤人不算本领，来来来，咱们再较量一下子。"

紫脸汉跑去连忙赔罪，从厚匆匆将方才大概一说，他登时又抖起威风，胡噪道："你那屯幕须不是龙潭虎穴，有我韩依仁，一百个没要紧哩。"

大家一笑，看他箭伤亏得不重，忙寻出金创药与他敷好，架在马上，一行人直奔屯幕。紫脸汉前驱引路，趄过数重沙阜，却见一土冈，十分高峻。原来都是飞沙积土，不知历几多岁月，凝结而成。

一般的盘纡曲径，势如山岳。冈阳一片平阳，却现出一片列幕，中央一株老树，就上面悬一方尖旗儿。这当儿守幕余众早得信息，连忙列队迎出。张安望去，不过百余人。当时大家纷纷下马，世隆从厚便先约住自己人骑，就幕旁歇息。然后与张安等跟紫脸汉直入中幕，大家坐定，各通姓名。方知那紫脸汉姓白，名成功，山西人氏。家世行商，他却酷好武功，善用马上铁戟，击刺如飞。少年曾入行伍，以独骑杀贼数十人。后因醉后殴同伍，遂又逃落军籍。那瘦小的是辽东人，姓葛名秉贞，形貌不逾中人，膂力独绝。旧以贩马为业，往来北京，其人意气甚豪，曾以数千金借客，欲刺权要。事儿发觉，因此北京驻不得足，与成功素来契好，两个便摒挡家资，学计然治生之术。不想过得几年，却在藏地为邪盗所算，尽丧资本。两人心下不甘，便逗留藏中，颇得治盗情形。无奈资本无出，因此权占在乌梁墩地面，只不过数月光景。

两人说罢，张安等也将行贩大略一说，成功道："张兄如此本领，藏中盗不足惧，便是俺两人若不为邪术所中，也不致便有闪失。"

从厚忙道："我们此去虽有韩张两兄护行，所踌躇的是盗中邪法，今遇白兄等，千万指教一二。"

依仁昂然道："左右是邪不侵正，只给他个不理会罢了。"

成功正色道："这却不然，俺当初何尝不如此着想？只是事到其间，眼睁睁被人制伏住，除非韩兄一团正气，或能胜邪，也未可知。他们邪法实有所本，所以藏地喇嘛分黄衣紫衣两派，这紫衣一派中，便有邪术相传，却是其人亦贤不肖不等，其中有知识通佛旨者，便将邪术用之于正，即如密宗经典，何尝不广演神通，专演符咒，但看其人用在哪里罢了。所以想祛藏盗邪术，还须请教紫衣僧徒。俺们失事之后，方知此番情形哩。"

一席话说得大家连连点首，依仁那股正气不知不觉悄悄收起来了。张安方要叩详细，便见秉贞命喽啰整备饭食，世隆忙道："不必费心，我们还是赶路要紧。"

成功哪里肯依，从厚一望天色，业已不早，又搭着要问祛邪之法，便劝世隆驻此一宵。白、葛大悦，须臾饭备，外边人骑自同商伙自有喽啰等应候，这里主客六人相让入座，一面吃一面与张安谈起武功。喜得白、葛两人手舞足蹈，成功慨然道："俺自流落以来，壮志殆尽，今见张兄气概，又令人豪兴勃勃。"说罢振起两臂，作个开弓势，哈哈大笑道："但看张兄本领，何愁后来不建牙专阃？异日倘值际会，可能容俺两人为马前一卒吗？"

张安这时不由奇气垄涌，拍手道："妙妙，虽辱见誉，但俺张安一副铜筋铁骨，也思量不负此生。倘与两兄同建功名，真个妙极。此后我三人无论哪个先得就建业之途，便互相牵引，你道如何？"

三个说得入港，不由拊掌大笑。从厚凑趣道："还有俺韩兄哩。一定将来都是武将加锋的。今日乌梁墩一会，真可传为佳话哩。"

依仁听了，只哼了一声，世隆觉他没意思，便笑道："我和韩兄都是看破红尘的，但跟了我老哥多挣几个钱，便万事都足。"

从厚笑道："多挣几个钱，谈何容易？真个的，快请白兄见示祛邪之法吧。"

成功笑道："不须忙得，少刻细讲。"

正说得热闹，只听依仁啊哟一声。欲知后事如何，且听下回分晓。

第二十九回

祈神符道出红柳海
拜圣迹相现摩耶宫

　　且说大家正在叙谈，只见依仁呻吟抚腿，原来用过汤饭，皮肉一和暖，热气儿串到疮痕，故觉疼痛。于是命喽啰扶他先就别幕安息，这里匆匆饭罢，已张烛燎。张安道："白兄等权据此处，非为善策。似不如各还乡里，以谋际遇。"

　　白、葛同声道："正是正是，从明日起，张兄等赴藏，我们便散众还乡如何？"

　　张安听了甚是钦佩，于是从厚又叩问祛邪之法，成功道："此去入藏第一站，便是柽柳冈。"

　　从厚道："不错，此间柽柳正旺时，遮天盖地，灿若红霞。俗又名红柳海。"

　　成功道："那么丁兄既到过此地，可知有个紫衣僧徒，人都称为神巫的吗？"

　　从厚道："这却不晓得。俺当年走藏时，虽闻有邪盗一说，却还不多见。不似如今闹得这样凶哩。"

　　成功道："这圣巫名叫摩耶，因此他所居之处人便叫作摩耶宫。便在这红柳海西南方，去官道五十余里。此人道法非常，踪迹莫测，立愿拯人，专破一切邪法。他有一种神符，经他灵咒咒画而成，名为天女吉祥万应神符。佩在身旁，诸邪不畏。若涉藏地，非此不可哩。"

世隆喜道:"如此却容易得很,左不过迂道半日就得了。"

成功道:"郝兄不可看易此事,这圣巫隐现不常,那摩耶宫并非有宫室庙宇,不过是一片沙垞,七株老橡,天然生就的,势如北斗。土人就那里环筑矮垣,不过岁时令节,去剪除草棘。再就是祈祷摩耶的人,时或一至,谁看见摩耶到底是什么样儿呢?"

从厚沉吟道:"神变如此,去求符倒烦难得紧。"

成功道:"这也无妨,只要求符人一念虔诚,摩耶立现灵迹。若稍涉侮慢,他且会摆布人哩。诸兄到那里,但看沙垞后面深谷中投掉的牛羊福牲陈陈相因,简直如肉堑一般。更奇的是历年投下,不增不减,总是半谷,且不腐臭,即此便可见灵奇一斑了。"

秉贞道:"不错不错,那谷里不但是福牲,整个的人尸都有。便是心存侮慢或身犯不洁的求符人。白兄之话,诸兄且须当心。今有一句要紧话,便是诸兄到那里,拜祷通诚毕,不怕见只猫儿狗儿,或即是摩耶化身,都未可知。千万不可狎慢的。"

大家听了,甚为凛然。当时从厚又详问了道途,便唤进四商伙,命宣示众人,明日入藏务秉虔诚,不可胡言乱道。张安又与白葛两人款洽好久,方才各自安歇。

次日,张安等起程,白葛两人甚是执手恋恋。成功慨然道:"俺们散众在即,积草无用。张安去个一二十里,但看背后火起,那便是我们大散伙了。此后再会,俺便向祥符岳州两处访兄消息吧。"于是张安等执手告别,两人送出去三四里,方才转来。

依仁这当儿箭疮已好,听得从厚说给他须求神符一节,只管暗笑,便道:"这种师巫鬼祟的事,咱们内地也有的是哩,便说得一朵鲜花一般。"

从厚忙道:"韩兄若懒去,便在站相候最好不过。左右咱的人骑车驮也须有人照护。"

依仁笑道:"这是千古奇闻的异事儿,俺怎的不去瞻仰瞻仰那摩

121

耶到底是怎样个三头六臂的角色？俺将来回家，说说古也是好的。"

正说之间，张安偶一回头，果见乌梁墩地面一把火随风直上，不由拍手喝彩道："好好，丈夫做事正当如此。"

依仁就从厚询知情由，却笑道："强盗这碗饭本也难吃的，咱们这一遭儿倒把他俩给指教过来了。"说罢腰儿一挺，又拿出他那老态度。

张安向从厚不由一笑，一望前队人骑，早蠕蠕地转入藏界，大家一面加鞭，一面细玩风景，真个划然画界，大不相同。但见平沙四塞，黄云低覆，到此空旷大野，方显得天似穹庐，白草飕飕，悲风肃肃，只见日光也便似减一层晶辉。一队人骑前后相趁，只如蚁儿相似。正行之间，忽然午风郁起，热烘烘吹面如炙，须臾即过。从厚道："藏地寻常便多子午风，到得夜分，还有这么一阵，又名为离合风，便如人呼吸往复一般，因此地土厚水深，山川气郁，郁到极处便起飓风，并且此处人性较朴，信仰心坚，所以心气相感，能与神灵通。因之诸怪变事，往往有之。即如邪盗等，便可见藏人特性，想也有些关乎地理哩。"

张安道："对对，不但地理，你看藏人奉佛教的居其大半，怎的会外乎相传下来的宗教历史？所以其人深默多感，其愚犷一类的人，自然邪气易入哩。"从厚听了，极称有理。依仁只白瞪着眼不作声。

不一时日暮到站，大家扎帐安歇，从厚老头儿果然三令五申地叫大家存想虔诚。当夜部署定，是世隆张安和自己前赴摩耶宫，预备了香烛福牲，载在车上，只选三五人随行，却命依仁和四商伙看护车骑在站。依仁怒道："这不是开玩笑吗？有事不用俺，难道俺韩依仁闲得没鸟弄？巴巴地万里程途，来与你们看堆儿？"说罢，攘臂大跳，一迭声要独自转去，嘴内胡卷一阵。世隆作好作歹方把他安慰下来，只得也算上他。当晚大家斋戒素食，独有依仁却背地里偏吃了块干牛脯。从厚事忙，哪里觉察？

次日晨光甫动，一行人上马拥了车，直奔摩耶宫而来。一路上

122

大家缄默，唯有依仁却肆口无忌。正行之间，草中惊起只兔儿，依仁大笑道："了不得，这莫非是摩耶圣巫吗?"众人听了，只好不去理他。

不多时，穿过一道土涧，盘纡上来，早望见那片沙垎，只见白茫茫被初日一照，恍如座小雪山一般。果然隐隐见一带短垣中有七树，参天直上，树梢柯叶都盘纠作鸾凤之形，云气往来，真个似有灵气。大家正在马上指点相说，只听唰一声，顶上黑云相似飞过一群神鸦，翔舞欢噪，向大家一打旋，直奔七树。从厚大悦，方一举手加额，却听依仁大叫道："真丧他娘的气。"众人一看，不由都笑起来。原来依仁正仰起面孔，张了大嘴，观望得入神，不提防一泡稀鸦粪从空而下，躲闪不及，登时连脸带脖，闹得一塌糊涂。当时依仁大呕大吵，众人忙忍笑，给他收拾。从厚正色道："韩兄及到此地便当从众，虔诚才是。"依仁没得说，只噘了嘴。

不一时已到垎下，大家下马，世隆从厚赏香烛，命从人抬了福牲，大家恭恭敬敬步上沙垎。只见短垣都是碎石筑成，并且砌得玲珑异常，作些花草古器花样。垣扉铁固，光景是终古不开。就透空处一望，里面却碧草芊芊，十分滋润。这样草色，藏中是不多见的。于是从厚肃然起敬，便就垣门外设好香烛福牲，与大家叩祷一番。只是这当儿未免心下怙悢，惜乎不曾问白葛两人，这神符端的从哪里来呢? 正在起来徘徊，忽地一阵微风吹得橡叶儿槭槭作响，便闻垣内似有人叱咤一般，大家怔望去，又不见什么。于是从厚再为叩祷罢，便撤去香烛福牲，命人抬到垎后深谷。大家跟去一看，不由相顾动色，依仁先大叫道："奇怪，里面有人尸还不算，你看这男女两尸，还搂抱得亲亲热热哩。"

从厚连忙摇手，命将诸物投入，方率众回身，却见垎下沙径中转出一群犬，后面一个小女孩，蓬头赤脚，披着件布桶衫，跳舞而来，口中衔着个铁叫子似的物儿，吹得吱吱怪响。吹了一阵，随口唱道:

天清地宁神所怙，

百属遁藏蒙人福。

唯上帝之恶奸邪兮，

假吾术永镇兹土。

一片歌声十分清遒，偏搭她摇头晃脑，宛然是个天籁女孩。张安方心中一动，那依仁已大叫道："我看蒙人都黑粗得驴肾一般，偏这娃子白俊和有趣，大起来绝好个大闺女哩。"

不想从厚深通蒙语，一聆词意，顿时悚然，忙向世隆道："此女容态有异，定是摩耶现迹。"

一句话提醒世隆等，忙和从厚赶紧倒身便拜，并述求符之诚。这里依仁慢腾腾跟去，只光了眼呆望。便见那女孩嘻嘻笑道："俺这羊是留着把来杀吃的，不是卖的。俺知得什么符不符？你们要羊毛，便给你一撮子。"

说罢，就羊屁股上真个揪了一撮，递与世隆。世隆方在迟疑，从厚心思甚快，忙道："主人还不叩谢？"

于是三人拜倒，才站起来，那女孩大笑道："自己肥羊留着不吃，却和人要羊毛。你看背后，兀的不是一只肥羊儿？"

哄得大家一齐回头，那女孩羊群登时不见，大家情知有异，方要望空顶礼，却见背后真有一只老羝羊。又仔细一看，不由大惊。欲知后事如何，且待下回分晓。

第三十回

入穹庐浑忘主客
涉瀚海别有风光

　　且说世隆等细看那老羝羊，头角宛然，只是后两足未变。还穿着皮靴，正是依仁。大家不由大惊失色，从厚顿足道："白葛两兄本说得明白，不可心存侮慢。无奈他只管拗性。今既如此，快些至诚拜祷吧。"

　　说罢，和世隆等伏祝，只见那老羝羊就地一滚，眨眼间还是依仁，却模糊糊一揉眼，怔道："俺怎的坐在地下了。"

　　世隆不好直说，便道："此间真是灵地，咱们不可留恋，快些转去吧。"

　　于是恭敬揣起羊毛，便寻归路。依仁一路上昏头奔脑，还不晓得是怎么档子事。到站中世隆先取出羊毛一看，不由连声叫怪，哪里是什么羊毛，竟是一厚沓灵篆神符，数了数，正合众人之数。从厚喜道："看此光景，真个不可思议。"众皆大悦，便每人分佩起来。依仁这当儿哪里还敢作声。

　　这日起程，只走了五十余里便住。当晚帐中闲谈，从厚道："此去三五站路程，还不足奇，唯由大瀚海而北，中经大沙漠，此间最是蒙盗出没之所，却须当心。我闻人说过，凡蒙盗劫人，必先试邪咒，或忽起黑风，沙飞石走，或四面野火燔空，中有无数奇鬼猛兽，种种危险境界，弹指立现，务令人震慑失措，人骑相乱，他方将资

125

货驮骑一概摄去。其人生得虬髯黑面，装束诡异，都好戴锥也似白尖帽儿，一望可辨。"

张安笑道："我们既有神符，便不怕他。只磨得刀快，准备杀贼吧。"

依仁道："正是。"说罢一腆肚儿，忽又自语道："这两日想是牛脯吃多了，只管口里膻得紧。"众人听了，都暗暗好笑。

次日按程前进，甚是平稳，一处处河流树木，田畴部落，还和内地边境不相上下。这日大家正联骑笑语，趄近一片大大屯幕，只见迤逦远近如乱冢一般，那列帐也井然秩然，各辟道径，却是帐制精粗大小迥然不同，想是贫富不等之故。听得大队旅客过，一个个都探头探脑。那蒙人妇女戴了手镯似的大耳环，穿得大红大紫，两只脚踹着大皮靴，只管指手画脚。却大半一张面孔油晃光大而且肥，退光漆似的颜色，间有稍为白皙的，也肤粗异常。

张安等正在观望，只见远远高耸耸飞来一个怪物，似乎像人，却长大异常，又仿佛不止两只脚一般，须臾趄近，却是个肥胖老翁，须发皓然，穿着一件极垢敝的布衣，油晃晃尘膏和揉，不知历几多岁月。一张肥屁股坐在四人肩头，后两人兜掇住臀，前两人紧抱其足，便这样轿也似异将过来。见了张安等，笑容蔼然，与前面两人问答数语，其中一人语音却是女子。顷刻间已掇到半里以外，光景十分好笑。

从厚道："你莫看这老物儿，一定是藏中大富翁。但看他这件破布衣如此油膏，便是大富幌子，传世之物。原来寻常人热时裸体，冷时只服毡裘，非富至有羊牛千万头以上的，得不着这件破衣。因此衣为大喇嘛所赐，所用之布，都系中土之物，大喇嘛穿过一二代，方才肯把来赐人，实为无上荣耀。得此衣者，必择日称贺，大犒僧徒。一吃便是牛羊数千头，必大犒三四次，方将破衣穿起，诩诩骄人。当大犒之时，大家嚼得口边油沫并手头膏垢，一股脑儿就破衣擦抹，其油垢越厚越妙，以见他肉食之豪，便如烛泪成堆，足夸大富。其人死后，方将破衣殉葬，视为重要大典。却必剪留一片，为奕世相传之法物，以见世家乔木之意。贫薄之辈，往往不远数百里，踵门求一见污物，袚除不祥，并以送穷。久而久之，其家珍藏起来，便如中土人宝存周鼎商彝，等闲不许人见哩。"众人听了，都各大笑。

这日行抵一处屯幕，大家歇住下，因日光未落，张安便和从厚信步蹧至一家穿庐，其中却是老夫妇两口儿，并两个二十多岁的大女儿。一见从厚等和气非常，坚要进庐款茶。张安方在迟疑，那两个女儿已一边一个，捉住张安胳膊，一面推拥，一面抚摸滑溜皮肤，仰起头儿，孜孜憨笑。从厚却他不过，便和张安一笑入去。老夫妇款客十分殷勤，便忙忙点进酪茶，挨挤着坐在纯毡上，那种亲热法，直不辨谁是主客。那两个女儿早笑吟吟跑入别帐，从厚方与老夫妇说得几句话，她两个已花大姐似的跑来，只见从头到脚将中土的钗环彩布并珠宝璎珞之类，插戴得花花绿绿，叮叮当当。其中宝石猫眼等真有价值万金的，宝光直射多远。不容分说便扑向张安，夹坐左右，老夫妇见了满脸儿都是笑。张安觉得局促，方要躲避，从厚却结结实实瞟了他一眼，竟索性也挤向两女儿身边。两女儿大悦，登时眉欢眼笑，便有一个靠到从厚怀里，那一个便挽定张安脖儿，一手摸着张安腮颊，便如引逗小孩儿一般。

少时，那个忽地跷起一条腿，脱出半段，便勒张安之臂，来比颜色，引得挽定张安的女儿咯咯乱笑。忽地叽里咕噜画眉假哨了一阵，张安不大懂得，从厚却笑着说了两句，两女大喜，一个便挀从厚长须，那一个却站起，花蝴蝶似的乱舞一回。便连老夫妇也越发喜气融融，于是从厚略尝酪茶，问了些此去路程，即便起出。行得数步，一回头还见那两女指点呆望。

张安只觉好笑，便问从厚道："怎的丁兄两句话，她们便喜欢呢？"

从厚笑道："古人说得好，入国问俗，入地问禁。此间风俗淳质，不甚严男女之界，所以我且止你不须躲她。因一躲避，她便以为瞧不着她。你不见两女儿盛装示客，那便是亲爱极了。我说的两句，是夸她宛如天女一般。这赞语出自中土人之口，她怎的不大悦呢？"

张安道："如此说来，他们很重视中土人了？"

从厚叹道："凡外地无论哪里，何尝不尊敬中土有若天人？可叹咱中土人自不长进，做出些事来，无义少信，连自己都对不住自己，还说甚乎格远人？久而久之，便被人轻视下来，所以往往闹得外夷构难，累年兴兵。即是当今主上，方召活佛会讲佛法，却是其用意所在恐怕不外人所信哩。驭夷非难，当先检点自己。便如方才两女，我们若因其亲慕之势，乘便淫辱之，下次老夫妇见我们还有好面目相向吗？事儿大小不同，却是一理哩。"张安听了，甚是佩服。

因次日便涉瀚海，近于沙漠，从厚特地又申诫大家一番。次日，拔帐合程，果然途中屯部渐次稀少，已分时已抵瀚海，极目一望，唯见平沙浩浩，漫空一白。风起沙旋，远望去起伏有势，真如波卷一般。正行之间，忽地一阵旋沙就马前冲起，便如一座浮屠，风卷而前。里面轰轰怒鼓，顷刻间已到十里外。日光一淡，长风徐起，从厚惊道："飓风要来了，快些人骑驮联在一处。"

方大家部署定，只听万鼓齐鸣，背后一座灰白色大山飞也似赶来，被淡日一映，其中明星灼灼。从厚一声号，大家齐伏。这时风山已到，登时将一干人吹得乱滚，昏沉沉许久，方才相携爬起，一望那山却平铺了卷到前途去了。从厚道："亏得不是极烈飓风，不过被风中沙砾打破些头面罢了。"原来风山是明星似的，便是凝沙块石。于是依然起行，那风日渐渐晴和。

刚走得十余里，众人忽一左顾，只见一二里外，忽现一曲清溪，碧水弯流，稻苗正秀，一片青翠翠风光，宛如江南风景。大家尘头土脸，忽见这清美风光，只喜得直咽口唾。从厚笑道："此间幻相最多，便如滨海有海市一般，不须惊诧。"

128

果然不多时，微风一起，一切乌有。大家称奇道怪，一路行去，不觉日色西斜，一片返照射到黄沙上，金紫相绚，十分奇丽。大家正在缓辔延眺，只见队中一人忽然戟手大叫起来。欲知后事如何，且听下回分解。

第三十一回

张安独力诛群盗
从厚谈话警淫夫

且说大家随那人手势向西一望，只见天尽处一片红霞，便如云锦，展眼间越拓越长广，光气绚烂，接天蠹地，俨似一幅大锦幛，将西方遮得严密无痕。微风一振，忽地霞幛上现出一片城垣楼阁，雉堞旌旆，十分严耸，并隐隐似有人骑往来，鼓角之音。须臾忽见万骑风驰，戈戟森然，大纛轩起，直赴城阃。张安不由勒马大叫，一声未尽，霞幛上又簇起一层光气，如施了一层粉绛纱蒙，上面却现出一汪洋巨海，云涛拍天，汹汹涌涌。指顾之间，忽现出三队战舰，其上甲士如林，旌旗飘拂，在海面上往来驰逐。离合变化，矫疾如飞，便如水军试武一般。忽然海水腾沸，舰队都没，暮风一起，霞阵亦无。于是大家齐叹奇景，得未曾有。

当时择地歇下，次日未及午，已涉沙漠。走了二十余里，未免大家各有戒心，偏是依仁排场得凶，早已浑身结束，在马上按刀，左顾右盼，不住价在队前后晃来晃去。正行之间，真个闻得对面一声呼哨，顷刻间由一沙阜斜坡转出十余骑，上面人体貌诡异，面目狰狞。各挟长斫刀，尖帽高耸，风也似抢来。从厚忙抚张安之背道："张兄当心，果然蒙盗来了。"

一言未尽，忽地眼前黑暝如漆，略一张目，忽又四面火起，拉杂杂直烧将来。且有许多猛兽奔噬左右。众人一声喊，未免要慌乱

130

手脚。从厚叫道："我们既佩灵符，不须慌得。"一言未已，陡见面前现出一条大河，其中黑浪掀天，水怪垒涌，一个个张牙舞爪，电目血口，随波扑来。张安这当儿早将灵符高揭，便听得一声怪叫，万象都杳。大家定神一望，却见得盗首口角溢沫，翻身落马，直僵僵死在地下。原来这种邪咒被人破得，便祸归自己哩。

当时张安等不由勇气百倍，便见余盗大怒，电也似长刀一挥，拍马闯来。张安跃马挺刀，手起处先斫翻一个。早有四五骑攒刀齐上，顷刻间杀作一处。其余三骑马便奔世隆，两下里喊声大举，白刃翻飞。只见蒙盗果然悍鸷异常，却是武功本领哪里及得中土家数？顷刻间张安刀光起处，早又斫翻两个。那两骑便奋不顾身，裹住张安正在酣战当儿，不想世隆被三盗围住，偏搭着还有四五骑竟斜刺里直奔车驮。这当儿依仁方在车驮边装腔作势，颠着刀儿大叹道："偏我又离不得这里，和这干蟊贼玩，还用真杀真斫吗？只消用个手法儿吓跑他们就是了。"

正在胡噪，身旁四五盗骑业已抢到，他这才慌了手脚，方叫得一声慢着来，早有一刀劈着便剁。他连忙举刀一架，方晓得敌人兵器很有斤两。这一急非同小可，说时迟那时快，只见前后左右雪片似刀刃直泼上来，不由一面招架一面失声大叫。转眼间大汗如浇，堪堪落马。忽见一骑狞龙似飞来，一声大叱，蹿入重围。那柄刀风旋雨骤，不消顷刻已将敌骑冲得屡分屡合，早有三颗贼首圆彪彪滚落马下。那两骑马情知不敌，死命冲出，落荒而逃。依仁喘呼呼定神一望，却是张安。原来张安力战两骑的当儿，忽见余盗直奔车驮，料得依仁不济事，便一摆刀便走，早将刀锋隐在肘后。果然一盗不舍，纵马赶来，张安忽地一带马，后马走得势发，两个马头几乎相并。那盗方一赶到，张安已大喝一声，回锋一肘，早将那盗刺落马上。这种轻妙家数，蒙人是不会提防的。当时那后面一盗看得分明，惊惶中也便溜之大吉。所以张安赶来，救得依仁。

当时不暇和依仁答话，方要飞马去助世隆，只见两个商伙踉跄

131

跑来，大叫道："俺主人被强盗掳得去了。"

张安急望，果见三四骑如飞向西而去，张安大惊，方一抖辔，早见从厚空手策马，率十余人赶去。张安鞭马大叫道："丁兄莫慌，俺便来了！"一骑马电光似早抄出从厚马前，挺刀大呼，直端入群盗队中。后面从厚赶到，便率众齐上。先夺得世隆，这里群盗顷刻间两人落马。张安杀得性起，一刀斫去，又将一盗头颅削去半个，只剩个斜茬儿，被马驮出多远，方才栽落。只剩一盗鼠窜而去。

这场恶斗，张安独力诛掉八九人。当时从厚等惊定检点，一物不失，世隆手臂上被一刀伤，却不打紧。转收得盗马八九匹，大家称谢张安，自不消说。依仁老着脸子，还夸自己力斗四盗。这日大家疲倦，又走了三四十里便歇。

次日起程，道中稍有行人。在沙漠中直走四五日，便先抵一处，名为买卖城。此处甚为热闹，从厚便交易些货物，住了六七日，方取道直赴大库伦。一路上聚落渐稠，人物繁庶，气候也觉温和，知是全藏最精华的所在。每逢歇住，值有大屯幕，蒙人子女往往拥挤聚观，也随便购些零碎货物。依仁闲得没干，便与人家子女调笑亲近。古诗说得好：野花偏艳目，客子易伤春。蒙女虽粗丑的多，却也有姣婥白皙、绝胜中土的。又搭着装饰诡异，情致温婉，另有一种风光，早将个自谓断绝那回事的韩依仁引得心内虫钻似的。

一日歇住下，偶与从厚闲步，趄至一家大包帐内。凡有大包帐的，便是藏中富家。依仁从容一望，果然里面铺设得十分整齐，毡衣绒毯之类都极辉煌，并有中土名锦古瓷等物，其中两个男子笑颜款客。依仁一眼望去，早见帐角有两个二十来岁的妇人，一个生得长长身材，风姿娇娜，一个却生得娇小秀丽，一对儿正望客人抿嘴价笑。依仁知得蒙俗，便老了脸子趄去，一屁股挤坐在两美中间，方左顾右盼，鼻儿内闻得人家口脂散馥，吐气如兰。正在心窝内都是受用，只见帐幕一动，趄进一人，也不过平人服装，却是胸前悬一张梵文金符，看那面色很露着傲然自得，竟仿佛到了自己家一般，十分自由。那两男子忙忙致敬，他只略略颔首。这当儿两个妇人早抛掉依仁，花枝似扭将过去。那人更不客气，竟扎实实将娇小妇人搂入怀中，一壁偎亲玉颊，一壁摸抚香乳。那长身妇人也便一扭头儿偎在那人身后，一弯玉臂便搭向那人肩背之间，满脸都是笑，竟将从厚依仁孤鬼似丢在那里。再望两男子，已不知躲向哪里去了。依仁当时满腹疑团，正想看个究竟，只见从厚笑而招手，只得怏怏趑出。

当晚大家闲话，谈起蒙俗。从厚叹道："我们离乡作客，处处都须仔细。俗语说，少不至苏杭。因苏杭繁华，少年人往往失足。据我看来，岂但苏杭可畏，即如这藏地，你道客人没有陷入淫障的吗？我当年与人合伙入藏时，亲见三两人偷出渔色，死掉性命。你道不可畏吗？"

众人笑道："俺们年壮的自然可畏，像你老人家这把年纪，也不要紧了。"

说罢相与大笑，只听一人微笑道："噫，奇怪得紧。"

欲知后事如何，且听下回分解。

133

第三十二回

购金符妄冀邪缘
作道场纵观法相

　　且说众人一望，那人却是依仁。原来他自见那两妇人一番情形，只是放不下疑团，当时不由问起从厚。从厚笑道："你不见那来人悬着张金符吗？那符是由大喇嘛手中弄来的，只要有这符，无论到谁家，任意横眠竖卧。见了可意娘儿，随便弄耍。"

　　众人听了，都各大笑。依仁急问道："这张符想不易得吧？"

　　从厚没加思忖，随口道："容易得很，花钱就能买到哩。唯其如此，这里梅毒之盛，这也是一个原因。你别看那人佩了符，戏弄人家女娘儿，扬扬得意。只怕是道催命符，也未可知哩。"

　　依仁听了，却暗暗心喜。当晚各自安歇，依仁却翻来覆去，良久方睡。

　　又走了五六日程途，这日下午时分，已抵大库伦城，只见三街六市，热闹异常，人民往来倒有一大半是僧徒。但见香花梵呗，一处处诵经不断，居然是佛国风光。所见奇风异俗，不可尽纪。从厚世隆便忙着安下客寓，揭出商标，自有当地捐客贩客等兜揽贸易，讲说行情，忙得不可开交。四商伙分头奔走，核积账目。张安依仁虽是力巴，也来照料一二。

　　过得数日，方稍静下来，只是归途货物不能一时便齐，只得静候。暇时节大家便各处浏览，依仁这时早动了渔色之意，瞅空儿便买了张喇嘛符,藏在身畔,众人哪里晓得。这大库伦喇嘛寺本极著名,一日大家饭后,便厮趁着前去游玩。到得寺门一望,果然规模宏大,建筑精丽,金碧峥嵘,照耀半城。里面相轮浮屠之类,高耸云表。于是蜇进,各处随喜一番。其中殿宇佛像越发庄严,游人如织。转蜇良久,忽到最后一处偏殿,五楹敞峙,只那石柱础雕刻精工,已非中土所及。却是雕像的禽鱼花草间,往往杂以男女交媾形,或做个绝大阳物之状,跃跃然颇有生气。进得殿内,越发稀奇,只见诸佛菩萨像一个个精赤条条,挺茎露阴,做出许多交媾之态。或翻云覆雨,或侧岭正峰,或两男一女,或群雌独雄,甚至于娇滴滴美女身上据着只牛马,还有欲交不得的,把握了自己的阳物,色眼看人,做出馋涎欲滴的光景。满殿中春色缭乱,不可正视。张安不由咄咄称怪。

从厚道:"他们本地人看来并不为异,此名为欢喜佛。据云示此色身,还是警醒愚蒙之意。"

正说之间,只见一群蒙女撞来,喜滋滋纵观良久,还不肯去。中有一个却笑道:"咱们去吧,明天便是大喇嘛作道场之期,那才好看得紧哩。这把戏谁没玩过?尽管看它做甚?"说罢,一路吱吱喳喳,又撞到别处去了。

其中一女,圆团团的面孔,甚是可爱,依仁这厮自恃有符,恨不得登时跟追去。只碍着有伴儿,没奈何结实实盯了人家两眼,随众出殿。又蜇至一处偏殿,却见里面有三件物儿,甚是奇特。一是一具大大的华妙金轮,便如风车儿一般,上下承以大轮,中贯巨轴,轮叶为数凡一百八,恰合牟尼串珠之数,纯是赤金做就,奇光夺目。更精工的,每叶上皆雕镂梵字真经。相传此轮一转,抵多少经诵功德。一是挂破地狱九环锡杖,也是纯金所制,上面雕范之工,都像作地狱变相,真个毛发如生。杖头是一范金玲珑宝塔,觚棱铃铎之类无不具足庄严。此杖能免罪孽,资冥福。凡蒙地富人欲亲死免九幽之苦的,必须大具金帛,诚求活佛。然后活佛建大道场,俟座下喇嘛祈诵毕，亲自持锡杖登坛，哗啷啷连拄三下，就仿佛见罪囚由地狱脱然而出。再一物就是降魔宝杵，越发厉害得很。据说此杵是人长巨胫骨所做，也不知始于何年，最能降伏恶魔。如飞天夜叉之类，此杵一击，登时消陨。凡寺中行打鬼之法，坛下僧众各持一杵，说是宝杵之护法。活佛宝杵是不肯轻用的。这三件东西便是活佛历世相传的衣钵。

当时大家看玩良久，依仁觉得没甚趣，方催促大家转去，忽听背后哧地一笑，回望去却是那圆脸儿的蒙女，拉了个佩符的人嬉笑而去。依仁没奈何，随众趄回，恍若有失。这日傍晚，掉了个谎，独自趄出，便悬起护身金符，摇摆摆望见大包帐大踏步便入。果然没人挡阻，只是所见妇女不中意。末后趄入一帐，十分齐整，只见一蒙妇面壁拥衾而卧，看那身段很是俏丽。帐中只有一老妇人，见依仁意有所在，便殷勤数语，悄拍卧妇香肩道："这里有贵客坐地，迟一霎儿你再困卧吧。"

那卧妇嘤咛一声，老妇人含笑而去。这里依仁心花大放，便搭趄着趄到卧处，刚要扳过妇人面孔，想饱看娇模样儿。只见那卧妇一个呵欠，掉转面孔，还睡眼惺忪地向依仁一瞟。这一来不打紧，吓得依仁掉头便走，一团高兴顿然打掉。原来是一奇丑妇人，一张脸肥而且阔，鼻颊上红一搭紫一搭，已露出疮毒瘢痕。依仁这一来方才色心稍敛，慢怏怏趄回。只见从厚等正谈论明日去看大喇嘛作道场，依仁心有所触，便暗暗打叠主意，当晚便老早安歇下，养精蓄锐。

次日大家兴冲冲准备出游，下午以后，交易事毕，便相与结束，方要就市中游玩，一唤依仁，却攒起眉毛呻吟道："今日俺肚儿只是不舒齐，不耐烦去了。"说罢，揉着小腹，一屁股卧倒。

大家也不在意，便慢步而出。先向街坊上一路纵观，只见士女杂沓，大半是向喇嘛庙去的。原来这道场热闹全在夜里，白日间只有铺设庄严，却是倾城游人业已拥挤不开，于是从厚等先趄向庙道中，却见鸣锣之辈三五人，分头赴街。原来是召集执事僧众的。从厚等到得庙门，业已有许多僧徒纷纷而入，一个个捧持坛仪法物，奇奇怪怪，也不晓得是些什么物件。于是随众拥入，一抬头，早见大殿前竖起四面大旗，高矗天半。上面金彩辉煌，画着四天王神像，一个个甲胄赫然，横眉怒目。中有一神，脚底下踏着个赤体魔女，披发凝眸，十分姣丽。大殿上一切陈设炉瓶盂钵之类，都是镏金。殿之东隅却有一华美高座，特为活佛而设。却是活佛尊严，哪里肯等闲到场？不过大喇嘛代行其事罢了。

这时庙中执事女僧早已扮起各种鬼装，往来奔走，衣饰奇妙自不消说。从厚等正在纵目，只见四名女僧抬来一桌面食，却制为各种禽兽之形，生气勃勃，似飞似走。张安等甚为诧异，从厚笑道："此名为妙醍醐，便是乳酪油面和塑而成。还有一种酿物，名为醍醐酒，这两样都是道场供神所需。因此物有微妙馨香，感得鬼来夺食，便趁势打服他。俗语云：不尝醍醐酒，枉在藏地走。这两样物儿好吃得紧哩。等到晚间，再来看打鬼之法，更是有趣。"说罢，就殿前后踅了一回，随即出来，就庙左近耽延一霎儿。

不多时日色已暮，由庙门直至大殿，金灯万盏，点得一条烛龙一般。这时鸣钟伐鼓，大吹大擂，先打开场法器一通，然后是管笙细乐，梵曲凄清，绕殿合奏罢，方是执事僧领振铃宣偈，以静众喧。但听膜拜仆仆之声，不绝于耳。从厚等相随踅入，恰好大喇嘛岸然登座，背后十二众一色的金冠法衣，各捧经器之类，座案前却有两僧，特选的长躯伟干，扮作金甲神道，画面挂髯，十分威猛。口辅之间却横勒一幅白布。

从厚笑问世隆道："东翁可晓得这是什么意思吗？便是怕口气触鬼，鬼不来抢食，便无从打他了。"

世隆一笑，正这当儿，忽地一声怪响，这音儿剥剥喳喳十分惨厉，便真觉阴风飔起，满堂人都相顾动色。即有一僧披着件一口钟式的法衣，口吹乐器，跳舞而入。欲知后事如何，且听下回分解。

第三十三回

打魔鬼千奇百怪
走包帐一箭双雕

　　且说大家一看那僧所吹乐器，形似海螺，白渗渗的颜色。仔细一望，却是段胫骨。从厚道："此名纲动，为蒙僧法器之冠。"

　　果然随后有僧众十许人，诸乐并奏，循声赴节，徐步而入。就殿东西相向列立。那乐声越奏越急促，正到繁会当儿，只听殿外吱吱乱叫，便有两个小鬼墨靛涂面，风车似抢入，就殿中互相腾挪，或禹步轻趋，或滚伏疾走，做出许多怪状。末后竟龇牙眈眼，趋向大喇嘛座下。刚一伸鸡爪似的瘦手，便听殿外哗啷一响，两条铁索怪蟒似飞来，即有两长大夜叉，大吼跳进。一个个青面朱发，獠牙血口，嫖火似目光一瞬，早抖索套定小鬼脖儿，只用力一顿，两小鬼登时便翻起筋斗。这一来，张安却大悦起来，因见他身手捷疾，颇有武功，方知人说蒙人笨拙，不堪武功，全是外行话了。

　　正想看个究竟，那两夜叉已将小鬼提捉而去。于是大喇嘛拿掌凝神，便有座下侍僧各掬饭食，向人丛中抛掷一回。这当儿铙鼓喧天，梵呗潮涌，一片香烟灯彩融合作一处，闹得满殿上乌烟瘴气。须臾稍静，忽有十二人合队而进，各戴假面具，老少妍丑，其状各别。所穿衣服越发奇诡。其中有个女相，扮得妍丽非凡，一壁价跳舞，一壁价扭扭捏捏，向众伴飞眼风儿，引得众伴互相追逐，做出许多匀头揽背丑态。末后一伴竟忽地搂住她，亲得嘴喷喷怪响。

张安悄唾道："这个未免离奇伤雅了。"

从厚道："我闻得人说，却也不甚了然。据说所扮的都是诸菩萨化身，各有名称。又有说是便是历代活佛的宠妾，死后都为护法上神。每逢大作道场，必须扮演将来，便仿佛永久纪念，昭示佛果。"

张安悄悄吐舌道："啊哟，你看除那个女相之外，其余哪里还像人？中间那瘦高条子，直如骷髅，难道活佛便宠爱这样人吗？"

从厚沉吟道："或者是别有用意，警醒世人。就佛眼看来，哪个粉黛美人又不是黄土骷髅呢？"

正说之间，世隆悄悄指道："你两人莫讲道，兀的不是俊人儿来了？"

从厚等急望，果见又有十人从容趑入。一色的锦衣花帽，衬着可喜的俏庞儿，身段儿不长不短，不肥不瘦，各执脑骨碗、骷髅棒、铜叉彩络等物，袅娜而前，真个颇有风致。原来是特选白皙女僧，分扮作十地菩萨，所以特为出色。只是所执武器大半是死人白骨，颇有凶惨之状。当时从厚等仔细一看，什么叫脑骨碗骷髅棒，便是人的整脑盖和胫骨制成，一般的上缀彩帛，和铜叉舞将起来，倒也十分别致。

正在纵横疾徐，忽听鼓钹大作，即有下给僧众百余人，徐趋而入。此时舞容乐声高下相应，最后面却有一队女僧，一个个抹粉涂朱，妖妖娆娆，绣袍宽带，手中各执蓝丝巾一方，缘以彩穗，便如百蝶翔空，招展而入，就殿中绕行一周。

随后又进来一班男女，都盛服辉煌，顶挂念珠，胸前各悬一金铸小佛。便依次跟众女僧环行道场，却是施主家一干眷属。此时大喇嘛座前便有上级僧肃然起立，吐音宏朗，宣说开经偈。殿中群僧依次和诵秘密神咒，如群蛙乱鸣。加以铃铎暴振，正这当儿，便见有执事僧尽举面食，纷掷于地。那十二护法神登时跳近前，举起泼风似快刀，四面乱斫。据说这便是斩除厉鬼。

正在观者神耸当儿，又有一长大僧人，全身甲胄，扮作将军模样。手使方天画戟，戟枝上缀满金铃，哗啷啷一声响，杀将入来。登时左五右六，嗖嗖舞起，杀了个四门。然后持戟卓立，自称为某神某神，凛凛然待问祸福。于是施主观者纷纷膜拜，叩问休咎毕，各恭献所执蓝丝巾，还惴惴然恐神不我佑。

这时满殿法器闹得春潮一般，庙中观者也便徐徐四散。从厚等知道场将散，也便趱出。一路上且谈且行，须臾到寓所，只见依仁一个人儿对了灯，颠头播脑，两颧上红扑扑颜色，恍如中酒。口内随便吟唱，十分得意。见了大家，方才定神，便笑道："你们偏我瞧热闹去，到底是怎样风光写意呀？"大家一说，他有意无意地听了两句，一头歪倒，沉沉便睡。大家也不在意。

不想过了半月，依仁一头病倒。初起是口干舌燥，浑身火热。过了两天，加以气喘盗汗，那头面上已隐隐有红斑发出。只过得一宵，通体都是斑点。那下部更不用提了，肿痛得刀割一般。不多时便溃烂起来，脓液流离，只管杀猪似嚷痛。大家慌了手脚，一看病势，知是梅毒，便一面请人调治，盘问他得疾之由，依仁哪里肯说？恼得世隆气猪胗一般，只管咒自己瞎眼，不该邀他来现世。张安听了，却暗暗好笑。

从厚终究老练，怜依仁万里间关，客死可悯，便背了大家恳切切一问他，依仁这当儿求生心切，又见从厚一番诚恳光景，不由恍然感动，先自己着实打了两记耳光，然后滴泪道："俺这是孽由自作，还有甚说得？将来蒙大家福庇，好了固好，万一不幸，丁兄切记将我这得疾之由昭告后人，以为大诫。无论到哪里，切莫犯这淫字。只俺韩依仁便是榜样了。"

说罢，抖着两手，由裤底摸出一张喇嘛金符，从厚一见，早瞧出三分，刚接符要细审视，那依仁已原原本本自诉起来。

原来依仁那日并不曾真个肚痛，特地趁空要寻个快活。当时见大家趱去看道场，他便一骨碌爬起，结束整齐，佩了金符，随后出来。一路上东张西望，只拣大包帐所在走去。果然金符有灵，引得众人们十分殷勤。间有寻常女在路相遇，都眉开眼笑，要来兜搭。依仁却看不中意，昂然而过。趄了良久，忽见一二十多岁的蒙妇，生得水灵灵两只眼，向依仁睃来睃去，依仁这时已是渴喉咙，不由笑着趄进，捉住妇人手儿。妇人笑眯眯，甚有风情，只是脚步儿只管前却。百忙中又向西望望，与依仁调笑良久，方才相牵入帐。依仁急色当儿，也不在意。见帐中有个男子并两小女孩，便一屁股牵这妇人坐下。男子一望金符，不由满脸是笑，忙殷勤一回，与妇人从容数语，即领两孩悄然趄出。这里妇人却一歪身靠在依仁怀里，仰起嫩脸儿嫣然一笑。依仁始觉一团暖玉软绵绵正在自己紧要所在，不由一面吻她玉颊，一面刚探手摸入她长袍襟中，方要快活起手，却见一雄伟男子，虬髯如戟，大踏步进来，一般地佩着金符，腰间悬一把锋利匕首。妇人猛见，忙推开依仁，花枝招展地过去。那男子只将依仁略瞟一眼，登时牵抱妇人，偎坐一处。依仁好不有气，却是慑他雄伟气概，便赌气趄出。

走得数十步，方在闷闷，忽听背后娇声一笑，急忙回望，直喜得跳了两跳。原来正是那个圆面孔的女儿，手中拎了一把彩纸花儿，一身盛装，光景是要看道场去。当时依仁略一回身，那女儿已到肩下，秋波一闪，只管向依仁嘻开樱口，纤手一扬，便将金符摸弄。依仁大悦，趁势儿一弯臂，勾抱住她香肩，低问她包帐所在。那女儿只咯咯憨笑，便捏起悬符，向后面一指。依仁望去，且喜只有数十步远一处中等包帐，后临短巷。当时两个挽臂趄回，途人见了金符，都各致敬，直将依仁快活到云眼里。入得帐去，却见一半老妇人枯坐，见了依仁殷勤非常，烟酒脯酪等物流水价敬上来，又嫌酪劣，便忙忙趄向相识的大包帐，寻取佳酪。偏搭着那家干酪方尽，又巴巴从邻家觅取。这一耽延为时不小，半老妇人捧了酪，匆匆趄回，方到帐外，已听得里面热辣辣许多声息。没法儿只得就邻帐躲避。

且说依仁搂了人家细腻，一处处赏玩到，揉搓兴尽，然后乐极，只觉浑身暖融融，百千毛孔无一处不畅然通泰，便不顾生死，将那女儿搂得死紧，忽觉一股奇暖，由下部直冲上去，这种快活就不用提了。正在恋恋偎抱，忽听短巷中一派鼓乐之声，一问那女儿，直喜得依仁披衣不迭。欲知后事如何，且听下回分解。

第三十四回

韩依仁纵欲倾生
郝世隆闲情逗衅

且说依仁询罢那女儿，知是后巷帐中有人娶妇。那女儿恐他得陇望蜀，便挽他脖儿笑道："那新媳妇我曾见过，长得好个丑八怪样儿。"

依仁口内答应，便搭讪着结束站起，没口子向那女儿定期后会，拔脚跑出，却悄悄地踅向后巷。这时天色将暮，只见娶妇的包帐前鼓吹灯彩，并一应家人出入，甚是热闹。忽见依仁大摇大摆地走来，众人赶忙迎入。依仁没暇看帐中陈设，但见明灯辉映中，那新妇正盛装而坐。仔细一看，登时魂灵儿飞去半天，真个千娇百媚，比那女儿还胜几倍。当时心下暗喜，亏得没上那女儿的当。正是目不转睛，只见帐众乱纷纷，早将酒脯茶果摆设停当，便恭请依仁入席。依仁正狂罢一度，有些肚内发空，即欣然就座。屁股方稳，便有个老妇人笑吟吟将新妇一枝花似的挽将过来。那新妇含羞带笑，斟起一杯酒，纤手捧定，便敬依仁。这时依仁恍到色界天，眼前只疑是一团彩云，模模糊糊接来饮尽，帐众大悦，互相庆贺，说是大喇嘛遣人赐福，多少眼光都注在依仁面上。依仁却不肯白抛丢眼光，只萦绕住新妇，恨不得穿入人家皮肉，方是意思。便拿酒来遮狗脸，一气儿灌了十来杯，倚醉装憨，竟将新妇拉坐膝头，先着实实去亲香颊，一只手便探入她襟底，揣摸起来。但见新妇娇躯乱扭，惺忪忪两眼似笑似嗔。再看依仁这副神情，业已不像话了。于是帐众会意，搭讪着躲出。这当儿新衾新枕，衬着个娇滴滴新人，被依仁搂抱困倒，以下风光，看官都是明眼人，就不提了。

这期间唯有新妇夫婿十分当心，就帐外避猫鼠似的，倾一回耳，乱踱一回。依仁抬头瞥见，不觉一惊。

这一惊也就不同寻常，只觉一股针气似的直刺下部，便忙忙起身趄出，一路之上又受了些夜风，当时虽不怎样，只过得三两日，便渐渐发作起来哩。

当时依仁一丝两气地含泪述罢，一阵难过，便即昏去。从厚欲慰无从，唯有长叹。便从容向世隆等一说，张安便道："这种人真也难说，都是姐丈性急，不专等俺，却邀得他来，一路上既没用，如今倒添个累赘。"

哪知世隆为人甚是偏傲自用，一听张安此话，却疑他恃功来揭自己短处，便绷了面孔，向张安便是一揖道："俺姓郝的仗了舅爷过日月，哪个不晓得？这段事实在是我发昏，舅爷教训得很是。"说着，竟左右开弓地自打了两记耳光。

张安少年性气，不由剑眉剔起道："姐丈这是怎么？便是韩……"

从厚忙大笑道："人家韩老兄只是发昏，你两位还有工夫斗嘴耍子？快跟我来望望他。"于是一言揭过，拉了两人便走。一看依仁，不由都替他难受。

过了两天，依仁下部烂得蜂窝一般，一命呜呼，就此交待。这时张安便不来插嘴，自由从厚等将依仁棺殓，择地埋葬。世隆白抛注肥钱，哪里有好气？且喜贸易顺手，大得利市。不多日，藏货都齐，世隆便犒众饮福，整治归装。张安为人原是爽豁热性，因依仁客死，临行之际，倒拉从厚到他葬处凭吊一番。于是由藏回程，一路上甚是安稳。

这日经过乌梁墩地面，张安马上沉吟，不由忆起白葛两人，便笑向从厚道："咱们这趟入藏，总算顺手，若非在此巧遇白葛两友指示求符，便有些不妥当哩。"

世隆道："依我看，还是老弟力量多。你若没本领制服他两人，恐怕他两人又是一副面目，也未可知哩。"

从厚一笑，张安听了也没在意，只望那屯幕遗基徘徊良久。于是按站归程，一路无话。这日离祥符城还有三四十里，世隆道："丁兄等且押驮骑，等我先趱去，命店中人伺候卸化。"说罢鞭马跑去。

这里张安等缓辔而进，不一时将要进城，也不见有店人来接。从厚道："这群巴巴蛋子，真没紧没慢，主人进城这一霎子，还不见他们来哩。"

说罢一紧辔头，当先趱去。直到店门首，众店伙方惊道："怎的回货到了也不先给个信儿？"

从厚道："难道东家没向店中来吗？"

店伙道："不曾哩。"

从厚没暇理论，指挥之间，张安率众已到，问知情由，便道："俺姐丈先转向家下也未可知。"

于是大家匆匆卸货，直乱了良久，还不见世隆到来。张安道："左右我闲在这里，且望望他去。"说罢，一径奔世隆家中。

这时天已黄昏，到门首一望，只见静悄悄的，方要步入，只听背后唤道："舅爷辛苦了。"

张安回望，却是何富，手内拎一药包儿，忙忙走来。张安便道："你主人怎不向店中去呢？"

何富怔道："早就去了，俺主人到家向俺主母便是一个雷头风，你想俺主母本是个病身子，哪里有什么说笑，偏搭着那个主儿一见俺主人，又有些啾啾唧唧，只略为歇息，便怒吼吼由上房趱出。小人正忙着去打药，以为他定向店里去了。"

于是两人且行且语，进得门，刚至客室，便听得内院中沸反盈天，闹将起来。小鬟哭道："你莫委屈人，俺主母叫俺寻主人家问问路上光景，并张舅爷怎的不见？谁可查落你去来？便是主人家在你

145

屋内，也不是稀稀罕儿，这值得鸡下蛋似的脸怎的？"

又听得一阵小脚乱蹂，沙氏吵道："小蹄子真是人小鬼大，用你当这能行探子去献浅吗？主人在俺屋内是不错，也不是谁请他来的，怪得你悄手蹑脚，恐怕踏杀蚂蚁。原来是奉了美差来的。真是俗语说得好，从小缠小脚，安妥养汉心。鬓髻毛儿还未燥，倒是个《水浒传》里王婆子角色哩。"

小鬟听了，越发哭嚷。便听得王氏有气无力地喝住小鬟，何富皱眉道："咳！"一声未尽，只见世隆匆匆由内院趑出，一见张安便道："你们来得好快，只因歇了一霎儿，还不曾到店里去哩。"

张安便道："丁兄已在店料理，姐丈去倒不忙了。"

世隆道："老弟且自方便，俺还是去去。"说罢，觋起脸子，扬扬走出。

这里张安且自稍净行尘，何富忙跑进报知，不多时，小鬟和何富趑来，来请张安入内，小脸儿上兀自肿眼塌眉。张安站起整整衣裳，这当儿何富向小鬟道："你是有气性的，总也不理她。"

小鬟急道："怎的何大叔你也这般说？"说着眼圈一红，要诉说原因。却被何富摇手止住，于是领张安匆匆入内。房帘一掀，张安不由大惊。欲知后事如何，且听下回分解。

第三十五回

小鬟愤诉中菁事
大侠结客少年场

且说张安一脚跨进房，便见王氏瘦削脸儿一点儿血色也无，正偎了被趴在枕上微微喘嗽。一见张安又要笑又要落泪，那神情越发难看。这当儿小鬟忙移了个座儿，置在榻前，张安落座道："怎的姐姐病到这步田地？"

王氏喘过一会儿，刚要开言，只见小鬟一摆手，便听得沙氏小脚儿跑得咯叽叽的响，一面笑道："舅老爷辛苦了。俺娘娘这会子保管不吃药病就好了。这一趟挣钱不在多少，只要人马平安，好多着呢，俺这会子才放下心啦。"一路胡噪，业已俏摆春风地进来，眼光一溜，向张安便是个万福。王氏登时一低头，又趴在枕上。张安没奈何，略为欠身周旋，沙氏问茶问水，好不殷勤，末后方向小鬟道："娘娘的药何富打来了吗？他上年纪人，有些颠吹倒打，等我问问去。真个这会子娘娘病倒，大家便吃凉不管酸吗？"

说罢向张安笑道："舅爷你说对不对？"于是头儿一扭，翩然遣出。

这里小鬟一张嘴，撇得烂柿子一般。王氏头儿一抬道："你且给舅爷泡杯茶去。今天我懒得服药，不须煎了。"

小鬟去了，姐弟方各述别后情形。张安方知姐姐因沙氏气郁，病势已成，刻下胸膈凝积，常二三日不思饮食。谈话之间，王氏不由泪落。张安虽是龙跳虎跃的角色，但是亲串家祗席间碟大碗小之事，哪里能插下嘴去，只好闷在心头，笑在脸上，又恐怕言语有失，若传到世隆耳内，自己便不像角色。只好婉转劝慰一番，便谈起西藏许多新奇事，与姐姐散闷。果然王氏心下稍开，这晚上竟同张安在房中用饭，倒吃了半碗粥。及至世隆趄回，张安方出，就客室安歇。

次日清早，小鬟蝎蝎螫螫地走来，蓬着个小髻道："俺昨晚没暇和舅爷说，真令人气破肚皮。便是那个浪老婆，你看她多会作践人？主母命俺向她屋内去请主人，她正在那里装妲己相哩。"

说着一条小腿坐在张安膝上，又抱了张安脖儿道："便是这样，软搭搭地对主人说道：'你莫要和人家榛子黄栗子黑的了，自从你出门后，人家哪一天不揭扬几遍，说这次买卖若不是俺家兄弟，谁也不用想得吉得利，这会子却血糊了心，一个个向我摆臭架子。'我听不过，便道：'娘娘别这么说，主人做买卖也不是一年了，难道往次舅老爷没去，怎的也一般的利市平安呢?'"

张安见小鬟一面说，一面脸儿气得绯红，便笑道："你且下来，我这膝盖都麻木了。"

小鬟正说得高兴，也不理会，便接说道："你猜那浪老婆怎么着? 竟登时一行鼻涕两行泪地哭道：'你听这话，俺也没说错呀? 不想娘娘登时大怒，和我大吵大闹，末后还说我气着她了，歪倒床上，终日价啾啾唧唧，我赔了许多小心，只是不理，这种日月真没法过了。'说着，小嘴一撇，直哭得抽抽搭搭。不想被俺猛地一唤主人……"

张安趁势一歪腿，小鬟落地，便道："准是这样吧?"

小鬟道："谁说不是呢? 她便登时羞怒交并，和我一顿好吵。便是何富叔来报舅爷到的当儿……"

正说着，何富进来笑道："你这妮子，少说句吧。仔细着人家葬送你。"

小鬟尚要开言，听得二门外有人声，连忙颠着小髻儿，如飞跑去。这里何富出去一望，却是丁从厚遣店伙来请张安去吃照例的平安酒。除本店人外，还有别商号的朋友。世隆远道新归，未免和沙氏吃个体己接风酒，所以懒于酬酢，竟命从厚代东。

当时张安从容结束，徐步赴店，只见街坊上风景如故，不由想起和云姑在张官儿署内内景，心下十分感触。信步趄至署前，又想起法晖长老在这里厮闹的光景，正在怅触无端，望了署照壁发怔，忽听后面有人唤道："张兄久违了，想是不久方到吧。"

张安回望，却是先前曾在途中相遇的那个祥符布商杨老板。于是两下厮见，各道契阔。杨老板捉臂道："走走，小号便在西巷，且小坐谈谈。俺听丁兄从厚说张兄来了，左右咱今天同席，只是不便畅谈罢了。"

说罢，拉张安转入巷中，刚走了数步，只见一家门儿半启，摇头晃脑跑了个十四五岁的伶俐丫头，一见杨老板，登时笑嘻嘻扭住便拖道："俺娘正念诵您哩。"

杨老板却将脸儿一绷，胡儿一撅道："大街上什么样子？我老人家哪有工夫去看她？"

丫头笑道："您再说我揪掉您胡子。不是那晚上半夜里戴了顶大毡帽，前来拱门，俺一唤'是杨老板吗'，便莽熊似的将人的嘴掩住，紧紧经给俺个银戒指儿？这会儿又没工夫了。"说着，瞟了一眼张安笑道："要不是体面客跟你走，俺便都揪掉您的底。"说着，用小指在脸上羞了羞，如飞跑进。倒招得张安要笑。

杨老板道："这妮子惯坏了。她娘生得委实不错，诨名白牡丹。能说会笑，在祥符地面总算风尘独步。只是手把儿大得很，她惯仗设赌抽资，是个大大的囊家，里面倒热闹得很哩。"

两人且说且走，不一时便到布店，相让而入。张安细看贸易光景，十分兴盛。只坐了一霎儿的当儿，便有两起来借款的。杨老板一一签付讫，便笑道："这种阔大爷并瘟生的钱，且乐得赚他个肥利钱。他们借钱去无非是狂嫖豪赌，千八百金不算什么。"

张安笑道："这本来不算什么。"

杨老板吐舌道："啊哟，我的张兄，若是穷人家千八百金，不够过一辈子吗？"

说着消停下来，两人便促膝闲谈。杨老板叹道："总是俺这里人没福分，好端端张县主走掉，连张兄也去了。你看地面上不久又该贼星发旺了。凭张兄这等本领，几时做个大大武官，也让老百姓安生安生。"

张安哈哈笑道："这个有甚定得，只要人乘时得运，难道杨兄所业盛起来，不许富堪敌国吗？"

杨老板笑道："谢谢您，等您发达起来，我给你管宝库去吧。"

两个说得入港，望望日影，已将巳分时，便一同去寻从厚赴筵。

到得店中，只见酒筵已齐，宾客都到，从厚正忙得没入脚处。大家厮见过，其中有初会张安的，见他凛凛一表，都纷纷称羡。便有两个豪爽子弟，一名邹原，一名敬子佩，都是祥符游侠少年，与张安攀谈起来，讲到臂鹰走狗、吹弹博弈等事，十分投机，相见恨晚。须臾从厚斟过酒，揖请入席，恰好张安、杨老板和邹敬两人坐在一席，杨老板原是拉拢场中的老手，真是见什么人说什么话。见邹敬这等意气，不由渐渐谈起风月场中事儿，撅了两撇胡儿，且是说得有棱有眼，满堂人听了都笑吟吟望着他。他却绷了脸，品这个的头儿，评那个的脚儿，不但祥符名娼品题殆遍，便连许多的私窠小娘，他都点缀过来。其中有个诙谐朋友便笑道："你偌大年纪作这猴相儿，不觉脸厚吗？"

杨老板正含了一口酒，扑哧一笑，竟喷了半案，一歪身险些连椅栽倒。众人不由大笑。欲知后事如何，且听下回分解。

第三十六回

逞豪兴踏月寻芳
费金资兴谗彼妇

且说杨老板捧腹半晌，方说道："你说俺脸厚，俺是有在嘴里，无在心里，不像西门大街裕和当的查老西，满脸上天官赐福，却去偷偷儿舔得好盘子。"因高吟道：

> 越舐越稀奇，居然舐过脐。
> 凭将三寸舌，卷入两重皮。
> 味辨酸咸外，音传唛哑时。
> 较之呵卵者，还算得便宜。

众人听了，登时哄堂，便连左右仆役也背脸掩口。原来这查老西生有奇癖，又因老不能人，专好赶这手活儿。所雇仆妇专挑年轻白皙的，久而久之，未免张扬出来，人都称他作盘儿查。便有轻薄子弟，胡诌了这首打油诗，是传诵已久的。当时大家笑过一阵，接着便猜拳行令。偏是杨老板满场飞舞，那敬子佩觉这人甚是有趣。须臾席散，业已掌灯时分。张安等都有几分酒意，便大家兴辞而出。

这时微月初上，街尘不起，邹、敬不肯作别，却与张安等徐行踏月。少时趸过一道巷口，杨老板忽笑道："此名师师巷，相传便是道君皇帝夜幸李师师之处。巷那头还有垃圾堆似的一处高阜，他们硬说是什么当年樊楼的故址。你说这美人死掉千百年，还引得人心内痒刷刷的哩。"

子佩拍掌道："你老兄莫要发痒，我便给你个美人看看。"

于是不容分说，拉了张安等便走。不多时趄至署西巷一家，张安一望，正是杨老板所说的白牡丹那里。看杨老板时，却瞪着眼道："这所在可以进去吗？倘走差了门，俺老腿旧胳膊的不禁打哩。"说着，猥猥琐琐跟在子佩屁股后。

子佩大笑，一拥门相率趄进。只见里面分两处院落，东院中灯火辉煌，人语喧阗，西院中却静悄悄的。四人方趄至西角门，只见从东院奔马似跑出两个汉子，一个是吃混饭的秀才模样，那一个却歪帽拖鞋，踢踢踏踏，手内拎了只麻袋，似乎沉甸甸的。两人一面走，一面唧哝。歪帽那人却将秀才肩头一拍道："喂，真亏了你先生，几句话便捉住这干琉璃球，我拙口笨舌，只会干嚷，是不中用的。今日这彩头，你都用了吧。"

秀才道："什么话呢？咱们哥儿俩，什么你的我的？对付这群人你须要见风使舵。你没见那个挑单纸似的，他就是府学老师的儿子，你拿官腔横调制服他，是不成的。他是个偷摸书面，所以我一提老师，他便替我们捞了这半袋钱。俗语说得好，打蛇打七寸方妙，不然像你似的，没个棱缝，只管瞎嚷，大家闹僵了，连一个钱也摸不到哩。"

一路胡噪过来，忽见杨老板，两人笑嘻嘻哈哈腰扬长而去。

杨老板道："这两个都是吃赌饭的落拓帮子，歪帽子的本是马快手，不足为奇。那一个还是响当当的秀才，放着举业不做，专以捞摸这种钱。此人名吴大用，他有个舅舅王进朝，刻下在陕西总镇姜瓖营中，也是个游击职分。曾累次唤他，他却不肯去。你别看他落拓样儿，便是万金到手，登时便尽。人有缓急求他，他不怕当掉裤子，再没个皱眉摇头。因此当地混混儿没一个不服他。方才准是又收赌规来了。"

张安道："如此说，这人倒很有意思。"

正说之间，大家已步入西院，只见庭廊回互，十分整洁。茜窗疏帘，红灯隐隐。忽见杨老板用袖一蒙头，那个日间所见的丫头早从游廊下如飞跑来，先向邹、敬味地一笑，便拉住杨老板道："你不是没得工夫吗？"

不想杨老板猛一撒袖，跳得尺把高，喵的一声，那丫头冷不防吓得一哆嗦，脚下一滑，一扑身正跌在张安脚下。杨老板拍手道："妙妙，你这妮子倒有眼力，等我给你做媒，下个鬏髻吧。"

大家听了，不由都笑。那丫头早红着脸跳起，拧股糖似的和杨老板厮缠起来。杨老板道："正经的，小心碰了壁灯。"

子佩道："别憨跳了，你娘这时没在东院吗？"

丫头道："俺娘哪高兴在那里？便是方才吴大他来取彩钱，不得不陪他趄一趟罢了。"

说罢，转身前导，引大家穿过大厅，却另有一所小巧院落。便有廊下佣妇，高报客至。珠帘启处，白牡丹盈盈而出，只是良家装束，越显得轻倩多姿。一张俏脸白润无比，却生得丰艳异常。但看脸蛋儿上但堆着八分肉彩。张安方恍然这白牡丹之称，倒也切当得很。

于是白牡丹亲手揭帘，让进众人。独有杨老板做出副怯哥儿面孔，落在后面，猛地向白牡丹便是一个大揖道："您好哇。这些时没冻着热着、吃多了撑着呀？"

白牡丹咬牙笑道："当着人我不理你罢了，怪道日间丫头说您在街上闲逛，原来您这时才有工夫呀？"

杨老板连连作揖，一望邹、敬二人道："莫怪莫怪，俺这叫舍命陪君子，若是俺一个人儿还是一百个没工夫。"

一言未尽，只见白牡丹唰啦一落帘，恰好那丫头正立在门旁，连忙砰一声将门一关，不想杨老板一条腿已迈进去，登时夹得山嚷怪叫，白牡丹已笑得花枝乱颤，伏在条几儿上。张安等抚掌之间，杨老板已拉着腿子进来，却眊起眼道："你便是关房门，也得等那独吊的客人。这乱哄哄一屋里人，我看你怎样打发？你便是吃杯品字茶，叹口川字气，还多着我杨老板哩。"

一路说笑，白牡丹连忙让座吃茶。杨老板却哈着腰，趄向里间，掀掀软帘道："罢了罢了，究竟是咯吧吧的。"

白牡丹笑打他一掌，这才大家说笑起来。原来敬子佩和白牡丹是老交儿，便是邹原也是熟客，杨老板本逢场作戏，不过是应酬，只有张安是生客。这色之一字，人所难免，何况张安是个倜傥飞扬性儿，当时酒后兴豪，便点了支曲儿，白牡丹歌罢，果然响遏行云，余音绕梁，那缠头之费自然十分阔绰。直到夜深方才各散。

张安趄回，唤门良久，何富方揉着眼出来，便道："店中席散这么晚？俺主人已问过舅爷好几次了。"

张安不便说得，只含糊答应。过了两天，便是子佩等请酒，自然设席在白牡丹家。接着又是杨老板请酒，便连那吴大用也都厮熟起来，杯酒款洽，自不消说。张安只抹了石灰嘴白吃，未免心下不安，于是接连还了几席酒，连从厚都拉得去。世隆闻知，便老大不是意思。

一日正在王氏房中攒眉沉思，只见窗外鬓影一晃，却是沙氏，朝他努努嘴儿，那小鬟刚要让她房中坐，她已去了。于是世隆与王氏敷衍数语，也便趋了脚儿出来了。欲知后事如何，且听下回分解。

第三十七回

沙氏女暗箭伤孤雁
吴大用明局捉肥羊

且说世隆跟沙氏入房，沙氏笑道："你跟我来做甚？你铁桶似江山自有娘娘国舅保护，将来兵马钱粮，叫人家支用净了，你还瞒在鼓里哩。"说罢眼儿一瞟，索性不语。

世隆道："一人心难斗百人智，你看咱家里里外外这些人，除你之外，哪一个不和我斗心眼儿？你娘娘是个废物，照顾不来，你有什么见闻，合该打开板壁说亮话才是，怎还含着骨头露着肉的。"说罢，嘻开嘴，偎在沙氏背后。

沙氏腰儿一扭道："我就是浅碟子嘴，盛不住话。你又是直桶性儿，听不迭便照本发出去，没的惹人家淫妇长娼根短地乱骂。这就叫打不着黄鼬惹一身骚。你要是掌得住、拨得开的人，也不枉人挨骂一场，看起来我就不告诉你。"

世隆连忙笑央，沙氏叹道："你这些日保管不大见张舅爷吧。"

世隆道："他没处去耍子，不过到店中，或到城外盘盘马罢了。"

沙氏鼻孔里一笑道："盘盘马呀？要说他找地处下下筹码，跑跑那个马，我还信些。"

世隆诧异道："不能吧，他头些天每每请人酒倒有之的，还许没什么嫖赌事情。"

沙氏登时一沉面孔，冷笑道："我没说吗？我这老婆就是多嘴淡

155

舌，只当我闲放屁，你快躲开这里。"

世隆忙道："好人，不要着恼。你只说来，我自有道理。"

沙氏道："不是我来离间你亲戚，张舅爷年轻人儿，究竟没笼头马似的，咱们当地一干人哪有好杂碎？且会惯敲榧子哩。瞎掉钱不要紧，张舅爷又是个烈性子，赌嫖场中争风滚赌耍刀子，本是常事，倘若有个事故，岂不大家晦气？我倒不为痛你的钱，我风闻着他在训中不过支用了个千八百两银，也是小事一段。却是就这样没个收煞，恐怕越来越手大，将来要不可收拾。你也对不住娘娘哩。"

一席话款款密密，真个八面圆到。世隆听了，不由大跳道："这还了得？丁从厚只告诉我他支用二百余金，这是前五天的话，怎的几日之间，支掉了如此巨款？"

沙氏道："赌场上倾家荡产，只消眨眨眼哩。"

说到这里，忽觉院内似乎有人走动，忙一看，却没有人。于是世隆风火般去寻从厚，一问情由。方知近来张安只和敬子佩等在白牡丹处玩耍，可不陆陆续续支用八九百金。其中却有三四百金是与吴大用代借，说数日中即便归还，所以从厚不曾向世隆提。世隆呆了一会儿，只管絮叨。

从厚道："依我看，张兄非骏呆一流人，不过意气慷慨，结友用掉就是了。却是像吴大用那种人，本没巴鼻，不该代他来借。等我消停，劝劝张兄，自然好了。"

世隆没奈何，只好忍肚痛踅回。到得王氏房中，哪里有好气，不住价拍凳顿足做嘴脸，不想王氏业已晓得沙氏一席话了。原来那小鬟见沙氏努嘴，招出世隆，她随后便悄来窃听，一五一十都报知王氏。王氏听了登时一身躁汗，还以为都是沙氏唆构，这时见世隆嘴脸，只不敢问，只好暗中落泪。

次日恰好张安踅进，王氏便数数落落劝他一番。张安笑道："姐丈也特煞仔细，便是吴大用没钱还，都归在兄弟身上，也是小事。我因闲着没事，消遣消遣，迟几天我便回岳州去了。"

156

王氏道："快不要如此，我病得待死待活，真个你就去了吗？只要你以后仔细就是。"说罢，又掉下泪来。

张安唯唯，果然十数日不曾去寻邹敬等人。不想这日吴大用又寻将来，见面便拍手道："今晚上咱们该套肥羊了。此人是东乡首户，叫龙拐子，我成心引他来，要捞捞梢。张兄快去帮个场儿吧。"

张安正在枯坐无聊，迟疑之间，已被大用撮得去了。只见白牡丹正在盛装款客，邹敬等早已在座。客位上却有一人，有三十多年纪，生得闷闷昏昏，旧衣破帽，脚下踹着双脸掌子鞋，活脱似个乡下曲辫子，便是龙拐子。当时大家厮见，大说大笑，龙拐子却脸红半晌，方咕哝一句话，于是茶罢略谈，即便开局，百忙中却不见了龙拐子。大家正在张望，只听那丫头在花栏旁喊道："啊哟哟，您老是怎么了？那是俺娘浇花的油豆料汁儿。"

众人急望，那龙拐子正腆着大肚，向那青瓷白花百鸡墩缸内溺得起劲儿。众人见那神情，不由要笑，吴大用赶忙摆手，却一挤眼笑向众人道："遇着土鳖不拿是有罪的。停会子大家只管拿大注来逗他。"

说话之间，龙拐子蹒跚趑进，大用便道："今天猜宝玩玩，倒也别致。哪位坐庄，我给他帮忙赔钱。"

邹、敬拊掌道："你这伙计还未上场，先讲赔钱，不利市，不利市。"

于是共推张安坐庄，便登时开起场来。大家果然信大用的话，大注价四门乱压。转了一周，互有胜负。大用留神拐子，真是乡下孩子玩龙灯，忮耍儿。始终没个川拐注，都是干巴巴的老孤丁。北京人有句抖飘的话，叫硬碰硬，一翻两瞪眼。你想四门中独占一门，其余没些牟拉，哪里会便压着红。不消片刻工夫，龙拐子已输掉五百多金。一张脸胀得猪头一般，不住价大把抹汗。少时又咕嘟嘟灌碗凉茶杀杀火气。白牡丹也会凑趣，早命丫头将诸般水果捧上来。龙拐子性起，一面火腾腾地大嚼，一面一脚踏椅，乱骂道："□娘的，怎的一压一个黑屁股？难道我大年五更没受数吗？我就不服这羊上树。"说着，一连几注，又都输掉。

吴大用只乐得打跌，知时会已至，却故意地正色道："你且歇歇，清醒一霎儿，别趁着火彩儿干了，这不是玩的哩。"

拐子脱帽叫道："你不用抖欢翅，早晚叫你挨一大家伙。"

说着抖净囊金，一股脑儿压在么门上，大家看去，竟有二百多两。张安无意中深呼了一口气，大用大惊，方暗道不好，只听拐子据案大叫道："么来好宝！"

一声未尽，张安笑哈哈伸手一揭盒，却是个四直。将大用喜得发怔，再看拐子时，业已垂头耷脑地坐在那里，便连邹敬两人见张安面前一大堆白花花，粗望去足有一千多两，不由心内热辣辣的。于是大家稍息，随意用过茶点。白牡丹笑吟吟过来周旋一番，便凑向拐子身边道："怎的？今天龙爷手彩低？看来这事真是一时彩兴。"

众人搭趁说道："彩兴是不错，也是张兄心思儿变化多，不易捉摸，更妙的是沉得住气。这宝官儿不易做哩。今年正月间，徐二标子在南窑沈一官家做局，也是一宝做出去，被人家一下便压住了，他恐怕偶然露相，带过别注去，便竭力沉心定气，谈笑如常。哪知一股急火，都归到心，及揭盒之后，登时哇的声吐了口鲜血。没过两天，便交待了。像张兄这等手段，是没有的，不要说是龙兄，连我们也只好奉陪这一次了。"

一言未尽，只见龙拐子气愤愤跳将起来。欲知后事如何，且听下回分解。

第三十八回

赤手翻斗来霹雳
黄金借客起风波

　　且说龙拐子当众人说笑他当儿，他本句句留意，却是心内暗笑，只管做没精打采的神色，却伸着只钉耙似粗手，摸索细瓷茶杯，弄得杯倒茶流，淋淋浪浪。子佩不由暗笑道："这样粗手把，保好扛大锄头，却来这里装子弟，无怪他输钱。"

　　正这当儿，忽见他跳唤道："俺就不服气这个，来来来，咱们再干一下子。"

　　大用喜道："如此说张兄便借给龙兄本钱。邹、敬两兄和我作保，如何？"

　　张安侧耳听听，更鼓业交三记，便踌躇道："时光不早，敝亲那里还须给我候门，明日再玩如何？"

　　大用道："早哩早哩，咱玩困了便向白大嫂借个干铺，有敬兄面孔，难道真个拉着腿子拉出去吗？"

　　白牡丹抿嘴笑道："今天这干铺须十两头一夜哩。"

　　大胜抓起一包银，大笑道："都有在这里了。"

　　谈笑之间，大用业已一包包递给拐子，共有七百多两。张安没奈何，只得上场。略为沉思，便推出宝盒去。这当儿大用贪心过大，便就桌底下暗蹑邹、敬之足，两人会意，登时向二三两门各压二百金。拐子见了，果然火性大作，攘臂道："这次俺要看个盒儿。"说罢站起，置在盒盖上用为标识。

原来赌例中压家瞧盒本是常事，当时大家也不在意，只注意他压向某门，便见他将七百多金都推在么门上，大用偷望张安，颇有忍笑光景，不由心头一块石先已落地，便用指敲案，作了花腔鼓的音调，口唱俚歌道：

> 半夜三更睡不着，
> 急得俺心焦躁。
> 给你个二四川三上龙门跳，
> 单剩了么么么，
> 啊哟哟，我的天呀，
> 哪一个鳌头独占一品当朝。

大用唱罢，十分得意，只见拐子攒着眉毛，一言不发，只管就台布尽力揩手汗。少时忽喝道："怪了，我耳边仿佛听得么么的，准是我时气来了，如此我便竖个旗杆玩一下子。"说罢，便将邹敬两人的注都移到么门去。张安一见竟有些不忍起来，便道："龙兄只照管自己注吧。"

方脱口，大用已大叫道："罚你罚你，你这时何等职任？如何擅自讲起话来？"

原来当宝官须有木鸡养到的功夫，端然危坐，漫说是讲话，便连出气都不敢稍有参差。因精于赌者视听十分厉害，有三十六种端详宝官之法。曾有一宝官无意中拈了一根头发，用力一掷，便由此露出相儿，以致大负哩。

当时喧闹之间，龙拐子斗然站起，单手按盒。这当儿便连邹、敬心内都有些扑扑的。说时迟那时快，只见龙拐子微喝道："么来！好宝！"声尽处，盒儿一启，只听咕咚一声，吴大用栽落椅下，大家也没暇看他，急望张安时，只管搔首叫怪。原来这一宝正是个么红。

160

于是大家先忙着扶起大用，只见他嘴角只管颤动，再瞧拐子，倒没事人似的和白牡丹谈话去了。于是张、吴两个怔了一霎儿，合计该赔人三千三百余金。大用这时已如死长虫，张安没奈何，沉思一会儿，先将自己本金四百两并所赢拐子之千余金尽数赔出，余之千六百金，嘱邹、敬作保，准三日内，仍在此交割。

张安还不怎样，只有吴大用唉声叹气，眼看着龙拐子检点囊金，便存在白牡丹处，道声失陪，和邹原一同趄去。白牡丹送得客回，只见大用正抱了头发闷，一会儿搓手道："这事透着蹊跷哩。"因望张安道："你真个记得明明白白，作的是三门宝吗？"

张安道："这何须说得？我不是见他输得太多，还要止住他竖旗杆吗？"

子佩听了，沉吟咂嘴，忽笑道："据我看龙某人外朴内诈，倒许是赌场中老角色，会做手脚都未可知。但是我们当场没看出破绽，也只好吃哑巴亏吧。"

大用迟疑道："我与龙某也是新认识，他有个绰号叫龙老斗，其瘟生可知。难道这种人还会闹鬼吗？"

子佩道："这倒也不见得哩。吴兄慢慢查查吧。"

白牡丹听了，也觉诧异。当时夜深，三人便宿在那里。大用一夜不曾合眼，次日老早，他已忙忙趄去。张安回到世隆家，因一夜没回，又被姐姐絮叨了一回，且喜这当儿自己手中还有千数银两。原来世隆头些日子想了个逐客之法，便嘱从厚由店中提出千金，给张安作为赴藏的酬劳。这明明是遣他去的意思了。哪知张安直爽性儿，竟没解司，却越发挥霍起来。

当时张安默算赔款不敷，只得去寻从厚商量。从厚慨然道："只要张兄从此谨慎，便是所需这六百金将来归在我身上，也不算什么。"说罢，便由店账上支给他。

于是不消三日，赔款已足，便仍在白牡丹处交给龙拐子，无言各散。到了第四天上，大家又聚在那里，方诧异大用怎连日不见，只听那丫头在院内笑道："哟，这不是吴爷吗？哪里赶集去来，闹得尘头土脸？"

一言未尽，大用一脚跨入，果然灰扑扑的，拽起衣襟，脚下黄汤狼藉。一见张安，劈头说道："那赔款快别给他，咱们上了好体面恶当了。我破了三日工夫，方从东乡左近探了拐子的实底。原来他弄得好玄虚。他练就的一种手上功夫，名为翻金斗。只揭盒之间，那宝心登时颠个倒儿。怪不得从三到么门上哩。"大家听了，方才恍悟这注钱真输得冤枉冤哉。但亏既吃了，也没奈何。

过了两天，张安方在白牡丹处闲坐，忽见大用低着头蹩来，猛然问道："由这里到陕西去，须用多少盘川？"

张安随口道："这个哪里有定？不村不俏，敢好有五十两也就够了。你问这个做甚？"

大用喜道："如此说有指望了。敬子佩兄多了不敢说，这点把银两想还不至驳我面孔。"因说道，"我也是在家乡闹大发了，一屁股两肋叉都是账。我很想躲躲，恰好俺舅王进朝昨天又有书唤我，我苦于没盘川，已托子佩兄张罗去了。"

正说之间，那丫头忽地拿进一封札，大用认得是子佩给他的，劈手夺来一看，不由气得抛在地下，发话道："难道这几十两头我便坑掉你？真来得干脆。"

张安拾书一看，却是子佩推诿之语，不由微笑道："吴兄你错了，还是和俺商量吧。"

这句话不打紧，竟引起许多事故。不然张安怎会武功大就，平步青云呢？欲知后事如何，且听下回分解。

第三十九回

玉河桥酒肆逢异人
仙樵峪月夜觇侠隐

且说张安向大用道："你稍待三两日，我借给你就是。"

大用喜谢，匆匆散掉。张安更不怠慢，便寻从厚要支用五十金。从厚道："这两日东家正在盘账，张兄如急用，好在为数无多，何妨暂从令姐商量，等东家盘过账去，再来支用，就有遮掩了。"

张安一想甚是有理，便别过从厚，一气儿奔到世隆家。方一步踏入前院，便听得内院中吵成一片，只听世隆双脚跳得山响，大喝道："姓郝的飘江过海，凭父母血气挣的钱，犯不着供别人用。俺一谢就是千两头，还不够瞧吗？哪知还没有放屁工夫，便已冤掉。在店中一支又是六百金，如此胡闹，还不许人哼一声儿？"

沙氏带哭道："您别闹了，总怨俺死老婆说话不知轻重。张舅爷总是年轻性儿，性子老老就好了。快别为这点子夫妻反目。"

世隆大喝道："放屁！等他性子老老儿，俺只好抱瓢了。"

张安听到这里，不由气呆，刚要奔进，便听得姐姐一阵呜咽之声，世隆一面跳叫，其声渐远，似乎被沙氏拉得去了。这里张安好不踌躇，终碍着姐姐，只得忍过。枯坐寻思，不由自己反好笑起来。暗道：真是住亲戚无百日香，不差着姐姐闹病，俺恋在他这里做甚？疏爽之性，当时便抛在脑后，只是既允大用，岂可失信？这当儿如何能寻姐姐商量？没奈何将自己衣装擒挡了五十金，把与大用赴陕去了。从此子佩等过人颇疏，张安闷极，只寻杨老板谈谈。却是王氏从那日世隆嚷闹后，越发病重。

一日，张安又到杨老板店中，只见杨老板正在吩咐店伙小心上夜，张安随口道："近来夜紧吗？"

杨老板叹道："我没说吗？张县主和你走后，这所在又该贼星发旺了。便是近来，城厢内外出了许多窃案，看光景是高去高来的大手把儿，真来得轻妙绝迹。便是城中名捕金四把，曾历踏失窃之家，一无踪迹可寻。却有一件，那被窃的门楣上，必画个写意的飞燕儿，你说这贼多么闹玩笑。就是昨天，那大报国寺后院佛塔有多么高，不想塔尖金轮上，也画个飞燕儿，将老住持惊得什么似的。可想这贼大有能为，准又是袁时中的党羽哩。"

张安听了十分诧异，闲话之间，不由谈起世隆近来情形，杨老板劝慰一番，张安终是闷闷。便信步踅出，一路低头沉思，想回岳州。猛一抬头，已到藩司署侧玉河桥。这所在十分旷朗，疏柳短堤，衬着一湾流水，那临河人家槿篱相望，更兼有酒帘茶肆，点缀其间。张安客味饱尝，正一肚皮云鬟玉臂之感，见此光景，不禁酒怀浩浩，涌将上来，便拣一家雅洁酒肆，踅将进去。

酒保招呼就座，张安一望，短榻那边却有两个男子相对饮酒。上座一人白渗渗面孔，剑眉星目，秃着头儿，额光晶莹，便似陷一层华彩一般。穿一件大布袍，非常宽博，脚踏蛤蟆嘴青缎履，口衔一根旱烟筒，那锅儿足有小酒杯大，正抽得烟气迷漫，那烟圈儿连珠似冒上去。下首那个生得五短身材，黄面海口，十分异相。穿一身青绢衣，结束劲健。正骈起手掌，就案做个轻轻徐切的样子，一面摇头道："我终不信。你只说的好听，便如古书上说劈下可断牛项，直搠能穿象腹，不过是形容之词罢了，难道真个办得到吗？"

张安听他两人谈武功，正搔在痒筋上，便不暇饮酒，留神听去。

那白面人微笑道："你不信便罢，这深静造诣你原没悟到。还干那惊世骇俗的把戏做甚？那都不值高明一笑哩。"

164

张安方心一动，只见那黄脸人一勒袖道："如此咱便较量较量。"

白面人低笑道："怎么样？我说你火气未除，左右是闲着耍子，既如此，人静当儿，咱们破庙见吧。"

正说到这里，忽见张安在隔壁，两人相视一笑，便大碗闹起酒来。这里张安忽想起杨老板一席话，未免觉两人形迹可疑，怙惚之间，那两人已唤过酒保，给钱起出。恰好离肆不远，有一洼积水，那黄脸人见左右无人，便双足一碾，履水而过。张安方是一惊，只见那白面人直不曾理会，依然矩步从容，绕道而过。展展眼两人混入人丛不见。

这时酒保恰好趑来换酒，张安按壶道："俺不吃了。你可知破庙是哪里？"

酒保笑道："客人这话好不笼统，左近破庙少说着也有几十座，南城三清观，北关宏济寺，还有王家大院那里的海潮庵，都是破庙。再要最大最老最有名头的破庙，就是离城四十里的仙樵峪内开元寺。那还是唐朝的老古董儿，却是而今只剩座破配殿了。"

张安随口道："这所在你去过吗？"

酒保吐舌道："那种荒凉乱山，谁耐烦到那里去？"

张安听了，便揣度着三分，于是给过钞，徐步趑出。就街坊上徜徉多时，已将日落。便忙忙趑出城，依酒保所说道路奔将去。少时行人都绝，那一痕凉月渐次东升。张安便施展飞行术，风也似卷去。不消顷刻，已到山脚。这时微月之下，只见磴道盘纡，林木亏蔽。趑过一层岭，却得一蜿蜒小径，曲通峪口，有两处高崖，巉巉对峙。张安小立一会儿，只听得松风谡谡，栖禽时噪，于是迤逦入峪。里面荒草茂郁，看光景久绝行人。走了里把地，石基墙垣都尽，旧址上倒生了许多蒿草，仔细一望，除几株大树外，可不只剩了座配殿，孤矗在微月中，好不荒凉。

张安当此境界，不由浩然兴叹，便拨草趑至配殿，留神一看，果然有一古寺基址，山门钟楼，只剩了青白断香火的庙，难道这所在还有人上供吗？原来神案上脯酒罗列，还有两支巨烛，用松枝插在佛爷脚下。更奇怪的，神龛里还有个大包袱，酒杯火种等物都准备得停停当当，分明是有人到此。张安暗喜此行不虚，便将随身短剑抚摩一番，方要找一藏身之所，先觇究竟。只听一阵风过，远树夜雀惊飞起来。张安倾耳一听，仓促中便奔大树，刚唏唏唏唏爬将上去，便见日间所见的那两人大说大笑，携手而入。

白面人道："老弟，你真个孩子气。我不过一句话，你竟认真预备来了。耽搁我一夕静坐不消说，又须耽搁你的自在游行。今夜月色颇佳，咱们清谈一会儿，便算数如何？"

于是一面说，一面就殿阶相对而坐。白面人仰观月色，忽地徐徐长啸，便觉凉风飒然，树叶戚戚，慨然道："你还记得去年秋里，咱们薄游关陇，倒是西北高寒，天气冷得早，咱们登太白峰，跨断龙涧，那山风料峭，分外削肉。便是雍凉一带的人也都有劲武气象。"

一言未尽，黄脸人拍手大笑。欲知后事如何，且待下回分晓。

第四十回

知白子艺服燕飞来
紫金杯巧盗左乡宦

　　且说那黄脸人笑道："那里人劲武是不错，所以姜瓖练兵，自负得很，你还记得我偷马戏弄他不呢？"

　　白面人道："怎的不记得？几乎闹得全城大索。"

　　黄脸人道："我并非爱他那匹乌云驳，我是试试他有沈毅度量没有。果被我一声叱咤，他正在烛下轻裘缓带地看什么兵书，竟登时手脚失措，大呼卫兵。因此我知他是浪得虚名，泷气候的。"

　　白面人叹道："虽是如此，他那虚矫悍愎之气，既苦不自知，又坐资以西陲雄镇，一旦天下多故，正恐他不肯安生哩。"

　　黄脸人道："他倒是还能格外用人，也是些长处。"

　　白面人道："你到此间游戏，曾望刻骨袁时中吗？"

　　黄脸人掉头道："此等鼠辈还值得俺一眼吗？倒是咱们瞽先生上了他个恶当，十分好笑，一气儿远下去了。"

　　因将瞽先生夜入县署之事一说，张安听了，诧异非常，便料他两个必非等闲之人，不由把好胜侦贼之念暗暗打掉，转凝神听去。

　　白面人哧地一笑，略一昂首，倒将张安惊得身形一耸，幸得树叶茂密，下面似不觉得。白面人徐徐站起，就那棵树竟闹了个抚孤松而盘桓。张安惴惴然好不难受。

　　黄脸人遂语道："俺知你好静坐，专寻老比丘等打交道。这几日不消说又从法晖处来吧?"

白面人道:"那是自然,法晖是没得说了,我就服他那意思蕴藉。"

黄脸人道:"那是从绚烂中过来的人,却还是心热得很。"

白面人道:"说了半天,你这里也游戏厌烦了,咱还是北游哇南游呢?"

黄脸人道:"北方朝政这时颇能清明,还没什么暗无天日的事,倒是南方三藩用事,恣意胡为,咱们到那里游行,还可暗中济人,你道好吗?"

白面人道:"也好,你我本是云水心期,无可无不可。"说罢,移步便走。

黄脸人跳起道:"了不得,你真个置我不屑教诲之列吗?我岂敢说比较,不过试试功力罢了。"

白面人道:"既如此,你便飞将来。"

黄脸人应声一张口,倏地一股烂银似白气嘶然飞出,锋芒森射,却带点儿蓝莹莹的焰头,长可尺余,电也似高下盘旋,时时拂及白面人跟前,直照得须眉莹碧。只听唰的一声,高及配殿鸱尾,一个投壶倒跃式,向殿柱石础直注下来。只听铿然一声,火星四射。那光气一夭矫,便如彗星经天,又似个绝大月阑,绕了一周。

白面人道:"也还罢了。"说罢,眉头略低,倏然由鼻孔飞出三寸长短一缕白气,不过有箸儿粗细,却亮彻非常,其色正白,激滟如波,只略为东西游走,便如浮针停波一般,十分凝重,却是寒气袭人。张安的枝叶儿早一阵阵簌簌乱落。

张安大惊,忙一看黄脸人那股光气,早锋芒顿缩,这白光略为近逼,那光气便低缩两步,于是两人各收光气,黄脸人抚膺叹道:"原来火候之为功,是一丝也勉强不得的。那么咱们且试试内功吧。"说罢,和白面人出入配殿。

张安在高处望得分明,只见顷刻间爇烛置酒,黄脸人却从殿角抱过许多准备的干柴松燎,熊熊然登时烧将起来。满殿通明,直及殿外。张安暗诧，这时初秋光景，热巴巴还不迭，怎向火饮酒起来。正在思忖间，两人已近火而坐，饮酒御肉，默无声息。但看光景两人凝神定息，是个默用内功。不多时，白面人忽地打了个寒噤，道："了不得，冷得紧。你快将准备之物拿来。"

黄脸人也抱肩道："我也撑不住了。"于是取起包裹就地解开。张安偷望，越发诧异，原来是毛茸茸一堆皮裘，约有十来件。于是两人各着一袭，仍瑟缩缩地饮酒。这时柴旺火腾，红光乱闪。两人近在咫尺，还只管喊冷。于是又各着一袭。白面人一面鲸吸，一面却用火棍尽力挑拨烧柴。少时，竟红焰焰小山一般。连张安在树上都有些面红耳热，再看那黄脸人却偷偷一抹鬓角，反战抖抖地道："我再来一件。"

白面人道："不必客气，请随意吧。"

于是起身争穿，各如戏场鲍老一般，臃肿得十分好笑。张安默数，白面人穿到五件，黄脸人勉穿三件，再坐下饮酒时，业已大汗如洗，气促欲绝。逡巡之间，不由掷杯大叫，起拜于地。白面人扶起，大笑道："快别儿戏了。咱们如许丑态，争不成都被树头贵客看了去。"

张安猛闻，一个整颤，情知有异，忙一跃下树，向两人纳头便拜道："小子无状，有渎尊严。死罪死罪。愿闻两公大名，并剑术之要。"

两人扶起，相顾笑道："法晖目力倒也不错。"因向张安道："足下在酒肆中一番测揣，此时还有那意念吗？"

张安悚然汗下，便称惶愧。于是两人脱置衣裘，灭火熄烛。白面人先携张安就阶上坐道："方才所较，便是剑术中之朝元聚气，养罡内功。因剑术以静为动，先戒张皇，实与道家用虚致柔相仿佛。不过我们老友相逢，试试道诣罢了。吾名知白子……"因指那黄脸人道，"与敝友燕飞来偶然游行至此。"

张安听了，不由愕然惊顾，知白子笑道："不须诧异，便是敝友近来所为。实因黄河湮没商洛一带，欲暗中去救济灾黎，需大大一笔款项，所以出以游戏取诸贪吝之橐。足下何所见面来，便跟踪至此呢？"

张安惶愧之间，便将见燕飞来履水不濡之故说了一遍。恰好燕飞来携袄趱来，知白子大笑问他道："可知你不能深藏，便露马脚吧。"

燕飞来也笑道："若非法晖曾提此人，我也不引他来耍子。"

因向张安道："足下武功天资，法晖并瞀先生时时叹念，因语及足下形状，所以茶肆偶见，我们便晓得哩。"

张安不由再拜求教，因问及法晖并瞀先生。知白子道："法晖长老是我们前辈老友，瞀先生与我们都是隐派中知契。立意在暗中济物，不贪赫赫之名。所以江湖间没有小声望。这也是各人资性如此哩。至武功之奥，非仓促能说，且自有法晖在，足下还愁请益无师吗？"

张安听了，正在爽然若失，燕飞来道："咱们也好去了，今天俺所集之款就要功行圆满，且到郝家趱一趟，便可足数。咱们南游也该发脚。只混在这里，便是捕役的屁股也会咒我哩。"

张安失惊道："哪个郝家？莫非郝世隆那里吗？"

燕飞来道："此人起家不义，岂可放过他？"

张安虽不满世隆，究是至亲。不由吐出亲情，极力求免。燕飞来道："既如此，便照顾玉皇阁后左乡官也是一样。我听说他贪橐中还有十二只紫金杯哩。"

说罢，相与趱出，行至歧路，和张安拱拱手，瞥然不见。

张安一怔当儿，忽手触剑柄，不由好生惭愧。一路沉思趱转，便不去敲门打户，只就白牡丹处住了一夜。次日起来，果闻街坊上纷纷传说，今夜里左乡官家又复被窃。张安听了，早知就里。信步趱向世隆家，只见何富正和众仆人谈左家被窃事，十分热闹。张安不由插口道："管许失掉的还是紫金杯。"

何富道："这个却不晓得，外间纷传，倒没听说有什么紫金杯。"

一言未尽，只见个伶俐仆人跳钻钻跑将进来。欲知后事如何，且听下回分解。

第四十一回

信谗言郎舅失欢
闻毒计婢女告密

且说那伶俐仆人生得猴头猴脑,小名儿就叫乖毛,整日价浪星似的贫嘴薄舌,专好打听些没要紧的事。便是街坊上下个狗,那庵里师姑养个儿子,他都要探探是公是母。合宅人都和他开玩笑。当时他闯然跑入,失惊打怪地道:"可了不得了。老左这一家伙真够他受用的。这个贼爷真也会玩笑,偷去紫金杯,还将他婆子老年陪嫁的红鞋子抛得满院子都是。"

众仆听了,不由一望张安道:"舅爷猜得倒像亲眼见的。"

便有一仆打趣乖毛道:"这小子惯会顺风使舵,抱粗腿,全挂子本事哩。他是在门外听舅爷话前话后,说什么紫金杯,他就顶着烟上来了。别听他胡说一泡。"

乖毛一撇嘴道:"你和婆子差不多,吃饱了只知压床头子,外面事你哪里晓得。这是左家厨房里打杂的小妥子告诉我的。这种年景,他主人不愿声张藏宝器的名儿,所以报官赃单只捏开了些银两算数。你若不信,小妥子还趁闹里拾了只红鞋子,那花样儿都老掉牙了,足见是体己箱子里的物儿,难道这是瞎话不成?"

众人一笑散过,当时也没人理会。乖毛这种人醒个破嘴子,不消半日,这段事早传入沙氏耳中。左家失杯她倒不在意,独有张安一猜便着,却引起她的疑心。一日向世隆方要说这节事,却好王氏病得昏沉，大家一忙乱，便将话儿压下了。

过得两日，王氏病已不起，伏枕绵延。世隆通不理会，沙氏不消说越发逞头上脸。一日病榻昏灯，王氏力嗽一会儿，望望室内只有小鬟，孤零零猴在那里，便叹道："你这孩子服侍我一场，只怕不久成舍哥儿了。我这里有点儿钗钏，你便将去藏起来，将来主人许你赎身，也好把来用。我去了，这里没甚恋头了。"

小鬟哭道："娘娘快别胡思乱想，人消灾除病，都有个日子的。不是昨天胡瞎子说，过得这个月就好了。我给你请舅爷去，谈谈话，开开心。"

说罢真个跑去，不想张安又方才趓出。原来张安因姐姐病重，一时去不得，又见世隆相待冷落，哪里有好心绪？闷来时只在街上闲撞。及至回家，又被姐姐絮絮劝导一番，只道他真个溺于嫖赌。张安不便分诉得，便拿闲话谈起，不由将开元寺内所遇一段事说将出来，王氏听了也觉诧异。哪知事有凑巧，又被沙氏潜听去，过了几天，王氏大限已到，一命呜呼。张安想起少年时姐弟流离之苦，不由哀痛异常。世隆却如没事人一般，脸子觍得高高的，也不和张安商议，就忙忙草草殓毕。张安去心早定，便索性不去理他。这当儿借酒纾怀，便仍寻敬子佩等一班人厮混，往往深夜被酒，或连宵不返。世隆等也不敢去查落他，却是厌愤之意日深一日。

这时沙氏业已公然成了世隆的小婆子，一夜沙氏晚妆已罢，擦抹得粉妆玉琢，正抬起只脚缠结藕履，却塌着眼皮只管沉吟。世隆便笑道："你寻思什么？这些时夜里安静得很，那一夜里，你刚合在我身上，却被个瘟猫蹍掉一块瓦，你一哆嗦，却闪得人到这会子还不舒齐。"

沙氏听了，乜着眼笑唾道："悄没声的。丫头们人大心大，倘听了去什么意思？你说近来夜里安静，想是那贼爷爷左家的紫金杯还没用完哩。你要知底细，快问你那亲亲热热的舅爷去，只怕他比你明白多。傻哥儿，小心着吃挂落官司哩。怪得他狂嫖滥赌，水也似

172

的用钱，你还和人家丁从厚查店账，须知人家眼角儿也瞧不着那个。便是你家是壶子醋钱，还亏了人家舅爷一句话哩。我若不说给你，你知道承人家情吗？"

一席话夹七杂八，世隆摸头不着，只光着眼望着她。沙氏一面抿嘴笑，一面道："傻哥儿，也怪可怜的，我只道死鬼娘娘早和你计议过哩，原来还瞒在鼓里。这等血淋淋的勾当，难道护着兄弟不顾丈夫吗？"

世隆惊道："怎么？难道张舅爷有什么坏行动吗？"

沙氏微嗔道："你别和我乌眼鸡似的，俺又没吃着县官粮当捕役，谁知谁什么行动？不过俺听得几句话，说给你，你大才大学，自家去揣度吧。"

说罢，便将所闻乖毛一番话并潜听张安和姐姐所说开元寺一段事一一说出，道："张舅爷虽自己说和燕飞来等偶然相遇，恐怕未必哩。倘若和他们有个牵扯，一旦犯起事来，咱们便吃了苦兜起走了。你说这事不让人糟心吗？张舅爷是什么善茬儿，你怎的想个计较，咱们便破着半个家私，只求他欢欢喜喜，祖宗离门，不然这担心日子过不得了。"说罢，双眉一锁，咳了声将小脚放下。

世隆顿足怒道："我也不是什么傻子，便是张耳崖那回事，究竟是甄云姑之力，捎带着救出咱们来。再者俺种种厚报，也值得过了，怎么他要如此胡闹，却怨不得俺了。俺知他近来都是半夜三更的由后门跳进，等我给他个冷不防，宰掉他。俺先时节杀人放火半辈子，你道俺是善茬儿吗？"

说罢，气吼吼一跳，只听窗外微响一下，沙氏趁势笑道："可是你说的哩，那瘟猫又作怪了。"世隆这才愤然安歇。

也是张安命不该绝，两人一席话，却被那小鬟偷听了去。只惊得她脚下一颤，所以微有声息。小人儿没甚思忖，登时一气儿跑向后门去等张安。她一般也有算计，百忙中又怕世隆蹥来，便将身儿一蹲，刺猬似缩在木香花架下，但听得街鼓沉如，万籁无声，小鬟这时惊耸耸五官并用，便是蚂蚁行动真也觉得。

少时，果闻后门外微有脚步行动，小鬟刚要起迎，只听咕咚一声，跳进一人，扑哧的便是个嘴啃地，一面拱将起来，晃荡荡骂道："□娘的，这臭花娘真会拿把人，借了我乖大爷，早让他灌倒还不算，还许掐脖干一家伙。我这两条腿子保管越发似拧股糖了。"说罢，一嗽哑喉，模糊糊唱道："一更里明月照窗纱，姐在房中看见他。啊哟哟，青纱帐里抱抱小奴家……"一面胡噪，一面跟跄跄撞到花架旁，解裤便溺。那泡溺既多且长，便是乌龙戏水，百忙中还玩个花样，只将手指一拨动，登时一股溺旋了个大圈儿，竟溅到小鬟头发上。小鬟没奈何，只好吃个哑巴亏。原来乖毛这厮方从后巷娼家吃醉趔来。

这时光已有三更以后，小鬟等他去后，方暗骂道："死挨刀的。"一声未尽，只听嗖的声一个长大黑影翻落院内。小鬟望得仔细，急不暇语，赶忙一纵身扑将来。那人大喝道："什么人?"不容分说，提拳便打。欲知后事如何，且听下回分解。

第四十二回

马鹞子拳打郝世隆
乖毛儿压倒沙氏女

且说小鬟猛地扑去，那人出其不意，大喝要打。小鬟唤道："舅爷，是俺哩！"

张安听得是小鬟，笑说道："这时光怯生生猴在这里做甚？"

小鬟这时业已拉住张安，便跷了脚，附他耳根一说，张安也经中酒，不由大笑道："你小人儿懂得什么？你主人说玩话，也未可知。承你好意，俺自小心便了。"说罢，倒拉了小鬟，送到内院角门，自己方归客室。一梦沉酣，早将小鬟之话忘掉大半。

次日清晨独坐，不由猛忆起来，细一揣念沙氏谗语，入情入理，方知自己处处疏略，远近嫌疑。世隆人既阴鸷，倒也不可不防。好在姐姐已死，自己不久便去，也没什么大不了的事，思索一番，便也抛开，仍去寻子佩等消遣。却从白牡丹那里接着吴大用一封书，说到陕以后，便在王进朝营中，曾遇料军官，嘱寄声问候。张安见了，也没在意。

这晚子佩又飞笺觞客，及至席散，已将夜半。张安吃得半醺，一路上低头急趱，酒气热上来，便将长袍解开，扇着两个翅膀一般，方趑入世隆家后巷，只见对面两人联臂撞来，一个道："朋友，我告诉你是好话，你那直桶子性儿处处吃亏的。你道别人心眼儿都似你吗？俗语说得好，大恩不报，饶他娘的一刀。如今晚就是这个鸟世

175

界哩。"一路笑着，与张安交臂而过，却是两个街混子，胡噪的是赌场上的事儿。

不想张安猛闻，真赛如轰雷掣电，登时想起世隆之谋。暗想道：这倒也须小心一二。于是随手拾了两个石子，放轻脚步，趄至后门。听了听杳无动静，便拈一石子抛将进去，只听啪一声落在砖道上，侧耳后门边也没声息。哪知世隆这当儿正悄伏后门间，他也是江湖老手，有什么不明白？见石子飞进，他反准备停当。说时迟那时快，张安长袍一抖，便如云鹤翻空，早唰的声侧身跃入。一足还未落地，忽地眼前一亮，只见一柄五尺长的双手马刀，明晃晃横腰便截。张安趁势一抖袍，拦过刀锋，跳出数步外，定睛一看，可不正是世隆。业已杀气腾腾，势如猛虎。

张安怒叫道："你有话好生讲，何须如此？"

世隆喝道："你这贼骨，不须说了。"说罢，长刀一挥，促步便进。

张安听他骂出贼骨两字，知小鬟之话不虚，不由将姐姐受气死掉一股宿愤一股脑儿也勾将起来，便大怒道："郝世隆，天理良心哪！难道俺怕你不成？"

说罢，忽地一旋身，疾如风雨。就长袍抖裹之势，世隆一柄刀只如斫絮击水，倒闹得大而无当，转费气力。原来这长枪大刀若遇着剑术家，人家纵跃如飞，差不多贴近腹背，自己还须大宽转地摆亮兵器，在势是一百个不得劲哩。还亏世隆有几手儿，舞得那刀呼呼风响。张安手脚虽捷，一时间还近他不得。事有凑巧，须臾赶至一棵老槐树旁，张安就枝头挂灯亮儿，望得分明，趁世隆一刀猛斫，张安忽闪，咔嚓声刀入树腹，张安猛飞一脚，直将世隆踹出十步外，一个箭步，早踏住世隆脊背，气极当儿，拳头便雨点似下去。世隆先还嚷骂，后来竟死狗般声息俱无。张安定定神，仔细一望，原来世隆已面如白纸，口鼻间溢出血沫，看光景竟交待了。

张安这一来不知是悔是惧，是悲是喜，只觉一阵眼跳耳热，六神无主。登时通身无力，望了天际疏朗朗明星，直如做梦一般。正这当儿，微风飘过，便听得前院中人语喧哗，中有何富语音道："后面有动静，你们怎还慢腾腾的？"

张安猛省道："不好，我且避避再处。"于是仍越墙而出。这且慢表。

且说何富睡梦中闻得后面吆吆喝喝，以为是什么贼警，赶忙爬起喊集众仆。世隆手下有的是枪棍，于是各执兵器，打起亮子，火杂杂由箭道拥入后院。

沙氏在房中听得分明，以为世隆定然得手，方倚嗑着小指甲，单听捷音。却听得后院中众仆人喊成一片，道："快些搀起主人来，不妨事的。怎的这马刀也斫夹树上了。"于是众仆捶的捶，唤的唤，狼嚎鬼叫，便如叫魂一般，直喊主人。须臾又听何富道："好了，快扶进主人将息去。咱们再照照院子里，有无贼人藏匿。"说着就一阵脚步乱响。沙氏大惊，眼前便仿佛张安赶来，百忙中拖了软底鞋子，刚暗中跑至角门，只见灯光一耀，一个人熊似的大物件飞步抢来，啪的一脚，正踏在沙氏脚尖儿上，痛得沙氏啊哟一声，咕咚栽倒。不想那猛地被绊，一个踉跄，登时脱节，上半段哼的声摔在一旁，那下半段更不客气，竟四平八稳地合在沙氏身上，只急得沙氏驮了他，金莲乱舞。百忙中去推他腰肢，不想又撞着一段热辣辣肉腻腻的东西。两个滚了良久，只听得何富提灯乱喊，遂是随后众仆赶到，方才将那半段物拉着腿子由沙氏身上拉下来。大家也没暇理会他俩，便忙去再搀世隆。这里沙氏业已云鬓飞蓬，绣鞋倒褪，百忙中一望那物，却是乖毛，虽口嚷晦气，却颇有得意之状。

原来他逞有气力，背了世隆，不想却吃了一跤。痛虽痛，却也有些写意去处。于是沙氏骂道："死因根，停会子等我揭掉你的皮。"乖毛脖儿一缩，趁乱中溜之大吉。

这里何富扶世隆一步一哼，踅进屋内，安置在榻，一丝两气，只管要翻白眼。沙氏不由心慌起来，仔细一看，他背上伤痕却也作

177

怪，并不十分青红，却一处凹塌下，便如拳捣湿面一般。

世隆呻吟道："你不晓得，那厮……"

沙氏道："你且安养吧，莫要说话伤气。"于是挥退何富等，命仆妇值应汤水。

大家出来，只以为是主人捉盗受伤罢了，正在大家纷纷议论，有的便道："可惜张舅爷没在家，不然主人怎会吃这苦头？"

有的便道："罢了，人家张舅爷早就寒透了心了。即便在家，人家也未必出力了。好好的至亲，都是这小点的拨弄的。"

正说之间，只见乖毛嘻着嘴趑入，做起鬼脸道："啊哟，好舒齐。俺这辈子总算没白做人。人家也是个人，怎就那样软绵绵一身肉儿？俺俩还是隔了衣裳，设若除掉这衣裳，你说该怎么着呀？"说着一抹鼻头，尽力呱嗒了两声嘴。

众人笑道："你还很得意哩。你可知一舒齐不打紧，你负主的功劳多淹没了。"

乖毛跳起道："哪个稀罕什么功劳？在这门里混，张舅爷就是榜样哩。"

一言未尽，只见那小鬟慌慌张张跑入，何富不由大惊。欲知后事如何，且听下回分解。

第四十三回

嵩山寺英雄求剑术
伙夫房噩梦感秋心

且说何富猛见小鬟跑入，只当世隆有甚变故，忙惊问道："主人这时怎么了？"

小鬟摇手道："不妨事的。"因急问道："张舅爷没趑回吗？"

众人道："正是哩。"

小鬟失口道："阿弥陀佛，他今生今世离掉这是非坑才好哩。"

众人听话中有因，便扯住她一问情由，小鬟便将沙氏怎的进谗，世隆怎的要害张安，一一说出。众人听了，方知是郎舅厮打的一回事，不由都替张安不平。

何富道："张舅爷没远处去，消消气自然回来了。"因问道："主人伤势还不碍事吧？"

小鬟道："你还没见哩。那主儿已淌了许多骚水，哭得泪人儿一般了。主人说舅爷拳头有斤两，是什么内功，伤气入肺，非大大调养不可哩。现已吃下定心丸和血散等药了。"说罢小鬟自去。这里众人也便各自歇息。次日见世隆不妨事的，大家便安下心来，随便访张安踪迹。这且慢表。

且说那嵩山少林寺内法晖长老自两次讽劝张安，原要成就他大大武功，为隐派剑侠中奇伟人物。后来见他世味方浓，便知时会未至，却是总忘不掉他。所以在祥符县署临别，殷殷致意。这日法晖

179

正在山门外散步，时当夕阳欲落，照得遍峰头青青紫紫。恰好两个牧童骑牛趑过，一见法晖，用短鞭向背后高林一指道："长老自在呀，方才有个汉子还急匆匆打听长老哩。"说罢循矮坡而去。

法晖望去，果见林间飞也似跑来个汉子，秃着头儿，却穿件紫锦袍，也无行李，须臾到前，却是张安。向自己翻身便拜，滴泪道："弟子愚昧，多负慈诲。今愿侍方丈，幸传艺业。"说罢昂然站起。

法晖一见，知他虚骄之气未除，略一沉吟，便冷冷地道："老僧前既婆心，岂有不留你之理。且随我来。"说罢，将手中禅杖递给张安。张安捧了，便要前行。只见法晖目光一瞥，十分严毅。张安悚然，只得趱了脚儿，随在背后。须臾入寺，哪知这次行童僧众辈见了张安只如平常，各光眼望望，谁也不去理他。

张安怙悒之间，已随法晖进得方丈，放下禅杖，孤蠹蠹站在那里，还指望法晖赐座叙谈。哪知法晖自就禅榻坐定，淡淡地问他一回此来原因。张安诉罢，法晖只微笑道："虽是逞愤作缘，今忆及老僧，总还算念头不差，且在此随缘度日就是。却是我寺里没得闲人，今香积厨下正缺个供柴的伙夫，等你效下力来，再传艺业不迟。特是动堕之间，我自有觉察。"

说罢，令张安脱下锦袍，便命侍者折叠包好，却把来悬在方丈壁上，笑道："我且与你搁置起来，恐你终归与它为缘哩。"说罢，双目微合，竟很有痛惜之色。

当时张安哪里解得，见法晖情意落寞，不觉大失所望。没奈何跟了侍者，且到厨下。只见烟熏尘积，触目狼藉。厨旁狗窝似两间矮屋，破窗败墙，地下铺着两具草荐，薄薄两床旧被，这便是伙夫的歇宿所在。这当儿还有个伙夫，见新伙计到了，他便摆出一副老前辈的面孔，不住地指东挥西，一面给张安寻担斧绳索，一面指着东壁下最破草荐道："伙计你看这榻榻儿还不错吧。"

张安这当儿一肚皮苦甜酸辣，一颗心不知飞在哪里，如何听得进他的话？他便发话道："伙计，请醒醒吧，人到一时说一时，只给他个塌下心去做，好多着的哩。"

张安猛闻，这才将他这老伙计一望，只见有四十多岁，生得俗臭臃肿，一张肥脸便似发酵的酱色，短帚眉，巴狗眼，一嘴黄板牙，说起话来口沫四溅，正叉着腰儿没好气。张安只得前问姓氏，那伙夫道："俺是小地处人，就在这山下住家。姓朱名理。张伙计你新来乍到，俺要不照应你，不惹得上座怪吗？"于是张安随口致谢。

少时晚饭端上，枪砂似的粗米饭，一碗黄菜汤。张安从侍主以来，等闲还不知此味，没奈何胡乱吃下，只见朱理却大碗小碗价吃了个扑鼻香。一面说道："张伙计，咱们是一家人了，咱虽是力气吃饭，也别卖到空地哩。"说罢向外伸头一望，然后低语道："咱寺里老和尚倒好说话，成日一坐便是半天。就是首座却像阎王爷的儿子，外号儿叫鬼羔。你的柴担稍为软些儿，他便不放过儿。俺都是逢时遇节点缀他一下子，虽没什么大香火，几瓶粗酒，总须准备的。"说罢哈哈一笑，很露着关切。

哪知这当儿张安念头已到岳州，又想起白成功葛秉贞吴大用等一干人，正在痴痴怔怔，都忘应对。朱理便笑道："人乍到一处，都觉八下里不合辙见。便是俺刚上工的当儿，无论行动坐卧，茶里饭里，睡里梦里，总仿佛孩子他娘在跟前一般，弄得人油浇火燎，后来方渐渐不觉得了。"

一路胡噪，便将土壁上黯淡油灯一点，一点疏火，点得昏沉沉，越发凄寂。这时寺内暮鼓已鸣，诸僧晚堂梵唱，一声声直钻入张安心内。张安这火腾腾性儿乍到这种境界，一时哪里按捺得下？枯坐一会儿，巡逡至后院，只见那铁鼎依然放在那里，不由猛忆那年情事，正在徘徊增感，忽听佛殿上清磬泠然，余音徐袅。张安方思前尘影事，原来与这当儿没相干了。

方在四顾无聊，只听背后朱理唤道："张伙计，明天咱抄个近，先上嵩呼岭吧。那里枯树条多得很。"说罢，拉了张安踅回矮屋。

朱理登时呵欠连连，笑道："真没出息，我就是吃饱了犯食困，没别的，俺要先偏一觉了。"说罢，就他草铺上一歪，顷刻间鼻息如雷，睡得好不酣蜜。

张安没奈何，也只得屈身草铺，瞑目待困。只觉心头七上八下，便如明天有大不了的事一般。一会儿如在祥符，和敬子佩等厮混，一会儿如见世隆披发洒血，跳得丈把高和他索命。越要静念，那念头转起得乱丝似的，便连在李官孙家许多没要紧的事，都一一回溯起来。闹得张安躁汗如雨，不由长吁一口气，神志少清。倾耳一听，业已阖寺寂静，只有殿前树上老鸦时时如老人咳嗽。那佛堂上青莹莹长明灯还一丝两缕的光儿，映照在殿楣上。张安一望自己影儿，不由反觉好笑，便一伸两臂，咯吧吧骨节一阵响，只听外面有人大笑道："好了好了，张兄得了这位子，有的是功业可为了。"

一言未尽，趄进威凛凛两条大汉，一色的武装佩弓，色顶蓝翎，十分气概。仔细一看，却是白葛二人。张安惊得直立起来，恍惚中一看自己，哪里是什么伙夫，竟是翎顶辉煌的一位武职大员。再望堂下一瞧，居然将弁如云，雁翼撩开，一色的红缨耀目，剑佩森森，鸦雀无声，静候号令，看光景便如出兵打仗。正这当儿，只听得轰隆隆一声炮响，门外无数人齐声鼓噪道："杀杀杀，快北去呀！"堂下将弁都登时摩拳擦掌。

张安大惊，正没做理会处，忽闻一阵仙乐嘹亮，眼前万象都杳，却如在荡荡大路上踯躅徘徊。须臾乐声渐近，却是数十对旌幡节盖，簇拥定一乘安舆。张安一望舆中人，神光离合，花容绝代，不是别个，正是云姑，蛾眉微蹙，正色凛然，向大路一指道："正道自在那里，我们各自努力吧。"说罢虬须御者猛一挥鞭，声如霹雳。朱理猛然跳起道："啊哟，磕了我的脚了！"张安猛然醒来，方知是梦。忙一看朱理，一只脚却踏破溺器，模糊了一翻身，又睡去了。

张安正迷离着要寻思梦境，却听得值更行者一路析声，由窗外敲过去，一面微叹道："俺也是做一日和尚撞一日钟哩。"张安猛闻，不觉悚然坐起。欲知后事如何，且听下回分解。

第四十四回

苦心学艺方下死功夫
感昔衔杯又逢旧朋友

且说张安悚然暗想道:他这话对呀，我此来端的为何？如何这样没成头起来？便当安心学艺才是。我本为愧对云姑临别嘱咐之语，不返岳州。如立志不坚，安有艺就？俺这副铜筋铁骨，将来正要驰骋当世，方不负此生。难道就这样罢了不成？想到这里，不觉心安下来，重复困倒，沉沉睡去。

次日起来，早将一切念头放下，便随朱理逐日斫柴，登山涉涧，冲风冒雨，除饱酣眠外，唯柴是务。久而久之，皮肤粗韧，面目黧黑，竟成了实朴朴的庄农人。却是心地洒然，身体越发壮健。诸般光景早被法晖看在眼里，直过了一个年头，法晖方暂传剑术。张安本有根基，资性又高，一闻奥秘，真是洪炉点雪，不消一年，业已运剑绝迹。更涉及韬略兵家诸书，竟居然是个将才。

一日师徒习艺之余，张安便从容叩问知白子等人，因谈及开元寺所见，法晖笑道:"这干人自在得很，尘世游行，一无挂碍。济物以筑善基，时至会当解脱。仙侠同途，超然尘世之外，真是丈夫事业哩。"

张安听了，更不思忖，便踊跃求教。法晖大笑道:"谈何容易？你如有志于此，且向蒲团上参证来。如练气导息，熊经鸟伸，还是内功中之肤廓，最要的是绝世虑，禁嗜欲，苦行静功，三年后能守而无失，然后可语此事。至于尘世间之浮荣虚慕，更须一例删除了。"

张安听了，沉思良久，哪里能信得及自己？不由嗒然失望。法晖笑道："你这又错了。丈夫处世，既负材武，难道名教中之忠孝节义没有至善之地吗？趋途虽殊，功行则一，又何须偏慕隐派呢？总之无论显晦穷达，只要立定脚跟罢了。你能十年相随，吾当授你剑气合一之术。过此以往，便在自己火候深浅了。"

张安贸然道："好好，我便在山上世也甘心哩。"

法晖微笑摇头，却又不语。张安不敢深问，只埋头习艺。

山中居久，未免思动。有时节对了高峰流泉，往往抚髀搔首，也不知思量的是什么。这时河南圭寇越发猖獗，各当道还放不掉法晖，一起起书币敦请，来向山中。那将命全都至不济也是参将职分，鞍马仆从，煊赫异常。再阔绰的，还有带了娇滴滴的爱姬，趁势游山，衬着宝刀名马，好不意气洋洋。张安见了，便如寒灰中一点火种，忽遇干柴烘近，不觉要烧燃起来。于是屡劝法晖应聘，自己也好大显其能。哪知法晖一百个不理会。

这日张安心下闷闷，踅到寺外试了一回拳脚，只见日丽风和，云物澄澈，忽向南呆望一会儿，暗道：云姑如知我武功大就，定然欢喜的。乡思一起，不免百无聊赖，便是淋漓酒怀也随着直涌上来。因张安入寺以来，真是口内淡得鸟出。当时张安更耐不得，便身子一烬，施展回飞行术，真个轻捷如风，十分适意。少时驻足一望，已近山脚。忽见一片村墟，由树影中挑出酒帘来。更仔细一看村外道路，不由顿触起无限前尘，竟呆在那里。原来那酒帘所在，正是那年张官儿家眷驻歇之所，还仿佛云姑情影，踅进踅出的样子。

张安这当儿不待踌躇，两只脚便逡巡趁将来到门一望，只见那当年店媪正垂眉低项地坐在茶棚底下，补缀一件破衣裳，面上皱纹却增加了许多，一面咕哝道："也没见过这两个客人，说要登山又不便去，吩咐宰了肥鸡子又不便吃，却踅出散步去了。这时光敢好熬成浓鸡汁哩。"说着抛下衣裳，便要奔那热腾腾的地锅。张安陡觉一股奇香钻入鼻孔，不由将数年苦熬的清水涎顷刻逼将上来。正这当儿，恰好店媪一抬头便道："你这位客人，想是少林寺内逃出的吧，只看你这衣服相互，身体硬邦邦，便不会是他处的。"

张安故意笑道："俺知得什么少林？却因俺有个朋友，名叫朱理，便在山上寺里佣工，俺想去访访他。因走得困乏，且吃杯酒再去。"

说着，拣座坐下，四外一望，只见当年云姑系马的木桩儿依然笔直地立在那里，眼前就如云姑锦衣玉貌，高髻蛮靴，轻嚲微笑一般。正在迷离，那店媪已一面端上酒菜，一面噪道："不错的，那朱伙计真是老诚人，他也便在山下住家，俺们叙起庄亲，俺还是他表姑哩。"说着拍手笑道，"你说他多么老凿儿，有一年大风大雪，通没有道眼儿。日落时光他定要回寺，家中人便说，这是天耽搁，晴了去不妨事的。他怒道：'俺与长老有定期的，说了不算，可还像个人？'于是冲风冒雪，出门不远，滑路上早跌了几个筋斗。及至到俺这里，业已天黑如墨，弄得一身泥母猪一般。俺见他委实狼狈，便掐脖留他住下。可巧这天客人住满，我以为我一个老妈妈子家了，又是他长辈，他胎毛未燥，眼看他长大的，还避讳个什么呀？便道：'理儿呀，今天你跟我困觉吧。哪知我在上头，你在底下呢。'他听了抽头就跑，飞也似连夜去了。倒闹得我摸头不着。后来细一寻思，方晓得我说话没留神，我床下原有一草铺，我想安置他在那里睡，不想倒把他吓跑了。"

张安听了，也觉好笑，便饮了两盅，随口道："妈妈这里生意还好哇？"

店媪道："这种年光，胡混罢了。游山的也稀少，所以清淡。昨天听村中地保说，朝廷将派什么经略大官，安抚河南。将来随从官员等必要偷暇游山，那时生意还许好些。"

张安道："这山野所在，等闲哪有阔绰人来？"

这句话不打紧，店媪登时不悦，便道："你也别这般说，便是那年有一位新任官府，在此歇息。气概阔绰不必说，便是那位夫人和气得菩萨一般。还有一位小姐姐，更是绢制的人儿似的。偏又会骑劣马，打弹弓，有说有笑，好不爱人。临走她还赏俺副耳环哩。如何没有阔绰人来呢？只是俺记性吃了忘蛋似的，再也想不起那夫人姓什么来了。"

张安听了，又是两杯苦酒落肚，大笑道："这还用想？无非是张王李赵便了。"

店媪拍手道："你这一吵，提醒我了，不错，人家姓张。我还想起人家有位管家，好个俊巴子模样，和那小姐姐就像一对儿玉娃娃。"

张安听了，忍不住将脸一觍，笑道："妈妈你看仔细，他还俏皮过我吗？"

店媪大笑，正色道："你别说，他那眉目儿真有点儿像你。只是你黑粗些儿。"

张安一笑，也不说明。这时一看酒肴只有瓜豆青蔬之类，便皱眉道："这些日口淡得紧，快给俺来点儿荤肴。"

店媪摇首道："不成功的。村店市远，客人只好将就吧。"说罢趱去。

这里张安四顾徘徊，好生感触，不由酒怀浩浩，大杯价吃得半酣，兀然而坐。百忙中地锅中奇香只管发越，走去揭开一看，却是只又肥又嫩的清煮鸡子。不由大悦，便不管三七二十一，从锅中拎将起，撕开来堆到盘内，刚拈起只腿子大嚼，只见两个汉子先后趱入，偏体行尘，结束劲健，各戴范阳大毡笠，几乎齐眉。乍望去就如镖客模样。一见张安朴鲁鲁光景，也没理会，便直趋旁室，叫道："店婆儿，快将鸡子来，俺们饭罢还要登山哩。"

店媪应声跑出，便去掀锅，啊哟一声，一瞧张安，急说道："客人这却不对了。那鸡子是人家客人定煮的，亏得仅吃一只腿子，快把去给人家吧。"说着，撮盘便走。

张安正吃得高兴，不由引手一拦，店媪正风婆子似的，一个冷不防，当啷一声，盘落鸡倾，急用手胡捞，业已滚得尘土不堪。张安被酒，便喝道："难道我用不给钱吗？什么鸟客人定不定的？"说罢一拍案，哗啦乒乓，酒翻菜倒，便听得旁室中怒喝道："你这村厮，好没道理。俺们过了多少府县，还没见过这种人哩。"

一言未尽，托地跳出一人，单拳直冲，向张安便是个黑虎掏心式。张安叫声来得好，刚斜刺里一侧身，只听得啊哟一声，一人大叫栽倒。欲知后事如何，且听下回分解。

第四十五回

两镖客杯酒说原因
一少年旅途恣浪荡

且说张安方一侧身要躲，不想店媪跌在地下，刹那间拳已临近，便赶忙一蹲身，趁势来了个只手擎天，举起木案，先飞将过去，然后一跃丈余，跳在那人背后，一摆拳就是一个翻手偷桃，直奔敌人后心。那人一闪之间，却听自己背后嗖的一声，张安更不回头，却向前一跃，就势掣步旋身，也拟一腿扫去。只听后面喝彩道："真好家数。"一个凤鱼跃浪，直蹿到张安面前，却是室内那个客人。

当时两人前后夹攻，风旋雨骤。好张安从容肆应，拳脚到处，不见人影。末后打到酣畅处，两人只变得招架，还累得大汗淋漓。少时一人一脚踏空，扑咪声跌在地下，张安大笑道："这样不济事，不合俺张安对敌。"方要挥拳单取那客，只见那客喜叫不止，纳头便拜。地下一客也拖住张安道："张兄倒叫俺两人寻得好苦哩。"

张安定神细看，却是白成功葛秉贞两人，不由喜悦道："你两人如何来在这里？"

成功道："说起话长，咱们进室细谈吧。"

这当儿店媪歪牙咧嘴地爬起，只管光着眼呆望，白葛笑道："咱们都是自家人，如今即巧遇，便不上山了。你快将地下鸡子重为整治，再杀两只肥嫩的。如有新鲜菜蔬只管拿来。"

店媪见是好主顾，便满面堆笑，忙去整治。这里三人进室，互相问询，秉贞道："原来张兄风貌老练了些。俺们竟不识得了。"

张安也笑道："你二位相隔多年，又戴了顶大毡笠，所以我也梦想不到。"

说罢相与大笑，各唱个无礼喏，大家落座。只见秉贞腿胯一沾椅，忽地眉头一耸，张安惶愧道："莫非方才小弟冲撞了？"

秉贞笑着，只管摇手，一面勒起裤管，只见左腿上胯之间一处青紫色伤痕，上有一洞，药痕狼藉，又似尖镖伤，又似粗锥攮了一下，十分可怪。

成功道："俺两人便道寻兄，就是为此。"

正说之间，店媪端进酒来，大家好友忽逢，十分欢畅，便把酒倾谈起来。张安先说了回别后情形并在法晖处缘由。

成功道："这个俺们都知，便是闻祥符敬子佩说起，方才跟寻至此，却好巧遇。"

张安道："不错，子佩那里我到山后通过信的。可是郝世隆家近况怎样了？"

成功道："子佩说起世隆越发耽于酒色，被沙氏弄得七颠八倒，何富也病死了。店中丁从厚也辞却他去。世隆也无意商业，只拥了余资过日月，全是个强撑局面了。"

张安听了，不由太息，便详叩两人来意。两人见问，忽地一齐拜倒，张安惊挽道："我们好友，何须如此？"

只见白成功愤然道："兄弟们这个跟头算总栽到家了。"因叉手不离方寸说出一席话来。

原来白葛两人从乌梁墩烧屯回乡后，因手中稍剩余资，便开了一爿小旅店。起初数月也还罢了，不想账上先生一病死掉了，后用的新手诨名蝎子舅，生得方面大耳，两撇黑胡，终日价笑面虎似的，胎貌儿很是不俗。却有一样，走起路来一颗头恨不得垂到裤裆，就如怕卵子落掉一般。俗语说得好：仰头老婆沁头汉，这等人是在相法的阴狠叵测。偏搭着白葛两人开店，本是秃子当和尚，将就材料。

俗语就叫大咧咧，经营账目一概不问，只知交朋结友，吃喝玩乐。这种东翁蝎子舅如何不大得其手？于是只撑得半年，资本赔净。

白葛没奈何，便请客悬镖，做了镖师。这一来却正对了庄。保过几回买卖，十分妥当。远近相传，颇有声名。一日接到一起阔镖，却是山西皮商，要往大同本号运一宗银两，共有八万金之多，特地专使礼币到门，白葛两人当即应允，定日起程。将镖款装了数十驮骑，皮商少东家也到了，年方二十余岁，十分漂亮，带了健仆四五人，气概豪华，公子哥儿一般，谈起话来倒也很有个八面风。

秉贞便向成功道："我看此子骄浮得紧，咱们路上须格外小心。"

成功笑道："那不过是摆设儿。咱们程途中事不必和他计较。"

到了起行之日，装骑都备，白葛两人全副劲装，拉马待发，百忙中却不见少东家到来。少时一仆飞报道："俺主人才起床。"须臾又一仆报道："刚用早点哩。"直待日上三竿，众仆方前呼后拥地将他撮了来，兀自呵欠连连，面有倦色，却从头到脚扎括得缎棍一般。早有健仆拉马伺候，白葛两人早等得不耐烦，便拱手道："时光不早，便请登程吧。"

说罢刚跳上马，只听少东怒道："这奴才怎的没眼色？这种粗鞭也是我用的吗？"说罢，向那健仆连脖加项，便是几鞭。另有仆人递上丝鞭，方才罢了。白、葛不由相顾一笑，一声喊镖，人骑纷纷便发。

这日宿在站头，少东只嚷腰痛，却也没甚话。又走了两日，浩荡便向白、葛道："啊哟，俺实在玩不克化了。这种尘土道路淹也淹死人，又搭着起身太早，没法将息。咱们商量一下子，可否动身晚些？"

成功笑道："这都是有站头的，早行早住，本是路上老例，今少东既如此说，咱们只好午尖少歇一霎儿。却是还有一层奉告，那河南道中，伏莽极多，到那里时须听咱们指挥，方不误事。"

少东听了，随口漫应，趄回自己室中，老大不是意思，暗唾道：

190

"干鸟吗？这才是花钱找大爷来管哩。俺既用镖师，本为途中自在放心，他却摆出天字第一号的面孔，有一尺说一丈。又是河南盗多了，又须听他指挥了，无非是吓人居功罢了。我且不去理他，看他怎的。"

想得得意，信步趑向后院，只见后面却挂着住家。小门内一阵阵妇女嬉笑，娇滴滴送入耳来。少东听得写意，便悄悄扒门一张，小户人家院子浅，那茅厕便在墙角，恰好一个白致致的小媳妇儿，口中衔了腰带，两手提着银红裤儿笑嘻嘻出来，不知怎的滑了一跤，裤脱带落，小脚乱舞，一面笑一面骂道："小蹄子，你还不挽我一把。"

一言未尽，由房中跑出个小女儿，笑着便拉，一面道："看起来我也像那晚上我哥似的，专打你腚瓜儿。"一路狂笑，直滚到屋内去。原来却是小姑嫂两人。

少东痴迷迷呆了半晌，只觉眼前有一团白馥馥红郁郁的宝物，便登时色心滟滟，三脚两步跑回房，一迭声地叫店家去见妓女。偏搭着店家又聋又力巴，反复问了半晌，方明白是嚷他唤婊子去。俗语云，聋人声高。他便大喊道："早要说叫婊子去不就结了吗？俺这里南弄里周香子还有三眼井的王宝宝，再要讲实在，还有庙后张小脚，真是红籽红瓤，只要您精神来得及，人家是满床飞。应个满堂差，是稀松平常的事。这都是顶呱呱叫的，你老叫哪个吧？"一路胡噪，仆人等都掩口而笑。

少东便道："都与我叫将来。"

店家大喜，一路火杂杂嚷将出去，支使得众伙计分头飞跑。这里少东还一面喊备酒菜。众仆穿梭似闹成一团。白、葛听了，又是笑又是心下怙憽。不一时，只听院中一阵莺声燕语，秉贞跳起来先就门首一张，不由两手揉着肚子，蹲在地下。欲知后事如何，且听下回分解。

191

第四十六回

村农指路潞阳山
俞娘玩客乌梅镇

　　且说葛秉贞只当是什么美人儿，慌得先望去，却见社火娘似的踅进三个妇人，一个个浓脂厚粉，擦得鬼脸怪一般。头两个中等身材，团毛鸡似的髻儿，只穿青布衫，迈开两只鲇鱼脚，走得飞快。一面扭头折项，附耳低语，百忙中还往后一指，便听后面破锣似语音喊道："你俩劈叉货，不用抢先抓脆儿，老娘一百个拿得稳哩。包子有肉不在褶上，老娘虽上了几岁年纪，还没把你们门面货放在眼里哩。咱们等讲住局再见。你看人家留哪个？你当人家不识货吗？"一路胡噪，喘吁吁赶将来。

　　秉贞忙望，却是个四十多岁的黑而且肥的妇人，脸横丝肉，堆满磊块。大蒜鼻，蛤蟆嘴，衬着个粗脖儿，浑身都是肉彩，掀起张大屁股，一走一哆嗦。偏又是两只鹅头小脚，越发难看。秉贞恍悟，这一定便是那张小脚了，不由捧腹笑蹲下去。成功一望，也是拊掌。便皱眉道："难道咱少东便这等不像话吗？"

　　正说之间，只听少东室内业已吱吱喳喳吵将起来道："你老真是属老王拣瓜的，越拣越眼花了，难道俺姐妹三个都不中你意吗？张大姐，你是怎么着？真个咱们一串儿羞回去吗？"便听张小脚低低软叹一声，白、葛听了，不由浑身起栗。原来那少东一看三个如此模样，不由高兴吓退，立命退回去。店东恐失他分彩，便作好作歹，胡乱由三个唱了支村曲儿，方给钱开掉，白、葛两人只作不知，次日起程，果然稍迟。不想走了半站，少东又啾啾唧唧不舒齐起来，只得破站前进。

话休烦絮，一路上如此光景，只将白、葛恼得火星乱爆。这日行抵燕豫之交，只见树木渐稠，沙径逼仄。迎面一座高山，远望去云气回合，十分深邃。前途行人都蚂蚁似的盘旋转入山道。成功遥指道："我记往年北来，曾经此地，须穿过这山，有数里远近哩。只是这山名儿一时想不起。"

正说之间，恰好一村农趑来，秉贞便道："喂，前面是什么山呀？"

那村农抬头一望，理也不理。秉贞笑道："原来是个聋子。"

村农一瞪眼道："哪个是聋子？难道你腿子有病，下不得马吗？"

成功自知理屈，忙下马赔笑，仔细一问，村农道："此名潞阳山，距此还有四十余里却是通行的大路。不过里面山径崎岖，且多歧路。好在里面也有山家，只随路问行就是。但是须谦和些儿，方不吃亏。"说罢一笑而去，步履甚健。

成功正在沉思，秉贞道："你看这山鸟，好生倔强。"

成功摇首不语，上得马去，方且行且语道："他一提潞阳山，我想起来了。这地方扎手得很。沿山村落风气强悍，大半都素习武功，其中也是鱼龙混杂。咱们镖师这一行，倒要小心一二哩。往年山东红旗李二伢，便在这里吃了大亏。"

秉贞扬鞭大笑道："咱自乌梁墩逢张兄以来，其余还怕着哪个来？"

正说之间，只见岔道上转出个骑驴妇人，有二十余岁，生得蝤首蛾眉，十分俊俏。高髻锦衣，脚下锐履，只好三寸光景。鞋尖上结一朵海棠红绒花，斜插小镫，只一转瞬之间，溶溶秋水，妖媚中却带些威武之气。戴一顶观音兜，斜背锦囊，却微露琵琶弦柱，纤手扬鞭，神采四射。一瞟白葛两人，却小脚一拨镫，直趱向少东马后。

那少东正在马上没精打采，忽闻一股麝兰飘香，登时拨回头，不由神魂飞越，精神暴长。便一停辔，和妇人或前或后，两只眼直勾勾看得好不仔细。那妇人眼皮微抬，忽又低下，不由引起红巾，微拭鬓尘，自语道："这种沙路，真是讨厌。没趁得点把生意，倒沾得一身沙土。"说罢，香腮一绷，十分幽怨。

少东情不自禁，便趁势问道："小娘子想是向娘家去呀？"

妇人扭头道："咦，俺谢谢你金口。俺要有娘家，还得那辈子哩。"说着，一抚琵琶微笑道："尊客冲州过府的人，难道不懂这个吗？"

少东登时大悦道："你这姐儿既如此说，便跟我前站去服侍我吧。"

妇人笑道："哟，俺知你前站多远哪？若有个十里八里，还可奉陪。"说罢举鞭遥指前面村落道："此名乌梅镇，却是个小站头。咱家便在山中，离镇不远。若在那里还可以的。"

少东没口子应道："好好。"

一言未尽，白、葛急忙趁来，摇手道："少东莫要儿戏，这时天光方才过午，如何宿在那里？并且山村荒僻，岂是小事？"因喝那妇人道："快去你的吧。"

妇人眼光一瞟，低笑道："今天喜神不在，俺净逮着倔巴棍子。却是官路官道，俺便厮趁着借您个光儿吧。"

说罢脖儿一梗，白、葛也无可如何，却是那少东很不是意思，便索性与妇人且走且说笑，白、葛两人便尽力催众趱行。哪知女子驴子且是飞快，一些儿更不落后。少时距乌梅镇三四里，妇人忽嫣然笑道："俺要去了，尽管讨人厌做甚？"说罢，向少东秋波一转，一紧辔头，如飞向岔道而去。却是小脚一磕镫的当儿，日光辉耀，正射在她脚尖上，忽见红绒花内隐隐有亮晶晶的光彩。

成功大惊，便催马向少东道："我看这妇人行径蹊跷，就是盗线。咱们赶行才是。乌梅镇定住不得的。"

哪知少东见妇人忽去，如失奇宝，正一百个没好气，不由强笑道："像这等盗线，俺情愿多遇两个。白兄也特煞胆小，真成了捧定卵子过河了。"说罢，便拿少东脾气，向仆人怒叱道："还不催驮骑快走，今天住定了乌梅镇了。"

成功也愤道："少东话不是这般讲。这若干镖项，既托在俺们身上，便当听我分拨。你须担不得沉重哩。"

少东牛性发作，便道："你说得点点款子呀？今天这干系都在俺身上，你看如何？"

秉贞听了，便催马笑劝道："咱们看着走吧。大家无事才好。"于是一言岔过，仍然前进。

成功马上只管沉吟，秉贞低说道："方才我看那妇人也是诡道。你没见她鞋花内似藏铜尖吗？"

成功道："我正为此不放心。"

秉贞道："少东既执意玩脾气，你我只好多加小心便了。"

谈话之间，只见少东已带了贴己仆人，风也似放马跑去。白、葛无奈，督众赶来。少时已到乌梅镇，却是个大山村，居民沿坡垞高下起屋，一般也有旅店。当时一行人骑乱嘈嘈拥进来，招得许多聚拢来看。纷纭之间，少东已策马入一客店，成功还要拦阻，便先赶去，方到店门，只见个白须老店翁早扶少东下马，笑道："俺就知尊客要到了，方才俞大娘吩咐过的。"

正说之间，只见正室中软帘一启，笑吟吟踅出个美人儿，正是那骑驴妇人。少东这一喜，登时一切不顾，便直奔将去，与妇人携手入室。望得成功怔怔的，半晌还猴在马上。这时秉贞也便赶到，两人下马，只得且照应驮骑，一面卸装旁室。少时静下来，成功一面啜茶，一面倾耳正室，只听少东和妇人说笑成一片。正在沉吟，只见室门外一人踅过，成功不由啪的声掷杯于案，大踏步赶去。欲知后事如何，且听下回分解。

第四十七回

赤枫涧俞娘剪径
乌梅镇镖客羞颜

且说白成功见少东这等贪色，正在心下怙惚，只见趱过的那人却是老店翁，便走上笑问道："你方才叫什么俞大娘？莫非就是正室内妇人吗？"

店翁道："正是哩。"

成功道："你可知她是甚等人？"

店翁笑道："什么等不等的？"因悄语道，"她是个有头有脸的婊子，大方起来也是她，下贱起来也是她。俺这里人都称她俞大娘，谁也不敢拧着她。"

成功听得糊里糊涂，方要细叩，那店翁已吐舌道："话多了没好处，我劝你老少问句吧。"竟自趱去。

秉贞也听得分明，两人白瞪上回，哪里测度得出？这时少东室内业已酒馆将备，成功顿足道："俺倒要探探这个作怪的婊子。"于是悄附秉贞之耳，两人便直入正室。

只见俞大娘正跷起伶俐腿儿，坐在少东膝头上，少东正得意地摇头晃脑，眯齐着眼色，端详人家娇模样。见白、葛进来，俞大娘一笑站起来，少东便拍手跳笑道："怎么样？你二位为何也趁了来？"

成功笑道："闲话休提，俺们且喝个镶边酒如何？"

少东越喜道："好好，这才是道理哩。"

196

于是大家同坐用饭，斟起酒来。这时红烛高烧，美人在座，果然客邸风光又是一样。成功留神俞大娘，只见她谈笑风生，举止伉爽，除眉目媚荡言词诙辩外，也没什么异样的，于是心下稍安。吃过两杯酒，方要起出，只见俞大娘翩然欠身，就旁几上取琵琶，登时低鬟敛黛，和准鹃弦，铁拨一下，声如霹雳。嘈嘈切切弹过开场，然后音调一变，顿开娇喉，唱了一曲结客少年场，真个苍凉悲壮，那少东懂什么，但见大娘妖媚可爱，便喜得手舞足蹈。若非白、葛在座，大娘横弹膝上的一捻香钩，早被他捏入手中了。

这时秉贞留神，俟她唱罢，便笑道："可见这所在山路石块多，你这鞋子尖儿还用铁裹。少说着一年总须省两双鞋子的。"

大娘听了，忽地脚儿缩下，眉儿一扬，微笑道："倒不是这般讲，俺出来趁生意，若有不睁眼的狗来拦阻，俺便结结实实给他一下子哩。"

少东大笑道："了不得，原来葛兄倒是个老行家，便瞧得这般仔细。俺还没理会哩。"说罢，真个倚醉便来摸索大娘脚儿。成功见他狂态不堪，便拉秉贞点首踅出。这里少东酒意酣足，自然要实做酒字底下的字儿，于是撤席灭烛，自有一段风光，不必细表。

室外仆人倾耳，便听得少东喘吁吁地道："如此越发妙了。你家既在山中，是俺明日必经之路，便索性陪俺同去如何？"

大娘笑道："你这等盛意雅贶，既送到门上来，难道俺不先转去，伺候清茶吗？"

说着语音转低，渐入褒秒，听得仆人等一夜没好生睡。

哪知白葛两人也因放心不下，五更头便爬将起，招呼仆人结束装骑，一问大娘，不知多早晚业已跨驴而去。少时少东也呵欠连连地起来，臭排场都毕，早已天光大亮。恰好店翁踅过，成功便问了下山中道路，因随口道："俞大娘多咱走的呀？"

店翁道："我没说吗，多说话没好处，谁敢问她的事呀？"

成功一听，又复心下怯懦，便与秉贞计较好，格外小心。是秉贞开路，成功押后，将少东驮骑等夹在中间，一行人出得店，趁晓气清空，便往山中进发。不多时循麓进山，道径渐窄。两旁树木密杂杂绵亘不断。山坳林际一般有庄户村农，那鸡犬之音仿佛从云端飘落，于是人骑盘旋，越入越深。秉贞抖起精神，舌端一蹩，集足气一声喊镖，中气回荡，声闻远近。衬着虚谷传音，真有"雷转空山惊"之概。不多时已走了二十余里。

少东这当儿十分高兴，一颗头便如拨浪鼓，只管东摇西晃地问道："还没到赤枫涧吗？"

原来这赤枫涧便是俞大娘所居，仆人昨晚听得分明，便笑道："俺方才问过山中人，说离这里还有四五里哩。"说着一望日影道："这样早法，只怕两镖师不肯打尖哩。"

少东道："等到时俺自有道理。"说着扬鞭笑骋。

这时山风烈烈，草木亏蔽，极目间丛峰削壁，十分荒僻可怖。少东走了一会儿，不由也稍有戒心，回望成功正天神似按刀押后，再望秉贞一骑已飞也似远出一里余。正走之间，转过个矮坡，却是一片平阳。一望四围，忽见短枫高下，前路四五里外树影中隐有聚落。少东大悦道："不消说这定是赤枫涧了。想见大娘定然等得不耐烦吧。"

方勒马要等成功商量，忽见秉贞泼啦啦一骑跑回，扬刀大叫道："白兄仔细，风儿来了！"

说时迟那时快，随后一朵红云似飞到一人，高髻弓鞋，结束纯红，衬着蛾眉玉面，一摆青莹莹钢锋宝剑，直取秉贞。少东这一惊险些落马，原来正是他昨夜怀中香温玉软、一掐一股水的俞大娘，如今却变成母夜叉样儿了。

当时秉贞喝道："来得好！"当啷一声，一刀格开，大娘踊身一跃，斜刺里一挫青锋便刺，秉贞忙一滚镫，只听扑哧声，剑尖划入马背，那马长啸一声，没命地蹿去。秉贞趁势跳起，来了个丹穴探凤，向大娘小腹下一刀戳去。大娘更不躲避，只一挺肚，凭空地将刀撞回。秉贞这一惊非同小可，便知是练气劲敌。正在张皇，恰好成功飞也似提刀抢到。原来警作当儿，成功急欲迎敌，无奈少东吓得帛掉筋一般，淹头耷脑，只管颤抖抖牵着他不放。所以赶来稍迟。

当时秉贞一见，勇气立增，成功一柄刀翻飞上下，直滚入去。秉贞窥隙进步，大呼跳荡，无奈俞大娘一柄剑神出鬼没，剑光泼开来，银华乱滚。少时人剑不分，化作一片红白异彩，将白葛两人裹来裹去，杀得两人汗如雨下。正在危急，只听大娘娇叱道："去你娘的。"纤足一腾，秉贞叫而倒。成功一慌，还未及瞬目，便觉白光一耀，大娘手起一剑，直奔自己咽喉。成功急闪，哧一声半条衣领早被剑尖挑去。成功情知不敌，忙虚晃一刀，跃出圈子，刚要去护走少东，只听大娘一声呼哨，早由四面丛莽中飞也似抢出许多人，各执兵器，便奔驮骑。牵驮的老例，凡遇盗劫，登时鞭儿一抱，闪向一旁。众仆人中得甚用？这当儿早拥了少东跑回三四里路。成功眼睁睁看众人驱了驮骑，直奔前面聚落。那大娘却掂着宝剑，俯望地下秉贞道："得罪得紧，俺烦你传语少东，他如不忘情，何妨到俺家中，你二位再吃个镶边酒如何？"说罢大笑，纤腰一摆，顷刻间直上驮骑，徐徐而去。

这里成功好不懊丧羞愤，只得先扶起秉贞，望望伤痕，亏得是腿胯肉厚之所，踢穿一处洞，血流不止，便撕下底衣襟，给他和土扎好。走了走，还不碍事。且喜两人坐骑散走不远，两人不暇言语，上马便赶少东。紧加两鞭，不消顷刻，已望见少东背影。于是成功等大呼慢走，泼啦啦荡起尘沙。哪知这一来便如流星赶月一般，直一气儿跑回原住的店，仆人等气急败坏，先拥少东闯入，七手八脚就关店门。百忙中只听少东啊哟一声，栽落马下。欲知后事如何，且听下回分解。

第四十八回

辞少林远寻琵琶女
探山寨夜渡飞索桥

　　且说众健仆那会子听得后面大喊，回头一望，尘埃起得丈把高，只当是俞大娘率贼追来，惊惶之间没命地一路好跑。你想少东本是酒色淘虚的，又吃了大惊吓，这一来身骨架差不多要散板了。所以到店后登时栽落，昏了过去。于是众仆和店翁急忙捶唤，正乱着，便听店门捶得砰砰的，有人大喊，仔细一听，却是成功。众仆心下方安，连忙启门放入。只见秉贞牵了马，一拐一点，方知他也受伤了。

　　这时少东业已醒来，忽地想起八万多两头，只换得一宵乐儿，不由嘴儿一咧，放声大哭。这一来，两位镖师哪里撑得住劲，直羞得面红过耳。成功愤然道："少东不必如此，俺定要破掉性命闯他巢穴，必须夺回原银。葛老弟你陪少东在此，俺便去也。"说罢就要上马。

　　店翁微笑摇手道："慢着，俞大娘厉害得紧，据说没遇过对手。依老汉之见，且从长计议吧。今且将息再处。"

　　于是大家分头入室，少东呻吟成堆。这里成功便向店翁细询大娘底细，老翁道："大娘来处俺也不甚了然，头两年初来时，便跨驴负琵琶，只在远近村落卖艺。其时便有无赖少年觇她独处山中，曾贪夜入窥其室，不想却被她断头抛出，大家方知她不是等闲人。那

200

年曾有一班山寇，便据在赤枫涧，四出骚扰，被她杀掉贼魁，她便据了那寨。却约束手下人，很有规矩。她依然随意游行，不耻妓业。却又慷慨得很，游踪所至，偏能救济贫乏。因此人都呼为俞大娘。因她初来时自称俞姓。老汉开店生意，往往有魁梧过客去访俞大娘，巧了，二三百里外就有大劫案出来。你说这不是野岔儿吗？所以我说镖师不如从长计议。如没有能人好友来帮助，不如忍个肚子痛哩。"

这句话不打紧，却提醒白、葛，忽想起张安在祥符来，于是两人商量一回，便命少东等在店静候，两人便施展飞行术，星夜赶赴祥符。到得世隆家一访问，没有头绪。幸得巧遇敬子佩，方知张安所在。所以两人赶来，却好在村店相遇。

当时白成功滔滔述罢，张安正负了浑身本领，没处卖弄。不由捻拳大笑道："朋友有急，理当相助。好在无多日耽搁，想长老一定许俺去。今两兄便在此相候，准备同行吧。"

白、葛大喜，张安更不怠慢，便匆匆趱回寺。只见法晖正指挥行童将张安那件锦袍抖开来，就方丈前晒晾。张安见了，不解其意，便委曲婉转将白、葛相邀一段一说，以为法晖定然不甚许可，哪知法晖欣然道："你如此赴友之急，本是侠客应为。我如何拦阻你？但是事会之来，非人自主。老僧临别赠言，无多嘱咐。唯愿你无论处何境界，踏定脚跟方好。"

张安惶然道："长老说哪里话来，俺此行不过几日，仍旧趱回哩。"

法晖笑道："世界上事都是唯心唯法，流转无常。便是老僧也不能定得，何况于你？你只切记我言就是。"说罢，命行童裹起锦袍，交与张安。

张安接了，不由心下凄惶，却又不敢多问，只得结束停当，慨然拜别。倒招得那伙夫朱理十分恋恋，只望得张安影儿不见，方才趱转。众僧便道："你且将张安房儿替他关锁好，不久他转来也省得

201

现扫除。"

法晖抚掌道："锁也好，不锁也好。"说罢负手踅入方丈。

且说张安兴冲冲负了包裹，又拣了一口宝剑，佩在身边，踅下山来。到得村店，业已黄昏时分。白、葛见张安包裹内是件锦袍，便笑道："张兄山居，还用此物做甚？"

张安便说自己入山时所穿，这时法晖却命带将去。大家揣摩一番，也都不解其意。于是匆匆宿过一宵，次日便星夜赶赴乌梅镇。

一路上大家商量取胜俞大娘之法，张安道："据那店翁说来，这泼妇也未可轻敌。等我先潜入她寨，觑觑情形，然后再设计捉她。"白、葛听了，连连点头。

不几日到镇入店，那少东正盼得眼红，见张安堂堂一表，也知敬重。于是整备酒饭，主客谈叙。张安瞅空就镇中踅了一转，又问了问山中途径。店翁道："要入赤枫涧山寨，却有两条道径。南路平坦，直抵寨前。那北路紧当寨后，却是崖壁峭峻，十分难行。还须渡过数十丈长的一段悬索桥，方抵后寨栅门。索两头系有大铃，飞鸟偶蹯，立时鸣动，因有此险，那里无甚防备。不过有几名更夫在那里上夜罢了。"

白、葛听了，不由发怔。张安却不理会，急问道："北路比南路远近哪？"

店翁道："北路近得多哩。"

张安沉吟道："如此俺自有道理。"

于是匆匆用过晚饭，成功就自己行装中寻出一身夜行衣，张安结束停当，出得店来，业已暮色苍茫，星光动野。白、葛道："张兄仔细。"张安一笑，但听唰的一声，早已影儿不见。白、葛十分叹羡，专候好音不提。

且说张安趁星光耿动，一致飞行，不多时踅进山口，更依店翁所说北径，穿林过涧，奔将而去。果然升高履下，十分崎岖。好在张安已得轻身集气之术，便如猿猴般飞腾上下，少时踅过一重岭，只见岚气沉沉，越发险逼。一处处丛畅乔林，十分荒僻。张安就星光细辨道径，便趑向高崖上一线曲径。少时越趋越高，直到崖顶，倾耳听去，已闻涧水奔注，雷也似起于足下。仔细一望，只见对崖已有灯火，更有乌影影一条怪蟒似的东西，飘亘前路。张安暗想，这定是那铁索桥了。如此危险，倒要小心一二。于是足尖点地，一路轻趑到系索之处。一看果然距系处两丈远，缀着双大铃，飘风过处，微微潝然。因紧系于索下，不能大鸣。下面水光涵白，驶如前激。好张安，真是艺高人胆大，目无难事。倾耳一听，索那边一无动静。于是凝神屏息，潜运轻身内功，瞑目良久，忽地一睁，觑得索桥分明，便如蜻蜓点水一般，飘落索上。一路碎步，真个轻如鸿毛，疾如流星，弹指之间，已到桥尽处。连忙一跃而上，却是一处斜坡垯，环抱寨后。那寨栅门却是竹树攒就，十分坚固。

张安正在伏觑，只听一路踢踏，两人笑语而来，偷望去却是两个更夫，一个细高条子，业已吃得醉醺醺，一面脚下踉跄，一面将更锣向脊梁上一背，口噪道："今天大约没咱们的事了。可要睡处自在觉了。"

那个道："你别托大，小心看那主儿出来查看。"

醉夫道："你放心吧。今天人家相好的来了。你没见内寨里红灯高挂，预备筵席，要吃个知心知意酒吗？酒罢之后，啊哟哟，更不用提了。热得火也似的当儿，她还有暇到这里吗？"

那个道："你说的也对。今天那郑客人倒好个长相儿。不知怎的，咱们前寨万头目见了人家，两眼鲎鸡似的。"

醉夫笑道："那还用提吗？一个槽上如何会拴得住俩叫驴？自然要闹醋劲了。却是万头目也浑透腔，咱那主儿本拿他们当玩意儿，寻自己开心便了。他还真不真的，岂不可笑？"说着，那更夫有气无力地打了三记锣，巡向他处。

这里张安方知时已三鼓，便趑向寨门，一端详，耸身一跃，已到栅檐。先纵目远望，果见一处高悬红灯，料得是大娘所居，心中暗喜。其余院落群房都静悄悄的，于是由百宝囊先掬一石子抛去，听了听，知是实地。然后翻身跃下，直趋内寨。到墙一望，几乎失笑。哪里是什么正经屋舍，不过一带竹篱，围着数间高大草房。这原是俞大娘随意盖筑来为自己偃息之所，并不像从前山寇为占据久居之地。当时张安先一侧耳，已闻得男女笑语。便略一耸身，猫儿似扑入，赶忙倚篱按剑，稍待片刻，然后鹤行鹭步，趋向正室。原来这都是夜行人的规矩，叫作眼观四路，耳听八方。最忌的不顾背后哩。

当时张安就檐柱隐住身体，伏窗一觇，只见里面灯火明亮，好一处整齐密室。床铺新洁，衾褥灿然。东靠壁案上酒炙纷罗，坐定男女两人。男子有二十多岁，衣履阔绰，面目俏丽。女子斜弹香鬟，业已吃得星眼微饧、香腮带赤，拿了酒杯笑道：“我们用过这杯，也好安歇了。”

男子笑道：“正是哩，我这趟来却是闻你得了大彩，来与你贺喜。不想你那万头目一百个不如意。真个我还陪你玩玩吗？”

女子听了，登时蛾眉微竖，滴溜溜眼珠一转，却荡漾出一种风情，咬着牙儿笑道：“你们男人家总之没好东西，若非俺用得着，就该都杀掉。”

男子脖儿一缩，诡笑道：“啊哟，这个我更来不及了。”因说道，“今却有段事我告诉你，便是昨天我来的当儿，经过乌梅镇，听说那皮商少东还恋在店里，又说那俩镖师去请什么能人。既有此话，你也须当心一二。”

女子笑道：“若真有能人来，俺求之不得哩。难道你我旧交，你还不知我用意吗？”

男子忙道：“知得的。你风尘游戏，本为择人而事。若真有能胜你的，不消说这注大彩随你做绝好的奁资了。可恨我一无所能，停会子只好锦被中试试俺手段吧。”

女子笑唾道：“呸，你那手段便和那皮商少东似的，一般是银样镴枪头，中看不中用。等我明日到乌梅镇，定撮得他来与你做一对摆设，看有什么鸟能人寻到这里来。"

张安听了，不由心中一动，暗道，这女子面貌恰如白老弟所说，一定便是俞大娘。这种怪物说得出就做得出，她这是巢穴所在，很易跑逃。我若将她拿跑了，她真个三不知去撮得少东来，倒更费了手脚。沉思少顷，忽得一计，暗笑道，她爱好游戏，我何妨也以游戏出得呢？想到这里，刚要转步趑回，只见大娘业已酒意烘腮，姿态横生，竟扑坐男子怀中，方一搂项，只听院门外砰砰一阵叩门。欲知后事如何，且听下回分解。

第四十九回

当场风月动杀机
假意云雨缩淫具

且说门外那人大呼道："小郑子，你们还厮并到几时，难道不晓得俺万爷吗？"

张安赶忙一隐身，便听扑嚓一声，竹扉踹落，大踏步闯进个彪形大汉，提一把明晃晃牛耳攘，直奔正室，将软帘呼啦一挑，狂笑踅进。张安就窗急望，只见那男子慌张中就要推开俞大娘。大娘嘴儿一撇，却越发将他搂得紧紧的，索性将腮颊偎在男子脸上，星眸一瞟，冷森森射出一股煞气，向大汉笑道："我就见不得拿刀动斧，多么败人兴头？快将攘子放下，听我指挥。"

说也奇怪，那汉子虎也似的气势，登时逼定鬼似的置刀于案，却是两眼熛赤，恨不得吞掉那男子。大娘越发卖弄风情，竟一手儿探入男子裤中，然后笑道："你们两个左不过服侍俺，只是万头目不奉呼唤闯将来，却是差点儿。"说罢，忽地站起，向万头目道："你既这等光景，想怕俺没了你的本领，便先来服侍我如何？"说罢大笑。转眼间自己脱得精赤条条，只剩个红抹胸。玉股双跷，坐向椅上。只将张安诧异得几乎失声。

便见那万头目如奉丹诏，登时撩衣揎裤，凑将上去。眨眼间大娘双翅飞向他肩头，却微饧星眼，向那男子笑道："没多辰光的，你还整冠束带的怎的？"

那男子哈哈一笑，登时坦坦然脱得精光。张安暗骇道：原来世界上竟有这怪事。正在恍惚当儿，便见大娘娇态大发。不想那万头目丑态之余，竟战抖抖起来。说时迟那时快，被大娘推脱开，仰翻于地，拖着段淹搭搭的东西，爬起整衣就要跑出。原来俞大娘眉目间透出厉气，早将他吓得胆落。不消说是上不得场了。

当时大娘微喝道："且站在那里，待我发落。"

万头目一听，只吓得浑身乱抖。这当儿那男子早微微一笑，凑将上骈。大娘玉股紧勾，登时如天造地设，顷刻毫发无遗，动作起来。这一回却闹得酣畅淋漓，有声有色。再望那万头目，已如木人儿一般。少时风平浪静，两人赤条条携手而起。大娘便将男子推入帏中道："你且困你的，等我发放这厮。"

万头目登时跪倒，只管叩头。大娘双眉剔起，大喝道："哪个叫你擅自闯来？"一声未尽，拾起攮便是一下，只见万头目项血一喷，登时死掉。

张安大惊，便要拔剑抢入，忽一思忖，还须安置少东方好，于是轻轻退下，连跃出得寨，便寻旧路。五更敲过，已抵店中。便向白、葛一说情形并自己计策。

成功骇然道："这泼妇真个厉害，如此事不宜迟，且就店翁寻个隐僻所在，张兄便在此如计施行吧。"

于是唤起店翁，向他一说。店翁喜道："这俞大娘久在这里，终非好事。张爷既有本事除掉她，俺怎能不帮忙。老汉女儿家便在数里外一荒村中，且将一应人等暂藏那里如何？"

张安大悦，登时命白、葛护了少东，带了一应仆从，跟了店翁派的伙计，匆匆而去。这时天光业已大亮，张安便从容换了一身商人服色，倒一梦沉酣，歇息起来。

及至醒来，已经午后。便静坐良久，用过饭，却听得店外有妇女语音，以为大娘寻来，忙去一看，却不相干。于是信步踅出，就镇中踱了一回，从容踅转，日已平西。

刚一脚跨入店门，只见一匹骏驴拴在院内，便听得正房中店翁道："那群人实系昨日便去了。这不是今天午后，方才个张客人到来，看光景也是个风月趣人哩，大娘来得倒也凑巧。"

便听俞大娘娇笑道："即如此，俺便寻个生客。"

张安一听，正中下怀，便趁势唤道："店翁，这是谁的驴子呀？"

店翁道："巧了，张客人转来了。大娘怎不趁个生意呢？"说罢趋出。

张安一眼望去，早见俞大娘扎括得花朵似的，长眉入画，笑靥春舒。笑吟吟随在店翁背后，水灵灵眼儿向张安便是一瞟。张安猛想起她昨夜母夜叉似的凶样儿，只管暗暗叫怪。于是神思一定，登时跑去拖住大娘手儿，但觉入握如绵，温嫩无比。大娘忽见张安英俊模样，不由真个顿起爱心，便扭头笑道："怪不得店翁夸赞尊客哩。"

店翁也笑道："如何？我老汉这双眼看人不会错哩。不消说张客人定须用酒，我且吩咐厨下准备去吧。"说罢自去。

这里张安携了大娘，直入己室。大娘忽见壁上宝剑，便微笑道："尊客还会舞剑吗？"

张安更来得促狭，登时猴头猴脑做出子弟神气，不由分说抱定大娘，先喵了一口，然后笑道："我只有一段枪，舞得飞熟。别的一概不懂。"

大娘便趁势软搭搭坐向他怀，于是两人笑语津津，情话密密。张安一些棱角也不露，却拿出先在白牡丹家厮混的一套子弟功夫，将俞大娘轻怜痛惜，调弄得火腾腾，好不写意。大娘原是妖淫物儿，竟被撮弄得迷迷糊糊，神骨都融。暗道这客人果是趣人，少时真个如意，我将他撮得去。

正在偎倚调笑，外间里酒饭已备，这时更鼓已定，掌上灯火。两人携手入座，方要举杯，恰好店翁踅来周旋，张安大喜，登时一把拖牢，按在座末，笑道："临老入花丛，你老人家且凑个趣儿吧。"

原来张安另有用意，和俞大娘言来语去，偶有差池，非同小可，想借店翁陪个场儿。当时店翁笑道："俺这老板，你二人见了不扫兴吗？"

　　张安拊掌道："姜老越燥，人老越俏。快来饮酒吧。"

　　于是三人传杯弄盏，吃了一会儿。张安谈笑风生，却拣些没要紧，来向店翁一会儿谈谈这里市面商情，一会儿又和大娘调笑几句，便如个通脱商客一般。须臾天交二鼓光景，三人饭罢，店翁辞去，一脚踏出，便笑道："啊哟，今天好个月色。"

　　张安携大娘步出一望，果然天无纤云，月华如水。更兼店院旷朗，越显皎洁。于是张安趁酒兴与大娘步月一回，只见她娟娟俏影，在月下越发妩媚。便款接香肩微笑道："今夜真个是人月双圆，咱们虽草草相逢，莫被这嫦娥笑了去。"

　　这时俞大娘已不胜情，登时双双趄入室，掩扉移灯，各缓结束。张安手快，早脱得赤条条拥衾高卧，灯影下见大娘一身肌肤真个欺霜压雪。急匆匆整饰藕覆，东袜红美，香云微抛，忽地一个呵欠道："啊哟，困煞我也。"说罢，回眸一笑，只一滚便入衾中，将张安抱紧。百忙中纤手下探，不由啊哟一声，赤条条跳将起来。欲知后事如何，且听下回分解。

第五十回

巧比剑慨应婚事
假入赘暗赚镖银

且说俞大娘引手一探张安下体，不想竟和自己差不多儿，不过有淹韧皮缩拢在那里，更兼股际皮肉劲滑如石，便知是练气纯功，竟吓得要跳起来。张安一舒猿臂，赛如铁梗，早将她服帖帖抱在当胸。大娘竭力挣扎，张安倒索性加压一腿，一只手儿便探向她绵软软的屁股。大娘急道："你究竟是何等样人，快说来，俺自有道理。"

张安道："俺不力略晓武功，历年来服贾江湖，甚是得力。今偶到这里，却闻得大娘大名，不同常妓，所以用点儿缩体法，取个笑罢了，这还值得大惊小怪？"

说罢，腾身跨上，便分大娘玉股。大娘用手一探，且是累垂长大。她如何此输下风，登时一敛气，直注玉门，比及张安前锋闯到，早已无缝可钻。便如不老婆婆的玉钳剪一般。于是两人白羊似的反复良久，各逞内功，闹得帏摇床动。张安暗作计较，便放出温柔手段。大娘究竟女性，当不得甚磨，便觉张安这人甚是可爱，于是抱颈笑道："你且莫胡厮缠，俺游戏风尘，本为择偶。你的本领便是方才光景，俺已略知，果能剑术胜得俺，俺便委身事你，如何？"

张安正色道："如此妙际，你看月明如昼，正好试剑玩耍哩。"

于是两人起身结束，相顾大笑。这当儿店翁原没敢困歇下，及至张安提剑跃到院，店翁已徐徐踅来，问知所以，便道："啊哟，好得很。你两人正是一对儿。却是今天大娘没带得兵器来。"

一言未尽，只见大娘两手紧腰，结束得伶伶俐俐，翩然跳出，随手将衣襟一翻，登时由襟袋中掏出盘屈铁青锋，铮的声抖展开，长可二尺余，一月寒光，湛湛如水。便将身一矬，趋就下首，用一个怀中抱月式，卓然立定。这里张安喝声好，旋身挺剑，使个旗鼓，两下里推手示敬，道得一声请。只见嗖嗖嗖两缕剑光登时交作一处。张安留神，只见大娘俏身儿风旋雨骤，招招进攻，却是剑锋所及，仅能笼罩五步。家数虽本少林，却颇杂野派，更乏凝重之气。于是张安放下心来，只先给她虚与委蛇。这一来不打紧，倒将店翁笨眼吓坏。只见大娘剑光如龙蛇飞舞，张安一柄剑却慢条斯理，只顾招架，偶一进击，却又闭嘴掣回，如恐伤着大娘一般。顷刻间张安已退走两周，两人满院中风车儿似旋转。

店翁暗道："不好，不是这客人本领不济，便是他真个爱上大娘，忘其所以了。"

正在怙惙，只听大娘失声叫道："啊哟，你原来这等促狭。"

正瞧张安已不知哪里去了，但见那柄剑电也似纵横乱掣，上下翻飞。锋芒所及，直到十余步外。月光一照，便如一团瑞彩，但听得风声飒飒，偶见脚趾错落，方知其中还有人在。于是店翁大惊，方要看大娘剑势，只见大娘一摆剑，回身便跑。刚飞身跃登屋脊，只听张安喝道："哪里走？"剑光飞处，锵啷一声，一物削落。

大娘急叫道："莫要动手，俺服你就是。"

说罢，两人连臂跳下，在月光中携手大笑。店翁方知就里，便趁势说道："怎的你二人没见胜负，便讲和起来？"

大娘头儿一摇，将耳朵凑向店翁眼前道："你看俺这耳环，还有在上面？"说罢一望张安，十分爱慕，微笑道："俺既跟了你，你好歹教给俺一路剑法吧。"

张安只作不听得，便连店翁都邀入室。这当儿大娘另漾出一番风致，便将张安长袍拎起，要亲手给他披上。张安忙谦道："不劳

211

不劳。"

大娘笑道："哟，俺和你既做夫妻，还这般客气做甚？"

张安听了，忽地正色叹道："俺哪里有此福分？大娘你枉自有意，你可知俺甚等之人？"

大娘听了，不由秋波乱闪，张安索性与她执手挨坐定，然后慨然道："俺并非什么商人，俺便是那白、葛两镖师请来的好友张安。实不相瞒，便是嵩山法晖长老传的剑术。"

大娘猛惊，急欲挣扎起，却被张安连肩抱住。大娘急得花容失色，便叫道："你待害俺吗？"

张安道："岂有此理？你也非寻常妇女，如何这等小看人？"

大娘沉吟道："既如此，不消说了，你一定为那八万金来的。好在戋戋之物，俺本没看在眼里，今俺即如数奉还，全你朋友之情。却是你也须应我一桩儿。"说罢，星眸一瞟，味地一笑。

张安眨眼寻思道："这何须说得？俺们改日再见，定有重谢。再不然咱们结个意气相扶的朋友，你道好吗？"

大娘抿嘴道："不是不是。"

张安又想道："啊哟，我知道了，你一定想学我这路剑法。这也容易，俺便在此耽搁个十天半月，都不打紧。"

大娘忙笑道："这是我将来分内应得的。这当儿却没相干。"

张安道："哟，这也不是，那也没相干，这闷葫芦却难打得紧。"

大娘不由眼皮一抬，牙儿一挫，一伸纤指，点到张安额上，笑道："真恨得煞人，难道那会子咱俩一席话你就忘了？你不是胜了俺了吗？"

于是店翁笑道："老汉倒省得了。大娘平素常说，如逢能人胜己，就要委以终身。今张客人既有如此本领，管保大娘要成就好事哩。"

于是张安大笑，放起大娘道："我们百年大事，不得草草。看光景俺须就赘山寨，既承你慨还银款，俺明日便同敝友等到寨领取。

就让他们做个媒证，当时便行嘉礼，你看如何？"

大娘喜道："如此事不宜迟，俺便先转去准备一切。"说罢婷婷站起，忽笑道："你事儿做得倒漂亮，俺方才与你一交手，便怙惙是镖师请来的劲敌。只是你将镖师等一干人向哪里去了？"说着一看店翁道，"你这老头儿，掉得好谎哩。"

店翁道："大娘莫怪，俺这把老骨头，你们两口儿俺敢拗着哪个呀？这都是张客人嘱咐的。"

几句话不打紧，大娘听得"两口儿"三字，不由喜冲冲出得室来，解驴跨上，道声"专候"，忙忙出店而去。这里张安更不怠慢，便连夜赶向荒村，知会白、葛等，准备明晨赴寨，这且慢表。

且说俞大娘一路趱回山寨，十分得意，便吩咐手下人准备酒筵，铺设须要整齐。直闹至巳分时，粗粗都备。便在前内备接张安等，那后宅密室早收拾得新房一般，自己趱进趱出，正在高兴，只听喽卒报道，寨前一行人骑转出长林，想是客人等到了。

大娘大悦出迎，只见张安业已携了那皮商少东，大踏步远远走来。后面是白、葛两镖师，还有仆人等牵了坐骑，纷纷都到。这当儿寨众排开，也有百十人。刀剑如林，尽也有个气势。大娘笑吟吟举手一挥，寨众登时暴雷似一声大喏，接着寨门大开，两壁厢鼓乐暴作。望到里面大厅，早已悬灯挂彩，还特选四个躯干长大的喽卒，各抱定泼风长刀，分立阶下。少东猛见这等阵仗，登时战抖抖偎在张安屁股后头。大娘笑着瞟他一眼，张安笑道："这还等我引见不呢？"

一言未尽，白、葛趱上道："张新嫂端的好剑法，俺们这大媒早已领教过了。"于是众皆大笑。

大娘俏步儿好不煞利，便引众人直入大厅。只见摆设得齐齐整整，西壁下酒筵罗列，东壁下便盛陈婚仪，华烛灿然。张安见了，暗暗好笑，便公然携了大娘，竟就主位。大家依次落座。茶罢后，白、葛两人便申谢大娘还银之情，张安大笑道："也应该感谢俺才是。因俺便是这家主人家了。"说罢笑拍大娘肩头道,"娘子你说对不对呢?"

大娘抿嘴笑避,十分喜悦。于是一声娇唤,便命开筵。张安忙道:"这也须听我布置。一来今日婚礼重大,先须行过。二来敝友们趱程忙迫,待证婚后,吃罢喜酒,即行登程。如此一来,方有次序哩。"

说罢向白、葛一使眼色,于是白、葛会意,连连道好,便不容大娘插嘴,登时趋就东壁,焚香点烛,厅外伺候人一见,也便登时传呼,鼓吹伧伫,闹成一片。

作者说到这里,不由怿然,深念古人制礼之意,原来不是虚设来作好看的。原是范围人性情的一宗法定。便如孙行者的紧箍咒一般,任你如何泼皮,都须服帖。即如这俞大娘这等泼辣货,当时一见这般,竟不觉软笃笃与张安共立案前,顷刻之间便盈盈下拜起来。这还不是明效大验吗?闲话少说,书归正传。

且说俞大娘婚礼已毕,方要开筵款客,只见张安一望日影,拍手道:"今还有件事儿哩。"欲知后事如何,且听下回分解。

第五十一回

赤枫寨气走俞娘
太原城忽逢张勇

且说张安当时笑道:"那宗镖银现在哪里? 便可命人装好驮骑,敝友等三杯过后,即便起程。"

大娘这时心花大放,都不理会,顷刻命人搬将来,就厅前装好。少东等一见方才心头一块石头落地。须臾筵开酒到,大家匆匆饮过喜酒,站起告辞。只见张安却一声不响,只管大杯价淋漓痛饮,一张脸儿业已润如红玉。大娘瞧得眉欢眼笑,便道:"少顷回头再吃吧。"于是张安大笑,携了大娘,双双送出。眼看白、葛等各上了鞍马,拥了少东驮骑,道声再见,如飞而去。

这里张安却如木人一般,呆望良久,只管颠头拨脑。大娘等得不耐烦,便笑道:"客去主人安,快回吃酒是正经。争不成你还跟他们去吗?"

张安点头道:"去也好,不去也好。"

大娘听了,不由心头一动,登时眉儿一挑道:"你说什么?"

张安道:"俺说那白、葛两友没本领如此,长途焉能令人放心呢? 他可不是去也好不去也好吗?"

大娘道:"这个不必管他。"

张安道:"管也是,不管也是。"

大娘笑道:"哟,莫怪你从法晖和尚处来,真有些野狐禅机锋语哩。"

张安道:"取笑罢了。俗语说得好，圣人坟前文豹还吐得斗把墨水哩，何况俺久事法晖？"

说罢两臂一振，哈哈大笑。趁势拉了大娘就寨前后信步浏览一回，东指西点道:"这山寨还欠布置，等我们闲暇时，大大充扩起来。"

大娘听了，越发高兴。这一耽搁业已日色平西，大娘催促数次，两人方踅至门。众喽卒肃然侍立，都抖起精神，要在新寨主面前见个好儿。只见张安睁大了眼睛，向他们排头望去，忽地怒道:"好可恶，俺这等阅寨大事，怎的那万头目竟不伺候？"

此语一发，大娘猛地一惊，还以为他偶然闻得寨中有此人，便眉头稍皱，强笑道:"这种狗一般贱的人你问他怎的？"

张安笑道:"贱虽贱，总是个性命。实不相瞒，俺张安前夜潜渡飞索桥，却看了一出好把戏。今日没别的，改日再见。俺要赶敝友去了。"

说罢，向大娘拖地一揖，就要拔步。俞大娘这一羞气，火头直冒得丈把高，方知被人奚落了个七佛出世。当时不顾生死，大喝道:"姓张的，俺认识你了。今日之事有你没我。"说罢，双拳一摆，直滚入来，施展出生平本领，恨不得将张安一拳打碎。哪知棋差一着，马争寸步，归根儿不成功。两人颉颃良久，忽听张安喝声着，一足腾起，俞大娘骨碌碌滚出多远，砰的声撞在树根上。

这里张安提拳喝道:"你要明白俺手下留情。你若是晓事的，趁早改恶归良，完你妇人家一生事儿。俺几句良言，也就待你不薄了。"说罢一转身，捷步如飞，直赶白、葛等而去。

这里众喽卒失措良久，扶得大娘起，业已血污左鬓，撞伤一钱大创痕。气愤愤回寨，沉思良久，不由长叹道:"这所在住不得了。那厮归途一定还来作耗，不如他处游行去吧。"越想越气，不由顿足道:"俺总算心坎上有你这厮了。"于是登时遣散寨众，一把火烧掉山寨，飞度索桥，游行而去。以后自有际遇，这且慢表。

且说张安飞行十余里，偶一回头，忽见赤枫涧寨际火光隐隐，不由暗喜道："她真个听我良言，倒也不错。现在天下多故，有本领的是难得的。"于是匆匆奔去。

　　及至白、葛等落站，大家方净面掸尘，只见帘儿一启，张安已笑吟吟徐步而入。少东一见，不由先拜伏于地。张安笑扶道："您那个妙人儿也叫俺摆布够了。"因一说方才情形，只将白、葛乐得打跌。

　　须臾大家晚饭，张安道："今原银既归，俺明日便当回山。料得前途平坦，白、葛两兄尽能了事。"

　　成功道："依我看张兄便随喜到山西走一趟吧。一来咱兄弟多叙几天，二来我闻得陕西总镇姜瓖近方调任大同，江湖中朋友谈起，说他很能格外用人待士。他曾有个爱姬，被一帐下骁将窃负而逃。他知得了反倒飞马遣人厚赐金帛，竟将那爱姬赐给那将，所以四方杰士都乐为用。咱们便道到大同，何妨看看机会？像兄弟们不足论，难道张兄如此本领，便甘埋首山中吗？"

　　一席话不打紧，登时引起张安一片雄心。当时竟无可无不可，次日随了白、葛等长行而去。

　　不几日到得山西省会，入行卸镖，一切都毕，那少东各有重谢，不必细表。张安与白、葛等落在店内，逐处游玩了两日。起初白、葛兴冲冲寻访朋友，想要夤缘投放姜瓖营。后来闻得朋友说起，这当儿姜瓖因兵强威著，朝廷见忌，时时督过于他，所以他刻下用人十分仔细，若没有亲信引进是不成功的。白、葛听了，未免大扫其兴。张安本没成见，依然逐处观览风景，

　　这日行经巡抚衙前，只见一骑马由照壁后趄出，上面一个军官，衣冠赫奕，那面目十分熟悉，两下里方瞟得一眼，已被后面随卒将马屁股拍了一掌，泼啦啦跑出数十步。忽见那军官略一停辔，向一卒说了两句话，方一拥而去。那卒却飞跃回，向张安道："足下敢是张姓，单名一个安字吗？"

　　张安方诧异道："正是。"

那卒喜道："如此，俺家老爷有请。"因将那军官姓氏一说道："刻下俺们便寓在唱经楼街哩。"说罢，如飞而去。

这里张安方恍然那军官便是那年旅店中所遇的料楚材。忽而相逢，也自可喜。于是沉吟趑转，恰好白、葛两人都在店，正在商量归计。于是张安一说方才所遇，白、葛喜道："妙妙，俺闻得这料楚材和一个王进朝都是姜瓖帐下站得起来的军官。张兄去访他谈谈，或有些机会，也未可知。"

张安道："不错，便是那王进朝麾下，俺还有个朋友吴大用在那里哩。却是此人太没巴鼻，不知他得意不曾。"

白、葛道："这越发好了，张兄便去见见他，看是如何。"

于是张安整饬衣冠，直至唱经楼街，果见一所高大旅店，十分热闹。门首贴着楚材官衔行寓字样，还有四五兵丁站立门首。张安趑上，通进名去，不多时里面道请。张安随仆人走进，早见料楚材笑吟吟降阶而迎，大笑道："幸会幸会，方才街上偶遇，我猛忆起是张兄。却如何来在这里？啊哟，你气概越发英伟了。"

张安趋上笑谢，两人携手而入，落座茶罢，各叙契阔。张安方知楚材因大同军饷事，来省公干，遂将自己近年情形大略一说。楚材喜道："我看张兄越发精神，原来武功大就，真真可喜。"因抚髀道："像张兄这等人物，俺们总镇军中都没有的。"

张安趁口风正要说投军之意，只见一仆进禀道："昨天那位张爷又来请见。"

楚材沉吟道："张爷还没去吗？"

仆人道："昨天张爷听得老爷说那大同里没甚机会，便不高兴去。所以特来辞行。"

楚材道："既如此，便请。"

仆人嗷应出去，不多时，门帘一启，引进一条黑凛凛的大汉，生得虎背熊腰，剑眉海口，遍体行装，官靴大帽，看光景是个千把总的前程。顾盼之间，十分猛毅。与楚材见过礼，方要落座，忽一转面，不由大惊。欲知后事如何，且听下回分解。

第五十二回

秦王营张安买马
大同镇姜瓖玩兵

且说那大汉忽见张安，不由神气一耸，便两下里点点头，自与楚材倾谈起来。张安听他话头话尾是个行伍中朋友，略谈当世将帅评论甚当。须臾更谈及行军对垒、兵家韬略，甚有条理。张安方在暗暗称奇，只见他又拊掌笑道："现在侠士剑客却少得很，便是有，各镇帅也不能用。"说得高兴便随口谈了几句剑术，哪知驴唇不对马嘴，暗含着露了怯了。

这一来却搔着张安痒筋，所谓箭在弦上，不得不发。当时便微微一笑，略论剑术之妙，十分精辟。那大汉如何肯输气，当时便劲一驳诘，未免加着强词夺理。张安逐条辩去，楚材虽不甚了然，却觉得理妙非常，不由欣欣然只管点头。那大汉见了登时不悦，便一询张安姓氏，怫然起辞，这里张安也不在意。

少时楚材送客回，张安道："方才这客人倒也好个气概。"

楚材道："正是了。此人姓张名勇，武举出身，弓马娴熟，十分英勇，便是陕西人氏。曾在陕西某营中投过效，有个千总前程。他原想赴姜镇军中，听我说没甚机会，又搭着局面不稳，便不欲去了。"

张安道："怎的局面不稳？"

楚材摇手道："不须打听。只是我们今日巧遇，张兄高兴到大同玩玩吗？"

219

张安听了便趁势将求他汲引之意一说，并提出还有白、葛两人。

楚材道："好好，既是张兄好友，一定材质出群。咱们同到大同，徐看机会如何？"

张安大悦，当即别过楚材，向白、葛一说，两人自然欢喜，便兴冲冲装饰鞍马，准备同行。只是张安还没得坐骑。成功道："俺闻得秦王营那里马贩最多，今日闲暇，何妨去拣买一匹呢？"

你道秦王营是什么所在，据说是当年唐太宗练兵之地，如今却荒落落成了片跑马场，便在城西隅。山陕马贩大半都聚在那里，每当午后，便开马市。游侠纨绔子弟，成群结队价驰骋试马，倒也十分热闹。

当时张安便和白、葛各带些散碎银两，徐步上街，不多时转弯抹角已到那里。只见好大一片空场，杨柳夹道中叠起一条马道，两旁游人并生意小贩纷纷不绝，这时马道上轻尘如雾，骏足嘶风，正闹得乌烟瘴气。跟马小贩一张嘴，便如画眉鸟一般，直哨他那马的好处。一壁厢上身不摇，迈开流水步，嗒嗒走来。两旁游人更加七嘴八舌，毛片骨架地胡噪。都自以为是王良伯乐，外号儿又叫董姥姥。

张安细看众马，都是驽骀皮相，正在不高兴，只听众人拍手道："来了来了，这个唱秦叔宝的又要找补出拿手好戏了。"

白、葛等一望道左，却大踏步来了个贫贩。生得七尺来高，虬须环眼，衣履却褴褛不堪。两手拦嚼，牵了一匹狞龙似的瘦马。浑身黄骠颜色，却污垢狼藉，生得兰筋龙项，步履迅稳，却是皮骨磨损，淹淹低头。站在那里，脊骨高出贫贩。贫贩偶一顿嚼，那马猛一踢踏，咴咴的一阵悲鸣，十分高亮。

白、葛方笑道："这匹马身个虽可以，却是太瘦了。"

忽见张安双目一张，肃然走上，就那马周身端详一番，太息道："朋友，你这马要价多少？"

贫贩听了，忽地双泪遽落，慨然道："尊客既能问价，此马便应相赠。只是在下方在羁旅穷途，能赐五十金，便请牵去吧。在下贩马半生，方得此黄骠名马，原想入都献入某王，不想在此一病数月。今没奈何，寻个回乡盘费罢了。"

众游人听了，十分诧异，哄一声聚拢来，争看那马。有的便道："真仿佛有点儿精神。"有的将嘴一撇道："依我看是生意话。什么黄骠紫骠？这种马骑上，倒要仔细屁股削两半哩。"

张安都不理会，便将白、葛所带银也要来，一总儿足有九十来两，把给马贩。马贩大喜，接过来千恩万谢而去。众游人望得惊耸耸的，便连白、葛也有些纳闷。

张安笑道："此马刍豆不时，久损体格，所以皮相不佳。今略试其足，便当显其不同寻常哩。"

说罢，随手折一柳枝，翻身上马，就马道上略一盘旋，辔头一紧，那马昂起头来，一声长嘶，泼啦啦四蹄生风奔将去。顷刻之间，人大于指，马大于蛙，少时竟如点黑子一般。众人方相顾叹异。只见红尘起处，人马来势恍如飞鸟，张安已翩然跳下，执辔大笑。于是白、葛方才叹服，便喜洋洋趱回店。张安亲自将马洗刷起来，饮喂躬亲，十分加意。不多几日，那马气体大异，出落得龙驹一般。后来张安多少战功英名，全仗此马。此是后话不题。

且说料楚材不几日公事勾当毕，便带了张安等直回大同。到得本营中，且令暂候差委。张安百忙中一探听王进朝麾下的吴大用，原来前两月已经死掉了，将进朝痛念得什么似的。因他年老无子，只有吴大用个亲甥，所以十分伤念。

这日楚材正在闲坐，寻思安置张安等，恰好进朝趱来，两人密室落座，谈了一回军中近务。楚材道："近来咱镇帅还喜听虞大头等人的话吗？"

进朝皱眉道："正是哩，这十人有什么深远打算？只仗了一铳性儿，撮镇帅的傀儡，他也不想螳臂当车之势。"

楚材叹道："我闻得刻下总督孟乔芳很是个角色。各处里整饬城守，扼据险要，颇有些作怪，便是俺这趟因饷进省，巡抚很有点儿

221

不然咱镇帅，就是省中口风也不妥得紧，一会儿说有京员暗访，一会儿又说八王子要出京了。"

进朝道："树大招风，理之自然，何况咱镇帅又偏听虞大头等嚼舌根，咱们这把年纪也不想一口吞个张飞。这要大家安全，别闹得滚汤老鼠就得了。"说罢两人倒笑了。

少时进朝道："咱镇帅真有些悖晦，越这当儿闹得满城风雨，他偏要鸣锣打鼓。昨天鬼鬼祟祟，大犒合营将弁并秘宴虞大头等。接着又风言风语，所有兵丁要加双饷。这还不算，又定在后日大阅兵马，凡有奇才异能之士皆破格录用，你说是胡闹不呢？"

楚材沉吟道："这里面的螺蛳弯儿多得很，咱们哪里管得许多，但是老兄麾下可有能人为营众增光吗？"

进朝道："没得没得，俺自舍外甥吴大用死掉，一百个不高兴，再者一时间也没处物色去。"

楚材拍手道："踏破铁鞋无觅处，得来全不费功夫。俺这里便有一人，还是令甥吴大用的旧友，老兄如用，真个是出色当行，全军翘楚。"

进朝急问道："莫非是那往年曾在河南大破张耳崖的张安壮士吗？"

楚材怪道："老兄怎的得知？"

进朝道："俺早听得舍甥说起。"

楚材大笑道："如此说来老兄却知得一半。"因将张安从法晖学艺、剑术非常等事，说了一遍。

进朝听了突地竖起一指，却笑道："有这等人吾兄焉肯割爱，俺只好为你称得人之庆了。"

楚材道："俺这里还有两人，虽稍逊张安，也是铮铮角色。"因将白、葛两人略说一遍。进朝听了十分高兴，一迭声立要请见。楚材向侍卒一顾，侍卒垂手趋出。须臾履声囊囊，鱼贯而趋进三人。进朝一望，不由大喜。欲知后事如何，且听下回分解。

第五十三回

较武功管豹一斑
擒土寇云程初步

　　且说王进朝一望张安等各有精神，一齐向他声喏，喜得他直跳起来，立谈数语，三人应对如流，不由拊掌道："妙妙！你们武功不消说得，今来得恰是当口，便是镇帅一定能青目的。"因又向张安道："我们虽是初见，却是俺耳轮中早已厮熟的。"说罢点点头，三人声喏而退。这里宾主又谈数语，进朝方去。楚材更不怠慢，便将张安送过进朝营中。登时补了名马兵。白、葛两人就在楚材麾下补了名儿。

　　军中耳目多，早将这新来三壮士传得沸沸扬扬。到得大阅这日，全军营哨齐集教场，众将弁全副严装，各按队伍分门扎定，真个鼓角喧天，旌旗曜日，不多时总镇衙前三声大炮，教场万众一齐昂首。须臾两武弁手持令旗，放马跑来，直到将台前翻身下马，持令周挥，大呼道："总镇起马，整队伺候！"但听万众雷似一声喏，登时旌旗翻动，变作个众星拱辰的阵式，都一齐向着将军台。

　　张安一见这等堂皇威武，不由跃然心喜，暗道："古人说取金印如斗大悬肘后，丈夫得志，正当如此哩。"

　　正在欣羡，只听场门外军乐大作，须臾百十新兵列队前趋，后面姜总镇公服大帽，翎顶辉煌，高视阔步地进来，虽然骨骼昂藏却是精神不足，瞻顾之间，还稍有些少年跃马气概，这时已花白短髭

223

了。于是全军肃立，悄然无声，但听一片步履繁动。须臾总镇登台坐定，传令较武。无非是马上步下，各种击刺武功，少时略息。只见料楚材趋步登台，就总镇躬身数语。但见总镇微微一笑，取过一册军籍，落笔一点，左右高唱道："白成功，葛秉贞。"

一言未尽，只见楚材部中两壮士雷喏而出。众人一见，都各瞩目。张安这当儿更加留神，只听进鼓一鸣，白、葛登时手提短刀，飞花滚雪般舞起。只这捷疾手法，业已非营伍中所有。两人颉颃良久，又互作攻取之势。直杀了个难解难分，然后弃刀上马各绰长枪，抖开来怪蟒一般，便似两团瑞雪，银光乱飚，于是一来一往，十荡十决。枪尖到处鬼神愁，战马旋时山岳动。酣战良久，众人都看得目定口呆。于是总镇大悦，竟起身亲临台前，只管啧啧称奇。

白、葛退下，总镇方要回座，只见一员属将躬身禀道："末将标下还有一新来壮士，名叫张安，此人武功不但胜于方才两壮士，他还会非常剑术，神妙可观。其击刺武功中，有赤手夺刃的本领哩。"

总镇一看那将，却是王进朝，不由喜道："竟有这等人，快些当场试来。"

于是左右取过军籍阅过，便唤张安。这一声不打紧，万众眼光都集向一处，便见王部军队倏地一分，早有一骑黄骠马飞临当场，上面人提戟按辔，英姿飒爽，真赛如温侯再世，于是众人悄语道："张安，张安。"便见他抖辔纵马，风也似跑去，画戟拖转，使开解数，就马上盘左右旋，嗖嗖舞起。驰前越后，挥刺如风，偏搭着马势如龙，越显十分精彩。喜得总镇在座只管拂拭老眼，少时看得兴酣，竟命左右移坐，直临台下。

这当儿张安马上艺罢，便是舞剑，这更不须说得了。但见人剑不分，总镇竟舌挢不下。少时张安略息，总镇还觉眼眩良久。众人也都回过口气，方大家相视发怔。只见进朝趋进数语，总镇颔颔首，登时就亲军中特选骁卒四人，都是长躯人力、手博有声之士，各提明晃晃短刀，跃临当场。这时张安已得进朝吩咐，便释剑徒手而立，

224

见四人风也似提刀抢到，便双臂一振，用一个云鹤穿空式，嗖的声一跃，早到四人背后，随手一掌，先将一卒拨了个跄跪。四人刚翻回身，张安足儿略纵，又滴溜溜落向他们脑后，这回更不客气，连肘带掌一齐上，下面还找补个张飞蹁马的大蹼脚。这一招儿名为天花落地，最要用得轻巧灵妙，小家数武功是不敢用的。当时四卒跄跪跪撞出老远，未免气往上撞，便登时旋身挺刃，排墙似刺来。哪知刀还未到，忽见张安缩身一迎，直滚入来，突地双拳向上一分，来了冲天炮，正中居中二人右肘，二人但觉一股麻痒，登时哈哈一笑，双刀落地。

众人一见，都各诧异。究竟总镇是员宿将，不由掀髯顾左右道："你们可懂得这便是少林拳派中的点穴法？此人神技如此，竟不必再比较了。"

正说之间，只见那两卒双刀齐上，前后取势，直取要害，张安却腾挪闪展，声东击西，步履所到，连点儿声息也无。少时一声大喝，一矬身就地卷去，直滚入刀光中，便如游龙戏雾一般，时见一鳞一爪。这时台上下万众无声，都看得眼花缭乱，正在惝惝慄慄，只听锵啷一声，一柄刀被张安直踢起丈把高，日光一耀，明莹莹斜插落草地上。众人方一转眼，只见那一卒挥刃如风。张安虚晃一掌，拔步便走，那卒虎也似扑到背后，尽力气一刀攮去，张安略闪，那卒跑开来收脚不住。张安一腿扫去，那卒扑哧声趴在地下，登时撒手扔刀，和那个先被踢的，一对儿龇牙咧嘴。四个骁卒望着地下四把刀，只管发怔。

于是姜镇大悦，登时唤张安等三人登台，略问出身，十分奖赞。又特赏羊酒以旌其艺，料、王两人好不有兴。当时大阅方罢，张安等名字业已传满大同。料、王两人会了面，只喜得两张口合不拢来。

恰好有凑趣的一班土寇发作起来，人不过数百。那总镇有意提拔张安等三人，便命料、王带队剿捕，不消说马到成功，于是擢张安等各为千总之职。却是张安那马鹞子三字绰号越发大著。

原来那土寇首领捷疾如风，蹿山越泽，外号儿叫飞山兔，自恃其能，十分猖獗。当官军围山，他通不理会，还将掠来的妇女左拥右抱，大杯价自己灌酒。事至危急，他方才大呼杀出。果然一蹦三条垄。正在跑跃自得，目无官军，不想脑后总贴着个黑影儿，再也躲闪不开。当时大家见张安捉飞山兔驰逐之势，不由都道："这回兔儿遇着马鹞子合该晦气。"所以张安绰号越著，这也不在话下。

却说王进朝自得张安之后，转眼数月，两人谈到吴大用都各叹息。张安因进朝相待甚厚，又是大用旧友之舅，所以事进朝不但恭谨有加，而且颇有亲热之意。进朝见了暗暗留意。

一日与楚材闲谈起来，进朝叹道："我这把年纪，戎马半生，自叹没个接续，只有一亲甥吴大用，我唤他到此，原是想扶他个小前程，将来便嗣我膝下，接吃这碗营混子饭，不想他没造化，又死掉了。如今我见了他旧友张安，不由便想起他来哩。"

一言未尽，只见楚材直站起来，拖地一揖，大笑道："恭喜恭喜！"欲知后事如何，且听下回分解。

第五十四回

拜义父英雄归本姓
接娇妻夫妇判衷肠

且说王进朝忽见楚材长揖，惊起道："怎的怎的？"

楚材道："你不晓得，你道张安他究竟姓什么？我曾问他底细，原来正合老兄五百年前是一家儿。"因将张安出身遭际说了一遍。

进朝诧异道："原来如此。可谓芝草无根，醴泉无源。但是他便也姓王，我有什么喜的呢？"

楚材道："古来多有蓄勇士为义子的。如唐末五代时，各藩镇军中此风尤盛。老兄何不收张安为义子，大家建立勋名，岂不甚好？"

进朝喜道："好虽好，却恐张安未必肯。"

楚材道："依我看十有八九他便肯。一来他攀附功名，二来他本无家，再巧没有的，他本姓王，不须更姓。"

一席话进朝跃然心动，便托楚材代为达意。果然不出楚材所料，张安热中正甚，竟一口应允。从此张安方易名王辅臣，与白、葛两人在大同军中，甚为铮铮有声。

光阴迅速，早又过得年把，辅臣既投军之后，便已致书法晖长老，满望法晖必有回函，哪知只字也无。一日辅臣与白、葛闲坐，忽见自己那件旧锦袍，不由慨然道："人生行止，莫非前定？因你两人将我撮出山，你看法晖长老好不慧鉴，便知我此行不回，特以锦袍示意哩。"

227

白、葛笑道："这是数应如此，所以长老与你取个衣锦还乡的意思，等你将来封侯万里，再回山去如何？"说罢大笑别过。

不想一个"乡"字竟逗起辅臣无限乡心，不由猛忆云姑。自思道：俺出门累易寒暑，不知这当儿主人家怎的光景？还是俺赴藏初回，曾接得云姑一封书，说主人究心禅静等事。趁军事闲暇，俺须赴岳州去一趟才是。

算计已定，便去禀知进朝。进朝道："如此甚好，你既在此，岂可将儿媳抛在主人家，便趁势接得来，也省一番心事。"

辅臣应诺。次日便收拾行装马匹，取路向岳州进发。一路上无非晓行夜住、饥餐渴饮八个大字。不多时行抵岳州，久客乍归，心头畅快，不由一抖辔头，放马跑去。刚要进城，只听后面唤道："张兄，久违呀。我远远望着就像你哩！"

辅臣回望，却是樊建业。戴一顶大草笠，短衣芒鞋，赤胫上黄泥狼藉。肩了一担草柴，左手还提一只藤食盒，健步如飞，笑吟吟赶来。

原来建业从张官儿回里后，一总儿不曾他去。当时辅臣连忙下马，两人执手劳苦，十分喜悦。辅臣百忙中略述自己近况，说到赴藏并嵩山学艺等事，建业连连称快。及略说在大同等事，建业却淡然道："也好，我说猛见你气象一新哩。"说罢将柴担一紧肩道，"请上马吧。咱们走着说就是。"

于是两人且说且走，辅臣方知建业从郊外僧舍给张官儿送酒食方回，就势斫得柴来，因笑道："你倒能勤苦得很，便是身上穿着也质朴许多。"

建业笑道："不但我哩，便是主人家也是这样儿，除访僧谈禅之外，便是寻乡里野老，课晴问雨。去年秋里蔬园里结了堆大倭瓜。把他老人家欢喜得要不得。俺云嫂儿更不用提了，真个能吃辛受苦。你当还是先前官样儿吗？俺们排场下来，倒自在得很，粗茶淡饭，睡甜甜儿觉。有时节竟将从前之境忘得没事儿一大堆了。"

辅臣随口道："可不是嘛。便是俺在法晖长老处，这斫柴活儿是干惯的老营生了。"

须臾，望见主人门首。辅臣忙跳下马，建业道："咱主人习静，这前门是虽设常关的，倒是踅向后门便当。"

于是两人绕过一条短巷，便趋后门。这巷中背静得很，忽闻马蹄震动，慌得各家小女儿都跑出来，光着眼呆望，见辅臣佩刀拉马，威威武武，竟有一缩脖儿闪向门后的。其中一个小女却认得建业，便喊道："樊大叔斫柴去给俺捉的蝈蝈儿呢？"

建业笑道："没得了，这当儿九月底了，冷瑟瑟的，它还高兴大叫大跳吗？"

这当儿斜阳欲落，辅臣默然若有所感。忽闻清磬泠然，从后宅飘出。建业笑道："咱主母又晚堂礼佛哩。往时都是云嫂儿伺候香火，今天俺听这磬儿，不像她敲的。"

辅臣笑道："真个你耳朵这等灵便？"

建业道："一年到晚价听惯，所以入耳便晓。"说话之间恰好后门一启，建业笑道："兀的不是云嫂儿来也！"

辅臣乍闻，只觉心头乱跳，便见云姑着一身大布衣裤，青帕包髻，手携箕帚，安详详出来。忽见辅臣，不觉一怔，顷刻间笑容满面，便迎上来，相与问讯。一面转身前导，却向建业道："今天你两人却遇得巧。"说着纤手一扬，竟将所携之物加在建业柴担上。建业见此光景不由一望辅臣，低头微笑。云姑猛悟，登时玉颜微晕，却笑道："樊兄莫怪，俺方才扫了半晌佛堂，委实手酸得很哩。"

啊哟哟，作者写到此间忽悟英雄儿女四个字原是一档子事，你看人家云姑，真会遮掩喜极忘情，却轻轻吐出手酸两字，作者也只好据事直书，不加论断。若遇着宋朝胡致堂老先生，却要诛心原心地闹得不可开交了。

闲话少说，书入正文。当时三人踅进后宅，辅臣一望院宇肃洁，倒比自己去时齐楚许多。于是建业自去安放柴担等物。这里辅臣卸置鞍马，云姑早踅出，回明夫人。

229

不多时辅臣进见，略禀自己去后情形。听得云姑站立一旁，只管秋波乱转。夫人便道："你有志功名，极是好事，便是云姑恰能助你建功立业，终不成你们便湮没一世？老爷这当儿虽好学禅，听你青云有路也有欢喜哩。"

说罢一望云姑，正在那里拂拭几案，掌上灯烛，却如没事人一般。须臾辅臣退出，夫人喜道："他这一投军，倒是不屈材质。"

云姑微叹道："依婢子之见，他终是孟浪，再者遇合之始，先须择人，那姜镇却非纯正一路哩。"

夫人道："凡事也不能死于局下，人生遭际正多，此不过功名阶梯罢了。"说罢命云姑退去。

这当儿辅臣却和建业用过晚饭，还有两名旧仆也集拢来，大家说笑成一片。一仆便道："张兄。"忽又脆生生打自己个耳光道，"该打该打，方才说过归了本姓怎还称张兄。"说着忽又忘掉所语，只管端详着辅臣发怔。大家见他那副神气，不由都笑。

即有一仆笑道："你忘了，我替你说吧，保管不差，你可是说将来王兄官儿大将起来，出门是前呼后拥，入门是金玉满堂，威福任意，一呼百喏，便是咱们云嫂儿也做到一品夫人。你那当儿夹尾巴狗似的找将去，至不济，也须将你喂得肥肥的，什么门印前后厨，刷锅带喂猪，一股脑儿都是你的事。你那时腆起张弥勒佛大肚皮，好不得意哩。"

众人听了，不由大笑。少时各散，辅臣踅向己室，只见云姑正对了一穗寒灯，在那里绩麻，满壁上绳线缕缕。辅臣觉得一股清气贯入肺腑，便笑道："啊哟，你倒成个作家娘子了。"

云姑起笑道："什么话呢？连昔日公父文伯之母那样地位，还不敢稍自安逸，何况咱们？我觉得人生但能温饱便当休止，所以我勤力不歇，常保一生如此，于愿已足。"

一言未尽，只见辅臣哈哈大笑，忽地将云姑所绩之麻揉成一团糟。欲知后事如何，且听下回分解。

第五十五回

甄云姑冷眼薄繁华
瞽先生热心再游戏

且说辅臣投麻于地，大笑道："我们锦片似前程，快别说这些没要紧的话，俺此来趁便接你同赴大同，风光自不消说，便是你一身本领也该出现了。"

云姑笑道："我且搁在一旁，便是赴大同也是没要紧的事，你且将嵩山学艺并遇知白子等事细细说来。"

于是辅臣详述一遍，云姑欣然色喜，又恨道："可惜你不学他们归入隐派，无端又投军怎的。"说罢蛾眉一蹙，只管沉思。

辅臣道："不须多虑，可是夫人说得好来，人生遭际正多，俺虽攀附姜镇，哪里便缚得住人了。"

云姑忽地正色道："这话却不对，既与为缘，便当忠其所事。但愿姜镇无他变故，咱夫妇便念佛不尽了。"

辅臣不悦道："你也虑得特深远，那姜镇虽然刚愎，也是久历疆场的老将。虽是近来朝廷有意督过，他岂敢轻于发难，自取族灭？凡事儿远道传说都有些添枝加叶，又说总督孟乔芳专意防乱，又说是八王子现止调置大军，意有所在。便是近来山西大商贾，都有些观望做生意，因此越传越凶，你却不必信这些话。"

云姑笑唾道："左右俺随你去便了，还值得脸红筋胀？"于是夫妇一笑，一宿晚景休题。

231

次日张官儿由郊外僧舍踅转。辅臣叩见过，禀明一切情形。张官儿笑道："近来凡事我都懒问，至于当道文武，我越发隔膜了。这姜镇我只记得他是明臣归附的，其余便不晓得了。云姑跟你去，自是正理，只明日便可同行。"

辅臣叩谢过，便匆匆整备行装。正在忙乱，却见樊建业忙忙跑来，帮着收拾。辅臣便道："樊兄这当儿脱不开身，等我日后稍有出息，定要相邀，依我意思，凡我良朋旧友，有畴昔周旋的，都一块儿拖到云眼里才好。"

建业笑道："你那心眼儿，向来是最热的，只是俺老樊不成材料。"

正说着，云姑踅来，三人笑了一阵，当晚张官儿夫妇又嘱咐辅臣等许多言语。夫人和云姑更有一番凄恋。

次日晨起，辅臣夫妇各换行装，备好鞍马，即便拜别主人。云姑想起豢养之恩，不由泪下道："婢子此去，多不过三五年，还来服侍主人的。"

夫人强笑道："不须伤心，那大同不在天上，过些时我遣建业探望于你。"

正在恋恋，只听大门外一阵蹄喧，原来那黄骠马狞性非常，和云姑那匹马撩起脚来。于是辅臣夫妇匆匆趋出，只见建业正收带那马不住，辅臣笑一声，接辔在手，微微一顿，那马已屹然卓立。

云姑笑道："俺这坐骑脚力平常，却须厮趁着走哩。"

建业呆望之间，夫妇已双双上马，但听得一声珍重，顷刻红尘四起，如飞而去。这里建业仍作他斫柴生活，这且慢表。

且说辅臣一路上扬鞭笑语，夫妇同征，十分高兴。每宿旅店，深宵情话，同梦融融，竟不识客子况味。一日行抵山西边界，只见一片村落颇为繁闹，足有千数人家，一般的街坊四达，树木葱葱。却是晋地土厚高寒，那人家屋宇半是矮矮平房，甚至于就厚土崖剜修屋宇，势如蜂房，或竟下居地窟，一般门窗俨然，十分诡异有趣。

那往来男妇竟有从屋上通行，如飞桥一般。云姑初到此地，见此异俗，只笑得一张樱口合不拢来。见天色已晚，便投客店。这店房十分草草，通是土壁小间，多住些推车担挑的客人。一见辅臣夫妇如此气概，登时房房探头，一个个挤眉弄眼。有的便瞟着云姑纤足，悄语道："你看人家这脚样儿，多么周正削小，不像咱这里羊蹄子似的。"又有的横起眼睛骂道："□娘的，你这厮还不挺尸，明晨赶路，又说是颠了你娘的屁股了。"

辅臣见这班人过于粗野，就店中寻了半晌。那靠后墙却有一带矮屋，倒也干净，只是隔壁屋内却有四五个瞎先生，在那里七横八竖地酣睡，中有一个双孔撩天，翻起个白蛤眼，一张臭口唾沫横溢。云姑唾了一口，方要躲开，辅臣道："将就着吧，这群没眼的倒还安详些。"

于是匆匆入室，安置起来。店伙一面照应马匹，一面奔走汤水。云姑歇息啜茶，却听得群瞽鼾声此唱彼和。少时一人似乎猛一翻身，砸在一人臀胯上，口内还呓语道："这只瞎鸟，真恨得煞人，俺们审了好几天的贼，单是口沫都说费了一大桶，好容易得的钱却被他赢得去了。"

夫妇听了，不解所谓，少时掌上灯烛，晚饭都罢。行路辛苦，方要拂榻就寝，只听隔壁群瞽呵欠连连，须臾次第醒来，你言我语，胡吵成一片。但听得一瞽叹道："真是人走时气马走骠，那瞎鸟没到这里时，咱们生意多么兴旺，而今都被他撑去了。他又不会什么江湖算诀，却一说一对。又每逛便是半夜，昏黑中哪里去呢？真怪得很。"

一人接说道："你说怪呀，这当儿怪事正多哩。前天俺给南街上李寡妇算了回命，她家穷得要掉腔，你是知得的。因委实撑不住了，她儿子又远出没信，便想给媳妇找个主儿，多少得点儿财礼，苟延残喘。却又一时舍不得媳妇，想算算儿子归程，再作道理。你想这种穷主顾，俺有甚高兴？便用着咱的奉承诀了。于是对她说道：'你儿子不出三天定要归来，这还不算，多少还带点儿财运，卦象明而动，是再好没有的。'其实李寡妇长篇大论地背他儿子的生辰年月，俺一总儿没入耳，刚骗到十二文卦钱，跨出门，劈头遇着那瞎鸟了。他听我自家失笑，问知情形，便笑道：'你这卦倒还诌得不错。'俺当时也没在意。不想过了两天，俺偶从李寡妇门首过，忽觉背上来了个大巴掌，俺以为毛头小厮，方要骂，却听李寡妇笑得扑手打掌道：'先生好灵卦，俺昨夜天井内忽拾着两锭大银，便是俺儿子也有信来，说不久回家哩。'喜得她拖住我袖，硬塞了一串钱，方才罢了。你说不是怪事吗？"

一人道："这等怪事，近来竟很多。不多日西村里毛财主失了一注财，说起此事怪肮脏的。他有十二支整宝，本是压箱底的，不知怎的到了他寡嫂箱中了。又不知怎的，他儿媳妇可以翻他的箱子，不见这整宝，便登时指桑骂槐，尽根子掀腾起来，毛财主缩在屋内，大气儿都不敢出。邻右知他家事的，笑得嘴都要歪。便是闹笑话这夜，十二支整宝被窃，还有许多穷窄小户，往往院中拾个三头五两。于是都说是财神过境，竟有整夜价焚香拜祝的。"

云姑等听了，也觉诧异，于是夫妇微笑，又一倾耳，却听一人道："啊哟，咱们今天钱也输了，觉也困了，停会子那瞎鸟转来，又抖得好欢翅。我真有不服气，依我看他双拳难敌众手，咱们想个计较，把输的钱夺回来，便是闹翻了，谁管咱这群瞎业障的事呀。"

众人道："好好，就是如此。左右他的钱都在背袋内，咱们只作接他背袋明杖，趁势一拥齐上，给他个冷不防，定然得手。"

又有一人咬牙道："咱们是一不做二不休，索性将他剥光，大家散他娘的。左右这所在也没咱们的生意了。俗语说得好：秃子愣怔瞎子狠。"

众人一听，都个个道妙。云姑夫妇方惊异默笑。忽听店门一启，明杖有声，一人亢调高歌道：

抉世网兮任吾游，青萍吐锷轻千秋。

横四海兮隐吾迹，胸怀浩浩何恩仇。

和光同尘且快意，浮云富贵安足求。

剑兮剑兮吾与汝，挥斥八极陵沧洲。

丰城光气亦多事，何如斩却黄龙头。

仙侠蹉跎足岁月，风尘混迹聊淹留。

　　一片歌声十分清遒，辅臣猛闻，直惊得立起来。欲知后事如何，且听下回分晓。

第五十六回

大侠济人识兵气
宵人作乱造童谣

且说辅臣忽听此人口声，甚是厮熟，便招云姑向外一张。微月中却见一瞽者，直奔隔壁屋内，便听群瞽悄悄咳嗽，接着便哄然道："你老哥辛苦了，钱袋重了，看压伛偻了，伙计咱大家快接接。"

一言未尽，但听得乒乓扑咏，滚成一片，接着便号叫嘶骂，百忙中明杖乱响，打了个落花流水，只觉那薄泥苇壁，岌岌欲倒。云姑方在绝倒，只听扑嚓一声，苇壁穿了个盆大的洞，便有颗秃头只钻过来，卡在那里胡骂。壁那边两只脚蹬踹如擂鼓一般。这当儿但听一片价硑訇撞击，越打越凶。

辅臣等见不是事，方要跑去喝解，只见店家老两口急忙忙提灯跑来，都敞衣猱头，看光景是睡中惊起。那店婆子甚为老健，迈开两只鲇鱼脚，乱喊道："这是哪里说起，半夜三更的打死架了！你们先生们只当看顾俺。"

辅臣夫妇这当儿便簇在她背后，只见她一脚跨入，恰好一人被人搡得虎也似扑来。店婆儿叫声慢来，说时迟那时快，那人不容分说一把抠紧，就势乱啃乱咬，同滚于地。店翁急得乱跳，百忙中插不下脚。亏得辅臣掉臂抢入，先拖开那人，店婆子披头散发，嗖的声跳起大骂道："这瞎王八呢，腰间带了一串钱，顶得人小肚生痛。"说罢就要揪打，哪知轰一声又有三四人揪扭连结，一阵乱撞，业已气喘力竭，面血缕缕，还互殴不已。这一来，店婆儿倒颤巍巍缩在墙隅。

辅臣方要喝解，只听云姑拍手道："噫噫！那梁上还有一个哩。"

辅臣急望，果见那人骑马式高跨梁上，忽大笑道："尊夫妇别来无恙？俺瞽先生在这里哩！"说罢一跃而下，集气一喝，声如霹雳，这才将群瞽震住。

瞽先生笑道："同行相妒，俺也不怪你们，偶然博钱相戏，何至如此。今我袋中有数十金，便可将去，难道还不抵博负吗？"说罢摸出，交给店翁。群瞽听得有钱，都倾耳喜出望外，也就不深诘所以。

瞽先生道："店翁给他们另寻屋子，俺不敢和他们搭伙了。"

于是店翁等并群瞽都去。这里辅臣夫妇重新问讯，一诘行踪。瞽先生道："俺云游无定，所到之处，无非偶然。现在山峡之间颇有兵气，良善罹祸，在所不免。俺所以游行来，意在救济万一。"

云姑听了，不由耸然动色，目视辅臣。辅臣也有些毛森森的，便将自己遭际一说，并叩兵气之由。瞽先生掉头道："不必细问，便是贤夫妇也正是上场角色。话虽如此，却是这当儿你等能淡于世味，还能拔足。今日之遇，不谓无缘，可随我一访知白子诸君吗？"说罢大笑，冷森森瞽目一张，旋又闭了。

云姑听了，十分动念，无奈辅臣正飞扬自得，当时便岔开话头。说在法晖处一段情形，瞽先生笑道："连法晖都羁收不住你，可见人生有命，不可强勉，此去但望好生努力就是。"

辅臣知他古怪，不敢深问，只询他些在此救济贫乏的事。夜深各入室安歇。次日清晨起程，那瞽先生却影儿不见，夫归登程，一路上十分诧叹。

这时为十月底的光景，山西本高寒，偏是这年非常奇寒。既到大同，已冰雪在地。到得军中，只见众兵丁军装棉衣尚未领下，都冻得乱骂。辅臣也没理会，只忙着安置住寓，并应酬军中朋友，填宅贺喜一切琐事，齐头闹了个把月方静下来。

严冬大寒，众兵丁怨声洋溢，很不安稳。不多日忽报某处营兵出去抢掠，其实是三五人撑不住冻，到富户家威吓了几件棉衣，偏搭营官也是个毛包性子，不会调处，竟登时按军法从事，三五人只暖和了天把，竟血淋淋首级高挂营门。于是全营大哄，登时有人掉臂为首，拉出营官来，一刀宰掉，一阵呐喊，火杂杂就本处大杀大掠，还挂着放火大烧，然后一哄而散。

及至姜镇闻报，派别队兜捕，业已不及。总督孟乔芳知得了，已经一百个不是意思。哪知过得两天那平阳营兵又闹起事来。这营统领官却姓余，和平阳五营总统领虞允沾点儿亲系。他和发冬饷的某官勾串了，将饷银迟发一月，为图些小利息，事儿泄露了。众兵丁正因棉衣怨望，于是一总儿逗起火来。

这日那发饷官正和余营官在私寓宴饮，叫了两个有名妓女，正在浅斟低唱，倚翠偎红。那发饷官是个大胖子，这时穿着狐裘海龙马褂，暖烘烘酒气发作，便站起来松松腰带。方乜着眼瞟定妓女，拉开沙糖嗓叫道："来呀。"意思是唤从人脱帽子，只听外面奔马似一阵大乱，喊叫如雷。便有从人气急败坏跑进，不暇言语，便拖那发饷官。正这当儿，业已火急急撞进一群兵，为首一人凶神也似，红绸包头，手提利刃，大喝道："你倒自在，俺兄弟们身上无衣，肚内无食，却不干你闲账。老实说，今天咱老子要玩人了！"说罢抢上揪住发饷官，一把按倒，余营官抖道："怎的怎的！"众兵喝道："你老实些是正经！"

一言未尽，发饷官业已被剥得赤条条，一张肥屁股却高高耸起。便有一兵从怀中掏出两支大蜡，少说着也有水萝卜粗细。抢攘之间，但听发饷官一声怪叫，业已被他尊臀收入半支。怪模样好不难看。余营官方叫不好，忽见那兵掂着那支蜡端详着自己。他哪里还敢作声，眼见他手下一群兵跳骂良久方去，且喜这大家伙没寻到下官。当时从人等扶起发饷官，重新穿着上，已经委顿不堪。自知犯众怒，事儿又丑，反作揖打躬地求余营官不必究惩，掩灭起来。

哪知这等事奇特不过，不消三两日已由两妓女口中传出。孟总督风闻了十分震怒，两样事凑起来，申饬姜镇自不消说，一时传闻总督将具密疏参姜镇治军无状，并平日种种不法等事。

原来这时海内初定，方镇中投降武官未免胸怀反侧，所以清初之际，累次用兵，这是常有的事。当时消息传来，姜镇自然畏悚忧疑，偏搭着他部下虞允等早就意图倡乱，这当儿便集合党羽密密计议。

这虞允本是强盗出身，十分野性，驻军平阳非止一日。声气大了，便有一班不得意的游士，自附于殷顽一例，往往将恢复故国作个千载伟人的一片话去打动他。虞允本自居很是角色，果然心头有些动动的，其党羽还有白璋、张万全等人，都驻营蒲州临晋并猗氏河津等处。都是些浑愣儿，不知利害。

姜镇幕下还有一人，名卫登芳，卖卜出身，略知点儿鬼八卦儿，便自以为是个智多星。生得形容丑陋，偏又不修边幅，终日价落落拓拓，做出不可测的样子。却狡黠非常，专能刺取姜镇阴事。值有占卜，他却缘饰其术，所以姜镇甚是信服。于是这群魔王连日聚议，闹得沸沸扬扬。当地人都吓得什么似的。辅臣见此光景，摸头不着，偶与进朝谈及，进朝只有变色摇手。

转眼间残冬向尽，许多风声却又稍静下来。辅臣以为安稳了，便也将心怙惙抛在脑后。这日在寓内，方和云姑围炉闲话，谈些年节事儿。云姑见晴窗融暖，将瓷盘水仙花移向日光，又取了碎绫彩线，要扎结个百幅幡簪儿，预备开年插戴。正在悠悠自得，只听飕飕飀飀起了一阵长风，顷刻间日色一淡，但闻四面轰轰隆隆，如震雷鼓，又如千军万马，互相排蹙，说时迟那时快，刹那间败灰色似的风头吹到，突地一卷，便如排山倒海。满院中尘沙乱舞，那一轮日色早平沉下去。云姑等闭户良久，这怪风方稍息，是为顺治五年十二月二十四日。这场风灾，树木居民损折无数，大同城楼凭空掀塌一角。

次日辅臣方要赴营，只见白、葛两人匆匆趄来，劈头便问道：

"王兄在营，可听得些消息吗？俺们料营官已奉总镇之命，驰赴闻喜郭中杰那里，想有些秘事哩。"

辅臣惊道："郭中杰和虞允都是总镇的劲膀膊，难道那不稳消息又发作了吗？"

成功道："不错，闻近日总镇得北京探子报说，八王子确有带兵经略山西之信。你想这当儿没多群盗，经略的是哪一个？便是总督孟乔芳也越发安置防守。此事可想而知了。"

秉贞扬眉笑道："不用瞎打这闷葫芦，左右明年元旦后总镇麾下各军官就贺岁齐到，还有密议，那时定见分晓了。俺听得卫登芳说，近来街坊上有两句小儿谣，是'若得万民安，八王女儿直上天'。他解释着应在总镇。听说他很在总镇跟前进话哩。"

辅臣听了，没作理会处。正这当儿，只见一人微笑而入。欲知后事如何，且听下回分解。

第五十七回

反大同姜瓖弄兵
拒荥河辅臣赴敌

且说当时大家一看那人，却是云姑。白、葛便道："嫂嫂看这事儿怎生区处？"

云姑道："你们所说，俺都闻得。我们都在人指挥之下，还有甚话说？至于这谣言符谶等事，却不值一笑哩。"

白、葛道："终是奇异得紧。"

云姑听了，不便再说，等白、葛走后，方叹道："这当儿没有摆脱法了。"说罢玉颜微蹙，十分不乐。辅臣忙跑去暗询进朝，也没要领。

不几日，残年已过，偏巧是元旦日蚀，越发闹得人心惶惶，谣言四起，大同府县官儿见气象不佳，都暗捏一把汗。转眼间将近元宵节，虞允、郭中杰等一个个耀武扬威，次第毕集，闹得街坊上甲马乱撞、兵丁成群。本地商民哪里敢出大气儿，自然而然，这放灯节就要歇下，不想姜镇偏要大放花灯，掩人耳目。商民没奈何，只得苦中作乐，聊为点缀。不知怎的，一般的银花火树，软绣天街，宝马香车，徜徉于灯月交辉中，只觉得索然没兴。

便是这当儿，姜镇逆谋已定，便暗暗分兵遣将布置起来。原来元宵这日，姜镇衙中大宴诸将，有名的是虞允、白璋、张万全、郭中杰，大家扬眉吐气，摩拳擦掌，正在向总镇争告奋勇。只见卫登芳长袍裕履，猱着鬖毛虎的头儿，一脚踏进，不容分说，就像舞鲍老似的，向姜瓖舞蹈扬尘毕，大笑道："主公天命已定，何须犹疑，去年岁尾大风，恰是立春，乃除旧布新、风云变动之兆。又近来童谣，明明道着主公姓儿，况且兵强将勇，据山陕之险，扼天下之脊，汉唐之兴，都由于此。以天时地利而论固已如此。况更天赐猛士，如王辅臣、白成功、葛秉贞等，皆是万人敌。天既厚资主公如此，当应天顺人哩。"

一席话又甜又脆，又面且还挂着沙楞。姜瓖竟听得模糊糊，只觉一股奇痒，浑身无数毛孔都透着说不出的舒齐。不由在座顾盼，哈哈大笑，连连点头。于是诸将称贺，更入密室计议起来。无非是怎的进兵据险等事。便据大同为根基，卫登芳早拟就各伪官职，自己为监军，虞允、郭中杰为都督，其余如王进朝、料楚材等，各进伪官，不必细表。于是一面遣虞允等分据平阳等处，一面占据大同。传檄各处，事变猝发。一时地方涂炭，并官绅士民死亡逃奔之惨，一言难尽。

辅臣这当儿却被姜瓖坚留幕下，便派他率领亲军，保护自己。纷纭之间，总督孟乔芳得知警报，早将各处要地扼守得铁桶相似，两军相持，起初还有胜负。过了个把月，八王子经略雄兵，早四面云集。这八王子生得骈胁多力，兼善用兵，原是满洲名将。便与总督孟乔芳会商，自领大军，先将最要之地荥河岸据住，连营数十里，好不威风。一面分遣裨将等分头击贼。一股趋平阳，击虞允；一股分队趋河津、蒲州、猗氏、临晋等处，相势进击，取白璋、张万全等；另有一股徇下闻喜，取郭中杰。姜瓖这里，自然敌来兵挡，各处闹得杀气横飞，全晋震动，那流星军探跑得好不热闹。百忙中卫登芳大要傀儡，将姜瓖尊臀掇得高高的，就仿佛指日便坐皇帝宝座。

只有辅臣甚是心中怙惙，连日夜衣不解甲，好不辛苦。这当儿白、葛两人也巡护城垣。料、王两人便为姜瓖左右翼军，等闲也不暇相见。

一日辅臣抽暇，从私寓踅回衙，只见众亲兵纷纷耳语。忙一探听，原来是平阳虞允败耗传来，不多时飞探又到，说蒲州张万全数营尽没，说官军中有一勇将，名叫张勇，夜踹连营，无人敢当，其出战旗帜铠马一概皆黑，便如一片乌云，飞也似的。因此人呼为黑云军。现方要趋击猗氏哩。

辅臣不由暗诧道，这张勇莫非就是那在太原所遇的游客吗？一面思忖，一面踅近姜瓖左右，只见姜瓖眉头业已蹙了个大疙瘩，登芳依然踹了两只破靴子，正在颠头播脑，指天画地，慨然道："主公不须虑得，胜败兵家常事，岂不闻昔日项羽七十二战，战无不利，忽闻楚歌，一败涂地吗？那清军却正应此话。主公如怕猗氏有失，俺便去助白璋扼猗氏如何？"说着用破靴脚就地指画道："猗氏西南上有一赐儿山，极为险要，便是当年晋文公乞食……"

姜瓖顿足道："先生且免谈古，究竟怎样呢？"

登芳道："此山屯兵以守，猗氏万无一失。俺计划已定，主公宽心便了。"

姜瓖沉吟道："先生去固好，但是荥河岸那里我军累挫，须得遣人挫折八王子锐气方好。昨天飞遣骁将王国兴去了，你看怎样？"

登芳道："国兴不中用，我看还是令他去方妥。"说罢一指辅臣，又道，"依我鄙见，索性连白成功、葛秉贞都去，定然擒得八王子。擒贼擒王，其余自势如破竹了。"

姜瓖听了，登时大悦，却是顷刻间又沉吟起来，摇头道："这个再议吧。王辅臣等去了，此间倘有缓急，那还了得？"

哪知辅臣正技痒难禁，苦无用武之地，当此大任他如何不想出出手？见姜瓖沉吟，便躬身道："末将倒有个更替之法，便是末将妻子甄云姑足胜保护总镇之任，待末将捉得八王子，那时大同越发稳固了。"

登芳跌脚道："不错不错，总镇如何忘掉甄氏！"

姜瓖素闻云姑本领，当时大喜，便遣辅臣飞马领云姑进见，自与登芳又商料些军事。不多时左右报道甄氏已到。须臾辅臣趑进复命，背后一妇人，花容月貌，神致英伉，高髻长裙，袅袅而进，正是云姑。一片神光早将姜镇冲起座来，不由顾登芳道："此人果然名不虚传。"因略问数语。云姑言词清朗。姜瓖大悦，立命她替辅臣接领亲军，又一面传知白、葛两人，次日偕辅臣便赴荥河大营，听武联玉遣用。

于是辅臣夫妇接替毕，各自忙碌。当晚云姑便驻衙，向辅臣道："我闻得八王子很是劲敌，丈夫此去，却须当心。依我看不必求奇功自异，咱们既与人之事，但出力报答他一番也就是了。至于成败，却非我们之责，我们尽心之后还当洁身以去方是。"

辅臣听了，只随口答应，也没细咀语意。云姑不知怎的，只觉心头怔忡，和辅臣恋恋好久，不知再嘱咐些什么才好。夜深方凄然各散。

次日辅臣探得卫登芳已连夜率兵赶赴猗氏，便不敢怠慢，兴冲冲会合白、葛，方要上马登程，只听辕门外銮铃乱响，飞也似一骑探马闯到。身背告急公文，跑得面红气促，口儿大张，刚跳下马，只听咕咚一声，跌昏于地，众人大惊。欲知后事如何，且听下回分解。

第五十八回

踹清营威震满洲兵
绝冠缨气夺八王子

　　且说众人惊忙中救醒探子，知得是从荥河岸大营来的，便飞取公文，急呈总镇。原来是武联玉火速求援，对敌以来连输十二阵，便是那骁将王国兴也被八王子一箭射死，刻下十分危急哩。

　　辅臣得知，只气得跌脚。不多时总镇令下，便命辅臣等率生力军三千，火速赴援。辅臣大悦，登时整集人马，与白、葛等全副严装，翻身上马，一声画角，率雄兵浩荡荡杀奔敌营。果然铠马精壮，三壮士精神非常，全军人见了无不称叹，专听捷音，这且慢表。

　　且说距大同城北三十余里，有一道洪风岭，山峻道窄，只有一崖口，可通单骑，土名叫崖口寨。起先有几名山寇窝在那里，被姜镇剿掉了，就势拨了数百兵丁驻守，本为镇压土贼起见罢了。这所在云姑先时却曾游过，这时便进言姜镇，请设多兵以防不测。

　　姜瓖道：“你说的也是。俺便添派人去就是。”方这当儿，接二连三的警报只管飞来，说孟乔芳怎的进兵，怎的牵势，将从大同四面远远包围。每听一报，都是绝户毒计。闹得姜瓖应接不暇，逐日价抽派各队应付。过了两天，便将崖口寨之事忘掉了。军事匆匆，云姑也不暇再问。

　　这日午后，方检阅亲军罢。忽闻总镇有唤，连忙趋进。只见姜瓖面有喜色，掀髯道：“你丈夫刻下已得一胜仗，方才有捷音报来。”

因将辅臣胜仗一说，并奖赞云姑数语，云姑称贺而退。

原来辅臣催军抵武联玉营中后，略问近日战事，便和白、葛三骑马驰近清营旁，掠观形势。只见营幕云屯，不见首尾。仔细望去却是个众星拱斗的式样。那居中大营分外气概，壁垒鹿角，十分严整。野风起处，早飘起一面杏黄盘龙大纛，便知是八王子所居，前后左右，军旗色各别，都是八旗劲旅，静荡荡严肃异常。辅臣策马沉吟，忽地得计，便一按辔头，笑顾白、葛道："你两人有胆敢随俺吓敌吗？"

白、葛踊跃道："有何不敢！"

辅臣喜道："如此随我来吧！"一磕黄骠马，当先跑去，白、葛两骑马也风也似赶来，三人直抵清营外栅。辅臣扬鞭大叫道："好叫你等得知，今夜俺便端你营盘，快小心准备是正经！"

这一声不打紧，一声鼓栅门大开，早有数百铁骑呐喊追来。辅臣从容拨马与白、葛回头便走，背后铁骑风也似连赶带射，哪知三人身手非常，在马上倏忽腾掷，便似引着一条箭浪，滔滔而走。敌方相顾惊讶，忽见三人回马大笑，黄骠马上壮士大喝道："认得俺王辅臣吗？"

一言未尽，便似一道电光，踹入清队，剑光一闪，势若长虹，迅扫铁骑，当先的十余骑早已圆彪彪首级滚落。那两骑弓弦响处，箭似连珠，顷刻间也射倒十余骑，余骑大骇，不敢再逼，眼见三人从容歌啸而去。

原来清营栅外游缉兵队，初见辅臣等寥寥三骑，没想到便是敌人，及见扣栅大呼，方才大骇。赶来当时，余骑转来，十分骇异，便一面禀知八王子，一面探知辅臣等姓名。唯有辅臣黄骠名马大家认得逼真，又知他绰号马鹞子，于是这大名登时传遍营中，交头接耳，当作谈资。唯有八王子却不理会，只传令今夜间仔细。当日天晚，却接得总督孟乔芳一封秘函，是通报定计出奇兵取大同之事。八王子暗暗欢喜，便暗申军令鼓励将佐，来日于荥河岸会敌决战，乘胜势一鼓而下，三五日间会兵大同。

按下这里，且说辅臣等驰马回营，日光未落，联玉喜道："诸君端的神勇，慑敌人之气。"

辅臣道："末将略观敌势，虏已在吾目中，请今夜先去斫营，以挫敌锐。"

联玉道："如此带兵几何？"

辅臣笑道："只需精锐，更不必多，只由俺所带三千人中选用便可，将军但准备牛酒以供犒士吧。"联玉唯唯。

须臾日暮，辅臣命就营场中大张灯火，竖立白旗。一面设长案陈酒肉，自与白、葛按剑而立，下令道："今夜之役非同小可，苟一人挫韧，便牵全队之势。诸君如自忖勇武过人，有敢死之气，请来饮一杯，趋立红旗之下。"

令声方罢，只听左队中雷也似一声喏，即有一健卒应声而进。辅臣大悦，亲酌巨觥饮之。右队中喊道："不要嘴馋，且留下给俺们！"说罢十余健卒排墙而进。履声未绝，左队大呼道："还有俺们哩。"顷刻二十余人次第集来，于是左右队纷纷乱动，争先攘臂，都趋就长案旁乱饮。

辅臣默计竟得二百九十九人，于是喜呼道："还缺一人为后劲殿军角色，更须壮士，如自忖无能，也就不须勉强。"

一言方尽，只听左队中嚅嚅有声，微应道："还有俺哩。"说罢徐徐踅来，辅臣一望，竟几乎失笑。只见那卒拱肩缩背，眉头上横了块白布，辅颊间又涂着些药，花花搭搭，将面孔挤得没缝，只露了两眼黑睛闪碧，灼灼有光；一伸瘦臂，上面虬筋盘结，黑毫甚长，便似猿臂一般。不容分说，引巨觥一饮而尽，竟一挺腰板，站立诸卒之后，居然以后劲自居。原来这病卒入伍来未久，辅臣不曾理会，这时不由迟疑道："你自揣可以吗？"

病卒笑道："既应军令，岂敢儿戏。"

辅臣道："好！"命悉集红旗之下，鼓声一起，大家皆就长案饱食痛饮。辅臣等陪食罢，勉励数语，鼓声再起。大家各整鞍马，列队营外，三通鼓起，辅臣等绰戟上马，率众便走。一路上衔枚疾走，势如风雨，望得武联玉营众惊惊耸耸，且羡且妒，这且慢表。

且说八王子当夜在帐中阅看军报，知诸路甚是得手。二更以后，复提剑亲巡诸营。这夜星光明皎，微风飘拂。回到帐中方要脱帽安息，只听西南角上一阵鸟雀飞噪而过。倾耳细聆，复稍有马蹄响动，于是急取警枕，投地伏听，登时跃起，急命左右传紧令诸营备敌。原来军中警枕是虚革所制，能伏听十里之外。当时帐外众卫兵知有警动，登时强弓劲弩一齐准备，正抢攘间，忽闻奔马如雷。营栅外一声呼哨，杀喊连天，奋斫而入。登时自己左右营纷纷嚣动，接着便闻哭喊奔窜，互相践踏。顷刻间全营大乱，昏黑中更不知敌人多少。

八王子大惊，方匆忙要亲去镇压，才提起剑，只听前营一阵大乱，早有许多敌骑火急急直抢近帐。八王子大怒，一跃出帐，从卫兵箭雨中跃登帐顶，就黑暗处隐身一看，只见数十敌骑势如猛虎，星光中虽不了然，但见长刀闪闪，电鞭相似，左冲右突，幸被强弩挡住。一声号起，复冲到左营中大杀大扰。少时后营中海螺大起，火燎腾焯，却是统领阿根整队应敌。八王子心下稍安，方想督队亲去追击。只听得一声呐喊，夹着乱噪道："仔细仔细，是自己人。"虽是急嚷，大家还瞎杀良久，方悟敌人已去。于是各营将领渐渐凑合来收束各队，且不暇检点死伤，都忙忙趋赴中营帐下，一齐请罪。

那统领阿根却率本营人追敌一回，不敢深追而回。当时八王子惊定转怒，叱退诸将，方气愤愤饮得一杯冷茶聊润燥喉。只见一人半跪，口操京话道："王爷仔细，躁怒之下这冷水要炸肺的。"说罢挺然站起。八王子一看竟不认得，急叫得一声："拿刺客！"刚要举剑，只见白光一旋，飕一股凉风由项边穿上，再望那人业已影儿不见。但见烛影摇摇，良久方定。

这时左右卫兵早已分集，只见八王子呆若木鸡，戴了一顶秃帽儿，十分好笑。领队侍卫便回道："王爷帽缨哪里去了？"一句话提醒八王子，登时悚然汗下，急脱帽一看，顿然失色，原来帽缨被人剜去，那剜孔只差纸似的不曾透过。左右诸人无不大惊，八王子情知有异，反矫为镇定大怒道："左不过鼠窃之技，你等不必张皇。"即命诸将且检点死伤，竟损折千余兵马，大家私揣一定是马鹞子作怪。欲知后事如何，且听下回分解。

第五十九回

王辅臣大战荥河
瞽先生三劝侠隐

上回书交代到王辅臣夜踹连营，已然奇特不过。无端的八王子帽缨被人剜去，岂非奇之又奇？不会听书的一定胡猜乱想，疑神疑鬼。那自命为董姥姥的又以为辅臣要显显手段，不知全不相干。小说旧例是惯打闷棍，作者也只好援例从俗了。

闲话收起，且说辅臣等冲营之初是分定三队，呼哨为号，齐进齐出。果然冲突尽兴，纵横如意。大家杀出，飞马趱回，须臾到营，只见营门万众已明燎相候。武联玉亲身恭迎，辅臣等忙率众下马，进谢不敢。

联玉道："今夜之役，足寒敌胆。快进营检点壮士，以便记功。"

于是大家纷纷并入，联玉升帐，辅臣等分侍左右，早有军吏呈上三百人的册籍，辅臣与白、葛好不眉飞色舞。但见一人点唱，答应有人，点至二百九十余人，不但武联玉喜动颜色，便连帐内外侍弁都张大了眼睛，注定辅臣，联玉只连道："奇功奇功。"须臾点到九十九名，还应声而上。联玉持笔拍案道："真绝世奇功。"说着笔尖一落，投笔而起。方一拊辅臣之背，只听军吏大唱道："古风扬。"连叫三次，却没有搭腔。

辅臣登时赧然道："此人想是损折了。"

联玉大笑道："三百骑只折一骑，也想见诸君神勇了。"

刚要各登功簿，只听帐外一阵喧哗，纷然道："奸细奸细！"即有一弁进禀道："方才巡队于营门次，扣着一睡卧奸细，请令定夺。"

联玉喝令带入，长刀交叉，明烛下拥进一人，辅臣失声道："这人正是古风扬那病卒哩。"

大家仔细一看，面目邋遢，额布如故，却披一件满洲妇女的大得勒（即旗袍也），最奇怪的还有一顶血点似的红缨，衬着缨根一圈大珠，毫光夺目，便似小儿马丝盖一般，扣在头上。一面呵欠连连，似乎酣睡方醒。

联玉道："你这人不来应点叙功，如何睡在营门？"

病卒憨笑道："俺早趸回一个更次了，因久候伙伴不至，所以打了个盹儿。"

辅臣惊道："你倒捷疾得很。"

病卒道："也不算捷疾，便是将军合队杀出时，俺抽空又到八王子后帐，随手拿了他宠姬一件长袍。俺转入前帐，见八王子这顶珠缨怪好玩的，俺也就顺便捞来。"说罢，脱下得勒一抖，香风扑鼻。又摘下珠缨，递给辅臣。

联玉等仔细一看，光那大珠已是无价之宝，更兼制造精工，断非常人之物。这一来帐内外人都惊得目瞪口呆，再看病卒猥琐样儿，只管暗暗称奇。于是联玉大悦，便将袍缨交给辅臣，以备耀敌。大奖病卒，便注首功。辅臣等退回己帐，急觅那病卒时，他又已叉手舞脚地酣睡起来，闹得辅臣惊疑不定。因次日会战，便和白、葛匆匆安歇。

哪知八王子探子早探得一切情形，忙去报知。八王子大怒道："原来又是王辅臣来做手脚，来日定须活捉，以泄吾恨。"于是连夜分兵派将，准备厮杀。

次日黎明，海螺声动，大军起行，果然戈甲凝霜，旌旗耀日。就荥河岸排成一座阵式，阵旗开处，左有统领阿根，右有参领瓜尔佳艮特。八王子横刀勒马，飞临阵前。果然满洲名王，英姿出众。

这里武联玉亲压阵脚，左右将佐雁翼排开，扬鞭大笑道："八王子莫逞威风，你可知俺昨夜手下留情？你若不信，俺便给你个见证。"

一言未尽，早有一健卒将长竿挑起得勒，八王子方愤怒如雷，只听轰隆隆一声战鼓，阵旗交飐，武联玉回马入阵，八王子但觉眼光一耀，托地一壮士挺戟跃马，就阵前往来驰骤。画戟荡处，直摩及八王子旗角。掠阵大呼道："俺王辅臣出卖珠缨，哪个来买？"

八王子急望，早见自己帽缨安稳稳顶在辅臣头上，顷刻间转入阵去。这当儿白成功葛秉贞纵马早出，八王子大怒，长刀一挥，风也似卷到。两军一声喊，战鼓齐鸣。白、葛一接战，方知八王子神力非常，一柄刀风旋雨骤，直将白、葛逼退数十步。

成功大呼道："葛兄努力！"说罢一抖枪，当先冲上。秉贞大呼继进，三骑马搅作一团，杀了个天昏地暗。却是两军中都见八王子马前马后有一团黑影儿，每当吃紧时，便是八王子也觉得有人掣肘，所以相持良久，还不见胜负。

这时武联玉看得分明，金声一鸣，白、葛归阵。八王子杀得性起，一催马直杀过来。联玉左右将挺枪急抵，但见刀光起处，咔嚓声双枪齐断，趁势刀头一翻，早将一将连肩带项地斩掉。联玉忙呼道："辅臣！辅臣！"一声未尽，哧一声一条画戟便奔八王子左胁。八王子急闪，已被戟枝划破束甲带，于是挥刀相逢，登时两团风似的卷到阵场，大战起来。真是棋逢对手，招招争先，将遇良材，步步进逼。戟影翻漫天瑞雪，刀光撒遍地金花。酣战百十回合，不分胜败。两军都看得呆了。

却是八王子力敌三将，未免有些疲乏，正要跳出圈子，方一磕马，忽见那团黑影嗖的声突起马前，那马一惊，泼啦啦便奔本阵。辅臣大喝："哪里走？"举戟向后一招，白、葛两骑齐出，三匹马便似流星赶月。后面联玉扬鞭一挥，众将佐各带兵卒，呐喊齐进。便似山崩地塌，直撞到八王子阵门。这时辅臣跃马如龙，势不可御。

早穿开一条血路，追八王子入阵。戟风到处，血雨乱飞，马蹄所到，便如波分浪裂。只杀得愁云乱飐，清兵叫苦连天，都喊道："跑！跑！马鹞子来了！"

这当儿白、葛还在阵门，和阿根等酣战。少时秉贞枪起，阿根死掉。恰好后面众将都到，于是一拥而入，大杀起来。暂且慢表。

且说八王子被辅臣追杀得亡魂落魄，直穿出自己阵后，落荒而走。辅臣哪里肯舍，挺戟大喝道："王爷尊重，莫待小将动手。"

八王子急回望，业已相隔数步，心下一忙，金鞭落地。方舍命一磕马，只见辅臣咯噔声站住，马前却有一猥琐病卒，扯住他马，指手画脚地讲话。慌忙中没暇理会，便逃回本营，火速遣兵将，接应阵众不表。

且说辅臣方才正要捉八王子，只听背后哈哈笑道："得了，是火候儿了。莫再费瞎力气，够瞧的了。"

说着转过一人，带住马。这黄骠马正在跑发，那龙性也就可想，哪知竟纹丝不动。辅臣急看那人，不由惊道："你不是古风扬吗？却如何撞到这里来，又阻俺捉敌？快些放手。"说罢甚是焦躁。

古风扬笑道："俺就算古风扬也使得，只是将军此战，功就名间，也可以报姜镇知遇之惠了。过此一往，便是蛇足。丈夫勋名有时，何必明珠投暗，妄兴其祸？便是俺昨夜戏取珠缨，岂不能兼取敌王之首？却是俺一百个犯不着。游戏还可，若像将军如此认真，便大错了。将军能俯纳吾言，洁身以去，岂不甚好？"

辅臣听了，不由耸然惊异。觉古风扬所为之事，都透着古怪。不由端详他邋遢脸，沉吟道："你这话意思却和俺瞽先生差不多。"

古风扬哧地一笑，将脸上药一抹，大笑道："你道俺是哪个？"欲知后事如何，且听下回分解。

253

第六十回

甄侠女神弹稳军心
姜总镇危城闻败耗

且说辅臣见古风扬将脸一抹，却是瞀先生，不由啊哟一声，下马便拜。一面叹道："先生游戏，真不可测。我说寻常兵卒哪里有此本领？"

瞀先生笑扶道："我们且暂谈片刻如何？"

于是辅臣就野树拴住马，两人席地而坐。辅臣先道："我悟得了，便是战场上那点黑影，一定又是先生见助。"

瞀先生笑道："且莫谈没要紧，大同乱事，不日便当收束，俺又将游行他处。你即此拔足，还不为迟。"

辅臣听了，却急问道："先生看怎的收束？究竟两下谁胜？"

瞀先生叹道："这尤其没要紧了。"说罢满面惋惜之色，猛地向左一指，道："兀的又有兵马来也。"诓得辅臣一回头，再瞧瞀先生时，业已影儿不见，只有八王子金鞭明闪闪横在地下，闹得辅臣恍惚如梦，良久方神定。只是这时一肚皮功名好胜之念，哪肯回头？反因瞀先生有大同乱定之语，以为姜瓖定然成功。于是兴冲冲拾起金鞭，上马回营。

武联玉大获全胜后，方因不见辅臣，十分燋念。当时一见大喜，便命将八王子金鞭传示全营。正准备庆功牛酒并计议破敌之策，忽接姜镇紧令，立调白葛两人助守大同。

原来卫登芳驰赴猗氏，便定要据赐儿山，以为是天设之险。白璋谏道："此山虽险，奈取水不便，倘敌人包围将来，如何是好？"

登芳道："你晓得什么？兵法云：置之死地而后生。这正是淮阴背水之意。"遂不听白璋之谏。

不想方草草驻军，清兵分队早风雨般卷来。登芳率众几次冲突，却被火器强弩一阵挡回。兵众人干嚷一日夜，天至黎明，纷纷溃降。登芳怒斩数人，哪里禁止得住？正这当儿，只见山下尘头大起，黑云军风也似卷到。原来昨夜三鼓后，张勇已袭猗氏，立斩白璋。所以忙合兵起来。当时登芳只惊得手足无措，见势不可为，便投涧死掉。因此姜瓖毛了手脚，火速来调白、葛。当时武联玉奉到紧令，不敢怠慢，辅臣知得也难顾两处，只切嘱白、葛小心在意，且忙乱这里军事，这且慢表。

且说云姑连日夜巡护镇署，知辅臣斫营得手，心下稍安。只是各路败耗，屡屡传来，偏搭着姜瓖自登芳去后，越发一无措置，终日抴心搔首，叹气不绝。镇署中有座涵星楼，高敞华洁，是他燕居之所。珍宝图书十分富有。武人习气，得志后都要玩这档子。这时姜瓖军事稍暇，便危坐其中，却专派云姑守护他。一日天将晚，云姑趔登楼梯，只听得楼中似有人叹息，以为是姜镇又不高兴了，进去一看，不由猛惊，原来是只大白狗，顶了姜瓖的大帽子，人也似踞坐榻上，正在那里摇头晃脑。见了云姑，将长嘴一舒，汪的声跑掉了。

云姑方在诧甚，只听楼下靴声囊囊，须臾姜瓖攒眉上楼，劈头便道："了不得，我方才急令调白成功葛秉贞去了。刻下白璋并卫登芳都已死掉，说是敌人中有一张勇，十分了得。那会子料楚材说，他还见过此人。起初也有意投我军中，不想却被孟乔芳罗致了去。"

云姑惊道："如此猗氏有失，那崖口寨越发当添设守兵，须防敌人冒险出奇，攻我不备。"

姜瓖逡巡道："再作区处。"

正这当儿，伪都督郭中杰告急书又到，是闻喜危急万分。姜瓖惶急之余，又将云姑话忘掉，只忙抽派料楚材匆匆赴援。当时云姑提剑巡防，一颗芳心十分怙悢，暗想丈夫本领虽没意外之事，却是此间气象大大不佳。如今再想和张夫人灯火绩麻，焉能得够？

正在寻思，只见围月轮起了层薄晕，暗想道，这三五日间当有大风。巡了一周，只听得署外守兵各幕中你嗟我叹，全没些踊跃生气。云姑暗道："这光景须高潮鼓作其气。"当时闷闷趑回，次晨便大集亲军，静听申诫。须臾，云姑严装佩弹走临当场。申诫罢笑道："连日辛苦，无以误意，俺且驰弹一番，与诸公息息劳倦。"

说罢轻躯一扭，飞跨马背，一声娇叱，泼啦啦跑去，果然丰姿如画。众亲兵方各瞩目，恰好一乌雀飞过，云姑喝声着，弓弦响处，那乌雀应声而落。众兵喝声彩，哪知这一哄，惊起场旁高树上一群巢乌，扑啦啦可天一飞，云姑急叫"着着着"。弦声再鸣，连珠弹出，便如急雨落残荷，顷刻间乱絮似落了一地乌雀。众兵拾起，数了数，正得十二只。原来这连珠弹一发十二子，本是云姑绝技。

当时众兵不由踊跃道："夫人神技如此，何愁我军不胜？咱总镇真有洪福。"

云姑佯惊道："今天我也想不到有此手兴。今众位既这般说，我且借打弹占占天意，若总镇大事能成，我第一弹发出，第二弹接打，两弹能相撞，方为大吉。"

众兵吐舌道："夫人慢着，倘……"

一语未毕，只见云姑拨马跑去，忽地趑回马，仰天一弹，这时众兵没一个不下颏向天，只见第一弹直上云霄，倏地一落千丈。众兵方要失声，只听啪的一声，云姑第二弹凑个正着，两弹相激，滴溜溜落了下来。于是云姑投弓于地，下马额手。众兵不由自已，齐齐欢呼。有的竟攘臂道："天意已定，大家努力呀！"从此大同军气果然振作好些。

这日，武联玉报到辅臣大捷之信，姜瓖大喜，接着白、葛赶到，云姑略问辅臣战况，心下稍慰。这当儿闻喜吃紧，姜瓖便派成功去助楚材，却令葛秉贞协助守城。过得两天，又闻辅臣大胜，只将八王子却退十余里安营。大同军听了，越发踊跃。那向荥河岸的探子便似流星般遣去。不想一连两日没有回报，姜瓖放心不下，又遣两个，又去了一日光景。

这日春阴郁郁，天象愁惨。姜瓖在涵星楼正和云姑谈论探子之事，只听阴云中悲鸣有声，初似羯鼓，又如攘簧。少顷，肃肃作响，掠檐而过。楼中顿然黑暗。姜瓖大诧，忙起临楼槛一望，却是只鬼车鸟，九腔森然，十八翼霍霍并举，似颓云般直掠过来。这怪物俗又名九头鸟，其不祥过于鸱枭。占书云：鬼车所过，城墟国破。极是讨厌的物儿。当时姜瓖大唾一口，方要缩转身，那鸟滴血一腔，早已洒落数点，微风一飐，竟有两点溅到姜瓖领襟。一股异臭，不可言喻。云姑方在一怔，忽听署门外鸾铃隐隐，人语策哗。须臾两亲弁飞步来报道："现有后探一人趔回，看光景很有紧事，便请总镇详问处分。"

姜瓖大惊，顾不得换污衣，即时升帐。云姑惊耸耸站立于后。只见四五亲兵架着那探子趔进来，那探子业已垂首耷脑，一丝两气。腿胯之间，衣服都破，连连喘息，只管要翻白眼。姜瓖见此光景，急得跺脚，急命左右飞取汤水并定神药给灌下，便命他趺坐于地。少时那探子悠悠气转，先哇的一声吐出一口稠痰，然后张目拍地，急报道："现在荥河岸我军溃降，武将军死于乱军中，王辅臣被擒敌后，不知底细。八王子大兵距此只有二十余里，火速便到。"

这句话不打紧，云姑先嘤咛一声，登时两颧簇红，眉飞杀气，两只蛮靴跺得地嗒嗒山响。姜瓖反张大了口，面有笑容，只噪道："你说的什么？"原来已吓昏了。一时间帐内外人都无人色。正这当儿，只见姜瓖挤挤眼，哈哈呈笑，就势缩趺座下。欲知后事如何，且听下回分解。

第六十一回

八王子擒敌打虎沟
黑云军渡险瓦口寨

　　且说左右亲弁见总镇吓昏，连忙救醒，便重问探子详细。原来八王子自那日逃脱后，又连败几阵，清兵人人胆落，便望着黄骠马争先逃命。直退却十余里，方收集营众。一看那地势，川原交错，林木稠密。问知土人，地名打虎沟。当年晋文公大将魏犨曾擒双虎于此。八王子策马周巡，只见离沟十余里有一处大家别墅，墅外林木延接，十分荒落。这当儿锁闭已久，里面空落落，甚可伏兵。八王子深思良久，忽得一计，不由欣然趑趄，暗暗分派停当。

　　次日辅臣横戟跃马，直逼营前搦战。八王子佯为不理，但遣偏将等与辅臣厮混，不消说一个个丢盔卸甲。正在战鼓如雷，大战方酣，只听清营中喧哗不止，辅臣百忙中一望，只见敌人阵脚暂暂移动，倏然一骑斜刺里飞出，马上那人正是八王子，率领数名骁将，便要抢辅臣阵后，方电也似绕出一里余。辅臣大喝道："哪里走！"画戟一荡，敌人辟易数步，纵马赶去。八王子回马，绕己营而走。数骁骑奋勇齐上。辅臣戟光到处，一并处理，冲过去再瞧八王子，已单骑落荒逃走。

　　辅臣暗喜道："合当这厮命尽。"于是紧紧追赶，八个马蹄便发，翻盏散钹，顷刻间离阵前有八九里。便见林木绵延，径路稍狭。八王子没命价跑，只穿林回顾仓皇，那情形甚是着急。忽地马路一蹶，竟将八王子滚入一片深草中，那片草四围延接，不见边际。辅臣忽抢到，却已不见八王子，稍一踌躇，忽见一里外草头起伏，飞潮似卷去。辅臣本是大行家，如何不懂窍？便知是飞行功夫，于是一直赶去，离那别墅半里余，忽不见草头晃动，辅臣大疑道："这厮一定伏在深草中，我且惊兔般惊起他再讲。"于是放马驰骤良久，没些动静。辅臣焦躁道："看光景不在草内，若带着火种时，便烧出他，岂不省事？"一面沉吟，一面马到墅垣旁，忽见地下有件物儿，亮莹莹的。仔细一望，却是只敲火镰，还挂着一柄小刀，黄绒绳系就，十分华贵。辅臣猛见，登时大喜，暗道，原来这厮藏在墅内。

你道辅臣如何觉得？原来清人习尚，凡贵族大臣都佩火镰小刀等物，以见他满洲割肉敲火部落旧俗，暗含着还有尚武之意。便是赏赍大典中，还有赏吃肉赐荷包等礼节，也都是这番意思了。

当时辅臣遽喜之余，不暇深虑，便忙忙下马，提戟跃登垣头，只见里面空落落一片围场，坏亭颓榭，倒也深邃。还有些太湖石，嶙峋堆置。于是不暇细看，踊身便跳，只听扑通一声，八王子哈哈大笑，提佩剑早由空亭抢出，堆石两旁，钩索齐出，便闹嚷嚷将辅臣猱头狮子般由陷坑搭出，一足方上坑，便转过数名角抵力士，各捉手足，捆缚停当。

辅臣嗔目大叱道："王辅臣中州男子，误遭奸谋，但有一死，却不须这般屈辱俺。"

八王子道："壮士莫躁，我们周旋时正多哩。"

这当儿墅后伏兵也一齐都到，一声号令，整队便行。辅臣眼睁睁见人提戟带黄骠马，拥自己去了。

这惊报闻知联玉，全军夺气，即刻勉强支持，百忙中姜瓖前遣两探又被清兵捉杀，后两探到时，正当联玉死掉，全军溃散投降，正乱得一团糟。所以急急赶报，几乎跑煞。

当时姜瓖听罢，唯有搓手，云姑急道："那敌人进兵来路，虽有离城十里羊舌堡两营扼守，恐势孤不保。唯今之计，急须添人助守，莫待敌人兵临城下。"

正说之间，王进朝匆匆入见，所陈意见正同云姑。姜瓖这时手忙脚乱，一面遣兵将赴羊舌堡，一面饬进朝秉贞，严备城守，匆匆闹到半夜。那天光沉晦得黑也相似，云姑心中如焚，还只得提剑逡巡。少时，大风顿起，走石飞沙，便如千军万马，彻夜喧嚣。此时大同城人心摇摇，一处处巷哭不绝，随风飘坠。云姑触耳生悲，芳心无主，也不暇念辅臣，几次巡至涵星楼，但听姜瓖履声彻夜不绝。

好容易挨至天晓，风色少息，姜瓖方升帐议事，只见急探报道："羊舌堡我军不利，王进朝一战死掉，刻下两营将士已被包围。"

姜瓖听了，呆在座上。正这当儿，忽见两个巡将直闯入帐，急禀道："快请总镇登城，刻下城北面尘头涨天，距城五六里，不知何处军马。"

一言未尽，但听城中角声大作，左右飞报道："葛秉贞营探探得昨夜五鼓时崖口寨被敌将张勇冒险杀入，现已整军待敌，便请总镇登城指挥。"

姜瓖大惊，一迭声便叫备马。只得抖擞起老将威风，袍袖一摆，大踏步走出辕门。方要上马，恰好云姑闻信赶到，便仗剑护定他，带领亲弁，拥上城来。这当儿守城众兵正大家引领呆望，姜瓖急纵目，果见城北面尘头越近，知定是张勇黑云军，不由吓得面目失色。云姑慨然道："总镇莫慌，待俺去迎杀一阵，再作区处。"

一言未尽，城门开处，便有一彪人马飞出，当头一将横枪跃马，却是葛秉贞。大呼冲去，直奔尘头起处。两下里都似风驰电掣。姜瓖方拂拭老眼，与亲弁等指指点点，鼓励城兵数语，只听轰隆隆连声火炮，遥望秉贞人马都影绰绰卷入来尘中，顷刻埃氛涨天，夹着隐隐呐喊，但见旗帜驰走处，就如远远风帆一般。须臾两下里越卷越乱，化作一团杀气，昏澄澄地掺入晓气中，哪里还分得清？

这时姜瓖正在着忙，只见城西面尘头又起，鼓声大作。须臾两骑探马飞也似跑来，向城大叫道："快些准备，八王子大兵到了。"

260

语声方绝，便又见城北面秉贞人马忽地回头一卷，登时七零八落，铺地乱跑，后面敌军潮水似直泻下来。姜瓖正慌作一团，便见数十骑拥着秉贞，伏鞍跑来，左胁上斜中一箭，长镞尽没。后面黑云军只相隔半里余，一片马蹄声，便如万鼓齐震。后面黑纛翻飞卷舞，早现出个大大张字。这时卡路将领忙率众接击，喊声起处，秉贞数骑冲过，直至城下。云姑看得分明，只见秉贞浑身浴血，还向城大呼接战。抢攘之间，飞马闯过吊桥。城兵一声喊，刚刚拽起吊桥，只见敌军中一将铠甲纯黑，跨一匹青驳马，由卡兵中直冲起来，拽满弓，嗖的一箭，正中秉贞脊背，大呼道："贼将休走！认得俺张勇吗！"说罢，一举挂刀，向后一招，黑云军杀散卡兵，一拥齐上。云姑大怒，忙拽弓拈弹，觑准张勇头颅，一弹打去。只听啪一声，黑云军登时大乱。欲知后事如何，且听下回分解。

第六十二回

涵星楼佳人溅血
燕市酒壮士悲歌

　　且说云姑一弹打去，张勇赶忙一低头，恰好背后一个高条子马兵抢到，老老实实承受这弹，死在地下。张勇趁势挥众直上，城上这当儿火器砰訇，矢石如雨。张勇少却便一面挥众合围，一面就平阳处安营扎寨。单是这路兵就有四万人马，军幕星罗，将一座大同城围得风雨不透。原来这时八王子已进兵距城五里之外，得知张勇奇兵将要收功，便不欲迫近多杀，更且暗含着给孟乔芳个面子，总算有经略大将的气度。哪知这一来却伏下自己祸胎。此是后话慢表。

　　且说当时姜瓖慌忙忙回得镇署，须臾人报葛秉贞伤重殒命，急得姜瓖一筹莫展。又得知八王子大军都到，料知事坏，几次接到清兵谕降檄文，他只踌躇不决。混战两日，亲弁等死亡略尽。云姑出战两次，究竟是女人家，不宜长枪大戟的阵仗。其余左右翼领将，都是新换的饭桶，只料理城守还来不及，更不用说接战了。姜瓖这时才晓得朝廷势大。一日登城一望，浩叹而回，便如今士卒，慨然道："俺因一念之差，为卫登芳所误。事已至此，多伤士卒何益？但我初降本朝，已是一误，今再靦颜面缚，何以为人？待我死后，汝等即行投戈便了。"

　　众亲兵听了，都大半不能仰视。姜瓖又望望云姑道："你本领还可出险，快些去吧。"

云姑冷然道："总镇此语有失，俺虽女子，便不能说国士之报，只是丈夫被虏，料难得生。天地虽大，恐没俺苟生之路哩。"说罢，玉齿桀然，十分从容。

正说之间，只听城外炮火如雷，百道并攻。原来张勇见姜瓖略无降意，所以又急攻起来。这时满城人神号鬼哭，一阵阵送入姜瓖耳中。须臾东城角上熊熊火起，呼号彻天。姜瓖急看士卒，已纷纷暂散。云姑急道："总镇莫要迟疑，待俺领亲军突围出险如何？"

姜瓖大笑道："不须得了。"

说罢，奋然站起，叱亲兵搬取柴薪，大踏步便登涵星楼。这时只剩得十余亲兵，还正犹疑不忍。云姑喝道："快如总镇之命，都随我来。"

于是莲步飘急，如飞登楼，只见姜瓖已危坐于榻，闭目无语。云姑拜道："待俺来服侍总镇。"说罢跑下楼便叱亲兵举火。顷刻间烈焰冲天，直上云霄。十余亲兵无不跳踯大哭，便见云姑花容惨变，厉声大叫道："丈夫你须知得，今日俺甄云姑不负你所托哩！"说罢一耸身翩然跃起，便如火鹣鹁般直投火中。

十余亲兵大叫道："夫人慢走，俺等便来也。"说罢，向火纷纷便跳。

这当儿全城陷落，街坊正大杀大斫，及至张勇前锋冲入镇署，那座涵星楼业已梁塌柱拆，平堆下如火焰山一般了。却是其中多了两具美人名将的骨灰，说来甚是可叹。至于当时商民涂炭之惨，不必细表。

且说八王子既闻捷报，转按兵不进。次日总督孟乔芳新领卫队，由闻喜驰至，并取得郭中杰、料楚材、白成功的首级，两下会军。张勇具索鞬，整队迎入，具禀姜瓖自焚情形。八王子研问俘将都无异辞，于是大喜，便同总督会衔，先报上捷书。然后休军三日，大犒叙赏。即日班师回京，这里收束一切，自有孟乔芳办理不表。

哪知这休军三日，却苦坏了个王辅臣。原来辅臣被俘后，甚蒙八王子殊礼相待。辅臣涉世未深，乍见八王子这等气象，觉比那姜瓖又阔大得多了，于是不知不觉便暗暗地软化下来。八王子甚喜，立授他为王府侍卫之职，赐予甚厚。

当时辅臣叩谢如礼，八王子笑道："倘那日你马足不驻，将如我何呢？"

辅臣沉吟道："侍卫不敢说。那时若没人阻马，恐不止取得王爷金鞭哩。"

八王子听了，拊掌大笑。问知辅臣驻马所以，不由悚然道："原来世间有如此能人，这个瞽先生见解倒高超得很。"于是越发器重辅臣。

提兵入城，辅臣百忙中早知云姑死节这耗，那两点英雄泪不由汩汩而下，便索性放下一切，更不复去看视自己私寓，只就涵星楼焦土旁垂涕良久。便有守署老役细说姜瓖并云姑自焚情形，辅臣听得，越发感痛。当夜晚间，便禀明八王子，自备私祭，就焦土旁哭拜一番。大家见了，无不感叹。

哪知张勇得知，甚不为然，次日会着辅臣竟将眼角一瞟，脸子觑得老高。你想辅臣这股愤气如何按捺得下，当时只作不知，匆匆撞来，张勇忙要闪，早砰地撞着肩头，便如两座山一般，忽然对峙。

张勇握拳道："咦，王侍卫吗？"

辅臣喝道："侍卫是不错，俺还叫马鹞子哩。"

张勇大怒道："你个死囚。"

辅臣大跳道："俺是死囚，难道你不找料楚材的门路吗？"

说罢拳脚齐上，两人登时大展神威，打了个山摇地动。亏得别将死活扯劝，方各大骂而散。八王子知道，倒将张勇申斥几句。

便是八王子入城，这日忽接到京中一封秘函，却是当朝权相鳌拜的私书。是嘱托八王子成功之后，叙保他几个私人。你道鳌拜是什么人？他是满洲勋爵世家，其为人阴狠机变，善能迎合主意，便如唐朝李林甫似的角色。当顺治皇帝亲政之初，他便大权独揽，真

264

个势焰熏天，炙手可热。当时满朝文武并各省封疆大吏，没一个不恭维他，便如洪承畴这等角色都须要他欢喜。外至三藩诸王，也都暗暗时通殷勤。

当时八王子军务匆匆，见书之后偶然忘掉，及至凯旋动程，方才想起，那叙奖的奏折早已发得去了。八王子自恃根基，也没在意。不几日大军到京，十分风光。八王子面圣毕，自然温谕有加，宠锡稠叠。府前车马纷纷，贺客络绎，登时间轰动都城。却是京都人眼孔大，好奇心胜，像八王子这等荣耀，是司空见惯，还不怎的，独有马鹞子勇武大名，大家佩服得了不得，争思一见。至于京营中满洲壮士更如苍蝇逐血一般，但提起马鹞子三字，无不一拍大腿，立竖一指道："你瞧名不虚传，真有人家的。"所以辅臣每出，无不夹道耸观，真是一日名震京师。过了半月光景，竟闹得名达御听，这也不在话下。

且说辅臣自到京师，又换了一番境界，所见所闻，无非繁华靡丽，并仕途奔走之事。八王子那里又是要津，见各方面馈遗贿赂，动不动便是千万，方知世界上富贵场甚是有趣。不知不觉将一片悲歌慷慨之意渐渐消灭。他本聪明绝世，人情入眼便透，不消两月光景，已拉拢结纳如京油子一般。奉职之暇，无非纵酒燕市，命俦啸侣。徜徉于秦楼楚馆之间，早将当年嵩山学艺一片心抛在脑后。过得数月，倒也十分自在。

不想晴天霹雳，八王子忽地大触圣怒，得罪赐死。当时开国皇帝喜怒不测，这等事儿常常有之。至于八王子赐死之由，却因鳌拜挟恨进了谗言。说他胜兵临城，还按着不进，怠慢军务。事非正文，不必细表。欲知后事如何，且听下回分解。

第六十三回

充贱役荣枯无定
承天眷富贵逼人

　　且说八王子得祸之后，真个树倒猢狲散，众姬妾各从所适，自不必说。唯有府中各官属，还须缧绁待命。辅臣一般价被拘起来，既至罪定，却将他没入身者库，去充贱役。在里面便做气力活，只如现今的罚苦力一般。于是辅臣又换了一番境界，一般的短衣蓬头，逐队工作。每日三餐老米饭，一枕黑甜乡，消磨岁月。有时遇主管人不高兴，还须挨顿臭骂，再不然嘴巴拳头窝心脚吃一通儿。这时辅臣方又想起当年寂寞，甚是有味。亏得他忍耐性增，只强勉撑去。

　　过得数月，适逢深秋天气，苦雨连绵，京中街坊泥泞，本是有名的。人有句口号，是"无风三尺土，微雨一街泥"。这时库门外通似一街泥粥。主管见了，便命辅臣等数人挑挖担运。辅臣无奈，只得勒裤至膝，光脚下去，便拖泥带水，干了半晌。天色将晚，还有一大段泥不曾清爽。这时饥腹雷鸣，一件短衫细雨渍透，浸得脊梁骨冷气飕飕。辅臣正在懊丧，只听伙伴拍手大笑，连忙一望，却是一打卦瞎先儿，一脚踏入滑泥，仰八叉栽倒，方在那里泥母猪般只是怪叫。众人扶他起来，牵到干道上，方摸索索趄去。

　　辅臣猛见，不由想起瞽先生，无限前尘顿然勾起，便一声长叹，愣怔怔站在那里。正这当儿，忽觉背上啪的一掌，忽回头却是主管，穿着雨衣雨靴，一手把了个鼻烟壶儿，瞪起两只大牛眼，喝道："你不做工，暇逸的是什么？"

辅臣不由气愤道："您别这般说，骑驴的不知赶脚的苦。您看这街泥哪里去了？"

主管怒道："你这厮还敢犟嘴，□娘的……"

一言未尽，但见辅臣浓眉剔起，目光如火。众伙伴这时连忙拥上向主管打恭作揖，方劝得去了。一瞧辅臣还山也似呆立握拳，大家便道："王哥效些吧。在人檐宇下，焉敢不低头？人要得自在，除非是没有管儿。"

辅臣听了，越发想起瞽先生招劝之意，当时只微微冷笑，胡乱工作罢，已交初鼓。和伙伴们趱到饭房，草草一饱，当即各散。辅臣回到己室，枯坐在白木草榻，只听得细雨敲窗，十分萧飒。案上一盏瓦灯，荧荧欲灭，也没心情去拨它。那会子一股愤气，只是按捺不下。暗想好没来由，俺王辅臣堂堂男子，竟被那鸟主管狗也似的人辱及所生，俺要跑掉，一百个也去了，就只为还望遭际，未能摆脱。今忍无可忍，只好从瞽先生的话，就隐派中讨个安身立命吧。却是这鸟主管须放他不得。

想罢一望壁上短剑，因天气尚早，便且卧息。哪知劳乏一日，不由神思困倦，恍惚中还如在大同时一般的炮火连天，杀声动地。自己指挥料理，也不晓得闹的是什么。忽见有人急报道："大事已坏，总镇快些躲避。"

辅臣惊道："哪个是总镇？"

一言未尽，只听檐头唰的一声，如飞鸟翻堕。却是一女子，衣带飘舞，含笑而入，娇只唤道："别来无恙，人须要立定脚跟方好。人生几何，禁不得常反复的。"

辅臣急望那妇人，高髻蛮靴，神光四射，正是他妻子云姑。不由惊跃道："你原来不曾死掉？"一把扑去，只听啪嚓一声，隔壁伙伴大喊道："慢些伸胳膊，打穿纸壁又须去糊。"

辅臣睁眼爬起，方悟是梦。听更鼓业交二记，不由悚然汗下。呆坐良久，只管细寻梦境，便将放不过主管的念头混掉，次日依然去逐队工作。

有一日，主管放了半日假，辅臣闷久，便整理衣衫，入市访友。不想那友人却没在家，辅臣闷闷信步行去，刚转过一条街坊，只见一骑马飞也似跑来，上面一人，衣冠修洁，甚是面善，辅臣猛地想起，是鳌拜宠仆，某人从先在八王子府中见过的，那宠仆有五十多岁，甚是和气。当时那马跑发，颠得他屁股乱晃，眼看就收拾不住。辅臣忙抢近，一把带稳。他才跳下马，一拭额汗，笑吟吟拱手道谢："谢你老兄，尊姓啊？"

辅臣拱手道："俺从前在八王子府中，曾识足下。俺便是马鹞子王某人哩。"

宠仆听了，真喜得跳了一跳，拭目道："好好，真巧极了。俺主人正提起你，只愁没处找去。今便有一场富贵送将来。"

辅臣惊谢道："难道你家相爷要物色俺？"

宠仆拖定辅臣，大笑道："相爷且提不在话下，比相爷大得多哩。此间非说话之所，且随我来。"闹得辅臣惊疑不定，那宠仆便尽力让辅臣上马，辅臣如何肯，归根儿宠仆拉马，两人步行到相府。

辅臣抬头一看，好一派潭潭气象，真个是天上神仙府，人间宰相家。只见冠盖塞途，直截断半条巷。这当儿早有小仆等给那宠仆接去马，辅臣方要举步，只听轰一声，趱过许多官员，向那宠仆牵衣拉手，满脸堆笑。有的力大，便硬生生挤向前，撞得其余人踉踉跄跄。其中有个佝偻老头儿，百忙中挤不上，却绕向宠仆身后，拎起他后袍襟去掸尘土。宠仆皱眉道："诸公且去安坐，相爷不久也要见客了。"

说罢，率辅臣昂然直入，直到一精雅小室，一迭声喊备茶水，十分殷勤。闹得辅臣局促不安，不由起谢道："辱承见招，便请见示缘故。"

宠仆哈哈一笑，屏退小仆等，却叉手不离方寸，说出一席话来。辅臣听罢，顿然喜溢眉宇。

原来鳌相国前几日便殿侍语奏政之暇，君臣论起勇士，皇帝叹

268

道："材武之士，国之干城，所以古传祁父之诗，便是汉高帝《大风歌》，亦于猛士十分兴叹。却是而今这样人稀有得很。朕闻都下盛传有一勇士马鹞子，不知此人是否还在？像这等人，正合朕用哩。"说罢，拊髀太息。

鳌拜听了，也恍惚记得有此人，当时便顺旨奏道："容奴才慢慢物色此人。"于是回得相府，偶与宠奴谈及此事，扯了一个淡，也便忘掉。不想事有凑巧，那宠仆偶然入市，竟遇辅臣。

当时辅臣邃喜之余，向宠仆连连称谢，宠仆道："得了，咱们都是自己人，还用得着客气吗？"

说话之间，众官皆散，宠仆便趁空引辅臣入谒鳌相。鳌相大悦，便命辅臣明早随同觐见天颜。仍由宠仆引出相府。

辅臣乍膺殊遇，直趄过两条街，方才神致少定。刚到身者库门前，劈头遇着两个伙伴，只管端详他面孔，却笑道："王老哥吃酒，却是被窝里放屁，惯吃独食，就不携带携带俺们？"

辅臣笑道："哪个吃酒？"

一伙伴道："你还嘴硬，你看你满面红光，都成了关老爷脸儿了。"

那个伙伴道："说是说，笑是笑，正经的那主管狗□的，方才咸咸淡淡发落了一大圈，看光景要寻你晦气哩。"

辅臣大笑道："且自由他。有本事叫他快来使，不然，怕来不及了。"

说罢趄入，果听得主管在屋内猫声狗气地胡骂，一见辅臣，大跳道："让你自己说，下得去吗？半日假，便逛到这当儿？你有什么高亲贵友放不过你？便吃得张红脸儿？老实说，你这等向我甩大鞋，闹裂拉腔儿，就有点儿使不得。"

辅臣故意喟嚅道："不瞒主管说，俺有个朋友，在鳌相府内当着差使，今天偶遇着，却被他拉入相府，谈了一会子。"

一言未尽，只见那主管忽地大唾一口，一伸手指，直抠到辅臣脸上来。欲知后事如何，且听下回分解。

269

第六十四回

感皇恩御前供职
拜经略内室倾谈

　　且说那主管戳指辅臣，冷笑道："人要撒谎也须有个边沿，你这等瞒天大谎，只好去哄乡下佬。你就会有朋友在鳌相府吗？"

　　辅臣唏嘘道："啊哟，那鳌相府也不在天上哩。"

　　主管怒道："你还耍嘴？"

　　正乱着，恰好主管仆人来请吃晚饭，辅臣便趁势溜回己室，一歪身卧在榻上，只觉一身飘飘然如驾云雾。沉静好久，方将今天这段奇遇细细揣拟起来。又想到鳌相吩咐，明天须觐见天字第一号人物，喜极之余，反觉周身八下里不得劲儿，越待合眼睛，越如棍支的一般。便见地案上残灯焰由红而紫，由紫而碧，末后竟缩得豆儿大，忽地啪啦一爆，结成个大花儿，颤巍巍鬼眼一般。便听得隔壁伙伴睡语道："明天咱们是东阳居的黄闷肉，闹他一家伙。人生一世，左不过吃喝玩乐，等钻到土馒头里，便是盖世英雄，也是一堆黄土哩。"

　　辅臣听了，不由暗暗点头。直至四鼓后，辅臣方蒙眬睡去，恍惚中耳边人语道："我说王某人气象阔大，福态福相，果然被我说着了。我便慢慢拍醒他来，他便一百个怪我，也说不得了。这是御前差使，可耽搁得哩？"

　　说着，便有一手轻轻拍来，辅臣睁眼一看，天光大亮，榻前站定主管，早笑吟吟连作大揖，没口子称贺道："啊哟，王老兄，直这等见外。有如此天大喜事，怎的不早说？也叫兄弟多欢喜一夜。刻下鳌府总管已在客室相候，快请升吧。"

说罢，喝仆人端早点，打脸水，忙成一片。百忙中还要替辅臣披大衣。辅臣一面逊谢，一面道："不能吧？主管可听仔细，那鳌府总管准是寻俺吗？俺不会有朋友在相府哩。"

主管跳笑道："了不得，王兄再这般说，我便是个王八大蛋。咱哥们儿偶然闹个俏皮嗑儿，还值得向心里去吗？"

说罢笑眯眯拖定辅臣，便到客室，自己却逼定鬼似的站在一旁。那宠仆向辅臣道："相爷就要入朝，咱们快去吧。"说罢起出，与辅臣各上鞍马，鞭丝一漾，如飞而去。将个主管惊得点头咂嘴不提。

且说辅臣兴冲冲到得相府，宠仆入禀，鳌相点头道："如此便可入朝。"即命辅臣步行随后。这时辅臣逐处留神，只见天街晓静，宫楼气佳。金阙觚棱，遥遥在望，好一片皇居壮丽，气象万千。不知不觉身心肃然，只低头疾趋。少时鳌相下马，步入朝门，便命辅臣恭立门外，听候宣召，自己却趋入朝房。耽搁良久，等百官早朝散班，他方趋入，就便殿独对，俟皇帝垂问政事稍闲，他方从容奏道："前时皇上垂问勇士马鹞子王辅臣，此人已经觅到，现在朝门外待命。"

皇帝喜道："卿办事倒是敏捷。"说罢传旨命辅臣进见。

须臾当值官带进，匍匐殿外，哪里敢仰视？皇帝一望辅臣精神容貌都是绝顶，便知是矫矫虎臣，名不虚传。不由天颜大悦，略问出身履历，十分太息道："这等人岂可辱在库役？"说罢亲降天语，立授辅臣为御前一等虾。这虾是个满洲名儿，其实便是侍卫之职。当时辅臣碰头谢恩，仍跟鳌相出来。直到朝门外，方敢舒这口气。谢鳌相提拔之惠，自不消说。

从此辅臣又换了一番境界，每日价小心供职，在仕路中又增了许多阅历。除在十丈软红中驰逐结纳外，便是燕市纵酒，征歌选舞，

271

渐渐成了个风流倜傥的英雄。却是那性子也渐渐缜密许多。京城中公卿游侠，没一个不欢喜他。过得年把，自在得很。

哪知人时气来了，城墙也挡不住，偏逢这年皇帝命洪承畴经略河南，这承畴本是明臣归附，才略无双，名播天下，更兼用兵如神，只就是臣节上差一点儿，所以皇帝有些信不及他的忠荩。于是心中拟定两个人跟侍他去，一来表示殊礼宠遇，二来是暗暗监察于他。自古来枭雄猜忌之主，多有这番作用。那两个一为御前侍卫张大元，那一个便是王辅臣。诏命既下，辅臣不敢怠慢，便先去寻张大元商量着进谒承畴。这大元本是世家子弟，在御前当差多年，这当儿又奉钦命，哪里将承畴看在眼里。当时哈哈笑道："我看皇上是和老洪开玩笑，凭他脑颗儿禁得住咱兄弟伺候他吗？王兄高兴，便先去寻他谈谈，俺等他陛辞起程当儿，去望望他，就给他面子不小了。"

辅臣听了，便不再说，只好趑回寓，具了公服职名，恭恭敬敬走去谒见。承畴为人本是命世英雄，又饱经忧患世故，当时不衫不履，正在内室中和姬妾们围棋消遣，一见辅臣职名，登时一迭声便叫快请。众姬妾便要回避，承畴道："不须不须。"

这时辅臣方在外室屏息恭候，便见一俊仆跑入道："经略命内室进见。"

辅臣听了十分耸异，只得曲曲弯弯随俊仆进去，历过许多门阈，方到内室院落。只见沉沉帘幎，鸦雀无声。两厢中茜窗隐约，时闻钗钏相触。那正室回廊下，一架鹦鹉便鼓翼唤道："客来了。"招得廊下侍仆都要笑。正这当儿，只见一绿衣小鬟跑出，高揭珠帘，辅臣方趋跄登阶，便见一人秃了头儿大笑而出。生得七尺身材，花白长须，两只三角眼，剑眉海口，一片精神，炯炯照人，正是那名满天下的洪经略。

辅臣忙趋进请安，经略哈腰道："不须拘礼，我们里面细谈。"说罢，拖了辅臣笑道："我们此后倒可长聚些时了。"说罢挽辅臣趑进。

辅臣连忙参谒如礼，经略也半跪道："请请，足下为御前人，何须如此。"

说罢，两人站起，经略命辅臣坐在下首，辅臣悚让良久，方用屁股坐了一点儿。这时左右奔的，无非粉白黛绿，龙团香茗流水价递上，闹得辅臣起坐不安，目视鼻端。那旁边桌儿上依然有两个美人围棋，一个是淡妆，娇小多姿，一个生得长身玉立，穿一身浅绛衣，高髻盘就，十分丰艳。方一手拈子，戏点棋局，秋波漾漾，呆望辅臣，那淡妆的却望局沉吟。辅臣不敢多看，连忙定神，先谢经略栽培之意。经略笑道："不须客气，无非大家报效皇上，驰驱王事。又是皇上恤念老臣，命两侍卫特地扶持。可是那位张侍卫呢？"

辅臣只得遮掩道："他一两日也要来进谒。"

经略道："好好，那位尤其老练。"

说罢，词气蔼然。辅臣见了，不由佩服人家气度。觉得从前八王子也没有这等渊冲，那茅包似的姜总镇更是破鞋子提不起了。方要敷衍几句口事话，不想经略词锋飙起，只询他从前武功战事，乐得老头儿手舞足蹈。一会儿又询他在都居住琐琐等事，便又似老婆儿一般熨帖得了不得。便连围棋美人都听得玉齿粲然，忘其所事。

这时左右小鬟已换过两遍茶，经略忽笑道："足下虽鳏鱼，也应讨个身边人服侍起居。你看老夫偌大年纪，世情都淡，却还放不下这点子哩。"

辅臣忙道："这正是经略厚禀，福寿之征。"

经略笑道："什么福寿？左不过不害臊罢了。"

一言未尽，只听身后有人哧哧匿笑，也悄悄地道："不害臊，不害臊。"

经略暗诧，什么人和我玩笑哩？回头一望，不由大笑而起。欲知后事如何，且听下回分解。

273

第六十五回

结勇士宠赐月来
扣刺客巧逢金缕

且说洪经略回头一望，只见那绛衣美人秋波蓦转，注定辅臣，纤手拈了一把子，只管乱掉。那淡妆的却抿着嘴儿做鬼脸，将指划腮，悄悄羞她。那绛衣美人省得了，不由红云簇类，索性站起，就棋局一阵胡掳。于是经略大笑站起，携了辅臣道："这妮子却会厮赖，足下便去对一局如何？不久咱们到河南，就没工夫暇逸了。"

绛衣美人方要羞避，却被经略目止住，辅臣没奈何，只得恭而且敬地与绛衣美人手谈起来。这时篆烟微袅，鬓影衣香，辅臣当局神迷，小鬟等眉欢眼笑。经略且负手徐踱，时时与辅臣指点一二。少时枰上一角紧急，那绛衣美人见自己棋势不佳，忽嘤咛一声，翩然推枰站起。辅臣一怔当儿，她已莲步细碎，跑入屏后。于是经略大笑，又与辅臣坐谈一会儿，方命左右引辅臣出来。

辅臣徐行回寓，恍惚若梦，望望日光，已将过午。方解带徜徉，暗服经略诚坦之度，忽闻门外似有舆马喧动。须臾侍仆入报道："经略特赐主人美人一名，刻下软舆已到。"

辅臣猛听，十分惊喜，忙迎出一望，那绛衣美人早轻盈盈踅进中庭，一见辅臣，纳头便拜。随来仆人也便叩头道喜，倒闹得辅臣十分惶愧。当时便道："俺承经略如此承待，便当趋谢。"

仆人道："经略有命，不须谢得，但取侍卫职名回报就是。"

于是辅臣命美人入室，自就客室茶款来仆，方周旋得两句，又听得寓门首车声辚辚，须臾侍仆进报道："经略特赐美人衣装夋具，现已发到。"

辅臣越发惶愧，正要向来仆说话，只见数名健身早吆吆喝喝将许多箱箧搬将进来，乱糟糟堆积庭中，光辉夺目。辅臣这阵感悦不可言喻。蹀躞之间，来仆起身告辞，辅臣忙交过职名，直送至门首方回。便一面命侍仆安置箱箧，一面徐步入室。那美人早嫣然一笑，递上茶来。辅臣这当儿将她饱饱一看，真有倾国之色，不由大喜过望，问知美人姓谢，便给她取名月来，当时月来侍酒之后，自有一番美满风光，不必细表。于是辅臣这条狞龙，被经略一索拴住。

次日辅臣忙去谢惠，经略笑道："英雄美人，合是眷属。老夫虽无状，还怕她笑我尸居余气哩。"

辅臣连连逊谢，及至辞出，半路上却遇张大元，问知辅臣由经略处来，便道："我探得他陛辞在即，今天我也去走走。"说罢各散。

次日辅臣方起身，大元忽气愤愤地踅来，走进客室，劈头脱下大帽，啪的声向桌上一掷，恨道："这鸟前程不干了也不要紧。"

辅臣惊道："张兄为何生气？"

大元跳起道："告诉你不得，昨天我去见经略，直候了半日，险些儿饿瘪肚皮。归根儿闹了道乏两字，给赶出来。咱们伺候皇上罢了，谁是他的奴才吗？"

辅臣劝道："张兄莫怪我说，你若早些日去，一百个经略也见着了。这时经略出京在即，果然公事纷纷。他为人甚是和易，没有怪脾气。张兄今天再去，一定见着的。"

大元瞪着眼，沉吟一会儿，只得戴上大帽，匆匆而去。这时辅臣一面检点行装，一面在京安置月来，也忙得一团糟。过了两天，方晤大元，一叩他进谒情形，大元掉头道："左右是见着就得了，正经的皇上既派咱们跟随他，咱也须敷衍他个面子。现在他起程在即，咱们便搬向他府中如何？"

辅臣道："对对，就是这样。"

过了两天，张王两侍卫果然次第都到经略府，一般的出入随侍，到得经略出京之日，百官钱送，那一番威武风光，好不阔绰。都门外箫鼓喧天，旌旗照野，须臾礼节都毕，张王两侍卫严装跨马，簇拥了经略行舆，炮声起处，大纛一举，人马滔滔而去。辅臣马上顾盼，暗想道：大丈夫生世，定当如此。偷眼一望舆中，经略正执卷浏览，再瞧那张大元，却离舆老远，只管和别将们并辔笑语，舒适得很。辅臣都不管他，只小心伺候经略。

走了几站，凡经略起居使令，但一动念，辅臣便知。每日不离左右，有时行经险窄道路，经略易舆而骑，辅臣必下马执辔，健步如飞，往往驰走四五十里，及至到站歇马，还躬执厮仆之役。总而言之，经略未食，辅臣不敢食，经略未寝，辅臣不敢寝。真将经略服侍了个团团转，周遭儿圆。

那张大元却大不相同，只管倔头倔脑，经略等闲也不敢使令他。一日行经某处，本地官馈献经略名酒十坛，经略见亲弁等辛苦，便赐下一半给他们解乏。偶一忽略，却没别提出张大元。便是这晚，经略正在室中观书，便听得张大元在亲弁室中大嚷道："干鸟吗？俺至不济也是驾前人员，你当是他经略的家奴吗？好大胆的混账东西，你竟敢让俺同你们吃酒？"说罢，牵藤蔓葛，越嚷越起劲。便听有亲弁悄劝道："得了我的张大爷，这酒乃是经略见赐，便是俺的敬意了。您高兴赏个脸，不高兴便罢，还值得气得雷秃子般怎的。"说罢，大家一阵悄语，想是将大元劝走。

经略听了，反觉好笑，待了一霎儿，又听得酬酢声动，笑语款洽。隐隐似有辅臣语音。这时经略正有些倦闷，于是悄悄踅出，留神听去。一亲弁笑道："王老爷您不怕俺这酒玷污你嘴吗？"

辅臣忙笑道："得了，俺那位张大哥就是那种颠斤播两的性儿，总觉他值得多，动不动便说驾前人。不知伺候经略，正是报效皇上。今说句粗比方。经略是朝廷柱石，咱大家将这柱石扶持得稳稳的，岂不是报效皇上？便是皇上派俺们来，也是此意。俺张大哥却看拧了题了。只管自家奴才长奴才短的胡吵，不但轻视经略，失朝廷用人之意，便是自家身份也未免贬低。今再说句痛快话，像经略这等人物，便是在他手下当奴才，一是令人心满意得哩。诸位不信，但看俺王辅臣，此后便叫俺去做提镇大员，俺还不愿去哩。"

这一席话，八面都到，直钻入经略耳中，好不自在。从此越发深爱辅臣。

不几日，行抵河南，经略便着手调兵遣将，剿征各处。这时河南群盗如刘洪起袁时中一辈人早已过了风头，死亡略尽，其余遗孽并各处后起之盗本没有什么大气脉。况以经略威名，真是先声夺人，大军所到，无不望风溃降。这当儿辅臣尽也颇着劳绩。一日大军分队入林虑山，深剿贼穴。当晚经略正在行帐内秉烛批览文件，辅臣方用铜盘端得一碗茶，由帐外踅来，忽见一虬髯黄衣裤的大汉，正跷了脚，扒帐缝内望。脊背一晃，便见刀光闪闪。辅臣大惊，一个箭步蹿去，先举杯碗打去，却好那汉听得响动，一回头，咔嚓正中面门，碗碎茶流，闹得热血淋漓。大汉吼一声，拔刀斫进。辅臣铜盘起处，早已格开，一矬身，竟取敌人中路。手势便如风雨般急。那大汉愣怔怔但是瞎斫。少时辅臣喝声着，一足飞起，大汉应声跌倒，方要挣扎，辅臣一盘削去，咔嚓声斫断膝盖。辅臣方要大呼，只听背后嗖的一声，便是个金刀劈风。好辅臣，真是惯家，就势翻手一盘，只听哐一声，敌人喝道："不是你便是我。"说罢，刀势翻飞，直裹上来。穿一身皂衣，身段脚步甚是伶俐。辅臣匆忙中展开手段，那敌人真不含糊，竟支持良久，方跳出圈，飞身要跑。却被辅臣拦腰抱住跌倒，啪的声踹下一脚，敌人忽娇唤道："啊哟我的妈呀！"就这声里，帐外众卫兵火燎高举，如飞而至。当时捉猪般将两贼捆缚停当，仔细一望，却是一男一女。那大汉狞恶不堪，那人有二十四五岁，一张俏脸，且是俊秀，被踹得咧了小嘴，只是哎哟。

辅臣猛见，觉得面善，稍一沉吟，忽惊道："你不是俞大娘侍儿

277

金缕吗?"

女子听了，秋波凝注，也失声道："原来是张爷，快救救俺。俺到得山寨中只得三五日，便被人糊里糊涂派将来刺经略，究竟这经略是圆是扁，是个什么稀罕儿，俺一概不懂。"

众卫兵忙喝道："噤声!"

正这当儿，只见一人莽态似提刀抢到，不容分说，向女子当头便斫。欲知后事如何，且听下回分解。

第六十六回

定云南经略奏功
镇曲靖辅臣专阃

且说众卫兵惊忙中拦住来人一看，却是张大元，方睡得肿眉塌眼。有的便回头匿笑，有的便道："这死虎却不劳尊驾来打，且请经略发落是正经。"

于是辅臣先入帐回明，给经略道惊。然后出帐吩咐道："带进来。"

众兵一声喏，长刀交叉，早将两盗拥进。那金缕一望经略，却是个布衣朴素的老头儿，不由嚷道："你们别捉弄俺，那经略至不济，不像关爷也像岳爷，如何却像土地老儿？"

左右忙喝道："悄没声的！"

金缕更不害怕，水灵灵两眼只管打量经略，却低头咕哝道："都是黄六子使促狭，让俺来，却得罪这位老人家。"说罢，不待经略问，便一气儿诉道："俺叫金缕，从先伺候过俞大娘。"说着一望辅臣，又道："俞大娘被你这位张将爷气走后，俺便流落下来，在江湖中卖了两年艺，也没结果眼儿。便是前几天才有人将俺引到林虑山寨黄六子处，他们说您的话就不用提了。说您是负国奸贼，又在新主手下当大刽子手，大杀遗民百姓。熬得顶子红到家，心也黑底底。咱们都是明朝的舍歌儿，你若能取到洪老头儿的脑袋瓜，怕不千载留名吗？俺就上了他们这大当了。今话既说明，你老人家也没掉根毛儿，可没俺的事了，快放了俺去吧，这绳子勒得人生疼。您不信，俺这手腕上勒进条沟去了。"说罢，莲步细碎，竟凑向经略座前。

左右要笑不敢，连忙拦住她。经略却毫无怒容，只命她退后。忽地霜威凛然，喝问那大汉道："你这厮怎说？"

那大汉昂然道："咱老子便是黄七爷。俺哥子和你势不两立。今行刺不成，不必多话，给你颗脑袋就是。"

经略怒道："鼠辈安敢如此！"说罢，袖儿略摆，左右虎狼似将黄七推出，须臾献首帐前。

正这当儿，只听咕咚一声，金缕惊跌在地，趁势膝行而前，一把抱住辅臣的腿，再也不放。便如花枝经风，抖颤不止。于是经略含笑屏退左右，便命辅臣提将她上来，相她面孔良久，笑道："此女骨相端正，确非积匪。"因将她所述俞大娘等语诘问辅臣一遍，便笑道："金缕你如能洗心革面，俺便将你赐与他如何？"说罢一指辅臣。

金缕大喜叩谢，辅臣方要推辞，经略道："如今用兵之际，武人内助少不得这样人的。"

辅臣听了，不敢再说，当时就与金缕解缚，引归己帐。当夜反闹得辅臣在经略帐外秉烛达旦。

次日张大元知得了，甚不服气，吵着经略偏向辅臣，这等有趣俏事儿，如何不照顾俺张大元？众人听了，都各暗笑。恰好过了两天，经略专弁入都，辅臣便命金缕随行，寻谢月来同居去了。

这里经略用兵兼旬，方将林虑山剿平，贼首黄六就缚。问起口供，自承遣人刺经略不虚。从此经略视辅臣便如左右手一般。这当儿经略捷书屡上，没一次不叙功与张王两人。张大元越发得意，往往酒后大言道："俺们从军定乱，使出吃奶的力气，不用提冲锋陷阵，日晒风吹，便是活马溺也不知喝了多少。论理说不当题奏俺一处提镇吗？"这口风儿吹入经略耳内，经略只付之一笑。

一日从容对辅臣道："现在各处颇有提镇缺出，你等劳苦日久，甚令人过意不去。吾想将你提奏出，自领方面如何？"

辅臣懊然道："经略待辅臣便如子弟，辅臣情愿一生服侍，不愿他去。"说罢双泪忽落。

经略叹道："使我有子如王辅臣，一生愿足矣。"不由起拊其背。从此辅臣越发勤慎当差。经略肚内早暗暗定了计较。

这时经略转战频年，又拜七省经略之命，湖广云贵各地都在内。辅臣功绩越高，自不消说。恰好夷陵地面为川湖间扼要之地，真个是番汉杂处，人情狡悍。经略见此处须大大地控制镇压，便上疏朝廷，提请设镇。趁势保荐了张大元。大元得知，好不高兴。便是左右人都暗诧经略为何忽厚待大元，哪知经略正是为辅臣垫步。于是张大元兴冲冲辞别经略，走马上任。

辅臣见了通不理会，趁空却请假还京几日。路经岳州，亲拜旧主张夫人于堂下。原来张官儿上年时病殁了，辅臣知得，甚为伤感，提起云姑死节，夫人流泪道："往年我风闻此事，却没处探你消息去。你这番可有功业可做了。"

正说之间，樊建业踅来，越发苍老许多。于是辅臣退出，和建业叙旧良久。建业仍是直撅撅的样儿，辅臣道："樊兄随我去如何？大小挣个前程，岂不甚好？"

建业嘻开嘴道："不忙哩，等你有衙门时俺再去。"说罢，起沽浊酒，与辅臣痛饮起来。三杯落肝，他不由想起云姑，便道："那年你夫妇去的时光，只如昨日。如今只有你来了。"

这句话不打紧，招得辅臣涕泪纷纷，一定要望望云姑住室。建业没奈何引他去，只见凝尘满壁，玉人何处？只有壁上一条条挂麻痕，还是云姑绩麻旧迹。辅臣一见，一胜凄咽，便登时罢酒，和建业凄然而别。

到得京中，见月来金缕相处甚好，因军务倥偬，不敢多延，便忙忙整顿归鞭，回得经略大营。恰值大军将发云南，因这当儿，有明的遗臣故将，大半逃窜到那里，潜滋号召。洪经略兵到，又会合了平西王吴藩三桂，两个里一搜剿，不消说滚汤泼老鼠，次第都平。

辅臣威名也便大著。那平西王本是英雄名将，一只眼好不认得人。当时甚爱辅臣，时时夸奖。无奈碍着洪经略，不好意思笼络来引为己助，却是暗暗地时有赠赏。这当儿洪经略规划军事，又添设技剿五营，这五营所驻之地都居扼要，唯有右营辖管云南迤东地面，便驻在曲靖府，更为紧要之所。这员总兵官是不易人地相宜的，于是经略麾下许多资深旧将，都伸了长脖儿望这缺。哪知经略早早悄悄题奏上去，既至朝命下来，不由大家都丧气，原来簇簇新一个右营总兵官给了王辅臣。大家谈起，方知经略先前题奏张大元，便是给辅臣开道了。

当时辅臣无法推辞，便面谢经略，感激泣下。经略道："你的才调足可独当一面，我这里军务不久也便收束，老夫拭目看你建功立业吧。"

辅臣听了，不胜恋恋，当不得赴任有期，只得逐日忙碌衣装并应交代等事。这时辅臣交结越广，经略麾下众朋友不消说，便是吴藩部下新朋友又添许多。逐日酬饯之繁，直忙过十来日方稍静下来。

这日辅臣登程，拜别经略。经略又嘱咐许多说话，只见辅臣颜色不胜恓惶，几次举步又止，经略倒笑道："人生离合有分，你便去就是。"

一言未尽，只见辅臣就经略室内摒挡一番，经略见了，不由慨然泣下。欲知后事如何，且听下回分解。

第六十七回

虚宝贵英雄溺志
招隐逸仙侠深情

且说洪经略见辅臣自取箕帚，就室内扫除一遍，方太息泣下，一望辅臣已泪人一般，哽咽道："辅臣此去，如失慈父。虽欲终事经略，尽厮仆之职，怕不能够了。"说罢掩面出室，登程而去。

闹得经略心头十分热辣辣的，过了两天，还对人叹念辅臣不置。便一面措置军事，一面暗遣人缀行于辅臣之后，探他到曲靖后怎的布置不断的时时报闻。过了年把，知他措置有方，军威甚好，并且极爱士卒，时常道及经略之德，便唏嘘不置。经略方才放下心来。这时云南乱事渐次都平，经略回朝有日，便致书辅臣道：

> 仆频年戎马，相士盖多。然屈指英爽淳谨，无如足下。今曲靖之镇，聊展骥足。此绁腾骧，指顾间事。今世贤杰，平西亦铮铮者。仆还朝后，便当接统君部，幸善事之，以其共济皇路。余事君自解了，无俟仆言。不尽缕缕。

承畴白

辅臣接到书，十分得意，一面专人恭送经略。这当儿他手中颇积金资，那馈献之盛自不必说，又一面将经略之书传示将佐，大家见了自然谀赞一阵。有的便道："洪经略虽然恢宏阔大，却是比起平西王来，似乎还胜一筹。总镇长才，此后越发要布展了。"辅臣听了，越发欣喜。

这当儿月来金缕都已随任，辅臣高兴之下，便和她们曲室小宴，三杯落肚，不由左顾右盼，哈哈大笑道："人生万事莫非缘法？俺王辅臣落魄半生，不想还有今日。不但这身荣耀出自经略，便是你两个活宝儿也都由经略见赐，却是如今他还朝了。"

说罢，竟倚醉将金缕抱置膝头，端详她娇模样，举杯一饮而尽。金缕却憨憨的似笑非笑，只管发愣。辅臣笑道："你为甚不快活？一定是经略去了，你有些恋恋。"

金缕唾道："你没的说？若这样，俺月来姐还是经略房中人哩，她为何依然笑婆儿似的？"

月来笑道："憨妮子，俺不像你，无端地啾啾唧唧。"

金缕道："你不晓得，俺方才想经略已经还朝，咱们这当儿也收拾收拾，走他娘的。左右官也做了，金银也有了，什么世面也都见过了，还待怎的？将来便弄到经略份儿，不过头早白些。趁这当儿去，丢掉这里，你道好吗？"

辅臣听了，不由好笑，方待打趣她，只见左右进禀道："方才府尊出斩盗囚，内中有个半瞎眼的老强盗，他说是总镇的好友，定要见总镇一面，然后就刑。府尊原不理他，一迭声喝令速决。哪知刑刀下去，咔嚓声都卷了刃。他笑道：'俺这颗干瘪头，若非王总镇来见见俺，是弄不掉了。'所以府尊特特相请。"说罢，递上有识之士职名。

辅臣听了，心下大疑，登时喊命备马，带了数名护兵，直赴刑场。这当儿有识之士驻轿场外，当时两人各下轿马厮见过，太守劈头道："真是奇怪事，这老盗原非正凶，他不过入伙不久，给人家看看堆儿，把把风儿。兄弟原想开脱他，倒是他直替盗首认罪，甘心就死。方才又闹得奇怪不过。"

284

辅臣道："俺已闻得他说是俺好友，可是哪个呢？"

太守道："他自供名叫吴求。"

辅臣听了，越发摸头不着，刚和太守一脚踏进刑场，只见值役人等一阵大哄，登时将个刽子手给捉住，便有值刑吏人前来禀道："那吴求等得不耐烦，忽然浑身一抖，绑扣俱断。夺过刽子手的刀来，竟自刎了。"那刽子手吓得只管叩头。

太守情知有异，喝令起去，自与辅臣趋去一看。那吴求可不蛤蟆似趴在地上，面孔抢地，已死得停停当当。于是太守道："这厮既死，凶模凶样，王兄不必看他了。"

哪知辅臣好奇心起，便命人翻转囚尸，仔细一望，不由大惊道："怪怪，这是俺素识的非常剑侠瞀先生，他为何竟至如此？"

一面说，一面不信起来，便弯下身，从头到脚将囚尸抚摸一遍，觉得冰凉挺硬，再端详囚尸面，依然是瞀先生，闹得辅臣呆在那里，良久方神复。便向太守略说瞀先生之为人，大家叹异。辅臣却不胜恓惶，立命备上好棺木，将瞀先生掩埋了。回到镇署，还是诧异不已。

便是这晚，辅臣方秉烛闷坐，只听得虚庭中飘风拂拂，忽地帘儿一启，一人含笑而入道："别来无恙，王总镇你快活极了。还认得俺瞀先生吗？"

辅臣猛见，不由失声绝叫，一把拖住，又分明是温和生人手儿。瞀先生笑道："不须惊诧，俺不会死的。所以做此狡狯，亦数所当然。快拿酒来，待俺吃杯别酒，还有要言奉告。"说罢一搔囚首，直路上座。

辅臣又惊又喜，不欲仆人来扰，自起取酒馔，两人饮过数杯。辅臣刚要述自己情形，瞀先生摇手道："俺俱知得，这般世味料想你都领略了，即此退步，正是火坑拔脚，你可有些意思吗？今当长别，所以俺来望望你。"说罢微笑，神情十分恳切。

辅臣沉吟半晌，只道："这个……"

285

瞽先生慨然道："这事是着不得这个那个的，今既如此，不须再提。"说罢，飞过一觥，辅臣饮毕，便趁势岔开话题。叩他日间一般奇迹。

瞽先生正色道："此非游戏，在我法中名为剑解。剑术深至，便与仙道相同。此亦有缘法，时至则行，不足为异。将来你所见的知白子等人，大概也归此途。"

辅臣听了，十分敬羡，却又质疑道："先生既如此，为何俺本师法晖长老却又六七年前坐化示寂呢？"

瞽先生道："他是学佛人，又自得一番境界，自然不同。总之剑术既归隐派，便近仙佛，是不可易的。不过解脱之法，稍稍不同。若驰逐声华，便与此事没交涉了。"说罢目视辅臣，满脸怜惜之色。

辅臣却默然不语，瞽先生不由掷杯长叹而起。辅臣方要挽留，只见烛光一摇，庭树叶坠，再要觅瞽先生时，早已踪迹不见。

次日辅臣向太守一说这事，开棺一看，哪里是什么僵尸，却是根明杖儿。这事儿播扬开，早惊动吴藩。他幕下剑客虽多，却没这等出类拔萃的，趁辅臣来参谒，便详问其事，越发重爱辅臣。当时礼貌有加，待辅臣便如子侄一般，凡有美衣美食，无不留赐辅臣。久而久之，藩府中内外人并吴藩姬妾都晓得了。有时互相嘲笑，便说道："你待讲吃讲穿，可有人家王总兵那颗脑袋？"

偏搭王辅臣更会巴结，其趋承之法，一如待洪经略。不消年把光景，将个吴藩恭维得无可无不可。于是曲靖军头，甚是有声，一时急进功名之士，无不争趋麾下。辅臣待士阔大，人乐为用，却是其中未免鱼龙混杂，这也不在话下。

一日辅臣正在闲坐，只见左右传进一角公文，辅臣一看，不由双眉轩动。欲知后事如何，且听下回分解。

第六十八回

闹军筵辅臣挥拳
赂朝贵平凉移镇

且说辅臣一看公文，却是吴藩命他酌带军队，会合各路将领去征剿乌撒匪乱。当时不敢怠慢，便酌带麾下，克日出发。到得集军之所，各扎营寨，诸将会见了，各按平西所授方略进行。不消数月，匪乱将次肃清，这时诸将头脑除辅臣外，便是悍将马一棍和吴藩侄儿吴应期。一棍老将是气力上挣的声威，应期虽也精悍，未免因吴藩靠山，大家让他一筹。

一日马一棍就本营盛设宴客，诸将咸集，长筵既列，大家且就旁厅，品茗谈笑。这时军中奢侈，不可名状。大家由性儿穿戴服饰，仆马赫奕，争奇斗胜。少时一棍盛服而出，他生得本高大魁伟，一张锅底脸衬着络腮胡，两只眼睛赛似铜铃，一身浅黄衣，皮带皮靴，据在那里玄坛爷一般。比较着辅臣越显精俊倜傥。辅臣挨座却猴着一人，生得长膊高腿，一张猕猴脸，双睛圆彪彪东张西望，簸得腿索索乱动，颇有伧气，却是某营李总兵。此人本籍山东，绰号大杠头，牛性不过。

大家嘱目，方互相高谈，只见左右飞报道："固山吴爷到了。"

原来吴应期方为固山总兵，人称为小吴将军。当时宾主起迎，早见应期褐袍而来，趋步从容，别有雅致。背后两个俊仆，一色的锦衣花帽，玉面朱唇，盼睐之间，女态俨然。大家都知道是应期随营侍妾，也不以为异。于是大家厮见过，应期一眼望见辅臣，便趋进握手道："前些日王爷给小弟家谕，还道及老哥哩。"

辅臣方要逊谢，李总兵却插嘴道："不错不错。"众人听了，都各好笑。

逡巡之间，大家又饮过一巡茶，即便开筵就座。事有凑巧，辅臣应期正和李总兵坐在一搭儿。李总兵高起兴来，一面东拉西扯，一面伸脖转项，四面乱望。如猴儿坐殿一般，一张屁股哪肯安坐？于是鼓吹伶仃，觥筹交错。大家都是武将加锋，这场酒倒吃得豪爽快活。须臾酒过饮到，主人马一棍又起致不觍之辞。众人谢酒罢，辅臣方端起饭碗，只见米内有一黑星儿，用箸一拨，却是死蝇子。急望一棍正瞪起半醉眼，和仆人讲说。原来这一棍酷暴非常，起居坐卧不离一条铁棍。仆妾等一有忤犯，便是一棍，登时了账。所以得了一棍徽称。当时辅臣暗想，这死蝇要一发作，不消说庖人首级立献席前，沉吟间便想勉强吞下。正这当儿，不想李总兵眼光到了，当时拍手道："了不得，死蝇死蝇。"应期这时却停箸微笑，辅臣遮掩道："俺们武人讲甚自在？若遇出兵打仗，什么东西不曾吃过？吃个把死蝇打甚紧？"

这句话不打紧，登时招起大杠头的牛性，便攮臂叫道："真个的，王兄若吃下这蝇，俺便和你打个赌，送你两匹好马。"

辅臣再望一棍，幸亏他应酬别座，不曾理会。终是可怜庖人得罪，于是眼睛一闭，连蝇吞下。李总兵方一怔，应期趁了酒兴，却笑道："哎哟，真污秽煞人。李兄的马便是龙驹，骑了成神吗？幸亏是赌死蝇，若赌吃屎，难道王兄也吃屎不成？"说罢一回头，连连唾地。

辅臣听了，不由大怒，猛喝道："咍，吴应期，你为何广众中辱人不堪？俺王辅臣怕不着你。你以为是王爷侄儿，人都怕你？俺却不理会你王子王孙，休要惹俺性起，剜掉你眼睛，抉出你脑子。"说罢，浓眉倒竖，握起拳向案上一击，只听咔嚓豁啷，接着一阵叮叮当当，好不热闹，那案面登时欹倒，把杯盘器皿一股脑儿摔了一地，便连案之四足，一齐折断。这一拳的劲头儿也就可想了。

这时厅外侍者多人，无不辟易，抢攘间辅臣跳起，便抓应期。只听地下怪叫道："啊哟，别向腔上踹，尾巴骨要紧。"

众人一看，却是李总兵，癞狗似吓跌在地。连忙七手八脚，一阵搀扶。这时应期瞅空便溜之大吉。辅臣咆跳许久，方被主人马一棍撮弄回营，酒气一拥，放倒头沉沉便睡。次日醒来，恍惚记得，方后悔不迭。

恰好一棍放心不下，遣人劝辅臣与应期赔个礼。辅臣方结束要去，只见左右报道："吴爷飞马来了。"

一言未尽，应期已大笑而入，向辅臣纳头便拜，一面道："笑话笑话，咱们老哥儿们忽然昨天玩翻腔了。我总是弟弟，你打我骂我，都使得的。"

辅臣一面回礼，一面极谢无状。两人携手而起，相视大笑。于是辅臣一迭声立请诸将，重新欢筵一日。大家都打趣李总兵道："你那尾巴骨没受伤吗？"从此王吴和好。

不多日军事毕，纷纷归镇。本来云散天空，无话可说。不想这事传入吴藩耳内，当时告者又未免添枝加叶，说辅臣的坏话。吴藩听了，甚不自在。

过得年余，可巧曲靖差官入省领饷。事毕后上谒吴藩，吴藩便道："你主人辛苦得很，军中士卒都好吗？"

差官躬身道："都托王爷福庇。"

吴藩拈须点点头，忽微笑道："你主人近来酒量怎样？"说着三角眼一立睐道："便是那年征乌撒时，他和吴应期酒后争嚷，本来都是抓乖毛的平头弟兄，使酒骂作，原不算回事，便是你打一拳，我踢一脚，都是稀松平常。难道谁是娘儿们肚皮里有私胎，怕打掉吗？却犯不着红口白牙，牵引我糟老头子。说吴应期王子王孙了，挖眼抉脑了，这算怎么档子事呢？别的不打紧，可不笑掉人牙？敢说是

289

啊哟哟，可笑吴三桂这老儿，爱王辅臣如珍宝，原来人家还想吃他脑子哩。这不成了扯老婆舌头打罗圈架都透着不够材料吗？你回去传语你主人，以后莫说这样话。"

差官唯唯，只吓得汗流浃背。辞了吴藩，星夜趱回曲靖。公事交代毕，便如此这般将吴藩一席话极本实发。辅臣听了，暗恨道："你我统是朝廷臣子，难道容你玩这老腔？看来俺终是外人，不如你侄子。"

深思一番，计算已定，便悄悄遣心腹入都营干，却终日和月来等纵酒欢娱，往往通宵达旦。每至兴酣，便笑道："早晚咱们换个地方玩玩。"月来等不解其意。

过了年把，忽然朝命特下，钦点王辅臣为陕西平凉提督。这平凉为边地重镇，书面阔大，是秦中著名肥缺。原来辅臣重金早已遍赂朝端。俗语云，钱到公事办。皇帝耳轮内自然吹个王辅臣三字，所以响亮亮放个大炮。

当时报至云南，吴藩正在进膳，猛闻之下，不由投箸长叹道："这小子家私便如此胡干？他这笔钱花得不菲哩。"

及至辅臣来辞，入都觐见，吴藩相待越发厚挚，特赠二万金以充路费，临别之顷，吴藩执手泣下道："你到平凉后，千万莫忘老夫。"

辅臣也不胜唏嘘，慨然而别。便尽室北上，十分高兴。不想在京一住半年，通没有带领觐见。原来辅臣赂金大半偏在内监等人，至于阁部九卿大臣等，他却不甚注意。因此礼兵二部互相推核头车，一边道提镇引见是兵部事，一边道事关仪制，当在礼部。如此一来，辅臣便没结果眼儿了。只好不哼不哈，随众常朝。

一日皇上赐群臣茶，倒好一内监素识辅臣，趁行茶至前，便悄悄寒暄了两句，知他入都已久。过了两天，恰好皇上燕居，忽想起辅臣，偶念诵道："怎的平凉提督日久不来觐见？"

那内监趁势跪奏道："皇上前天赐茶时，奴婢亲见他在班行中。"

于是皇帝大悦，登时召见。辅臣承命，悚惕而入，舞蹈毕跪在殿前，真个精神出众，对人音吐有如洪钟。皇上喜道："朕有虎臣如此，尚复何忧?"说罢，面加温谕。自有当值官引辅臣碰头而出，闹得诸大臣摸头不着，暗地探听圣恩隆沃，不时有赏赐。辅臣每入对，语必移晷。于是大家互相猜测，或以为是吴藩的力量。从此马鹞子之名越发大著。

转眼间时至隆冬，辅臣累拜貂狐之赐，不必细表。有一日，皇上谕辅臣道："朕意留你在朝，且夕接见。无奈平凉是边庭重地，非你去不可。昨天已命钦天监为汝择吉起程。"

辅臣听了，但有磕头谢恩，退回己寓，十分感激。次日方命月来等整备行装，忽地又诏入见。欲知后事如何，且听下回分解。

第六十九回

反平凉英雄末路
吊虎墩侠隐续诗

且说辅臣急趋入朝，只见皇帝端坐便殿，笑吟吟地道："朕想这时岁暮，一时舍你不得。好在明春上元节不远，你便陪朕看过灯，再去如何？昨已谕钦天监择日在上元之后了。"辅臣听了，连连顿首。

到得上元，果然数承诏命，在大内看灯。那天家丽景，自然不同，点缀风光直如蓬莱阆苑。接连三夕，辅臣便是做了个钧天大梦。

光阴如驶，不几日行期已到。辅臣入辞，皇上温语良久，重加赏赐，并面授许多方略。辅臣跪聆天语，方待谢恩，只见皇上笑指御座前一对蟠龙豹尾金枪道："此枪还是先帝遗赐朕躬。朕每出，必列此枪于驾前，无忘先帝。卿家是先帝旧臣，朕是先帝之子。凡百物件，不足为贵，今分此一枪，特赐卿家，便持此往镇平凉，见枪如见朕，朕见枪亦如见你。我君臣仍如朝夕晤对。"说到此间，那圣音有些凄婉。

辅臣这时早已泣不能抑，但碰头道："圣恩深重，臣即肝脑涂地，未能仰报万一。敢不竭股肱之力，济以忠贞。"于是涕泣而出，星夜赴任。那一路上风光烜赫，自不必说。

抵任后，果然先声夺人，坐镇秦中，十分安谧。这时与辅臣齐名的还有个河西总镇张勇。这时业已积功仕至这等分位。辅臣和他厮见了，自然心头还有影绰绰旧事结，却是两下里都不道破。一个道他是手下败将，一个道俺虽然佩服八王子，却眼角里也瞧不着他。因此两雄暗角，外边人也微微闻得。

不想事有凑巧，偏偏张勇数年前收一爱姬，你道是哪个？便是当年气走赤枫寨的俞大娘。这时闻得王辅臣便是当时的张安，她如何不旧恨勾起？偏搭着又知金缕在辅臣处。一日竟遣人风示金缕，要她来谒见。却被辅臣骂了个狗血喷头，来人鼠窜而去。从此两下越如水火。这且慢表。

且说吴藩自镇滇以来，久有不臣之心。整年潜蓄势力，久而久之，党羽所被，远及数省。朝廷知得了，便有人建削藩之议，诏吴藩还京。事儿是越挤越滋，吴藩年虽迟暮，雄心尚在，及至康熙癸丑之年，他便联合煽动了耿尚二藩，反将起来。第一注意的进兵要路，便是陕西。因地势为天下之脊，北犯京师，必须此处得手。恰好辅臣是自己旧部，张勇亦向承礼遇。于是访得辅臣旧友汪军官，名士荣，付他秘札二函，一付辅臣，那一函便由辅臣转交张勇。其中词语无非劝张王从乱。士荣愣怔，以为是美差，便星夜赍去，驰赴平凉。

这时辅臣早料到这步棋，当时一见士荣名刺，便知就里。于是大陈兵仗，自辕门直接镇衙，密层层剑戟如林，将弁鹄立。司客传呼之间，士荣已阔步而进。自以为是个辩士角色，才进中门，便见辅臣岸帻出迎，抢上前哈哈大笑道："今日甚好风吹得故人到此?"于是携手入室，宾主落座。

这士荣本是粗人，不晓得看风头，三言两语罢，便将吴藩秘函两封双手呈上，并道嘱转致张勇。辅臣看过给自己之函，只乐得手舞足蹈，点头道："还是平西念旧。"

士荣瞪起眼道："王哥你到底怎样呢?"

辅臣道："好好，这有甚说得？汪兄且就客馆，俺自有道理。"

士荣这呆鸟哪知就里，当夜正睡在五更头，忽地一声喊起，被人一索捆翻，推入囚车，登时起程北上。原来辅臣早分布停当，令他心腹王吉贞赍书两通，并解逆使士荣，连夜进京。士荣这时方知上了个恶当，不消说到得京师吃了一剐。皇上嘉奖辅臣，自不消说。

这其间却恼了个张勇。既知这事，不由拍案大怒道："你便要做忠臣露脸面，也应该知会我，一同遣人解逆才对。今瞒过我，独自献好儿，令朝廷加疑于我，简直是卖了我了。"

俞大娘道："王辅臣那厮是反复无常，没主心骨的。咱们且看他后来吧。"

于是张勇专留意辅臣动静，不想过得年余，吴藩兵势越大，各省从逆的不一而足。恰好这时朝廷所派经略某人，驻节平凉。辅臣部下诸将早被吴藩的大元宝打动，便暗地里歃血定议，拥辅臣作乱，趁经略到来，便克期起事。这夜辅臣微有风闻，方沉思弭乱之计，只听各营中号炮连连，喊杀如雷。登时满城中火光亘天，人马大乱。辅臣大怒，方仗剑要下令备警，只见三五名心腹将弁大呼仗剑直闯入内室，乱噪道："主帅不好，刻下各营哗变，其势正锐，且避风头要紧。"说罢，不容分说，将辅臣拥入一将营中。

但听得外面越发锅滚豆烂，直杀到天明，方才少靖。辅臣方要查问乱作之故，只见各营诸将全副严装，鱼贯而入。最怕人的是当头一将，拎定个血淋淋的首级。辅臣望见，不由晕绝于地。原来那首级正是某经略。当时诸将救醒辅臣，辅臣知反势已成，唯有闭目长叹，没奈何强起视事。这时诸将七言八语，你道先据这里，我道先取那里，只吵得辅臣发昏。辅臣且甚明地势，知当疾取西安，无奈对头张勇虎也似雄据西半壁，辅臣若卷甲而东，他立时尾击于后，因此便踌躇下来，日复一日，只在平凉一带打旋涡。朝廷大兵早已四面云集，这时新经略图海是有名宿将，麾下将佐皆是健者。量辅臣螳臂之势，如何当车？长围既合，诸将弁兵马损折大半，那一时杀戮之惨，一言难尽。

辅臣困守孤城，数月之久，偶想起訾先生招隐一番话，不由泣下沾襟。一日从容置酒，向月来金缕叹道："当年大同死节的，而今没这样人了。"

金缕听了，只是憨笑。少时招月来起出，须臾人报两姨娘率领他姬五六人，都自尽而死。辅臣大惊，这当儿势危万分，图经略竭力招降，辅臣只得自缚而出，于是平凉事平。经略便命辅臣随营，戴罪立功。转战经年，陕乱肃清。

皇帝这时方竭兵力对付吴藩，即时下诏，撤图经略还朝，如辅臣入京授职，更赐御翰道："平凉之变，诸乱弁胁汝以不得不从，罪在众人。朕特原汝，共将豹尾枪来，仍卫朕躬。"

辅臣看罢，不由伏地大痛，一连三日不进饮食，只将酒来拼命痛饮。知图经略起节有期，他忽地佯狂高歌。一日夜半起行室中，忽一耸身跃上屋梁，自语道："凭俺本领，一百个也去了。只是皇帝这道御札，真要人命。"说着大叹道："算了算了。"翩然跃下，一把将他后妻郑氏拖住，附耳数语。

原来这郑氏是月来等死掉后方娶的，当时郑氏听罢，只有痛哭。次日，辅臣忽然和郑氏大反其目，箱笼奁具摔得一塌糊涂，立刻将郑氏逐令大归，暗地里资以金帛，打发回乡。于是辅臣百事不问，日召左右人开饮，所有心爱之物随手赏赐。

一日有一随征工匠具上呈文，求批令回家省亲。辅臣裂碎呈文道："你去就是了，还用此物做甚？你此去不必来了，逢人勿说在我处，须知王辅臣三字臭不可闻哩。"说罢，命司计吏取库银分包作许多封，至多百金，少或数两，一一标识，却留了二万余金，用印条封好，注了簿籍，对左右亲弁道："吾久为提督，应有余资，留此正为不累你等。"

说罢将诸人唤齐，吩咐道："你等东西南北，随我奔走，真辛苦得很。今我不由自已，将与你等长辞，且分将微物做个纪念吧。并且便须远去，各谋生路。"说罢，随其人之功绩高下，各给银一封。

众人听了，都各痛哭。辅臣挥手道："速去速去。"说罢，步入室中，又命酒高歌起来。

少时，忽起拽拳脚，打了一套，自叹道："法晖长老，你弟子真辱没煞人了。"说罢，兀地坐下，捧起巨杯，一饮而尽。忽一眼望见承馔银碗，重可二十余两。沉吟道："此物该给哪个呢？"

恰好一蓬头小童送上茶来，辅臣笑道："你在此几年？娶过媳妇了吗？"

童子回答："不曾娶。"

辅臣道："好好，便给你此碗，去聘个媳妇。"小童喜得流水价叩谢，辅臣倒哈哈大笑。

如此光景，过了两天，辅臣一看门下左右还有七八人。当夜辅臣绕室周行，几乎履穿。便命置酒，将七八人都叫来，大家不分上下，团团一坐，猜拳拇战，直闹到半夜。辅臣起视空庭，只见明星荧荧，风露浩然。徘徊良久，拂衣入室，泣对左右道："俺起身戎马，重受圣恩，前受迫众将，出于不义。即皇上怜而生我，我何面目再对朝廷？但是刀死药死，皆有痕迹，将遗累经略督抚并汝等。我算计已就，待我大醉后，纸蒙我面，含冷水一噀，便与病死无异。汝等便以痰厥暴死上闻就是。"

左右听了，齐声哭谏。辅臣大怒，登时要抽剑自刎。左右没奈何，只得如命。更鼓四敲后，榻上早卧着个死淹淹的王辅臣。一代大侠，只因耽溺于功名富贵，便如此结果了。只可说是万般皆是命了。当时闻者皆惊，暨图经略还朝，怎的奏上，都不必细表。

且说平凉城西，有一座虎墩山，地势高敞。当年辅臣就山下操练兵士，图经略闻辅臣死后，可怜他是个武侠汉子，便命将辅臣遗蜕葬在那里，高冢巍然，辉映山色，倒成了小小古迹。

后十余年，有一书生行经其地，慨然凭吊，高吟道："一剑功成后，勋名恨不终……"方在沉吟未续，只听背后有人接吟道："何如隐玄雾，千古仰高风。"

书生吃惊回望，却是两个布衣老头儿，神致高朗，洒然出尘。

书生料非常人，便近前问讯。一叟道："吾名知白子。"指那一叟道："此敝友燕飞来。"

书生惊拜道："小子闻两丈都是当代大侠，吴藩之乱，滇黔间盛传两丈奇迹义行，却是从无人得瞻道范。今小子何幸，获拜清颜。"

两叟听了，相顾大笑道："你我也算销声灭迹了，怎还有姓字落在人间？"说罢向书生道："君既知得，实不相瞒，便是冢中侠客，当年俺不惜苦心，劝他归入隐派。无奈他世缘难舍，遂至如此哩。"

书生听了，越发惊叹，方要起叩剑术之秘，只听隔林中牛铎声响。书生偶一回头，两叟忽失所在，但见冢尖夕阳闪闪明灭罢了。

说到这里，全书告结。诸君若不舍奇情壮彩，待作者另编将来。

图书在版编目(CIP)数据

马鹞子全传 / 赵焕亭著. — 北京:中国文史出版
社,2019.3

(民国武侠小说典藏文库·赵焕亭卷)

ISBN 978 - 7 - 5205 - 0951 - 0

Ⅰ. ①马… Ⅱ. ①赵… Ⅲ. ①侠义小说 - 中国 - 现代

Ⅳ. ①I246.5

中国版本图书馆 CIP 数据核字(2018)第 276638 号

点　　校:袁　元
责任编辑:卢祥秋

出版发行:**中国文史出版社**

社　　址:北京市海淀区西八里庄 69 号院　邮编:100142
电　　话:010 - 81136606　81136602　81136603(发行部)
传　　真:010 - 81136655
印　　装:廊坊市海涛印刷有限公司
经　　销:全国新华书店
开　　本:720 × 1020　1/16
印　　张:20.25　　　字数:272 千字
版　　次:2019 年 3 月第 1 版
印　　次:2019 年 3 月第 1 次印刷
定　　价:68.80 元